# MONTFERRAND

# Du même auteur

BIBLIOGRAPHIE

*Les Arts martiaux. L'Héritage des Samourais*, La Presse, 1975 (essai).

*La Guerre olympique*, Robert Laffont, 1977 (essai).

*Les Gladiateurs de L'Amérique*, Éditions Internationales Alain Stanké, 1977 (essai).

*Knockout inc.*, Éditions Internationales Alain Stanké, et collection « 10/10 », 1979 (roman).

*Le Dieu sauvage*, Libre Expression, 1980 (récit biographique).

*La Machine à tuer*, Libre Expression, 1981 (essai).

*Katana, le roman du Japon*, Éditions Québec Amérique, 1987; collection « 2 continents », série « Best-sellers », 1994; collection « Sextant », 1995 (roman).

*Drakkar, le roman des Vikings*, Québec Amérique, 1989; collection « Sextant », 1995; Éditions Québec Loisirs 1989 (roman).

*Soleil noir, le roman de la Conquête*, Québec/Amérique 1991; Club France Loisirs, 1991; Prix du grand public 1992; collection « Sextant », 1995 (roman).

*L'Enfant Dragon*, Libre Expression, 1994; Albin Michel et collection « J'ai lu », 1995 (roman).

*Black, les chaînes de Gorée*, Libre Expression, 2000; Presses de la Cité, 2002 (Le Grand Livre du mois); Libre Expression, collection « Zénith », 2003 (roman).

*Louis Cyr, une épopée légendaire*, Libre Expression, 2005 (biographie).

*Montferrand*, tome 1, *Le prix de l'honneur*, Libre Expression, 2008 (roman).


SCÉNARIOS

*Highlander, the Sorcerer (v.f. Highlander, le magicien)*, 1994. Prod.: États-Unis, Canada, Grande-Bretagne, France (réalisateur: Andy Morahan).

*The North Star (v.f.: Grand Nord)*, 1995. Prod.: États-Unis, Italie, Norvège, France (réalisateur: Nils Gaup).

*Le Dernier Tunnel*, 2004. Prod.: Bloom films et Christal films, Canada (réalisateur: Érik Canuel).

# PAUL OHL

# MONTFERRAND

## TOME II

### UN GÉANT SUR LE PONT

**ROMAN**

Libre Expression

Une compagnie de Quebecor Media

Catalogage avant publication de Bibliothèque et Archives nationales du Québec et Bibliothèque et Archives Canada

Ohl, Paul E.

Montferrand: roman
Comprend des réf. bibliogr.
Sommaire: [v. 1] Le prix de l'honneur -- [v. 2] Un géant sur le pont.
ISBN 978-2-7648-0318-9 (v. 1)
ISBN 978-2-7648-0410-0 (v. 2)
1. Montferrand, Jos, 1802-1864 - Romans, nouvelles, etc. I. Titre. II. Titre:
Le prix de l'honneur. III. Titre: Un géant sur le pont.

PS8579.H5M66 2008          C843'.54          C2007-942575-5
PS9579.H5M66 2008

Édition: MARTIN BÉLANGER
Révision linguistique: ANNIE GOULET
Correction d'épreuves: EMMANUEL DALMENESCHE
Couverture et grille graphique intérieure: AXEL PÉREZ DE LEÓN
Mise en pages: MARIKE PARADIS
Illustration de couverture: AMÉLIE ROBERGE
Photo de l'auteur: ROBERT ETCHEVERRY

Cet ouvrage est une œuvre de fiction; toute ressemblance avec des personnes ou des faits réels n'est que pure coïncidence.

**Remerciements**
Les Éditions Libre Expression reconnaissent l'aide financière du gouvernement du Canada par l'entremise du Programme d'aide au développement de l'industrie de l'édition (PADIÉ) pour leurs activités d'édition. Nous remercions le Conseil des Arts du Canada et la Société de développement des entreprises culturelles du Québec (SODEC) du soutien accordé à notre programme de publication. Gouvernement du Québec – Programme de crédit d'impôt pour l'édition de livres – gestion SODEC.

Les Éditions Libre Expression
Groupe Librex inc.
Une compagnie de Quebecor Media
La Tourelle
1055, boul. René-Lévesque Est
Bureau 800
Montréal (Québec) H2L 4S5
Tél.: 514 849-5259
Téléc.: 514 849-1388
www.edlibreexpression.com

Dépôt légal – Bibliothèque et Archives nationales du Québec et Bibliothèque et Archives Canada, 2009

ISBN: 978-2-7648-0410-0

Distribution au Canada
Messageries ADP
2315, rue de la Province
Longueuil (Québec) J4G 1G4
Tél.: 450 640-1234
Sans frais: 1 800 771-3022
www.messageries-adp.com

Diffusion hors Canada
Interforum
Immeuble Paryseine
3, allée de la Seine
F-94854 Ivry-sur-Seine Cedex
Tél.: 33 (0)1 49 59 10 10
www.interforum.fr

Achevé d'imprimer en octobre 2009 sur les presses
de Marquis imprimeur, Québec, Canada.

certifié    procédé          100% post-       archives        énergie
            sans chlore      consommation     permanentes     biogaz

« Montréal, qui a vu naître Louis-Joseph Papineau,
Denis-Benjamin Viger, Joseph-Octave Plessis,
Jean-Jacques Lartigue, peut aussi se vanter d'avoir
donné le jour à l'illustre Jos Montferrand.
Ce n'était, il est vrai, cet homme, qu'un voyageur et
pourtant aucun nom, après celui du grand Papineau,
n'a été popularisé, partout où, sur la terre d'Amérique,
se parle la langue de France. »

SIR WILFRID LAURIER, 1868

« Il existe des esclaves heureux.
Le bonheur n'a rien à voir avec la liberté. »

BERNARD ARCAND, 2005

*Le jour où ce pont portera le nom de Montferrand,*
*il entrera dans l'histoire de tout un peuple.*

# · Avant-propos ·

En 1959, voilà cinquante ans, Gilles Vigneault chantait Jos Montferrand pour la première fois. « Jos, dis-moi comment t'es devenu aussi grand que t'es devenu un géant... » Dans ce second tome, je réponds à notre poète national.

Au fil de ce récit, je n'ai pas tenté de faire la part entre le vrai et la fantaisie. Ainsi, la magie et le mystère entourant son nom ne cesseront de grandir, et sa stature mythique continuera de façonner la mémoire vive de notre siècle.

Si le premier tome fut celui de la quête de l'honneur, celui-ci convie à la démesure, marquant par des hauts faits les moments charnières de l'histoire du peuple canadien-français.

S'il eût vécu dans une autre époque, Jos Montferrand eût été un preux chevalier. Mais un chevalier errant, imprégné d'idéaux élevés, en quête d'un Graal symbolique. Ou encore l'émule d'un Musashi, le plus célèbre escrimeur de tous les temps, samouraï solitaire en quête d'absolu.

Jos Montferrand, homme d'exception, champion de la droiture et de la loyauté, doté d'un profond sens patriotique, a poussé haut et droit durant toute une vie. Et il a taillé sa réputation avec la vigueur d'une charrue géante qui remue une terre nouvelle.

Paul Ohl
Saint-Antoine-de-Tilly, Québec
Août 2009

# Première partie

## Le Grand Jos

## · I ·

Antoine Voyer avait retiré son chapeau à large bord et se tenait très droit, les mains jointes, dans une attitude de recueillement.

Dans le silence, on entendait les sanglots de Joseph Montferrand, qui tenait, serré contre lui, le corps inerte de son père. Ce n'était plus qu'un cadavre à la chair de cire. La religieuse avait expliqué à Joseph et au Grand Voyer que le malade s'était éteint sans souffrir et que, au dernier moment, il avait murmuré un nom. « Je crois bien qu'il a dit… "Joseph" », avait-elle précisé.

Joseph ne cessait de trembler alors qu'il demeurait prostré, le visage contre celui de son père, lui parlant à l'oreille comme il l'eût fait à un vivant, regrettant peut-être tous les silences qu'ils avaient entretenus l'un pour l'autre. Pendant longtemps, Joseph espéra percevoir un souffle, ou sentir un mouvement, si imperceptible eût-il été. Mais ses larmes ne baignaient que les traits figés d'un mort. Puis Joseph finit par se rendre à l'évidence. Le calvaire de Joseph-François Montferrand était bel et bien terminé, et tout autant l'était son parcours terrestre. Personne ne verserait davantage son sang. Il ne souffrirait plus jamais.

Lentement, Joseph étendit le corps de son père. Lorsqu'il se redressa, l'expression douloureuse de son visage s'était estompée.

— C'était un bel homme, mon père, dit-il alors à voix haute.

— Beau dommage, renchérit Voyer. Courageux comme dix avec ça, capable sur tout, pis dur à la misère... Y craignait le bon Dieu, mais y en avait pas peur, pis l'diable l'a jamais fait reculer... amen !

Tirant d'une des poches de sa veste deux grosses pièces de monnaie, Voyer les posa sur les yeux du mort.

— J'vous avais dit un jour avoir une dette envers vous, murmura-t-il, et que je ne vivrais pas assez longtemps pour vous remettre tout ce que je vous devais... Aussi je vous promets que je ferai tout c'qu'y faudra pour que vot' Joseph devienne lui itou un homme d'honneur... parole du Grand Voyer !

La petite religieuse s'avança à son tour et couvrit les mains du défunt d'un chapelet tout en se signant dévotement.

— Voudriez-vous que nous priions ensemble pour le repos de son âme ? demanda-t-elle.

— Merci, ma sœur, répondit Voyer, c'est déjà fait...

— Les prières appellent souvent les miracles, monsieur Voyer, répondit la religieuse en s'agenouillant près de la dépouille.

— Ma sœur, fit Voyer, les miracles viendront ben quand ça sera d'adon... pas besoin de bâdrer l'bon Dieu avec ça. P't'être ben que François-Joseph icitte présent aura son mot à dire au paradis...

Joseph était demeuré un moment silencieux. Puis, fixant Voyer droit dans les yeux, il dit :

— Il va rentrer à l'église par la grand-porte, que vous avez dit... pis dans un cercueil du plus beau bois... Y aura aussi sur le dos un habit tout bleu avec des broderies...

— Beau dommage, que je l'ai dit, mon Joseph, renchérit Voyer, mais c'était avant... v'là qu'astheure t'es recherché par tout c'qui porte une tunique rouge...

Joseph ne l'entendit pas.

— Pis avec ça, l'épée des Montferrand... C'est ben ça que vous avez dit... l'épée des Montferrand entre les mains comme un chevalier... parole d'un homme d'honneur, que vous avez dit !

Le tumulte des pas résonna un long moment dans le long corridor puis cessa. Il y eut un coup sourd suivi de deux autres, plus longs et plus forts. On entendit grincer la lourde serrure. Le religieux posa un regard scrutateur sur le géant qui se tenait devant la porte. Il leva la lampe et la flamme vacillante éclaira l'homme. Des traits taillés à la hache, un regard froid, un cou de taureau.

— Le père Dessales, ordonna-t-il d'une voix autoritaire.

Ainsi prononcés, ces seuls mots firent tressaillir le religieux. Le portier baissa la lampe et l'homme vit qu'elle tremblait entre ses mains.

— Mais... monsieur, c'est le milieu de la nuit, dit-il faiblement. Monseigneur dort à pareille heure...

— Réveillez-le, répondit l'homme d'une voix farouche, il gagnera des indulgences...

— Mais je vous répète, monsieur...

Le géant avança d'un pas.

— Réveillez le père Dessales dret là, insista-t-il. Dites-y que c'est rapport à une dette...

— Et... qui dois-je annoncer ?

— Antoine Voyer, paroissien !

Voyer reconnut les lieux. Les murs lambrissés, les nombreux tableaux de maîtres français, l'immense table de travail en noyer, l'horloge de coin qui égrenait les heures et, surtout, le fauteuil recouvert d'un riche velours pourpre.

Le père Dessales parut, l'air contrarié, portant une simple soutane noire, sans la croix pectorale. Il jeta un regard oblique à son visiteur et prit place dans le fauteuil en poussant un long soupir.

— Il faut vraiment n'avoir pas beaucoup de scrupules pour forcer ma porte à pareille heure, fit-il sur le ton d'une colère difficilement contenue. Que se passerait-il, croyez-vous, si chaque paroissien se permettait d'arriver ainsi, à l'improviste ? Ce n'est quand même pas un moulin, que je sache...

Voyer l'écoutait sans broncher. Il attendit patiemment qu'il eût terminé son soliloque, puis leva le bras dans un geste d'une lenteur délibérée.

— J'peux dire c'que j'ai à vous dire, astheure ?

Dessales eut un haussement d'épaules, maugréant son assentiment.

— J'viens vous réclamer le prix de ma confession, annonça Voyer sur un ton froid, comme s'il venait parler affaires et demander à l'autre de rendre des comptes.

Le supérieur parut cloué sur son fauteuil.

— Je vous demande pardon, monsieur Voyer... avez-vous bien dit... le prix de votre confession ?

— Beau dommage, curé, répondit Voyer sans la moindre hésitation.

Il fouilla dans la poche intérieure de sa veste et déposa un document sur la table de travail, devant le père Dessales. Celui-ci tressaillit en voyant la pièce.

— Vous reconnaissez ça ? demanda Voyer.

Le religieux prit alors un air encore plus surpris, ce que Voyer interpréta comme de la ruse.

— Je ne suis pas devin, laissa-t-il tomber.

— Regardez, fit alors Voyer sur un ton autoritaire, la mémoire va vous revenir assez vite...

Le père Dessales déplia le document et le parcourut d'un coup d'œil. Il feignit de ne pas comprendre et interrogea Voyer du regard. Devinant l'astuce, ce dernier prit les lorgnons qui étaient posés à portée de main du religieux et les lui tendit.

— Avec ça su' l'bout du nez, vous verrez plus clair... Envoyez, curé, sinon la nuit va être ben longue...

Le religieux prit connaissance du texte. Il était daté du 24 octobre 1817 et portait sa propre signature. Il s'agissait d'une quittance de toutes les dettes contractées par le défunt, Joseph-François Montferrand dit Favre, et d'un engagement solennel d'absolution et de sépulture en terre consacrée pour ce dernier.

Lorsqu'il eut terminé sa lecture, le père Dessales avait perdu toute sa morgue.

— C'est pour me rappeler ça que vous êtes ici, en pleine nuit ? fit-il d'une voix qui s'étranglait.

Voyer reprit le document des mains du religieux et le remit en place dans sa veste.

— J'suis icitte pour réclamer le dû de Joseph-François Montferrand, libéré de ses dettes et absous par vous-même... le père Dessales, curé de la paroisse et supérieur des Sulpiciens. Vous avez signé de votre propre main ! Et j'suis icitte pour vous rappeler que Joseph-François Montferrand n'est plus une brebis égarée.

Le père Dessales eut un sursaut de colère.

— Et que suis-je censé faire maintenant que vous avez fait irruption en ces lieux et m'entretenez de si rude manière de cette vieille histoire ?

— Vous préparer pour une messe de requiem, curé...

L'ecclésiastique crut que son cœur allait cesser de battre.

— Vous voulez dire… la célébration de funérailles ? balbutia-t-il.

— Beau dommage, fit Voyer.

Le père Dessales inspira profondément puis se donna la peine d'exprimer des regrets, en même temps que des réticences.

— On n'improvise pas des rites funéraires, poursuivit-il, reprenant progressivement de l'assurance. Trois jours d'exposition du corps, une chambre mortuaire… et les derniers sacrements… y avez-vous seulement pensé ? Et le glas ? En avez-vous fait la demande ? Monsieur Voyer, la mort n'est pas l'affaire d'un corps dans un cercueil… c'est la cérémonie de la grande réconciliation entre Dieu et un pauvre pécheur. Prenez donc le temps de faire les préparatifs qui conviennent aux exigences de notre mère l'Église…

Voyer posa ses larges mains sur la table de travail et se pencha vers le supérieur.

— On va laisser faire pour le glas… Rapport à la réconciliation, j'suis certain que l'bon Dieu va s'arranger avec Joseph-François…

Il montra l'horloge.

— Y reste trois heures avant le lever du soleil, poursuivit-il. Juste assez de temps pour passer vot' chasuble et l'étole…

— Vous voulez dire… là… maintenant ?

— Drette là, curé ! Le corps et l'âme de Joseph-François Montferrand vous attendent à la porte de l'église.

Dans le grand espace, seules veillaient les statues des saints et des saintes alignées le long des murs. Autrement, l'église était déserte. Les bancs, les chaises, vides. La chaire, les confessionnaux, inoccupés. Dans la quasi-obscurité, on distinguait à peine l'imposante voûte d'ogives qui se déployait au-dessus des piliers en pierre. Les grands vitraux eux-mêmes se fondaient encore dans la nuit.

Les trois personnes qui entouraient un cercueil assemblé de belles planches de noyer paraissaient perdues dans l'immense nef délimitée par des arcades. On avait déposé sur le cercueil une épée dont la garde arborait une coquille Saint-Jacques, à la poignée ouvragée en anneaux moulés et à la larme trempée du plus bel acier.

Visiblement contraint, le père Dessales, revêtu des ornements de circonstance, feignit d'être un officiant entièrement à son devoir. De plus près cependant, l'altération de ses traits ne laissait aucun doute quant à ses véritables sentiments.

Lorsque vint le moment d'asperger d'eau bénite le cercueil, symbole qu'il libérait, au nom de Dieu et de l'Église, l'âme du corps, il précipita son geste. Son seul regard laissa entendre qu'il n'éprouvait pas la moindre émotion et que ce vague signe de croix, ainsi tracé, n'était en réalité qu'un rituel d'apparence dépourvu de sa véritable signification.

— *Libera me, Domine, de morte aeterna in die illa tremenda…* marmonna-t-il entre ses dents, presque avec hostilité.

Joseph murmura quelques mots à l'oreille du Grand Voyer. Le religieux interrompit son récitatif et se mit à dévisager Joseph avec un air de défiance.

— Cela ne vous convient pas, Montferrand ?

— On voudrait entendre tous les mots, répondit Joseph, les yeux pleins de larmes.

Le père Dessales durcit son regard.

— Je ne suis pas responsable de votre ignorance, fut sa cinglante réponse.

— C'est mon père qui est là, répliqua Joseph sans baisser les yeux et en portant une main sur le cercueil. Vous lui devez respect…

Voyer en avait assez entendu et jugea qu'il n'y aurait pas de querelle autour de la langue latine, lui qui, de toute manière, n'entendait rien à ce véritable galimatias.

— Ça fera pour le jaspinage ! Vous avez rien qu'à réciter la prière ensemble, lança-t-il sur un ton péremptoire.

Le supérieur n'avait pas besoin d'un tel rappel à l'ordre et le manifesta aussitôt.

— Vous oubliez que dans ce lieu vous avez à tenir votre rang, monsieur Voyer, persifla-t-il, tremblant de colère.

— Et vous, curé, oubliez pas vot' signature, que j'tiens toujours en poche, lui renvoya le Grand Voyer.

Le père Dessales comprit qu'il était inutile d'insister. Il fit signe à Joseph d'approcher et, de l'index, désigna le passage du *Libera* qu'il allait entamer.

— *Dies illa, dies irae, calamitatis et miseria, dies magna et amara valde...*

Cette fois, le prêtre lut à voix haute, de façon nette, en détachant les syllabes. De temps à autre, il lançait un regard oblique et sévère à Joseph. Ce dernier ne semblait pas s'en apercevoir. Il gardait les yeux rivés sur le texte. Vint le moment de sa propre récitation.

— *Requiem aeternam dona eis, Domine, et lux perpetua luceat eis ! Libera me, Domine, de morte aeterna in die illa tremenda...*

Joseph lut le texte de bout en bout sans le moindre accroc. Le père Dessales ne put cacher sa surprise en l'entendant prononcer ainsi les locutions latines. Bien qu'il s'efforçât de garder son air de sévérité, ses traits parurent s'adoucir quelque peu. Si bien que, lorsque Joseph en eut terminé, le père Dessales approuva d'un léger hochement de la tête.

— Je dois dire que vous avez bien retenu les quelques leçons que vous avez reçues durant votre trop bref séjour parmi nous, fit-il en s'adressant à Joseph.

Joseph se raidit. Il sentit la main du Grand Voyer lui saisir le bras et le presser vivement.

— J'ai appris ce que j'avais à apprendre, lâcha-t-il du bout des lèvres.

Le père Dessales, qui avait bien vu le manège du Grand Voyer, lança un regard de reproche à Joseph tout en poussant un soupir de contrariété. Ces quelques mots balbutiés sans conviction par le fils du défunt n'étaient nullement de son goût.

— Quoi donc ? dit-il, les lèvres prises d'un tremblement convulsif.

Voyer accentua la pression de ses doigts sur le bras de Joseph, l'incitant à ne pas répondre.

— Curé, faudrait pas oublier que Joseph vient de perdre son père et que c'est dans l'honneur que le défunt doit partir... Ça fait que j'vous demande de l'traiter comme un enfant de chœur, et pas comme un enfant de chienne !

Voyer avait prononcé ces derniers mots d'une voix sourde, presque tremblante.

Le père Dessales parut décontenancé par le propos du Grand Voyer. Il se contenta d'abord de secouer la tête, en évitant de regarder l'homme dans les yeux. Puis :

— Moi, seigneur-curé de ce temple, lâcha-t-il, je vous demande de rendre à Dieu ce qui lui appartient, c'est-à-dire le respect de son nom et de ce lieu sacré. Votre colère injustifiée n'a d'égal que votre orgueil, monsieur Voyer. De tous les paroissiens, vous êtes certainement le plus irrévérencieux...

Il tendit brusquement la main en direction du cercueil.

— Je veux bien agir comme le bon pasteur envers cet homme dont l'âme se trouve en présence de Dieu, poursuivit-il de la même voix, mais en vous rappelant qu'autant la miséricorde que la justice du Très-Haut ne connaissent point de limites...

Puis, s'adressant à Joseph :

— Et toi, s'il est vrai que tu as appris au sujet de la puissance de Dieu, tu dois au moins savoir que les moindres actions d'un homme sont jugées par Lui, depuis l'instant où, enfant, il est tenu sur les fonts baptismaux et jusqu'à son trépas…

Sur ces mots, le père Dessales leva les yeux vers la voûte et demeura dans cette position immobile pendant un long moment, les mains jointes.

— Seigneur notre Dieu, finit-il par dire, recevez avec clémence l'âme… de…

Il interrogea Joseph du regard.

— Joseph-François, murmura le jeune homme.

— … de Joseph-François, poursuivit le religieux. Il n'appartient plus aux hommes de juger ses actes ou ses silences, ses mérites ou les secrets qu'il gardait au fond de son cœur… C'est Vous… Vous seul qui pouvez, au-delà de notre misérable nature humaine, rendre justice… Vous qui voyez un pauvre à l'égal d'un roi… Vous qui voyez au fond des âmes et qui faites le partage du vrai et du faux, reconnaissant même les bonnes actions là où d'autres n'y voyaient que perfidie…

Il s'arrêta, cherchant visiblement à conclure promptement. Il réfléchit un instant, affecta un air presque contrarié, puis dit d'une voix altérée :

— Joseph-François Montferrand, votre corps sera rendu à la terre, car vous n'êtes plus un homme parmi les autres hommes… Et je demande à Dieu tout-puissant de recevoir votre âme, même s'il n'ignore rien des fautes et des erreurs de toute une vie… car ce que Dieu donne, même notre intime conscience, il le reprend…

Joseph sentit une douleur l'étreindre. Mais aucune larme ne coula. La peine l'envahissait. Il eut l'impression que tout se dérobait alentour tandis qu'un écho ressemblant à une voix sortie des ténèbres lui chuchotait à l'oreille. La voix de son père ; la voix d'un mort. Il l'entendait répéter distinctement les mêmes mots : « Tu ne vivras que par l'honneur, Joseph ! » La voix se tut brusquement, mais ce dernier mot, « honneur », continua de résonner dans sa tête. Il fut saisi d'un tremblement.

— Joseph Montferrand, entendit-il alors.

C'était le père Dessales qui l'enjoignait à la dernière prière. Il vit le regard sévère du religieux qui le fixait.

— *Misereatur tui omnipotens Dens*, enchaîna alors le père Dessales, *et dimissis peccatis tuis perducat te ad vitam æternam...*

Il attendit, affichant son impatience, que Joseph réponde à cette prière, qui demandait à Dieu le pardon des péchés terrestres.

— Amen, finit par dire le jeune homme.

— Ainsi que vous, monsieur Voyer, fit le prêtre.

— Amen, répéta Voyer, tout aussi machinalement.

Le père Dessales allait bénir le cercueil lorsque tout à coup des sons confus parvinrent aux oreilles des trois personnes. Des voix humaines, à n'en pas douter. Puis d'autres bruits, plus inquiétants ceux-là. Le cliquetis d'armes. Le Grand Voyer fit un pas en direction du prêtre et son regard fixe plongea dans celui du père Dessales.

— Dites-moé que c'est pas c'que j'pense, gronda-t-il.

Il décela la respiration pressée du religieux.

— La vérité, curé, insista le Grand Voyer.

Le père Dessales n'eut pas le temps de répondre. Une voix s'éleva de l'extérieur.

— *Joseph Mufferaw... you are under arrest !*

Trois coups redoutables résonnèrent contre les lourdes portes du temple. Ces dernières furent brusquement ouvertes. Des ombres se mouvaient dans l'obscurité, avançant au pas cadencé dans l'allée centrale. Ce n'étaient pas des fantômes, mais bien un détachement de soldats anglais, mousquets au poing, baïonnettes menaçantes.

Joseph jeta un regard étonné tour à tour vers le Grand Voyer et vers Dessales. Le premier l'œil en feu, les poings serrés, contenait mal sa fureur. Le religieux avait reculé d'un pas, sa tête était retombée sur sa poitrine, et il fut pris d'un léger tremblement en esquissant un furtif signe de croix en direction du cercueil.

— C'est quoi que vous avez dit, curé, rapport à la justice ? gronda le Grand Voyer en pointant un doigt accusateur vers lui. Que l'bon Dieu voyait le pauvre du même œil qu'un roi ? Des accroires… rien que des accroires ! Des fardoches ! J'le sais que c'est rapport à vous qu'y sont là ! Vous avez vendu l'jeune pour quelques faveurs… p't'être ben une centaine d'écus… Vous êtes rien d'autre qu'un tison du diable, curé ! Un tison du diable !

Le détachement s'approchait de son pas pesant, rythmé. Il n'y manquait que tambours et tocsin pour que soit offert le dégradant spectacle de l'arrestation d'un innocent, qui bientôt aurait toutes les allures d'un coupable qu'on traînerait dans les principales rues de la cité, les mains attachées derrière une charrette.

— *Jos Mufferaw*, lança l'officier, autoritaire. *You are under arrest by command of His Majesty, and under the rules and regulations of the Mutiny Act…*

Dix pointes d'acier furent dirigées vers la poitrine de Joseph. Celui-ci entendit à nouveau le murmure de la voix : « Tu ne vivras que par l'honneur… » Il serra les poings, ses ongles s'enfonçant dans les paumes. Il fit un pas délibéré vers les militaires, puis un autre. Ceux du premier rang portèrent leurs baïonnettes à la hauteur de son visage. « Par l'honneur… » répétait la voix. Son regard seul exprimait sa rage.

— Non, Joseph !

Joseph n'entendit pas l'appel du Grand Voyer. Il continua d'avancer. Il ne sentit même pas le fer qui menaçait de le transpercer. Celui qui tenait l'arme n'attendait que l'ordre fatidique. Mais cet ordre ne vint pas. Un bras de fer agrippa Joseph et le tira vers l'arrière. Le Grand Voyer s'était interposé, défiant à son tour les soldats anglais. Sans céder d'un pas, il fixa le père Dessales :

— Si Joseph-François Montferrand est pas mené à son dernier repos par son fils, vous aurez des morts sur la conscience, curé, dit-il, affichant un air terrible.

Le religieux parut égaré. Il ne doutait pas un instant que les deux colosses pussent se livrer à un véritable carnage et faire couler le sang dans le plus grand temple du pays. Cette seule évocation lui inspirait une terreur folle. Il essaya en vain d'articuler quelques mots. Voyant l'hésitation du prêtre, le Grand Voyer s'emporta :

— Êtes-vous dur de comprenure ou ben donc va falloir que j'vous pique dans l'maigre ? gronda-t-il. J'vous demande de laisser Joseph enterrer son père de même qu'il en a le droit... rapport que vous avez donné l'absolution. Voudriez-vous qu'y soit su de toutes les paroisses que vous avez vendu un Canayen à la racaille armée et que vous avez traité un défunt honorable comme un voyou du dimanche ? Envoyez, curé, le temps est v'nu de défendre la réputation du bon Dieu !

Dépassé par les événements, le père Dessales demeurait sans voix, les yeux fixes, la bouche béante, la voix éteinte dans son gosier, le corps agité d'un tremblement convulsif. Il n'avait souhaité rien de cela. Il n'en avait voulu aucune part, sinon d'apprendre par un messager quelconque que Joseph Montferrand avait été arrêté et conduit en prison en même temps que quelques autres suspects. Froidement, par la voix d'un militaire qui en aurait reçu l'ordre d'un colonel. Et il n'y aurait eu nul drame, ni invasion des lieux, ni mousquets en alerte, ni même le risque d'une charge à l'impériale. Mais voilà que ce géant sauvage, à l'image d'un Goliath, forçait une des bouches de l'enfer, en défiance de toute raison.

— C'est une profanation, murmura-t-il.

— C'est à eux autres qu'y faut dire ça, continua Voyer avec la même détermination dans la voix. Qu'y laissent le jeune enterrer son père… C'est-y pas ça, le rituel ? Les hommes doivent ensevelir le corps des hommes… le porter à la sépulture… Un fils doit prendre soin du corps de son père, pis le curé doit prendre soin de la sépulture…

— *Enough now !* lança le commandant du détachement. *Let's take charge of the prisoner Mufferaw…*

Joignant le geste à la parole, l'Anglais tira son sabre recourbé et, de son autre main, le long pistolet qu'il portait au ceinturon, avec lequel il mit Joseph en joue. Voyer ne broncha pas et refusa de céder le passage aux militaires.

— Curé ! insista-t-il.

Le père Dessales semblait reprendre ses esprits.

— Monsieur Voyer, mesurez-vous les conséquences d'une effusion de sang dans la demeure de Dieu ? fit-il en articulant les mots avec peine. Après le père, ce serait le fils… et vous peut-être… et ces militaires… Vous tous pourriez mourir par violence et par haine, ne pouvant alors ni vous confesser ni recevoir les sacrements de l'Eucharistie… l'extrême-onction… et… de surcroît… refusant de pardonner à ceux que… que vous aurez traités en ennemis… Monsieur Voyer, ne commettez pas l'irréparable… Et toi, toi, Joseph Montferrand, est-ce au diable que tu désires donner ton âme ?

Joseph mit une main sur le cercueil et baissa la tête. Pendant un instant, il attendit une apparition miraculeuse, quelque chose de surnaturel, peut-être l'esprit de son père brusquement revenu sur terre. Mais il ne vit ni ne sentit rien. Il n'entendit pas davantage la voix lui murmurer les mots l'enjoignant à l'honneur. Mais, au fond de lui, dans son jardin secret préservant les souvenirs de l'enfance, s'anima une vision bienfaisante. C'était durant l'année de ses douze ans, par jour de soleil et de froid, alors que la ville était toute blanche. Son père avait fière allure, avec son pardessus en fourrure et son chapeau de castor flambant neuf. Et comme ils passaient devant l'auberge des *Trois Rois*, Joseph-François lui avait dit : « C'est ici que ton grand-père a défendu l'honneur des Montferrand… ! »

Tout disparut. Les soldats, les armes, le père Dessales, même le Grand Voyer. L'esprit de Joseph était ailleurs, au-delà des temps présents, de ses propres malheurs. Il ne craignait ni l'indignité de cette arrestation ni la captivité.

Il regarda en direction des grandes portes ouvertes. Une lueur orageuse illumina le ciel encore noir. Il n'y voyait pas le signe d'une tempête prochaine, plutôt une lumière qui lui ouvrait le chemin dans les ténèbres.

Joseph se réveilla d'un bien étrange sommeil et s'étonna de ne pas apercevoir le moindre rai de lumière. D'ailleurs, il ne vit absolument rien que des ténèbres habitées par un affreux silence. Il avait la tête lourde, les lèvres sèches, les membres raides, douloureux, comme s'il avait été roué de coups. Il tâta le sol, ses mains se refermèrent sur de la paille humide. Elle lui avait manifestement servi de lit. Il se leva, fit quelques pas hésitants, quatre, cinq peut-être, pour se heurter à un mur. Il changea de côté, machinalement, pour se retrouver une nouvelle fois face à une paroi ruisselante, faite de pierres massives et lisses.

Il se trouvait dans le pire des endroits : la prison. Et dans cette prison se trouvait cette géhenne que d'aucuns appelaient le cachot. C'était le lieu du confinement. Lorsque les geôliers en fermaient la porte, ils privaient celui qui s'y trouvait de tout espace, de tout espoir. Le cachot abattait la résistance et empêchait le recueillement de l'esprit. Le cachot rendait sourd, muet et aveugle. Le cachot grugeait l'essentiel de la vie. Puis des brins de souvenirs refirent surface. Montferrand se rappela les paroles du Grand Voyer, l'entendant distinctement supplier les militaires anglais afin qu'on respectât la dignité du mort et qu'on permît à un fils de se prosterner une dernière fois devant la fosse que l'on marquerait d'une simple croix.

Ce fut un bien étrange cortège qui sortit de l'église en direction du cimetière. Une heure de route sous un ciel menaçant et les roulements lointains du tonnerre. Sitôt le cercueil porté en terre et la croix hâtivement disposée pour marquer l'emplacement de l'inhumation de Joseph-François Montferrand, on entrava son fils et on le hissa dans la charrette qui avait servi de corbillard.

— Mon père Antoine ! avait-il alors crié.

— J'm'en va m'occuper de toé, mon Joseph, avait répondu le Grand Voyer.

Ces paroles l'avaient rempli d'espoir. Il se souvint de la farouche physionomie de Voyer. Les traits livides, le regard chargé de menace et de mépris.

— J'm'en va aussi voir à c'que...

Les cris des soldats avaient couvert ces dernières paroles. La rumeur orageuse avait cédé à un violent coup de tonnerre et, brusquement, le vent s'était mis à souffler par tourbillons en même temps que tombait une lourde averse.

Joseph se souvint encore d'une haute muraille sur laquelle se profilait l'ombre sinistre d'une potence, d'un escalier étroit dans lequel on le poussait sans ménagement et qui ressemblait à une descente aux enfers, et d'une voûte basse avec des arcs-boutants plus sombres encore que ceux de l'église. Il entendit des hurlements étouffés et le bruit incessant de chaînes qu'on remuait. Il se rappela bien la puanteur des lieux, la lumière dansante des torches qui illuminait brièvement les parois et l'affreux grincement de la porte de fer qui pivotait sur ses gonds avant de se refermer derrière lui.

Le temps n'était plus. De sorte que Joseph ne savait pas s'il avait dormi, fait un cauchemar duquel il ne s'était pas encore éveillé, ou si, plus simplement, il délirait, ainsi qu'il l'avait fait pendant des jours lorsqu'il avait été la proie d'une fièvre maligne. Mais il dut bien se rendre à l'évidence, puisque les odeurs putrides qui envahissaient le cachot lui donnaient des nausées. Ce n'était donc pas sa raison qui s'égarait, mais bien cette captivité, bien réelle, qui lui imposait une terreur sans nom. Combien de jours s'étaient ainsi écoulés ? Il n'en savait rien. Il n'éprouvait ni faim ni soif. Tout ce qu'il souhaitait maintenant était un peu de clarté, si peu, à peine le reflet d'une flamme vacillante, la lueur d'une simple bougie, ou alors une ouverture dans le mur qui eût révélé un minuscule coin de ciel. Mais l'emprise des ténèbres demeura totale et, avec elle, un silence spectral.

De désespoir, Joseph pria. Dieu et tous les saints d'abord, sans résultat. Alors il supplia la Vierge de lui permettre d'entendre de nouveau le murmure d'outre-tombe qu'il tenait pour être la voix de son père. Il tendit l'oreille, attendit. Toujours rien : que le silence. Il désespéra. Dans sa tête, il confondit prières et suppliques, passant d'un *Alma Redemptoris Mater* à un *Salve Regina*, y mêla les premières paroles d'un psaume ainsi que des bribes de prières apprises en rapport avec le chemin de la Croix. Le regard perdu dans le noir, Joseph imagina un corps inerte détaché de la croix, puis reposant entre les bras d'une femme éplorée dont il souhaitait qu'elle fût Marie ; un corps au visage défiguré par la couronne d'épines, au côté ouvert, percé par le fer d'une lance, les mains et les pieds déchirés par les clous d'un long martyre.

Il pensa à Marie-Louise, à sa douleur de mère. Que savait-elle des tribulations de son fils ? De cette absence prolongée qu'elle eût aisément prise pour une désertion ? Brusquement, il se sentit coupable d'avoir abandonné sa propre mère, sa sœur et son jeune frère ; coupable de ne point s'être soucié outre mesure de leurs misères quotidiennes, des besoins essentiels qu'étaient la nourriture, le chauffage, et dont ils risquaient d'être privés. Qu'allait-il dire à sa mère, si tant est qu'il sortît vivant de cette prison ? Qu'il n'attendait nulle pitié de quiconque et que, pour autant, il n'en éprouvait aucune dès lors que l'honneur du nom des Montferrand était en cause ? Allait-il aussi sacrifier la vérité au nom de l'honneur ? Cette vérité qui passait par le cadavre de son père vêtu d'une casaque bleue qui n'avait jamais été la sienne, les mains fermées pour l'éternité sur l'épée de François Favre ; qui passait également par ce sombre cercueil transporté de nuit sous escorte militaire et enseveli à la hâte comme pour précipiter l'oubli. Que pouvait-il dire d'autre ? Que suite à un massacre, François-Joseph était devenu un mort-vivant, écroué sous terre afin qu'il soit soustrait à la malveillance tant de l'Église que de l'armée ? Qu'on l'avait voué au dénuement total ? Qu'on l'avait abandonné à ses démons intérieurs et que, lorsque la mort était repassée pour de bon, ce n'était pas un homme qu'elle avait emporté ? Cela, Marie-Louise ne le supporterait pas. En fait, ce ne serait pas tant l'annonce de la mort elle-même, puisqu'elle en avait déjà porté le deuil. Ce qu'elle ne supporterait pas serait la révélation d'un mensonge premier, d'une complicité du Grand Voyer et de Joseph. À ses yeux de femme, ce serait la complicité d'hommes mus par le désir de la vengeance, non de la compassion. Et Joseph aurait beau répéter cent fois à sa mère qu'il avait voulu lui épargner les douleurs de l'indignité, Marie-Louise s'obstinerait, plantée devant une fenêtre, butée, refoulant douleur et colère, en faisant valoir ses droits inaliénables d'épouse et de mère. Et cela, à la longue, provoquerait la rupture.

Alors que les ténèbres se renfermaient davantage sur lui, Joseph se refusa à toute prière. Il n'attendait plus la miséricorde de Dieu, pas plus que les faveurs de la Vierge. Il n'espérait nulle grâce, nulle pitié, ni la moindre indulgence des humains. Il se sentait vide, sans réaction, se disait que, dans cet espace clos, étouffant, la raison ne servait plus à rien.

Au début, il ne prêta pas attention aux menus bruits qu'il entendait. Mais lorsqu'ils se manifestèrent de nouveau, par intervalles, il tendit l'oreille, scruta le noir. Il perçut distinctement un frottement, comme si l'on remuait la paille. Il se leva, se colla au mur, parcourut de ses mains les pierres ruisselantes d'humidité. Le bruit cessait, puis revenait. Joseph se déplaça à tâtons, d'un coin à l'autre du cachot, collant ici et là une oreille contre la muraille. Rien. Puis le bruit recommençait, semblait se déplacer. Suivit un son plaintif, semblable à un couinement.

Joseph comprit et frissonna de dédain. Il partageait sa prison avec un rat ou, pire, avec une colonie de rats. Peut-être ces bestioles étaient-elles déjà les locataires des lieux lorsqu'on l'y avait enfermé, peut-être que non. Ce qui signifiait alors que ces affreux rongeurs avaient réussi, avec le temps, à déchausser une énorme pierre de taille en venant à bout des moellons qui la soudaient à l'ensemble et qu'ensuite, avec une infinie patience, ils avaient creusé un passage débouchant dans ce cachot. Il imagina un instant le temps qu'il devrait mettre à forcer une pierre de ses mains nues. Des journées à s'écorcher les doigts et

s'arracher les ongles simplement pour parvenir à les intro-
duire dans le minuscule espace entre deux pierres. Sans
compter le temps que cela prendrait avant d'en détacher
un fragment, puis à l'ébranler. Un combat entre l'espérance et le désespoir. Mais un combat.

Joseph se crut la proie d'une étrange folie. Il entendait maintenant une voix ; pas celle de son père, mais une
autre, tout aussi familière.

— Ça fait combien de clous ? demanda la voix.

Joseph sentit sa tête tourner. Il s'égarait.

— Combien de clous ? répéta la voix, se faisant plus
insistante.

Il l'entendait aussi distinctement que les grattements
du rat. Elle le terrifiait tout autant qu'elle représentait
l'espoir qui se reformait en lui. Cette voix était comme
le rayon du jour qu'il souhaitait tant revoir.

— J'ai rien entendu, continua la voix avec la même
gravité.

— Des mille, parvint enfin à murmurer Joseph... C'est-
y ben... vous ? ajouta-t-il, craintif.

— C'est pas ça que j'veux entendre, poursuivit la
voix. Combien d'une sorte... combien de l'autre ? Combien de clous à charrette... à charpente... à bordage...
à ferrer ?

La voix n'attendit pas de réponse. Elle continua :

— On fait jamais le travail à moitié, garçon... Tu te
rappelles le grand cloutier des Forges du Saint-Maurice ?
Ouais, celui-là ! Trente ans à rendre des clous... capable
de forger cent clous par heure ! Des clous qui servaient à
bâtir... à monter une église, un bâtiment de ferme, une
goélette, un pont ! C'qui fait de chaque clou la chose la
plus utile au monde !

— Mais, balbutia Joseph tout en cherchant dans le
noir, j'ai pas d'clous à compter... Y a rien, icitte... juste
des rats !

— C'est-y parce que tu sais pas compter?

Joseph ne répondit rien. Il se sentait impuissant, la gorge nouée. Soudainement conscient de sa folie passagère, il prit son visage entre ses mains et se mit à sangloter. C'étaient les premières larmes qu'il versait depuis que lui et le Grand Voyer avaient repoussé la terre sur le cercueil de son père jusqu'à ce que la fosse fût comblée à ras le sol.

— Tu sais pas compter, garçon? relança la voix, que Joseph prit bien évidemment pour celle de Cléophas Girard, le maître forgeron qui lui avait permis de découvrir la part de lui-même qui était alors enfouie au fond de son être.

— J'sais compter, ragea Joseph… J'sais lire itou!

— Beau dommage, garçon! T'as rien qu'à les compter, les clous… rapport que t'as rien d'autre à faire!

La voix se tut. Joseph essaya de percer l'obscurité. Il finit même par articuler le nom du forgeron. Les sons se perdirent dans le silence.

Joseph délirait, plongé dans un sommeil de brute. Il triait des clous, les comptait et les rangeait dans l'ordre, maniaque, par centaines. Puis il recommençait le même manège.

— C'qui fait de chaque clou la chose la plus utile au monde, répétait la voix du maître forgeron d'un ton monocorde.

— J'ai compté tout c'qu'y avait de clous, se lamentait alors Joseph. Y en a pas d'autres… J'en veux pas d'autres…

— C'est parce que tu les cherches pas assez loin, ajouta la voix. Y en a autant que tu peux en compter. Envoye, garçon, c'est pas l'temps de lâcher. C'est l'temps d'être utile!

Joseph finit par se réveiller. Il essaya d'ouvrir les yeux complètement mais n'y parvint pas. Ses yeux étaient tellement enflés qu'ils demeuraient mi-clos. Joseph fut cependant surpris de constater qu'il y voyait un peu mieux qu'avant, comme si ses pupilles s'étaient accoutumées à la noirceur du cachot. Il vit dans un coin une couverture usée par les ans et quelques quignons de pain rance, largement entamés par les rats. Sinon, rien d'autre que la paille malodorante, souillée par l'urine. Le plafond était assez bas pour que quelqu'un de bonne taille puisse le toucher aisément du bout des doigts. Il était traversé par une énorme poutre noircie de suie.

Joseph vit une ombre fuyante au ras du sol, puis une autre. Des rats, de toute évidence. Les rongeurs semblaient s'y retrouver facilement, dans ce lieu de confinement. Ils empruntaient de petites galeries souterraines, se faufilaient entre les murs après qu'ils avaient détaché les moellons, grimpaient ainsi jusqu'au plafond pour se servir ensuite des poutres pour envahir les moindres espaces libres.

Joseph ne se rendit pas compte tout de suite qu'un rat s'était faufilé jusqu'à lui, s'était posé sur son pied pour ensuite monter sur sa jambe. Lorsqu'il sentit enfin un semblant de morsure, il réagit avec une rage aussi soudaine que désordonnée. Il saisit la bête poilue d'une seule main et la serra à mort. D'instinct, dans sa très brève agonie, le rat lui mordit la main. En hurlant, Joseph l'écrasa contre le sol, le réduisant en bouillie. Et, tout aussi soudainement, il urina. Il prit ce réflexe involontaire pour une disgrâce. Tout en frissonnant de dégoût, il se mit à sangloter sans retenue.

— Mon père, se lamenta-t-il à voix haute, mon père… venez me chercher !

Il s'affola et resta ainsi prostré contre la pierre humide. Peu de temps après, son corps fut agité d'étranges convulsions. Il se mit à grelotter. Son visage était bouillant, en proie à un accès de fièvre.

Dans l'heure suivante, Joseph se trouva étreint dans un véritable tourbillon, alors que, de nouveau, l'obscurité envahissait le lieu. Peu à peu, l'air se raréfiait, ne semblant plus suffire au besoin de ses poumons. Il suffoquait, était secoué d'incessantes quintes de toux.

Et comme il s'abandonnait, s'enfonçant peu à peu dans le néant, il y eut un affreux grincement. C'était le bruit que faisait la lourde porte de fer alors qu'elle pivotait sur les gonds rouillés. Les feux dansants de torches éclairaient maintenant le réduit puant. S'y trouvait, affalé à même le sol souillé d'excréments, le prisonnier répondant au nom de Joseph Montferrand.

L'officier anglais, encadré par deux geôliers, affichait un air méprisant alors qu'il jetait un coup d'œil sur l'espace fangeux.

— *Disgusting*, fit-il entre ses dents tout en portant un mouchoir contre ses narines, comme pour ajouter à l'expression de son dédain.

De l'avis de tous, les cinq cachots de la prison de Montréal n'avaient rien à envier à ceux de la tour de Londres. Ils parvenaient à horrifier tous ceux qui en franchissaient le seuil. Ils brisaient la résistance des plus coriaces et les faisaient basculer en peu de temps dans un état de démence. Même les geôliers les plus endurcis demandaient qu'on les relevât au bout de quelques semaines, de peur d'être eux-mêmes gagnés par la folie.

— *How long has he been here?* demanda le militaire à un des geôliers.

Le gros homme répondit par un haussement d'épaules tout en lançant un coup d'œil tordu à l'autre geôlier.

— C'est quoi qu'y veut savoir ? grogna-t-il.

— Ça fait combien de temps qu'y est là ? fit l'autre avec nonchalance.

— Comment veux-tu que j'le sache ? fut sa réponse. J'viens ben juste d'arriver dans la soue à cochons...

— *Well ?* s'impatienta l'officier.

Le gros homme pansu fit la grimace tout en passant sa main sur sa tunique de gardien, maculée de haut en bas de taches de graisse, au point qu'elle luisait.

— P't'être ben six jours... dix dans l'pire, répondit-il sans la moindre conviction, en prenant soin d'éviter le regard du militaire.

L'Anglais examina Joseph de plus près et vit des plaies saignantes à sa jambe et sa main.

— *How did he get that ?*

L'un des deux geôliers se gratta le crâne, puis désigna un coin du cachot. Le militaire vit les morceaux de pain moisi et grimaça malgré lui, en imaginant le prisonnier avaler ne serait-ce qu'une miette de cette pitance infecte. Puis il vit la petite ouverture à la base du mur et devina le reste.

— *Rats, is that it ?*

Le geôlier émit un petit ricanement et, découvrant ses dents gâtées, imita un rongeur. Pendant un instant, l'officier fut tenté de gratifier le grossier personnage d'un violent soufflet. Il freina son envie et se contenta d'un coup d'œil qui en disait long sur son envie.

— *Get that man out of here, now !* ordonna-t-il alors aux deux geôliers. *Clean him up... an see that his wounds are attended... do you understand ?*

Le plus âgé des geôliers grogna et, d'un hochement de la tête, fit signe qu'il avait compris.

— *You do that, or you will end in here yourself*, ajouta le militaire d'un ton menaçant.

— C'est quoi qu'y a dit ? demanda l'autre geôlier avec un air niais.

— Y faut l'sortir d'icitte si on veut pas se retrouver mal amanchés...

— On a rien à voir là-d'dans... C'pas à nous autres de porter les chiennes des Anglais...

— P't'être ben... sauf qu'on est pas arrangés pour avoir les baguettes en l'air. On a pas l'pouvoir d'être effrontés ; ça fait qu'on fait comme y dit pis on l'sort d'la cage !

Comme les deux geôliers s'affairaient à transporter Joseph hors du cachot, le militaire se pencha pour voir le visage de celui qu'on avait écroué dans cet endroit de folie depuis plusieurs jours. Il fut surpris de voir des traits aussi juvéniles. Il affecta une mine dégoûtée.

— *He is not even a man yet !*

Le lieutenant Bennett était visiblement choqué. Il comprenait bien ses devoirs d'officier britannique en territoire conquis. Mais il se sentait incapable de complicité devant un tel abaissement. Car il ne doutait pas un instant que ce traitement infligé avait pour seul but d'asservir les consciences des vaincus, de les briser définitivement, par la persuasion, la perfidie, la répression, la torture. Tel était le crédo du colonel Tyler Clayborne.

Le jeune officier se tenait au garde-à-vous devant un Clayborne en apparence impassible. Celui-ci l'avait écouté lui raconter ce dont il avait été témoin dans la prison. Clayborne avait observé les lèvres de Bennett blêmir progressivement au fil du récit. Visiblement, le subalterne avait exprimé sa dissidence.

— Vous en avez terminé ? fit-il sèchement.

— Oui, monsieur, répondit Bennett en se raidissant davantage.

— D'où êtes-vous, lieutenant ? lui demanda alors Clayborne.

Le jeune militaire parut quelque peu surpris.

— Du Sussex, monsieur.

— De l'est ou de l'ouest?

— De l'est, monsieur.

— Mais encore...

— De Eastbourne, monsieur, directement sur la mer.

— Tiens donc, commenta Clayborne avec un brin d'ironie dans la voix, cela se trouve à quelques *miles* à peine de Hastings, si je ne m'abuse.

— C'est tout à fait juste, monsieur.

— Voyez-vous cela, lieutenant, continua Clayborne sur le même ton, Hastings, dans le East Sussex... l'endroit même où notre Guillaume le Conquérant a remporté la bataille qui a ouvert la porte au royaume d'Angleterre...

— Oui, monsieur, c'est comme vous le dites.

Clayborne reprit son air autoritaire.

— Donc, lieutenant Bennett, je dois comprendre que dans ce... East Sussex... il est de coutume de remettre en question les lois de Sa Majesté...

Bennett ne voyait pas où son supérieur voulait en venir.

— Certainement pas, monsieur, s'empressa-t-il de répondre.

Clayborne s'approcha de lui. Il nota aussitôt un tremblement nerveux chez le subalterne, ainsi qu'une pâleur croissante qui gagnait son visage.

— Et je présume, continua Clayborne, que tous les officiers qui viennent du Sussex, qu'ils soient de l'est ou de l'ouest, n'ont, pas plus que vous, le respect de leur uniforme...

D'un geste brusque, il désigna les larges boutons d'acier qui ornaient la tunique rouge de son vis-à-vis.

— Je parle de ça, par exemple, gronda-t-il en tirant sur un des boutons, ça, aussi terne que vos remarques de tout à l'heure... et de ce col mal ajusté, de ces bottes qui feraient honte au dernier des troupiers!

Clayborne le dévisageait durement, cherchant une expression de crainte dans le regard de l'autre. Bennett baissa les yeux.

— Or donc, lieutenant, vous en avez contre la sévérité de nos lois, lois qui, je vous le rappelle, ont été promulguées par Sa Majesté, lois qui ont pour but de prévenir les désordres, les mutineries, les assassinats, qui permettent de déjouer les complots, qui maintiennent d'une manière noble, forte et inflexible le bon ordre dans toutes les colonies de notre empire.

Il vit des gouttes de sueur qui commençaient à perler sur le front du jeune officier. S'approchant davantage, il attendit que Bennett le regardât.

— Vous n'êtes pas dans cette armée royale pour vous laisser émouvoir par une situation dont vous ne saisissez manifestement pas les enjeux. Alors pour qui vous prenez-vous donc, Bennett, pour me reprocher les conditions d'emprisonnement des malfaiteurs ? Pire encore, pour intercéder en faveur de l'un d'eux ?

— Ce n'est pas encore un homme, plaida Bennett.

— Il vous rompra le cou si vous lui en donnez l'occasion, persifla Clayborne. Vous ranger maintenant de son côté équivaut à lui mettre une arme entre les mains, le savez-vous ? Au lieu du bourreau, c'est un allié qu'il trouve. Au lieu de lui faire baisser la tête sous le poids des preuves, vous lui permettez de la relever, de nous défier. Au lieu du supplice mérité, vous lui promettez l'indulgence ou alors vous agissez comme tel. Voilà les conséquences de votre faiblesse, Bennett !

Clayborne fit volte-face et s'éloigna de quelques pas. Il prit la badine qu'il avait coutume de garder sous le bras durant les manœuvres de la troupe et la fit siffler en cravachant l'air à quelques reprises, comme pour donner de l'effet à ses propos.

— Le cachot, Bennett, n'a rien d'effrayant pour celui qui le mérite, poursuivit-il d'une voix devenue plus sourde. Croyez-vous donc qu'il soit pire que le soleil ardent qui dévore nos troupes à l'autre bout de notre empire ? Car là-bas, ils se battent jusqu'au bout de leurs ressources, parfois sans une gorgée d'eau, alors qu'ils entendent les vagues océanes s'échouer à quelques centaines de yards… Voilà qui est effrayant, Bennett, pas un cachot qui abrite un traître et quelques rats !

Il se tut et alla se poster devant la grande fenêtre. Il contempla les grands érables qui ombrageaient les carrés de verdure et de fleurs et tapissaient toute la devanture de la vaste résidence. Mais très vite, il revint à ses préoccupations du moment.

— Me comprenez-vous vraiment, lieutenant Bennett ? demanda-t-il rudement.

— Monsieur ! fit le jeune officier en claquant les talons.

C'était la façon militaire de prendre acte de la remarque ou de l'ordre d'un supérieur.

— Prétendez-vous autre chose ? insista Clayborne.

— En tant qu'officier de Sa Majesté, je ne saurais avoir aucune prétention, monsieur, fut la réponse équivoque de Bennett.

— Et autrement ?

— C'est entre moi et ma conscience, colonel…

Clayborne se dirigea vers le grand mur lambrissé, sur lequel était accroché le portrait d'un homme portant une perruque blanche, un uniforme de la marine royale bardé de décorations dont l'Ordre du Bain et de la Croix de Saint-Georges, et dont le bras gauche était porté à la hauteur d'un visage borgne aux traits tourmentés.

— Vous le connaissez ? demanda-t-il à Bennett.

— Lord Nelson, monsieur, s'empressa de répondre le jeune officier, visiblement admiratif.

— Le vicomte Lord Horatio Nelson, reprit Clayborne, poursuivant sur un ton plus récitatif. Il perdit son œil droit à la bataille de Calvi en 1794, son bras droit à Ténériffe en 1797, et sa vie à Trafalgar en 1805…

— En effet, monsieur, renchérit Bennett.

— Ne m'interrompez pas, lieutenant, le semonça Clayborne. L'amiral Nelson n'a jamais fait la distinction entre son devoir de militaire et les diktats de sa conscience. Lorsqu'il a reçu l'ordre de ses supérieurs de battre en retraite, lors de la bataille de Copenhague, en 1801, afin d'éviter une trop grande perte de vies, il a placé sa lunette d'approche sur son unique œil et a dit à ses hommes qu'il ne pouvait voir les messages de danger, mais qu'il voyait clairement les signaux d'une éventuelle victoire. Voilà ce que nous attendons de tout officier digne d'être au service de Sa Majesté le roi… d'un véritable Anglais! Tout ce que Lord Nelson a dit ou fait, de l'âge de douze ans jusqu'à sa mort, il l'a fait, sans le moindre compromis, pour son pays et pour son roi! Sans jamais se laisser attendrir par les caprices de sa conscience. Me comprenez-vous davantage, Bennett?

Il y eut un moment de silence pendant que Clayborne fixait son subalterne droit dans les yeux.

— Je vois où vous voulez en venir, monsieur, répondit Bennett, sans trop de conviction toutefois.

À l'expression butée du jeune officier, Clayborne devina aisément que cette réponse était celle de quelqu'un qui choisissait le moindre de deux supplices.

— Bien, enchaîna-t-il. Toutefois, je vais quand même vous dire plus précisément où je veux en venir. Voyez-vous, le lion le plus dangereux est celui que l'on croit impuissant parce qu'il se trouve pris au piège au fond d'une fosse qu'on a creusée exprès pour l'attraper. Ne vous y méprenez jamais, car le lion ne connaît pas la clémence… ce que certains prêchent sous le nom de miséricorde. Ou vous lardez ce lion de piques et en faites votre trophée, ou bien vous le mettez en cage et l'y gardez jusqu'à ce qu'il soit trop vieux pour vous tailler en pièces. Surtout, ne vous apitoyez jamais sur son sort: ce serait signer votre arrêt de mort ! Il en est de même pour les rebelles, les insurgés, les traîtres. Libérez-les de leurs chaînes, nourrissez-les comme des soldats, rendez-leur la lumière du soleil et vous serez leur prochaine victime.

En disant ces derniers mots, Clayborne montra le portrait de Nelson.

— Lui savait cela, ajouta-t-il. Son exemple doit nous servir. Et vous, lieutenant Bennett, vous devez maintenir le cap sans vous émouvoir de certaines apparences qui peuvent paraître affligeantes...

Bennett parut ébranlé. Il hocha la tête. Un instant, il se rappela avoir vu un jour des lions qui dormaient dans une cage aux épais barreaux de fer. Quelqu'un avait remarqué avec ironie que, le jour où les gardiens cesseraient de les nourrir d'abondance d'énormes quartiers de viande, les lions se repaîtraient aussitôt de ces mêmes gardiens.

— Savez-vous au moins qui est celui pour lequel vous vous êtes indigné en réclamant presque notre clémence ? demanda Clayborne.

— On ne m'a pas dit son nom ni parlé des motifs de son incarcération, monsieur...

— Montferrand, fit Clayborne, il s'appelle Jos Montferrand. Pour le moment, vous avez vu un corps crasseux marqué de quelques plaies. En réalité, c'est le lion en cage qui, à la première occasion, se lancera sur vous, sur moi, sur tout ce qui représente la grandeur de notre empire. Pas de pitié, Bennett, brisez celui-ci et vous les briserez tous !

Bennett ne réagit pas. Il entendit le bruit imperceptible de la petite horloge, posée sur le manteau de la cheminée, qui marquait le temps. Il pensa à tous ceux-là, coupables comme innocents, écroués dans les cachots malodorants, sourds et aveugles dans la grande noirceur, pour qui le temps n'avait plus de sens. Le petit balancier continuait son bruit, mille fois répété, assiégeant son esprit. *Je n'ai*

*rien d'un bourreau*, pensa-t-il, *je ne suis pas un geôlier...
et je n'ai pas le caractère de Lord Nelson !*

— Est-ce tout, monsieur ? demanda-t-il en se raidissant une fois de plus, tentant d'atténuer la crispation de ses mâchoires.

— Presque, lieutenant, répondit Clayborne froidement. La loi précise que tout accusé reconnu coupable de mutinerie peut recevoir jusqu'à neuf cent quatre-vingt-dix-neuf coups de fouet. Il nous est loisible de choisir la manière d'administrer ce châtiment. Comme ce Montferrand n'a jamais été corrigé, je vous ordonne de procéder comme suit : neuf coups de fouet par jour, jusqu'à ce qu'il ait reçu le compte... et avec du plomb aux lanières, je vous prie !

Livide, le lieutenant Bennett répéta machinalement la formule protocolaire. Il fit un violent effort pour se contenir. Mais Clayborne nota la décoloration de ses joues, le regard presque atone et les mâchoires serrées du subalterne.

— Dites-le, fit-il.

— Monsieur ?

— Le fond de votre pensée.

Bennett poussa un faible soupir.

— Ce n'est pas encore un homme, répéta-t-il d'une voix à peine audible. La jeunesse n'a-t-elle pas un certain droit... fût-ce d'être épargnée d'une part de cruauté ?

— Non, réagit aussitôt Clayborne. Non, parce qu'il y va de la justice du roi, et cette justice ne saurait avoir deux poids et deux mesures. Épargnez ce Montferrand et il reviendra plus fort encore, car la nature l'a malheureusement doté d'une constitution hors de pair. Épargnez-le, et ce qui n'est encore qu'un vent impétueux deviendra un ouragan. Ouvrez la porte à une forme de clémence, et tous ceux qui admirent déjà l'homme la défonceront avec la force d'une horde sauvage. C'est maintenant qu'il faut le mater… le briser. Sinon, il n'y aura jamais de muraille qu'il ne pourra franchir. Mais le fouet, la main du bourreau… eux lui laisseront la marque de la honte sa vie durant.

Bennett n'ajouta rien. Mais déjà la dissidence montait en lui, empourprait son visage. Une conviction qui lui rendait une force nouvelle et allait le pousser à agir selon sa conscience.

À peine eut-il le dos tourné pour quitter les lieux qu'un bruit de pas précipités se fit entendre, martelant le corridor. On frappa pour la forme et, sans attendre l'autorisation d'entrer, on ouvrit. C'était un messager royal, au visage marqué d'une anxiété visible.

# · II ·

L'homme, entièrement vêtu de noir, gravit lestement le grand escalier de pierre, frappa trois coups brefs à la porte et passa une main dans son épaisse chevelure, dressée en permanence telle la crête d'un coq prêt au combat. Lorsque la porte s'ouvrit, il déclina son identité:

— Papineau, président de la Chambre.

Le chambellan le toisa d'un œil sévère. Il nota les yeux vifs, le front large du visiteur, d'autant plus impressionnant qu'il était grand et avait la poitrine bombée, semblant être du genre à ne s'en laisser imposer par personne.

— *Do come in*, finit-il par dire.

— C'est grave? demanda Papineau.

À la question, le chambellan opposa le silence. Il se contenta d'un geste de la main, tout en cédant le passage à Papineau. Le hall d'entrée de la résidence du gouverneur général était occupé en son centre par un escalier monumental. La large bande murale ainsi que les motifs composant les arcs des fenêtres portaient les symboles de la royauté anglaise, parmi lesquels les armoiries de George III et de la maison de Hanovre, aux couleurs pourpre et azur rehaussées d'embossages dorés.

D'un côté, une vaste bibliothèque, de l'autre, un très grand salon garni d'un magnifique foyer orné de marbre blanc. S'y trouvaient des fauteuils de cuir, deux causeuses, un piano, des sculptures et, pour compléter l'ensemble, plusieurs tableaux de maîtres fixés sur des murs recouverts de papier peint. Un homme d'un certain âge, aux joues creuses, arborant une large moustache et d'épais favoris, descendit les marches suivi par deux domestiques. Il ne parut pas le moindrement surpris de voir Papineau. D'un geste inconscient, il vérifia les boutons de sa redingote, le petit nœud de sa cravate, puis d'un ton froid mais poli s'adressa à l'autre dans un français à peine marqué d'une trace d'accent :

— Je suis le docteur Wright. Son Excellence a souhaité s'entretenir avec quelques proches, dont vous. Je vous prie de ne pas l'interrompre lorsqu'il s'adressera à vous : il est très faible et a surtout besoin de repos. Vous me comprenez ?

— Je ne savais rien de son état, répondit Papineau, visiblement surpris. Dois-je comprendre que c'est grave ?

Le docteur Wright se contenta d'abord d'un bref hochement de tête. Puis :

— Son Excellence a derrière lui une grande carrière de soldat, fit-il. Les problèmes de santé qu'il a connus en Inde et en Espagne ont refait surface. Cette fois, c'est la paralysie qui le guette. C'est pourquoi je vous demande de ne pas le forcer à parler… *Yes ?*

À l'étage, les pièces étaient sombres, avec tous les murs couverts de boiseries foncées. Parmi ces pièces, la plus grande, mais également la plus austère, était la chambre à coucher. La lumière n'y pénétrait que faiblement, toutes les fenêtres étant habillées de lourdes draperies. S'y trouvait, outre une commode et deux chaises à piètement droit, un lit carriole en noyer avec, à son pied, un grand coffre.

L'homme allongé dans ce lit était livide comme un mort. Il regardait de ses grands yeux fixes le plafond, dont le découpage de poutres en bois sombre imitait de grands caissons. Son visage carré qui, aux yeux de tous, avait incarné la force de caractère, la détermination extrême et le mépris à l'égard des mesquineries était déformé par une paralysie du côté droit. Un filet de salive coulait lentement au coin de ses lèvres tordues, figées dans ce qui ressemblait à un rictus involontaire. Sir John Coape Sherbrooke s'efforçait de parler, mais les mots qui sortaient de sa bouche étaient à peine compréhensibles. Au bout de chaque phrase, il se mit à trembler, agitant le bras gauche, crispant le poing, alors que le bras droit demeurait inerte, replié sur sa poitrine.

Son interlocuteur était, tout comme ce malade qui l'avait fait convoquer, un chef : à la fois prêtre, archevêque et homme politique. Mgr Octave Plessis avait su préserver l'influence morale, sociale et politique du clergé catholique sur la colonie, créer des liens personnels et privilégiés avec le représentant du roi d'Angleterre et contrer l'apostolat protestant tout en ménageant les susceptibilités du gouvernement. C'est ainsi que Sir John Coape Sherbrooke, gouverneur en chef de l'Amérique du Nord britannique, avait fait nommer Mgr Plessis au Conseil législatif. Il avait vu en cet ecclésiastique un tel allié qu'il avait procédé à sa nomination en sachant qu'il récompensait le triomphe d'une diplomatie menée par le représentant spirituel d'un peuple vaincu en même temps qu'il reconnaissait officiellement l'évêque de Québec.

Dès son arrivée en poste, en 1816, Sherbrooke avait été mis en garde contre l'influence démesurée qu'exerçait ce prélat, dont on lui avait décrit les sermons impressionnants et l'énorme capacité de travail. Des journées, disait-on, qui commençaient à quatre heures du matin et se prolongeaient jusqu'à minuit. Certains opposants le

soupçonnaient même de sympathie avec des révolution-
naires français. Mais Sherbrooke avait découvert assez tôt
que Mgr Plessis s'avérait davantage un ami qu'un ennemi
des Anglais. Il ne s'était pas gêné pour dénoncer la révolution anglaise et avait soutenu, malgré toutes les oppositions, une journée d'Action de grâces pour célébrer la
victoire de l'amiral Nelson sur le Nil, en Égypte.

— Monseigneur, fit Sherbrooke péniblement, j'admire
aujourd'hui... euh... encore plus... votre... euh... vaste
connaissance... du peuple et... du pays... et... j'ose vous...
demander de... faire... euh... sentir votre... influence...
plus... plus que... jamais.. *You hear me, Plessis? More
than ever in this... here... colony... our colony... so
help... me God!*

Il tenta d'en dire plus, mais il n'en eut pas la force. Il
tendit la main gauche et invita Plessis à la prendre, tout
en affichant un air de supplication. L'archevêque la prit
entre les siennes et l'étreignit.

— Je le ferai, Excellence, répondit-il d'un ton rassurant. Mais promettez-moi à votre tour d'intercéder au
sujet du droit de propriété des Sulpiciens... Il faut à tout
prix empêcher la saisie de leurs biens ! Par ce geste, vous
montrerez que la Couronne n'est pas réfractaire aux
intérêts et aux désirs du clergé catholique, vous affir-
merez aussi votre intention de ne pas laisser les démago-
gues faire des catholiques les instruments de leurs mauvais desseins, ce qui me permettra de concilier les intérêts
de la majorité catholique sans jamais désavantager les
protestants.

Le représentant du roi d'Angleterre émit un profond
soupir. Il savait qu'en politique, le moindre geste, la
moindre voix chuchotée, même un silence prolongé était
une façon de découvrir les intentions d'un adversaire. Et
Sherbrooke ne se faisait aucune illusion quant à son état.
Même avec les meilleurs soins, il ne serait plus jamais en

état d'assumer ses fonctions. Au mieux se retrouverait-il à partager son temps entre son manoir de Calverton et des stations thermales, à Cheltenham ou à Bath, à évoquer ses mémoires de guerre, ses missions diplomatiques, ses années en terre d'Amérique. Déjà, son successeur était présenté. En Angleterre, à la même heure, quelqu'un avait été reçu en audience royale et investi de la charge royale. À Montréal, la nouvelle de sa maladie avait suscité des intrigues.

Plessis ne le quittait pas des yeux alors que Sherbrooke semblait plongé dans une forme de méditation.

— Excellence, l'appela-t-il à voix basse.

Sherbrooke ouvrit les yeux et le prélat vit qu'ils étaient humides.

— Pardonnez-moi, poursuivit Plessis, mais j'ose insister. Et je m'engage devant Dieu à servir les causes que vous défendiez. Un simple geste de votre part, Excellence…

Le gouverneur cligna des yeux. Aussitôt Plessis retira ses mains et se dirigea vers la porte. Il y eut des murmures. Il revint accompagné d'un prêtre. Ce dernier tenait un bout de papier et une plume trempée dans un encrier. Il tendit la plume à Sherbrooke, qui la prit de sa main gauche. En tremblant, ce dernier parvint à griffonner ce qui se voulait une signature.

— De la cire, insista Plessis en s'adressant au prêtre.

Celui-ci regarda l'archevêque sans comprendre.

— De la cire, voyons… pour le cachet !

Le prêtre, prenant une chandelle, fit couler la cire chaude sur le papier et, retirant la bague que portait le gouverneur au majeur de sa main droite paralysée, marqua le cachet du sceau royal. Puis il glissa la bague au doigt de Sherbrooke.

— Voyez à faire traduire, murmura Plessis à l'oreille du prêtre. Ensuite, vous ferez publier les textes dans les gazettes. Allez maintenant… *Pax vobiscum !*

Plessis regarda le malade et vit qu'il avait maintenant les yeux dans le vague. Se rappellerait-il seulement avoir signé cet important document ? Il marmonna une courte prière, traça un signe de croix en direction du représentant du roi d'Angleterre et se retira. Plessis éprouvait une grande satisfaction en se disant qu'il avait servi la vérité, le bon droit et la cause de l'Église catholique. En réalité, il se flattait de savoir que son influence s'étendrait à l'intérieur du Conseil législatif. De là, il partirait pour Londres avec pour mission de convaincre les Lords d'autoriser la création de plusieurs vicariats apostoliques d'une extrémité à l'autre de la colonie. Puis ce serait Rome et le Vatican. Il serait reçu par Pie VII…

Plessis en savait juste assez sur Louis-Joseph Papineau pour s'en méfier. Il était le fils de l'autre et cela suffisait déjà. En plus, il s'était couvert de gloire avec le 5e bataillon de milice d'élite, en campagne militaire contre les envahisseurs américains. Et surtout, il possédait ce don inné de la parole et cette vigueur à exprimer la pensée, la logique et la passion qui en faisaient un homme d'influence dans tous les milieux. Mais ce que redoutait davantage l'ecclésiastique, c'était le fait que ce Papineau, doté d'une rare intelligence, s'affichait comme quelqu'un qui doutait des vertus de la religion. En fait, on disait un peu partout qu'il avait perdu la foi. Aussi avait-on répandu à son sujet que des lectures de jeunesse, très mal dirigées, avaient contribué à fausser son esprit et que l'homme se laissait facilement guider par l'animosité personnelle davantage que par la raison ou les enseignements de l'Église. Mais ce Papineau ne cessait de triompher devant le peuple. Élu à la Chambre en 1808, il l'avait encore été en 1814 et en 1816. Il n'avait qu'à prononcer un discours et il parvenait à démolir un projet de loi. Le genre d'homme qui, avec le temps, pourrait même influencer le cours de l'histoire.

Or, pour Plessis, l'influence ne se définissait qu'à partir de la vision de l'Église catholique. Partant de cette prémisse, le monde se trouvait à l'origine divisé en deux sortes de personnes : les unes ayant besoin de leçons, les autres chargées de leur en donner ; les unes cherchant la voie du salut, les autres chargées de les y conduire ; les unes remplies de doutes et d'inquiétudes, les autres chargées de les éclairer. C'était ainsi que devaient se définir les relations entre le clergé et les laïques, et que devait s'articuler l'influence de l'Église.

Arrivé au bas du grand escalier, l'archevêque se heurta presque à Papineau. Il contint sa surprise.

— Monsieur le président, fit-il d'une voix quelque peu précipitée, tout en tendant la main portant l'anneau épiscopal en direction de l'autre.

Papineau prit la main du bout des doigts mais ne baisa pas l'anneau ainsi que le voulait la coutume. Il se contenta d'incliner la tête en guise de salut protocolaire.

— Monseigneur, dit-il tout simplement.

Plessis retira la main et y alla d'un mince sourire.

— Vous venez prendre des nouvelles de Son Excellence, je suppose ?

— On m'a fait demander, répondit Papineau d'un ton ferme, presque rude.

— Son Excellence n'est pas au mieux, précisa Plessis. D'ailleurs, je doute qu'il soit en état d'entretenir la moindre conversation, encore moins de traiter des affaires du gouvernement.

— N'est-ce pas ce que vous venez de faire, monseigneur ? rétorqua Papineau.

— Je suis venu visiter un ami qui souffre et, par cette occasion, réconforter une âme, répondit Plessis avec fermeté. Étant au service de la foi, je n'ai fait que mon devoir.

Papineau parut perplexe.

— Je suis ici sur demande de Lord Sherbrooke, se contenta-t-il de répéter. Étant au service du peuple, je fais moi aussi mon devoir.

Plessis le regarda gravement.

— Il semble donc que vous et moi partagions un fardeau qui n'en est que plus lourd.

— C'est aussi mon sentiment, fit Papineau.

Pour les deux hommes, tout était dit. Ils n'éprouvaient visiblement aucune sympathie l'un pour l'autre, et ce court dialogue avait rappelé à chacun la consigne de la prudente réserve. Bombant le torse, se tenant bien droit, la lèvre nerveuse, Papineau salua l'archevêque et recula de quelques pas. Il suivit le chambellan après que ce dernier eut raccompagné Plessis jusqu'à la sortie. Arrivé à la porte de la chambre où reposait le gouverneur, le chambellan prévint Papineau :

— Un quart d'heure, monsieur, ordre du médecin de Son Excellence...

Papineau regarda le chambellan de ses yeux bleu profond.

— Son Excellence m'a fait demander, fit-il. Son Excellence décidera du temps qu'elle voudra m'accorder.

Lord Sherbrooke ne cessait de cligner de l'œil gauche, le droit regardant fixement, pratiquement sans voir. Il poussait des grognements et agitait son bras valide comme pour marquer son mécontentement. Avant de parler, de murmurer plutôt, il prenait une grande inspiration. Lorsqu'il s'arrêtait, il fermait les yeux, inclinait la tête et demeurait immobile, sans le moindre souffle, donnant l'apparence d'un mort. Puis, au bout d'un moment, la respiration reprenait, régulière. Il rouvrait alors les yeux, l'air ahuri, comme s'il émergeait du néant.

— Mon cher Papineau, balbutia-t-il.

— Je suis toujours là, Excellence.

— On m'a dit le plus grand bien… de vous… et le plus grand mal aussi…

Papineau se raidit et serra les poings. Sherbrooke répétait les mêmes mots pour la troisième fois.

— Oh! poursuivit-il avec peine. Cela indique simplement… que… vos plus féroces ennemis… ont toujours été… forcés… de reconnaître… votre… intégrité.

— Excellence, s'emporta Papineau presque malgré lui, je ne saurais être autre chose que ce que je suis. J'aime mon pays, et je le servirai avant tout.

Sherbrooke fut agité d'un tremblement qui gagna son corps en entier. Ses traits se durcirent, dénotant l'homme de discipline qu'il était. Il savait Papineau incapable d'hypocrisie, et lui-même, d'une honnêteté stricte, n'allait pas feindre l'indifférence. Il fit un grand effort et enjoignit Papineau au silence.

— Je vous considère… comme un ami, Papineau, murmura-t-il, mais je vous préviens… que… que… cette flamme… cette… passion qui… brûle dans… votre cœur… pourrait… comment dire… faire de… vous un… ennemi… de l'Angleterre… *you understand?*

Papineau prit une expression butée.

— J'aime profondément mon pays, Excellence! Je n'accepterai jamais que l'on nous traitât de race vaincue… et si mon peuple décide que je serai sa tête, son cœur et sa voix, qu'il en soit ainsi!

Sherbrooke saisit une des mains de Papineau et l'étreignit.

— J'ai entendu quelques-uns… de… vos discours, Papineau… vous avez parlé… de… d'humiliation… de mépris… et on vous a acclamé… On fera de vous… un chef… et vous… vous finirez par… faire courir ce… peuple… aux armes… Je vous en prie, Papineau, *do not be the fool who thinks he is wise… You hear me clear, my friend? It would end up in disaster…* Les plus grands… sacrifices ne viendront jamais à bout… des canons du… plus grand empire! *Think of yourself as… a leader… be wise… and remember that… the worst deal will earn you… more than… one glorious battle.*

Papineau parut ébranlé par les dernières paroles du gouverneur. Il se sentait tout autant contrarié que réconforté par ses propos. Lui qui n'était jamais pris au dépourvu venait de se faire rappeler qu'il n'avait pas le don de l'habile diplomatie requise pour tempérer l'impétuosité et la violence de ses élans patriotiques.

— Papineau…

— Excellence…

— N'essayez jamais… de faire… d'un peuple écrasé… un peuple… de conquérants… Il vaut mieux… aimer… votre peuple… avec sagesse… que de… le condamner… par… la folie! *Words of… a friend!*

Papineau réfléchissait. Il savait bien que c'était le dernier entretien qu'il avait avec le représentant de la Couronne britannique. Il n'oubliait pas que Sherbrooke était l'homme qui avait réussi à concilier les choses de l'État et de l'Église, et qui lui avait permis, à lui, Louis-Joseph Papineau, en qualité de président de l'Assemblée, d'accroître le prestige de sa fonction et d'améliorer sensiblement sa situation financière. Il n'avait jamais douté de la bonne foi de celui qui avait été autant un grand militaire qu'un remarquable administrateur, à la fois sincère, direct, généreux; dépourvu de ruse et n'usant jamais de faux-fuyants. Il savait aussi que, dans quelques jours, Sherbrooke serait perdu pour la cause du pays. On le ramènerait en Angleterre. Ce serait alors l'incertitude. Il passa une main nerveuse dans son abondante chevelure et mit fin à sa réflexion silencieuse.

— Excellence, fit-il en se penchant vers Sherbrooke, vous m'avez toujours soutenu et, à l'occasion, protégé contre mes propres tendances à l'extrémisme… Et si vous l'avez fait, c'est que vous saviez que j'étais entièrement investi d'un devoir dont je suis et demeurerai l'esclave… Un devoir pénible à remplir sans doute, mais qui m'habite depuis ma tendre enfance. Il en fut de même pour vous, qui avez mis en jeu votre vie moult fois parce que vous sentiez alors, tout comme maintenant, l'appel pressant de votre véritable et seule patrie. Aussi ne puis-je m'engager à tendre l'autre joue, ce qui équivaudrait alors à de la trahison. Mais je puis vous promettre que je marcherai avec tout Anglais qui, à votre exemple, consentira à écouter la voix de notre peuple et à comprendre son idéal, ses aspirations… et non pas à exiger par le fusil et le canon l'exécution de ses ordres et l'assimilation.

Lord Sherbrooke émit un grognement, ce que Papineau prit pour un signe de satisfaction.

— *Well spoken, Papineau,* murmura le gouverneur en respirant avec beaucoup de peine.

Puis il ferma les yeux, paraissant s'endormir. Pendant un long moment, Papineau contempla le visage douloureusement marqué par l'épreuve.

En apparence, celui qui incarnait toujours les pouvoirs du plus puissant monarque sur terre n'était plus qu'un corps diminué par un mal qui menaçait de l'emporter dans la mort à brève échéance. Et quoiqu'il n'en éprouvât pas de peine véritable, Papineau ressentait un immense respect pour cet homme qui avait su écouter, avec bonne grâce, les doléances d'un peuple vaincu et qui avait consenti les meilleurs efforts pour rétablir ce peuple dans son bon droit et sa dignité. *Était-ce pour me dire ces seules paroles, ce semblant d'éloge, qu'il m'a fait venir à son chevet?* se demanda Papineau, tout en constatant que le gouverneur semblait plongé dans un état presque comateux. Il se pencha et, à voix basse :

— Je vais maintenant m'absenter, Excellence, murmurat-il à l'oreille du gouverneur. Sachez que mes pensées les plus affectueuses…

Sherbrooke secoua soudainement la tête tout en prononçant une suite de paroles inintelligibles. Et, comme Papineau s'apprêtait à se retirer :

— Je… ne vous ai pas… donné congé… Pas encore… Approchez…

Papineau, perplexe, fit ce que l'autre lui demandait.

— Du papier… une plume…

Il fallut une bonne heure pour qu'il parvînt à exprimer ce qu'il voulait confier au parlementaire et pour que Papineau, allant de surprise en surprise, arrivât à son tour à consigner le propos.

— Pouvez-vous signer, Excellence ? lui demanda-t-il une fois l'écriture achevée, la voix marquée par l'émotion.

— Un témoin, réagit Sherbrooke. Faites venir… le… le docteur Wright…

Le médecin se présenta au chevet du gouverneur. En entendant la requête du malade, son regard sévère se fit méfiant, passant de Sherbrooke à Papineau, comme pour s'assurer que nulle contrainte n'avait été exercée à l'endroit de son illustre patient.

— Ceci est un ordre… que je… transmets au… commandant de… la garnison… de Montréal, murmura-t-il tout en saisissant le bras de son médecin. J'ai… l'entière possession… de… mes facultés… ainsi… qu'il en a… toujours été… *You hear me, Wright ?*

Le médecin s'inclina.

— *I say, your Excellency…*

— *Then… help me… now.*

Wright le fit se relever quelque peu, puis, guidant sa main valide, l'aida à tracer, quoique de manière hésitante, les lettres de son nom. L'œil du gouverneur se porta sur le document. Les caractères lui apparurent flous et il ne put rien lire. Mais il savait qu'il pouvait faire confiance à Papineau. Ce qui, en cet instant même, alors qu'il avait peut-être dicté ses dernières volontés de gouverneur à un adversaire, était une chose extraordinaire.

— Papineau, fit-il avec peine, *see that this soldier… Bennett… is that… the name? Yes… Bennett… gets a… decoration… and… a promotion.*

— Vous avez ma parole, Excellence, la parole d'un patriote loyal.

— *I thank you*, poursuivit le gouverneur d'une voix presque éteinte. *Hear me, doctor… and you, Papineau… no human being shall… be treated as a slave… as long as… as I will carry out my duties… for country and King! Let it be known!*

Joseph vit poindre une lueur dans sa prison de pierre. Il se souvint alors que Cléophas Girard lui avait dit, un jour de misère, qu'à l'aube d'une belle journée, lorsque les ors du soleil inondent l'horizon, il ne pouvait arriver que de belles choses.

Combien de temps avait-il passé dans l'inconscience? Il n'en savait rien. Lorsqu'il avait ouvert les yeux une première fois, il avait senti qu'il s'enfonçait lentement, incapable du moindre mouvement tant ses membres étaient raides. Il coulait dans un abîme comme s'il avait eu d'énormes boulets aux pieds. Et il ne voyait rien qui lui rappelât la vie.

Il se rendait compte maintenant qu'on l'avait extirpé des ténèbres, se souvenait, quoique vaguement, que quelqu'un lui avait écarté les mâchoires afin de lui verser dans la gorge quelques gouttes d'une liqueur brûlante.

Joseph constata qu'il y avait toujours une muraille. Mais cette fois, il la voyait distinctement. Un espace lugubre d'épaisses pierres liées par un mortier et rongées par l'humidité. Hors de portée, une lucarne munie de barreaux. Et une porte de fer avec des barreaux plus lourds encore, un grabat, une couverture crasseuse, peut-être celle-là même qui avait traîné dans l'autre cachot. Puis une cruche toute bosselée, une assiette et des couverts de bois.

En réalité, il était toujours prisonnier. On l'avait tout bonnement fait passer d'un cachot à un autre. Mais il était vivant et il voyait le jour se glisser dans cet autre confinement tel un message d'espérance.

— Parler au nèg! crut-il entendre.

La voix avait quelque chose de spectral : profonde mais assourdie.

Joseph se redressa péniblement. Il usa de toutes ses forces pour se traîner jusqu'à la lourde porte. Agrippant les barreaux, il parvint à se hisser plus haut et à y voir mieux. Il aperçut une silhouette sombre, une tête et deux mains qui enserraient les barreaux de la porte du cachot d'en face. Il vit aussi deux yeux qui le fixaient; des yeux immenses, un regard étrange.

— Parler au nèg! entendit-il répéter, plus distinctement.

C'était une voix humaine, bien réelle, qui s'adressait à lui. À bout de force, il se laissa choir au sol.

— T'es qui? finit-il par demander.

Sa voix était si faible qu'il lui semblait qu'elle ne franchissait pas l'enclos de pierre.

— J'suis un nèg! répondit-on immédiatement.

Il fut surpris, mais davantage soulagé de savoir qu'il avait de la compagnie, même s'il s'avérait être un compagnon d'infortune.

— C'est ton nom, ça... nèg? demanda Joseph, se hissant une nouvelle fois à la hauteur du grillage de fer.

— Mon nom, c'est Dieudonné. J'suis un nèg! Un esclave marron!

*Esclave…* Joseph avait entendu prononcer ce mot une ou deux fois. Le Grand Voyer lui avait déjà parlé de ces hommes à la peau noire que l'on ramenait d'un continent lointain pour leur faire récolter le sucre et le coton dans des terres situées beaucoup plus au sud. Des hommes et des femmes noirs qu'on achetait et qu'on revendait comme de la marchandise. De surcroît, des impies, sauvages pour la plupart, qu'il fallait convertir et baptiser.

Joseph finit par y voir mieux. Il découvrit qu'en effet celui qui occupait la cellule d'en face, ce Dieudonné, était un homme à la peau sombre. C'est ainsi qu'il voyait pour la première fois, en chair et en os, un être de couleur qu'on appelait un « nèg ». Et lorsqu'il lui demanda ce qui l'avait conduit dans cette prison à Montréal, Dieudonné se mit à parler au rythme d'un flot incessant. Joseph apprit donc au fil de ce charabia que Dieudonné était l'enfant putatif d'un maître blanc et d'une esclave de maison, né dans une plantation de La Nouvelle-Orléans, aux confins du grand fleuve Mississippi. Il fit le récit de toutes les horreurs : celui d'esclaves en chaînes et du cri impuissant de leurs âmes. S'y mêlaient les visions de moulins broyeurs de canne à sucre et d'hommes, de fouets qui sifflaient à toute heure du jour et de la nuit, écorchant vif, au gré des humeurs et des rancunes des maîtres blancs. Car, pour les hommes blancs, selon les dires de Dieudonné, tailler un nègre au fouet n'était rien d'autre qu'un rappel à l'ordre, parce que la chair arrachée en lambeaux se reconstituait, se refermait, se cicatrisait avec le temps. Et que cette souillure n'était qu'un mal nécessaire duquel l'homme blanc s'accommodait facilement, pour autant que le nègre, plus soumis et docile qu'avant, reprît son travail forcé. *Comment cela peut-il exister ?* se demandait Joseph. *Pourquoi des hommes d'une autre couleur de peau sont-ils traités comme une vulgaire marchandise, inférieure aux bêtes ? Sont-ils conscients qu'il existe cette*

*autre part d'eux-mêmes qui les rend entièrement humains?*
Le Grand Voyer lui avait également dit que ces esclaves
pouvaient être affranchis, c'est-à-dire devenir des hommes
libres, et qu'ils avaient alors les mêmes droits que tous
les hommes blancs.

— J'trouve ça ben terrible, l'interrompit finalement
Joseph, mais tu m'as pas dit pourquoi t'es en prison…
C'est quoi que t'as fait de mal?

— Parti la nuit… quitté la maison des maîtres… finie
pour moé la bataille, répondit Dieudonné sur un ton
résigné.

— T'as battu quelqu'un? demanda Joseph.

— Moé ne veux plus battre personne… et personne
ne battre moé, soupira Dieudonné, sans pour autant
répondre clairement à la question que lui avait posée
Joseph.

Montferrand eut beau insister, rien n'y fit. Dieudonné
s'obstinait à répondre qu'il n'en voulait à personne, qu'il
n'avait nul désir de violence et qu'il n'avait jamais enfreint
le Code noir, sauf pour s'être enfui. Lorsque Joseph lui
demanda ce qu'était ce Code noir, Dieudonné expliqua,
quoique maladroitement, que c'était une loi dictée par
un roi de France et reconduite par ses successeurs, régis-
sant la vie des nègres une fois ces derniers devenus des
esclaves. Une loi qui donnait aux maîtres blancs un droit
de vie et de mort sur tous les Noirs dont ils étaient les
propriétaires.

— Comment t'es devenu esclave? fit Joseph.

— La mère esclave, l'enfant dans le ventre aussi esclave,
fut sa réponse. La mère propriété du maître blanc… l'enfant propriété aussi… La mère vendue à un maître…
morte, l'enfant vendu à un autre maître…

— C'est ça qui s'est passé avec toé?

— Vendu moé à des prêtres à Nouvelle-Orléans…
Encore vendu à des prêtres à Québec… vendu à un

maître pour battre comme un coq. Plus me battre… Tout cassé… juste un œil à moé… parti de la maison du maître Dumoulin… maintenant la prison…

Ce récit en peu de mots, mêlant un patois parfois incompréhensible et des bégaiements occasionnels, en disait suffisamment sur le sort réservé à ces êtres humains. Dressés pour obéir, réduits ensuite à se battre pour des paris entre bourgeois, indifférents à la mutilation quoique souhaitant une mort rapide.

Soudain, une autre voix s'éleva qui semblait sortir tout droit de la pierre.

— Qui c'est qui parle ? fit cette voix rude qui pouvait être celle d'un homme d'un certain âge.

— Montferrand, répondit aussitôt Joseph. Joseph Montferrand… Vous êtes qui ? Un gardien ou ben un prisonnier comme nous autres ?

— J'ai-t'y grogné comme un cochon ? rétorqua l'homme. J'pense ben que si t'es le Montferrand que j'cré, tu dois avoir souvenance de Baptiste Poissant, livreur de potasse de mon métier.

Il accompagna ces mots d'un rire amer. Était-ce le même Poissant qu'il avait vu chez Maturin Salvail ? L'homme crasseux avec une grosse tête dégarnie, une mâchoire plutôt carrée, qui renâclait sans cesse et qui colportait tous les ragots en se défendant bien de ne pas être un rapporteux ?

— C'est vous qui charroyiez les tonneaux de Maturin Salvail ? demanda Joseph.

— Moé-même, répondit l'autre sur le ton de la vantardise. Pis toé, t'es le boulé du faubourg ! J'ai fait quelques écus rapport à ton bras de fer. À c'que j'peux voir c'te fois icitte, t'as pas fessé dans la bonne talle… à la ressemblance de ton père, j'cré ben !

— Vous lui devez respect, s'emporta Joseph en serrant convulsivement les barreaux.

— Beau dommage, s'empressa de répondre Poissant d'un ton devenu mielleux. Tu vois ben qu'on est du même bord des barreaux, toé pis moé. C'est pas un adon.

— Pour moé, c'est un adon, répliqua Joseph.

Ces dernières paroles étaient empreintes de méfiance. D'instinct, Poissant se tut. Dieudonné, qui avait entendu l'échange entre ses voisins de cellule, ne trouva rien à dire, lui qui, depuis longtemps, avait appris à ne jamais se mêler des conversations entre Blancs. Tout bruit avait cessé à part quelques grognements en provenance du cachot de Poissant, alors que ce dernier vidait sa cruche d'eau et mastiquait sa ration de nourriture.

Il faisait nuit lorsque l'homme interpella de nouveau Joseph.

— Qu'est-ce t'as fait, Montferrand, pour te retrouver icitte ?

— Rien, fut sa réponse.

Poissant ricana.

— J'te cré pas ! Les Anglais, y te fourreraient pas dans c'te maudite prison pour rien. Y gaspilleraient pas un seul morceau d'viande si ça leur rapportait pas.

— J'ai dit rien, répéta Joseph avec la même conviction.

Après un autre long silence, ce fut au tour de Montferrand de relancer Poissant.

— Pis vous ?

La réponse ne vint pas tout de suite. Comme si Poissant prenait le temps de soupeser les mots avant de les prononcer.

— Ben risqué de parler, finit-il par grommeler. J'voudrais pas prolonger mon malheur rapport que j'ai manqué de jarnigoine... Pas amanché pour me défendre si y en a qui décident de m'faire porter l'chapeau... même si y est pas à moé !

Joseph entendit l'autre soupirer longuement. Soudain, sans le moindre avertissement, Poissant se mit à pousser une succession de cris, presque des hurlements. D'abord surpris, Joseph écouta, à l'affût de quelque bruit nouveau, notamment l'arrivée de geôliers. Rien.

— Tu m'entends-t'y toujours ? reprit finalement Poissant d'un ton beaucoup plus bas.

— J'entends…

— Icitte, les murs ont des oreilles, poursuivit-il. Les gardiens sont des cochons, des porte-paniers capables de vendre leur propre mère pour quelques écus… Pis si les murs ont des oreilles, c'est rapport qu'eux autres tiennent les leurs collées dessus…

— Vous avez rien qu'à pas parler, fit Joseph.

Poissant recommença son manège et poussa d'autres cris, sans que quiconque se manifestât.

— Y sont en train de s'remplir la panse, conclut-il. Tu veux savoir pourquoi j'suis icitte ? M'en va te l'dire : c'est rapport à la potasse, c'est pour ça ! J'connais les places et c'est moé qui avais quasiment charrié tout c'qui s'trouvait dans l'arsenal quand y a sauté… Vois-tu où j'veux en venir ?

— P't'être ben, se contenta de répondre Joseph.

— Y a pas eu de « p't'être ben » pour les Anglais, grogna Poissant en affectant l'indignation. C'est ben ça qui m'ronge. Pas longtemps avant, j'avais demandé d'être payé un peu plus. Les Anglais m'ont donné un bout d'papier qui disait que j'devais faire ma réclamation à la paroisse. La paroisse, elle, m'a dit que c'était à la seigneurie d'y voir… du pareil au même, torrieu ! Le papier valait même pas que j'allume un feu avec. J'gage que l'feu aurait même pas pris ! J'ai-t'y besoin de t'dire qu'on m'a viré assez vite ? Assez pour faire de moé quelqu'un qui a pas pantoute l'air d'être du bon bord !

Puis, après une courte pause, il s'enquit une nouvelle fois auprès de Joseph.

— On a dit que j'avais manqué de respect à des soldats anglais, finit par dire ce dernier. Aussi, que j'étais paré à en battre chaque fois que ça adonnait… que j'étais de la graine de désordre.

— Pas juste pour ça qu'on t'a mis icitte ! le relança Poissant.

— Y en a qui ont rapporté aux Anglais qu'on tenait des armes cachées dans la maison paternelle : des menteries ! s'écria Joseph. Y a jamais eu d'armes dans not' maison !

— Pas même des fusils pour la chasse ? Ou ben une couple de vieilles épées ? suggéra Poissant.

— Pas pareil, une épée ! C'était celle de mon grand-père. Lui, y a su quoi faire avec… rétorqua Joseph avec une trace d'émotion dans la voix.

— T'as ben raison, approuva aussitôt Poissant. On a ben droit à not' fierté !

Le regard dans le vague, Poissant se gratta le crâne comme s'il cherchait le moyen infaillible d'arracher à Joseph un quelconque aveu.

— Vous dites plus rien ? fit Joseph.

— J't'ai tout dit rapport à moé, répondit Poissant en voulant jouer d'astuce. Toé, t'as ben juste dit qu'on voulait te rentrer un peu de pain noir dans l'gorgoton…

Il baissa le ton.

— Écoute, mon gars, c'pas moé qui va aller m'ouvrir la trappe, cré-moé. Ben assez de pourris icitte. Ça fait du bien de s'parler franc. Tu peux m'dire les vraies affaires comme si tu te confiais au bon vieux Maturin. Cré-moé, Montferrand, fermé comme une tombe…

Il y eut un bruit sourd. C'était Joseph qui venait d'abattre ses poings fermés contre les barreaux.

— Les Anglais, gronda-t-il, ont défoncé la porte chez nous. Y ont viré not' maison à l'envers. Y ont manqué d'respect au nom des Montferrand. Y ont bousculé ma mère et ma sœur. Y ont laissé des traces de leurs mains sales partout…

Une soudaine colère l'envahit, faisant trembler sa voix.

— Un jour, poursuivit-il, j'ai juré à ma sainte mère que j'étriperais tous les cochons qui marchaient pas à quatre pattes. Y s'trouve que tous ces Anglais qui nous ont manqué de respect sont de cette espèce de cochons. Et y s'trouve qu'y vont le payer, parole de Joseph Montferrand, troisième du nom !

Baptiste Poissant n'en souhaitait pas tant. Un sourire de satisfaction illumina son visage aux chairs tombantes. Ces paroles, de la bouche même du jeune Montferrand, constituaient la monnaie d'échange qui lui ouvrirait les portes de la prison. *Et pourquoi pas ?* se dit-il. Si ce n'était lui, ce serait un autre. Ils étaient au moins une trentaine à attendre dans des cellules un procès qui n'aurait jamais lieu. C'était donc chacun pour soi, puisque, entre la vérité, le mensonge ou même le parjure, chacun prenait son tour au gré des apparences du moment.

Poissant savait ce qu'on attendait de lui. Au moment propice, en pleine nuit de préférence, on le sortirait secrètement de son cachot et on le mettrait en présence d'un greffier. En quelques traits de plume, celui-ci consignerait la déposition que l'autre marquerait d'une croix. Cela équivaudrait à rendre un verdict de culpabilité à l'endroit de Montferrand. Une fois de retour en cellule, et afin de ne pas éveiller les soupçons, il recevrait la visite d'un prêtre qui l'entendrait en confession. L'absolution prononcée, il y aurait un bref échange, sur le ton de la plus stricte confidence. Rien ne serait écrit, mais les propos seraient rapportés mot à mot par le religieux à son supérieur. Tout cela aurait en fin de compte une valeur inestimable pour les tenants des véritables pouvoirs : le roi et Dieu.

— Joseph Montferrand a avoué sa culpabilité, monseigneur, annonça le prêtre au père Dessales.

— *Deo gratias*, répondit simplement le supérieur des Sulpiciens.

En réalité, il dissimulait une joie profonde. Serrant sa croix pectorale, il savait qu'il tenait sa revanche personnelle.

Le colonel Clayborne avait personnellement donné ordre de ne pas verser le sang à l'occasion du premier châtiment de Montferrand. Il ne voulait pas que le supplicié sombre dans une inconscience trop rapide ou soit défiguré par quelques coups maladroits. Surtout, il ne voulait pas que soit rendu un cadavre. La dernière chose dont cette colonie avait besoin était un martyr. Pour un nègre, il n'en faisait pas une règle.

L'homme dont la tête était couverte d'une cagoule de grosse toile percée au niveau des yeux demanda aux deux geôliers qui allaient l'assister de disposer près du chevalet un baquet de bois, qu'ils emplirent d'eau et de pimentade. Il palpa rapidement les lanières des deux fouets déposés sur un tabouret. Il les avait soigneusement enduits de graisse afin de les garder souples et lisses. Il caressa machinalement les extrémités de plomb de l'un d'eux. Puis:

— Ce sera cinq livres et quatre chelins pour le nèg, annonça-t-il froidement, s'adressant aux geôliers. Dix livres et huit chelins pour Montferrand, dix pence pour entretenir les fouets; la dernière fois, y manquait cinq chelins. J'les veux avec le reste!

Un des geôliers lui remit une bourse que le bourreau soupesa d'un geste de connaisseur avant d'en vérifier le contenu. Il compta à haute voix, examina quelques pièces de plus près pour s'assurer de leur authenticité puis, après avoir fait tinter le lot dans ses mains, le fit disparaître sous sa tunique. Levant la tête, il regarda le coin de ciel visible entre les hautes murailles.

— Va pleuvoir, remarqua-t-il. Pas d'lambinage à matin : la pluie, ça empêche le fouet de piquer autant dans l'gras que dans l'maigre. Amenez-moé l'nèg drette là, ça va me mettre en train pour le grand jars...

Une fois Dieudonné en sa présence, le bourreau émit un ricanement.

— Un autre sauvage, grogna-t-il. Ôtez-y son linge !

Le gros rire du bourreau se répercuta dans l'enceinte. Il soupesa chaque fouet, sifflota un instant, puis retint celui dont les extrémités étaient lestées de boules de plomb.

Il fit signe aux geôliers.

— Roulez l'morceau de linge et rentrez-y dans l'museau...

Il parlait d'une pièce de toile avec laquelle ils allaient enduire de pimentade les plaies ouvertes par les coups de fouet, principalement pour éviter les infections. Un des geôliers introduisit le tissu dans la bouche de Dieudonné. L'effet du bâillon fut immédiat. Privé d'air, le Noir commença à se tortiller en poussant des grognements indistincts.

Puis il y eut un bref sifflement et le bruit sourd des redoutables lanières alors qu'elles entamaient le dos de Dieudonné. Des zébrures rouges indiquèrent que le bourreau avait volontairement retenu son premier geste. Le coup suivant laissa de faibles traînées de sang. Les trois autres coups, appliqués avec grande force, mirent à vif les chairs du dos.

Excité par l'endurance peu commune du Noir, le bourreau administra les derniers coups de toutes ses forces. Dieudonné ne put retenir un hurlement.

Le bourreau se pencha sur sa victime. Il fixait les traits tordus de douleur et vit l'œil unique de Dieudonné, qui lui donnait un regard haineux.

— Tu veux m'dire que tu m'verrais ben à ta place? ironisa-t-il. Que tu voudrais voir ma face pour me crever un œil? Ça arrivera pas, rapport que le fouet, y sera toujours du bon bord: dans ma main. Pis toé, le nèg, tu seras toujours au boutte de mon fouet.

Dieudonné ne voyait que les contours de la cagoule de son bourreau. Il sentait à peine la brûlure de la pimentade que l'on répandait une nouvelle fois sur ses plaies. Sa chair, enflée et sanglante, avait perdu sa sensibilité. Lorsque le bourreau y appliqua le manche du fouet, Dieudonné n'eut aucune réaction. Sur un signe de lui, les geôliers emportèrent le corps inanimé du Noir.

Une pluie fine commençait à tomber. Le bourreau fut dépité: la flagellation de Montferrand serait reportée à plus tard. Il se consola à l'idée que, quand l'heure viendrait, il réduirait ce rebelle à un état de totale soumission.

Papineau n'avait mis que quelques heures avant de se décider à agir. De toute manière, il ne pouvait échapper aux blâmes. Ils viendraient des deux côtés. Sans compter le pouvoir religieux, qui trouverait le moyen de lui reprocher d'abuser de son sentiment résolument nationaliste. En fait, il n'avait lui-même aucune autorité face à l'état-major britannique. En outre, son titre de président de la Chambre de l'assemblée législative lui commandait la réserve, mais jamais la langue de bois. Cette attitude de prudence était de la plus haute importance puisque le révérend Joseph-Octave Plessis, nommé au Conseil législatif après avoir prêté serment et juré fidélité au roi d'Angleterre, l'avait à l'œil. Aussi devait-il agir autrement. En toute urgence, mais avec une diplomatie à toute épreuve, quoique transparente dans l'intention.

Papineau connaissait l'homme de la situation. Il connaissait ses principes, sa rigueur, ses états de service, son intransigeance aussi. Cet homme avait bravé tous les dangers, sauvé la colonie presque à lui seul. Mais il n'était pas du genre à se ranger dans un camp sans que cela servît une noble cause. Qui plus est, il avait tiré le sabre et commandé des soldats au nom de Sa Majesté britannique.

Ce fut un Papineau plutôt angoissé et nerveux qui s'annonça à la porte de la somptueuse résidence de Beauport. Le manoir avait connu trois générations d'Irumberry de Salaberry, tous issus de la noblesse canadienne-française.

L'imposant personnage, maître des lieux, le reçut avec la courtoisie et le respect qu'il avait voués toute sa vie à la hiérarchie politique du Bas-Canada. Papineau se sentit rapidement à l'aise. Les deux hommes trinquèrent pour la forme et chacun observa l'autre. Invité à parler, Papineau s'exécuta. Il ne prit aucun détour, n'invoqua aucun prétexte, ne fit aucune promesse. Son interlocuteur l'écouta avec la plus grande attention, sans rien dire, se contentant de le fixer de ses yeux profonds. Dans ce seul regard se lisait une assurance peu commune, et toute la portée de sa haute extraction et de la réputation de son nom.

Lorsque Papineau eut terminé, l'autre demeura silencieux pendant un long moment. Il bourra sa pipe et l'alluma, puis en tira de petites bouffées rapides. Il prit ensuite connaissance du document que son visiteur lui avait remis. À la fin, il quitta son air impassible et fronça les sourcils. Il en évaluait visiblement la gravité et les conséquences à court terme. *Cette fois, le sabre ne sera d'aucune utilité*, se dit-il. *Mais s'il est mon destin de défendre les miens une autre fois…*

Il replia soigneusement le document et le rangea dans la poche de sa veste d'intérieur.

— Vous acceptez! s'exclama spontanément Papineau.

— Force à superbe, mercy à faible, énonça l'homme gravement. Il en a toujours été ainsi dans notre famille. Je me mets en route dès ce soir. Pour une fois, la diligence devra rouler de nuit…

À la vue et au ton qu'emprunta le voyageur, le conducteur fut impressionné. Il ne trouva rien à dire sinon qu'il ne pourrait certainement pas faire rouler sa diligence à la vitesse habituelle de nuit, car il était impossible de distinguer les ornières, surtout après une pluie d'été.

— Vous le ferez, fut la réponse du voyageur. Je paierai le prix… et vous n'aurez que moi comme passager. Faites comme si vous étiez le courrier de la malle-poste et que vous aviez une mission commandée par Sa Majesté elle-même.

La discussion était close. Le conducteur fit atteler quatre forts chevaux, les meilleurs de Québec selon son dire. Le soleil déclinait quelque part au nord-ouest derrière la ligne sombre des hauts pins lorsque la diligence s'ébranla, avec à bord son unique voyageur. Çà et là, la voiture franchissait bruyamment un chemin de rondins disposés perpendiculairement à la route, sans toutefois ralentir. Plusieurs fois, le conducteur donna du fouet afin de reprendre le temps perdu aux postes de péage. À deux reprises au moins, le voyageur lui glissa un pourboire afin qu'il poussât les bêtes.

— Un arrêt aux Trois-Rivières, monsieur? suggéra le conducteur après quatre heures de course en pleine noirceur.

— Seulement pour y changer les chevaux, répondit le passager de sa voix grave mais toujours aussi calme.

— Mais, monsieur, c'est pas dans nos manières de faire, insista le conducteur. Il faut manger le morceau et fermer l'œil un brin... Y a aussi que c'est pas c'qu'y a de plus chaud icitte, le nez au grand vent...

— Pour une fois vous changerez vos manières, répondit-il. C'est moi qui paye. Aussi, j'ai noté que vos chevaux ont diminué de train...

— J'ai l'habitude de rentrer à Montréal en un tour d'horloge avec les mêmes chevaux, s'enorgueillit le conducteur.

— Il vous faudra faire ça avec trois heures de mieux, répondit le voyageur avec fermeté. Ça vous rapportera un mois de gages de plus... et une bonne nuit dans la meilleure auberge de Montréal.

Le conducteur releva le col de son manteau et grommela quelques mots incompréhensibles. Son fouet décrivit une longue spirale et siffla tout près des oreilles des chevaux de tête. Une des bêtes, à la robe fine, souple, mais plus sensible, effectua quelques bonds désordonnés. Cette fois, la lanière de cuir lui cingla la croupe. En un rien de temps, les quatre chevaux avaient pris la même allure, passant du trot rapide à de longues battues de galop.

La pluie s'était mise à tomber par intermittence. Tantôt fine, puis abondante, elle laissait de grandes mares d'eau aux endroits où, faute de gravier et de sable, le chemin ne permettait aucun égouttement. À plusieurs occasions, les roues de la diligence avaient failli s'enfoncer, tant le revêtement était devenu boueux, presque marécageux. Chaque fois, le conducteur pesta vivement, ne ménageant pas les hauts cris, encore moins quelques jurons bien sentis, et chaque fois, le passager le rappela à l'ordre. Le reste du trajet se déroula sans encombre, à part les innombrables cahots qui avaient empêché le passager de fermer l'œil et forcé le conducteur à manier le fouet tout autant qu'il avait usé de sa voix pour diriger les chevaux.

Une brève sonnerie du cor annonça l'arrivée de la diligence à quelques pas de l'auberge d'Antoine Voyer.

Descendant lestement de sa banquette, le conducteur ouvrit la porte à son passager et retira fièrement son chapeau détrempé.

— Aussi à l'heure que l'angélus, fit-il d'un ton goguenard. Ça fait-y le bonheur de monsieur ?

Le passager descendit et le regarda d'un air amusé.

— Vous mériteriez de porter une plume à votre chapeau, mon brave, dit-il sur le même ton. En attendant, voilà qui règle notre marché.

Joignant le geste à la parole, il fourra une liasse de billets de banque dans le chapeau que l'autre tenait à la main. Ce dernier ne prit pas la peine de compter, restant plutôt bouche bée, devinant qu'il s'agissait d'une gratification exceptionnelle.

— Monsieur… monsieur est trop bon, balbutia-t-il. Je m'en va m'occuper de votre bagage.

— Ça ne sera pas nécessaire, mon brave, répondit le passager. Vous avez fait de la bonne besogne, à moi de faire la mienne.

La surprise du conducteur fut encore plus grande lorsqu'il vit l'homme prendre la grosse malle d'une seule main comme s'il se fût agi d'un objet de poids dérisoire, la hisser sur son épaule en un tournemain et se diriger vers l'auberge du Grand Voyer. Il s'arrêta.

— Dites-moi, mon brave, vous n'auriez pas été un Voltigeur, voilà cinq ou six ans ? demanda-t-il le plus sérieusement du monde.

— Ben… pour une surprise, c'est une surprise, fit le conducteur. Comment vous avez deviné ça ?

— Il n'y a qu'un Voltigeur pour utiliser les jurons que vous avez proférés la nuit dernière.

— Ça parle au diable ! s'exclama le conducteur. Pis vous… vous avez été un Voltigeur itou ?

L'homme se contenta d'un large sourire. Il tourna les talons et s'éloigna.

# · III ·

Le bruit des pas sur la pierre du corridor s'approcha. Au martèlement et à la cadence, Joseph reconnut la démarche militaire. Il sut aussitôt que l'on venait pour lui. Toute la journée il avait appelé Dieudonné, mais en vain. Il avait fait de même pour Baptiste Poissant. Aucune voix n'avait répondu. La pensée d'un supplice lui était venue pour ensuite le hanter. Il avait entendu quelquefois les geôliers parler de torture, de mise à mort même.

Il se tassa machinalement dans le recoin le plus sombre de la cellule et garda les yeux rivés sur la porte. Il y eut un silence suivi des bruits habituels de la serrure qu'on actionnait. Il frissonna. Puis la porte s'ouvrit lentement, en grinçant, pivotant sur les gonds rouillés.

Le colonel Clayborne entra dans le cachot, encadré de trois soldats armés. En retrait se tenait un prêtre sulpicien.

— *What an awful smell!* lança aussitôt Clayborne tout en grimaçant de dégoût. *Worst than a herd of Irish pigs, I say!*

Il s'approcha de Joseph et l'examina comme il l'eût fait d'une vulgaire marchandise. Joseph ne baissa pas les yeux. Clayborne se mit à tripoter la poignée du sabre qu'il portait à la ceinture. Voyant le geste, Joseph se raidit, peinant à respirer, tout en continuant de fixer le militaire.

— *Your name, brath*, demanda Clayborne d'un ton autoritaire.

Joseph l'ignora et continua à défier le regard méprisant de l'officier. Clayborne pressa vivement la poignée de son sabre.

— *Your name, I said*, répéta-t-il avec impatience en haussant la voix.

Le sulpicien s'avança à son tour. Il était d'apparence frêle, avec une figure sèche et de grands yeux qui brillaient étrangement dans la pénombre.

— *Allow me, sir*, fit-il d'une voix paisible, *the lad does not understand…*

— *Don't waste my time*, répliqua l'Anglais.

Le religieux fit signe qu'on approchât une lanterne. Il remarqua les joues creuses et les yeux profondément cernés de Joseph.

— Je suis le père Villepin, commença-t-il d'une voix basse, presque rassurante. Tu es bien Joseph Montferrand ?

Joseph nota le regard perçant du sulpicien, sans toutefois y déceler de menace.

— Le troisième du nom, murmura-t-il enfin.

Le père Villepin affecta une mine de satisfaction, approuvant de la tête.

— Joseph Montferrand, fils de François-Joseph, petit-fils de François Favre. C'est bien ce que tu as dit ?

— François Favre dit Montferrand, précisa Joseph avec fermeté.

Le religieux se tourna vers Clayborne.

— *He is Joseph Montferrand, admittedly the son of François-Joseph, and the grandson of François Favre. All names you are now familiar with.*

— *Criminals you mean to say*, ironisa Clayborne, en ajoutant : *let us proceed then…*

Le père Villepin tira un document qu'il tenait plié dans sa manche, le déplia soigneusement et le tendit à Joseph.

— Tu sais lire, Joseph Montferrand, lui dit-il, alors tu dois lire ce qui est écrit là.

Joseph lut lentement, mot après mot, les quelques paragraphes manuscrits. C'était une dénonciation évidente. Le texte lui imputait des propos assassins, des intentions criminelles. Le texte le condamnait. Il aurait proféré des menaces de mort, évoqué le plus suprême mépris envers les autorités, autant pour l'Église que le roi d'Angleterre. Mais qui donc avait pu rapporter de telles intentions ? Témoigner de tous ces propos séditieux ? Qui avait osé le calomnier de la sorte ? Certes, il avait protesté contre les injustices commises à l'égard du patronyme de Montferrand ainsi que tout homme d'honneur l'eût fait. De cela, il n'avait aucun regret. Mais il n'avait qu'exprimé sa vérité propre, apprise au fil de trois générations, et qu'il tenait pour essentielle. À ses yeux, ce n'était que justice. Or, ce document faisait de lui, Joseph Montferrand, le héraut d'une vengeance surgi d'outre-tombe.

— Jamais ! J'ai jamais dit ces choses-là, protesta-t-il d'une voix que la rage faisait trembler.

— Ce qui est écrit là a été reçu sous serment, Joseph, répondit le père Villepin en retirant le document des mains du jeune homme.

— Jamais ! répéta Joseph en serrant les poings. Y ont rien qu'à se présenter icitte et à m'le dire en pleine face… avec la main sur la Bible. Moé, j'ferai pareil…

Le religieux leva les yeux et échangea un regard entendu avec Clayborne.

— *He denies it all*, dit-il en hochant la tête.

— *It will be the word of a criminal against that of your entire community… even of your superior*, fut la réponse du militaire.

Le père Villepin haussa les épaules dans un geste d'impuissance.

— *What can I do?*

— *Get him to sign*, répliqua froidement Clayborne. *He has the choice between a few hundreds lashes or the London Tower… Do you only know what I am talking about, reverend? The devil himself would rather remain in hell forever than spend a year in the Tower!*

À quelques expressions près, Villepin crut entendre le père Dessales. Entre les supérieurs des Sulpiciens et le colonel anglais, il n'y avait guère de différence. Le religieux et le militaire utilisaient le même ton de commandement, les mêmes menaces, pour arriver aux mêmes fins. On eût dit un complot longuement prémédité contre ce seul nom de Montferrand. Pourtant, derrière ces murailles de la prison commune, au fond d'un réduit puant, lourdement grillagé, où la lumière du jour cédait à une pénombre crépusculaire, Joseph Montferrand n'était qu'un être diminué, souffrant. Ses traits altérés en témoignaient et son grand corps était visiblement privé de toute force vive.

— *Sir*, fit le sulpicien, *allow me a few minutes with Montferrand… He needs to be comforted by a priest.*

Clayborne n'aimait pas les manières des ecclésiastiques. Continuellement, ces derniers invoquaient les affaires de Dieu et faisaient étalage d'émotions, alors qu'en réalité ce n'était que prétexte. Ils utilisaient simplement les astuces de la diplomatie à leur avantage. Tels des guerriers qui se dissimulaient derrière des abattis pour attirer leurs ennemis dans une embuscade et les frapper au plus près, ces hommes en noir manipulaient le verbe et proposaient quelque alliance avec des intentions semblables. Ils feignaient et mentaient. Et lorsqu'ils semblaient choisir un camp, ils fixaient très haut la rétribution attendue. Aussi Clayborne eut-il l'air mécontent lorsqu'il entendit le père Villepin lui demander de le laisser seul avec Joseph

Montferrand. Il le regarda mais ne vit que les yeux mi-clos du religieux.

— *You have ten minutes, reverend,* concéda Clayborne, les mâchoires crispées.

La porte de la cellule refermée, le père Villepin s'accroupit de sorte à avoir le visage tout près de celui de Joseph. Il prit l'attitude du confesseur et esquissa une bénédiction, scrutant la réaction de Joseph dans l'espoir d'y déceler un signe de soumission. Il n'y vit aucune émotion apparente, mais un regard plongé dans le vide.

— Joseph, murmura-t-il, le colonel exige que tu signes le document que tu viens de lire.

— Non ! C'est rien que des menteries !

— Joseph, poursuivit le religieux, si tu signes ce document, tu as ma parole – et je prends le Tout-Puissant à témoin –, tu as ma parole qu'aucun mal ne sera fait à ta famille. Ta mère, ta sœur, ton jeune frère seront sous notre protection.

En entendant prononcer ces derniers mots, Joseph se redressa brusquement.

— Ça veut dire quoi ? s'emporta-t-il. Ma mère est une sainte femme, Hélène n'a jamais eu une seule mauvaise pensée, Louis est un ange ! Personne a le droit...

Le père Villepin se fit rassurant. Il posa une main sur l'épaule de Joseph afin de le calmer.

— Joseph, Joseph ! On ne se rebelle pas contre l'autorité royale. Mais on peut demander à Dieu de nous donner la paix de l'âme... Est-ce que tu me comprends ?

Joseph marqua un temps. Il se revit dans le confessionnal alors que le père Justin, le fixant de son regard de bourreau, avait tenté de l'enfoncer dans la culpabilité en le taxant d'hypocrisie, de colère, de vanité, de désobéissance. « Je n'ai pas commis ces péchés », avait-il objecté. Il se revit encore quitter l'église en refusant de faire sa génuflexion, les yeux rivés sur le grand crucifix qui surplombait l'autel.

« Joseph… mon Joseph, y a ben juste l'honneur d'un nom qui suit le corbillard ! » entendit-il dans son for intérieur. La voix de son père. Et il revit le visage de Marie-Louise, sa mère, douce figure aujourd'hui marquée par l'angoisse, mais toujours habitée par un sourire triste.

— Joseph, insista le père Villepin.

D'un coup, la fulgurance de l'essentiel passa dans le regard du jeune homme. Ses yeux bleus retrouvèrent, à l'instant même, leur éclat.

— J'peux-tu relire le document ? demanda-t-il.

Trop heureux, le père Villepin le lui tendit. Joseph fit mine de le parcourir une nouvelle fois. Puis de la manière la plus inattendue, il récita à haute voix :

— *Il me restait mon épée, la seule arme digne de trancher toute affaire entre gens d'honneur. C'est ce que je fis dans cette auberge. On voulut ramener cette action à la simple rixe… c'est faire bien peu de cas du prix de l'honneur. Ou alors, c'est trahir ce dernier. Personne n'est dupe lorsqu'il s'agit d'éloigner consciemment le danger de l'honneur, car ils sont frères…*

Le père Villepin demeura bouche bée, ne comprenant rien à l'agissement de Joseph.

— Mais… mais… qu'est-ce que tu me dis… où as-tu pris ces insanités ?

Joseph poursuivit :

— *Sachez que jamais une mort ne saurait être déshonorante si elle est donnée l'épée à la main. Et si tant est que l'Église et le Roy, surtout s'il est anglais, désapprouvent, j'affirme que Dieu seul nous juge…*

— Joseph… c'est de la folie…

Joseph sentit sa tête lui tourner, et tout autour de lui se mit à tourner de plus belle. Il était allé au bout de ses forces, bien minces après ces journées et ces nuits de privations.

— J'connais pas tout c'que ces mots veulent ben dire, mais j'les ai appris comme s'ils étaient dans la Bible, fit-il d'une voix devenue faible. Ça, ce sont les mots du premier Montferrand. Pis là, ce sont mes mots à moé. J'le jure!

D'un geste rageur, il déchira le document et en répandit les morceaux sur le sol du cachot. Une violente émotion le gagna, ses yeux s'emplirent de larmes, sa tête s'embrasa, une indicible douleur envahit son corps.

Soudain, un silence absolu, alors que la pénombre basculait dans le néant.

L'aide de camp du colonel Clayborne parut surpris lorsqu'il ouvrit la porte et aperçut le visiteur. Une puissance peu commune se dégageait de sa personne. De bonne taille sans être particulièrement grand, il avait des épaules très larges, un thorax impressionnant, un visage carré et un regard profond, volontaire, qui annonçait tout autant l'énergie que l'autorité. Mais ce qui retint surtout l'attention de l'aide de camp fut l'uniforme que portait le visiteur. Un justaucorps gris avec collet, parements et boutons noirs, des épaulettes entièrement dorées, un ceinturon pourpre et des bottes vernies qui lui allaient jusqu'aux genoux. Les agrafes argentées qui paraient le collet indiquaient le grade de colonel. Sans porter de sabre à la ceinture, l'homme tenait à la main un tricorne à bords repliés et frangés d'or, symbole d'un haut commandement.

— *What shall it be for your service, sir?* s'enquit l'aide de camp.

— *I am here for Colonel Clayborne,* répondit le visiteur dans un anglais impeccable. *An urgent matter…*

L'aide de camp fit mine de réfléchir. Puis:

— *So sorry, sir, but Colonel Clayborne is not to be disturbed at the moment. And since you were not expected at this day and hour, I am afraid that you will have to try again on another time.*

Le visiteur regarda l'aide de camp droit dans les yeux tout en tirant une montre à chaînette de son uniforme. Il la consulta d'un coup d'œil.

— *You will announce Colonel Charles-Michel d'Irumberry de Salaberry,* fit-il avec calme. *And you will inform Colonel Clayborne that all other matters will have to wait.*

L'aide de camp parut hébété en entendant le visiteur décliner son identité et donner ses ordres.

— *But… sir*, balbutia-t-il.

Salaberry avança d'un pas, repoussant légèrement la porte.

— *Soldier*, insista-t-il en regardant fixement l'aide de camp, *you just carry out what I have ordered you to do.*

Il n'eut pas à parler davantage. Le subalterne anglais comprit que cet homme était doué d'un sang-froid hors du commun et qu'il était du genre à n'accepter aucun refus ni même de contrariété.

— *Would you kindly repeat your full name ?* risqua-t-il en prenant une allure presque servile.

— Colonel Charles-Michel d'Irumberry de Salaberry, répéta le visiteur, cette fois en français, commandant du régiment des Voltigeurs canadiens de Sa Majesté.

D'un signe de tête, l'aide de camp avisa Salaberry qu'il avait bien compris. Il l'invita à passer dans la vaste bibliothèque qui jouxtait le vestibule. C'était une pièce luxueuse, avec un plancher de bois latté, de couleur miel, recouvert de deux tapis aux riches couleurs et motifs orientaux. Deux grandes fenêtres laissaient passer une abondante lumière. Elles étaient habillées de draperies aux teintes claires, disposées en écharpe sur une longue tringle de bois. Plusieurs armoires vitrées, aux bois massifs vernis, contenaient des dizaines de livres soigneusement reliés. Salaberry reconnut de célèbres auteurs, parmi lesquels

Byron et Shakespeare. À côté du grand foyer, surmonté d'un manteau de marbre et au-dessus duquel était suspendu un miroir aux moulures argentées, étaient disposés deux fauteuils d'esprit Chippendale, aux bras confortablement rembourrés, et, placé en angle, un sofa à dossier sculpté de motifs symboliques du règne de George III.

— Monsieur Salaberry, fit une voix derrière lui, dans un français teinté d'un fort accent britannique.

Il se retourna lentement, les mains dans le dos, le port altier. Le militaire avait un regard froid, les mâchoires crispées, les joues légèrement empourprées. Salaberry salua d'un hochement de la tête.

— Colonel Charles-Michel d'Irumberry de Salaberry, monsieur, précisa-t-il.

Il s'avança vers son hôte et lui tendit la main. Clayborne garda son immobilité de sentinelle, le corps toujours rigide.

— Colonel, finit-il par dire en serrant la main du visiteur du bout des doigts.

Il sentit la pression de cette main large et rude. Elle dénotait une force herculéenne, inhabituelle chez un homme au nom gratifié d'une particule nobiliaire, signe qu'il devait appartenir à une famille d'illustre lignage, propriétaire d'une quelconque seigneurie aux racines bien françaises.

Tout à coup, Clayborne remarqua que son visiteur portait sur le côté gauche de sa poitrine, parmi d'autres décorations, la plus prestigieuse de toutes : la médaille d'or d'officier supérieur. Distinction très rare, convoitée par tous les gradés de haut rang, cette médaille était attribuée seulement par un membre de la famille royale d'Angleterre, sinon par le prince régent ou le roi lui-même.

— *Congratulations*, fit Clayborne en désignant du doigt la médaille circulaire et son large ruban. *Quite an honour for a Canadian... if I may say so.*

— Notre famille a de longs états de service et de loyauté envers Sa Majesté, nota Salaberry, en s'exprimant délibérément en français.

Clayborne parut mal à l'aise.

— *Would you care for some tea?* suggéra-t-il alors, affectant une certaine bonhomie. *Maybe strawberries with delicious cream? Or a plain cigar?*

— *I do thank you, Colonel,* le remercia Salaberry, *but you and I have an urgent matter to settle.*

— *We do?* fit Clayborne, franchement surpris par la remarque du visiteur.

À son grand étonnement, Salaberry lui tendit un document scellé. Clayborne vit qu'il portait le cachet du gouverneur général Sir John Coape Sherbrooke.

— *Please read it*, le pria Salaberry.

Au fur et à mesure de sa lecture, le visage de Clayborne pâlit. À la fin, il parut atterré.

— *Impossible!*

— Non, monsieur, le reprit Salaberry. Ceci est de la main de Son Excellence le gouverneur...

— *That cannot be*, poursuivit Clayborne. *He lays dying...*

— La justice ne meurt jamais, colonel.

— *Then why is it you... not His Excellency's messenger?*

— *His Excellency wanted it that way*, répondit Salaberry d'un ton ferme.

Clayborne blêmit davantage. La colère le gagnait. Sans égard pour son rang, son autorité, ses états de service, cette signature d'un moribond, illisible, griffonnée au bas d'un document parsemé de taches d'encre, lui ordonnait de rendre la liberté à des conspirateurs. Les mots disaient qu'il y avait eu méprise, que la justice britannique ne s'accommoderait pas de soupçons à moins que des preuves irréfutables soient produites.

Or de telles preuves n'existaient pas, hormis quelques dénonciations douteuses, anonymes, comme cette délation d'un certain Poissant voulant que ce Joseph Montferrand ait proféré des menaces de mort contre des soldats anglais, ce qui équivalait à un crime de lèse-majesté.

D'ailleurs, cet homme devant lui, était-il bien celui qu'il prétendait être ? D'où tenait-il la légitimité de cette intervention ? Il pouvait aisément s'agir d'un imposteur habilement dissimulé derrière un uniforme. Il ne manquait pas de conspirateurs dans cette colonie et, parmi eux, les plus dangereux étaient ceux qui manipulaient le verbe avec brio dans les deux langues. Ceux-ci se conduisaient en véritables diplomates, fréquentaient assidûment la haute bourgeoisie, les dirigeants des grandes sociétés commerciales, feignaient les bonnes intentions sous prétexte d'entretenir ou alors de nouer de solides liens politiques, se permettaient même de voyager en Angleterre par prétendue loyauté. Comme ce Louis-Joseph Papineau, politicien racé, mais autrement sombre agitateur, qui n'hésitait pas un instant à saboter les actions du gouvernement colonial par des discours subversifs.

Salaberry passa sa main dans son abondante chevelure ondulée, puis lissa du bout des doigts les épais favoris qui encadraient son visage. Il constata le malaise de Clayborne. L'Anglais hésitait encore à se confronter à lui, mais il était clair qu'il semblait fort mal disposé. Salaberry, voulant que les choses ne s'éternisent pas, fit rapidement son choix.

— *What is your decision, Colonel ?* demanda-t-il en fixant Clayborne.

L'Anglais parut traqué. Eût-il voulu paraître impassible, en parfaite maîtrise de soi, sans la moindre trace visible d'une quelconque émotion, qu'il ne l'eût pu. La rougeur envahissait son visage et sa respiration s'accélérait. Quoique durement formé à l'école militaire, il n'arrivait plus à garder son calme devant ce colonel à l'allure singulière, qui se voulait autant un messager royal qu'un commandant. Il inspira profondément, passa le document d'une main à l'autre et finit par le tendre nerveusement à son vis-à-vis.

— *I do not mean to be rude, sir,* répondit-il en dressant la tête avec une arrogance voulue, *but this is a paper, not an order. Anyone could have forged this…*

Salaberry comprit sur-le-champ la stratégie de Clayborne.

— *The document is signed by His Exellency Lord Sherbrooke*, insista-t-il avec une gravité froide.

— *Says who?*

— Moi, colonel de Salaberry, répondit-il en se raidissant dans un mouvement de fierté.

— *I do not recall such a name in my chain of command*, rétorqua Clayborne, *and until I do get proper orders, I will stand by my own decisions.*

Salaberry ne parut nullement surpris de cette réponse. Il continua de fixer l'Anglais avec la même intensité. Clayborne comprit que le visiteur voulait à tout prix lui imposer son vouloir.

— *If you are who you say you are, then you know what the chain of command means to any soldier…*

Salaberry réprima un accès de rage en songeant que sa mission était autrement plus importante que de corriger séance tenante cet être vaniteux et insensible.

— *You do understand French, do you, Colonel?* demanda-t-il.

— *I do*, répondit Clayborne avec une certaine expression de surprise dans le regard.

— Très bien, poursuivi de Salabery. Car il y a des choses qui, lorsqu'elles concernent l'honneur d'un nom, d'un rang ou d'un titre, doivent être formulées dans la langue de nos pères, celle de nos racines propres. Vous en convenez, n'est-ce pas, puisque c'est ainsi que vous agissez, vous et les vôtres ?

Clayborne, surpris par la netteté d'élocution de cet homme, approuva d'un bref hochement de la tête.

— Alors, voilà, colonel, poursuivi Salaberry. J'avais quatorze ans lorsque je me suis enrôlé dans le 44e régiment de Sa Majesté. J'en avais seize lorsque je combattis au nom de Sa Majesté dans le 60e régiment, aux Indes occidentales.

D'un geste brusque, il dégagea son front, dévoilant une longue cicatrice.

— La marque d'une épée prussienne, précisa-t-il avant d'enchaîner. J'ai combattu pour le roi en Sicile, puis en Irlande, et, lorsque les Américains ont envahi le Bas-Canada, autant dire le territoire de la Couronne britannique, j'ai été appelé à défendre cette terre. J'ai mis sur pied le régiment d'infanterie légère dont je porte l'uniforme, celui des Voltigeurs canadiens. Vous me comprenez toujours, colonel ?

Clayborne, dont la mine s'était assombrie, inclina une nouvelle fois la tête.

— Nous nous sommes battus à un contre dix. Trois cents contre trois mille, à Châteauguay. Cela vous dit quelque chose ? C'était en octobre de l'année 1813, il y a un peu plus de cinq ans. Je commandais alors quelque trois mille soldats mais, parmi ceux-là, ce sont uniquement des volontaires canadiens qui ont été choisis pour faire face à l'envahisseur. Il n'y a eu aucune désertion devant l'ennemi, aucune mutinerie, aucune cour martiale… Mes hommes ont défendu chaque pouce de sol, tenu les drapeaux, bravé la mitraille américaine, la faim, la soif, les intempéries… Bref, colonel, les Voltigeurs canadiens ont sauvé la colonie de Sa Majesté de l'invasion. Et si vous êtes ici, aujourd'hui, logé comme un prince, c'est parce que moi, Charles-Michel d'Irumberry de Salaberry, j'étais là-bas, à la tête du régiment des Voltigeurs.

Son regard devint triste au souvenir de ces jours de combat où les corps de tous ces soldats morts, autant américains que canadiens, avaient été entassés pêle-mêle dans des charrettes, afin qu'ils soient soustraits au carnage des charognards. Ce court moment passé, il retrouva toute sa fermeté.

— *Colonel*, ajouta-t-il, *never ask me again if I am aware of the meaning of the chain of command, because here and now I am that chain of command. Do I make myself understood?*

Clayborne, prenant ces dernières paroles comme un affront, porta machinalement sa main sur la poignée du sabre qu'il portait en tout temps. D'un geste tout aussi rapide, Salaberry lui saisit le poignet et le serra avec une force telle que l'Anglais grimaça de douleur et, perdant ses moyens, plia les genoux.

— Je ne vous ai pas tout raconté au sujet de cette blessure qui me fut faite au front, dit sourdement Salaberry, tout en gardant le poignet de Clayborne dans l'étau de sa prise. Elle est la conséquence d'un duel… et le Prussien qui me l'a faite l'a payé de sa vie ! Alors, dites-moi, colonel Clayborne, désirez-vous que je me déclare l'offensé et que je vous réclame réparation l'arme à la main ?

Voyant l'air contraint de Clayborne, Salaberry desserra quelque peu son étreinte. La poigne de fer lui ayant presque broyé le poignet, Clayborne demeura figé. Il savait maintenant qu'il avait rencontré son maître : un diable d'homme qui n'hésitait pas à mettre sa vie en jeu au nom d'un principe, d'un drapeau ou d'une terre.

— *What do you want from me ?* fit-il avec résignation.

— La libération immédiate de tous les Canadiens que vous détenez dans la prison commune, répondit Salaberry sans la moindre hésitation.

— Combien ? demanda Clayborne.

Voilà qui était ambigu. Salaberry regarda Clayborne et lut dans ses yeux une intention d'arnaque.

— Tous, répondit-il. Selon les ordres de Son Excellence le gouverneur…

Clayborne secoua plusieurs fois la tête et esquissa un geste d'impuissance.

— Impossible, murmura-t-il.

— Et pourquoi?

— *The Mutiny Act,* fut sa réponse. *That's why it is impossible. And you should know that this law is under the supreme authority of His Majesty the King… You want to change it? Go to England!*

— *Mutiny Act?* s'étonna Salaberry. Vous me dites que c'est en vertu de cette loi cruelle que vous détenez des civils? *Colonel, the Mutiny Act applies only to the troups of His Majesty, not to civilians.*

Clayborne s'énervait comme quelqu'un qui découvrait des réponses à mesure qu'il se sentait acculé au pied du mur.

— *I reacted to an act of war,* se défendit-il. *It was my duty to protect our troups and therefore I had to apply that law.*

Salaberry se garda d'ajouter quoi que ce soit. Cette affaire prenait une vilaine tournure et cela l'agaçait particulièrement. Il n'allait pas s'en laisser imposer davantage par ce militaire anglais qui le traitait comme une vulgaire estafette venue lui remettre un bout de papier. Certes, il connaissait cette loi britannique vieille de plus de cent trente ans. Elle était absolument cruelle, permettait le recours à la loi martiale dès la moindre alerte, encourageait l'augmentation des troupes coloniales d'occupation en prétextant l'absolue nécessité du maintien de l'ordre, forçait les autorités locales à trouver des logements pour les troupes à l'intérieur de toutes les villes occupées, permettait l'utilisation des armes ainsi que le recours aux châtiments.

Lui-même avait été dans l'obligation d'y recourir afin d'enrayer le fléau de la désertion des conscrits, lorsqu'en 1812, alors qu'une invasion américaine était imminente, le gouverneur du Bas-Canada avait ordonné l'enrôlement massif de milliers de jeunes hommes. On les avait si mal logés et nourris, ne leur donnant souvent que de la farine crue comme ration, qu'il y avait eu des centaines de désertions. Salaberry s'était opposé à ce que les coupables, une fois repris, soient systématiquement fouettés au sang ou alors passés par les armes. Il avait instauré des peines qui concordaient avec la gravité des fautes commises, permis que les accusés aient droit à une défense pleine et entière, exigé que ses officiers fassent preuve du même esprit de discipline et de justice que lui-même. En haut lieu, on se souvenait encore qu'il avait obtenu que l'on graciât trois miliciens qui avaient été condamnés à être fusillés. On avait accusé ces soldats d'avoir déserté devant l'ennemi, alors qu'en réalité ils avaient été gravement blessés et laissés pour morts au moment d'un assaut. On les avait jetés au fond d'un cachot pendant plusieurs mois en attendant leur exécution. Jusqu'à ce que Salaberry s'en fît faire le récit de la bouche même d'un officier du 3e bataillon de la milice. Il en avait entendu bien d'autres, des histoires aussi dégradantes. Comme ceux qui décrivaient la peine du fouet, célèbre dans l'armée britannique et triste fleuron du code militaire anglais. Plus d'une fois, il avait ouï les cris de douleur franchissant les murs des casernes de la garnison de Québec. Certains récalcitrants, disait-on, s'étaient rendus à trois cents coups de fouet sans proférer la moindre plainte. D'autres, plus coriaces, prétendaient pouvoir endurer quatre cents coups. On lui avait même dit qu'un troupier écossais du nom de McCarthy, condamné à de multiples flagellations et devenu pratiquement insensible à la douleur, avait eu l'intention de parier toute sa solde sur cinq cents coups. Tout cela lui inspirait le dégoût.

Il tira d'un portefeuille de cuir une missive pliée en quatre et la tendit à Clayborne sans prononcer la moindre parole. L'Anglais prit d'abord un air offensé, mais son regard changea du tout au tout lorsqu'il vit, gravé en en-tête de la lettre, les armoiries de la royauté britannique. Le texte commençait par : « *Mon cher Salaberry* ». Clayborne jeta un coup d'œil surpris à son interlocuteur. Ce dernier se contenta d'un signe de tête, invitant Clayborne à lire le texte en entier. Il parcourut la lettre avec lenteur, puis recommença. Il tenait toujours le document entre ses doigts, mais ses mains s'étaient mises à trembler. « ... *Quant à ce qui vous regarde personnellement*, lut-il, *je vous dis franchement que mon désir est de vous voir promu au grade d'aide de camp du prince régent ; et par la suite à celui de colonel-propriétaire du régiment cana-dien, qui prospérera alors sous vos ordres et vous per-mettra de rester dans votre pays au bénéfice de ce corps et avec honneur pour vous-même...* » La lettre en disait plus. Mais ces quelques lignes suffisaient à établir le rang, la légitimité, l'influence et le pouvoir véritable de Charles-Michel d'Irumberry de Salaberry. Car cette lettre, écrite et datée depuis le palais de Kensington, à Londres, était signée de la main du prince Édouard Auguste, duc de Kent et Sathearn, quatrième fils du roi George III et, par conséquent, futur héritier du trône d'Angleterre.

Salaberry vit que la lettre avait ébranlé Clayborne. L'ex-pression des yeux de celui-ci en disait long. Il était figé, à la fois impressionné par la révélation d'une amitié qui sem-blait lier Salaberry à un membre de la famille royale et inti-midé davantage par la droiture de colosse de l'homme.

Salaberry tourna les talons et se dirigea vers une des grandes fenêtres de la pièce. Il vit les lourds nuages qui couvraient le ciel. La pluie, poussée par un fort vent, fouettait bruyamment les carreaux. Sur les pavés ruisse-lants de la cour, des cavaliers s'évertuaient à faire volter leurs montures afin de les diriger le plus rapidement possible vers les écuries.

Pendant un moment, Salaberry revit un terrain marécageux couvert d'épais taillis. Puis de multiples abattis. Des hommes transis, les armes pointées en direction d'un ennemi invisible. Il se rappelait les coups de feu, les sons des clairons résonnant dans toutes les directions. Suivaient des vagues successives de charge à la baïonnette, des roulements de tambours, des ordres hurlés autant en anglais qu'en français, avec une même fureur. Et lui, Salaberry, qui ordonnait un tir d'enfilade foudroyant. Des morts et des blessés par dizaines. Des hommes, portant des uniformes différents, gémissants, aveuglés par le sang et la fumée. Puis un vaste repli en désordre sous les détonations qui s'espaçaient.

Le silence s'était de nouveau installé dans la tête de Salaberry. Il se retourna et revint à pas lents vers Clayborne.

— Nous allons à la prison, annonça-t-il d'autorité.

L'Anglais comprit que Salaberry avait gagné la partie sur toute la ligne. Il le salua en militaire, convaincu que la visite impromptue de cet homme venait de porter un rude coup à sa carrière.

Joseph reconnut le bruit des pas ; toujours cette même cadence. Il s'attendait à entendre le geôlier remuer le trousseau de clefs, puis l'habituel grincement métallique de la serrure, et la lourde porte pivoter lentement sur ses gonds. Il se demanda si on venait le chercher pour le soumettre encore une fois au supplice du fouet. « T'en auras pour quatre-vingt-dix jours », lui avait dit le bourreau en riant sous sa cagoule. La première fois, il lui avait fait croire qu'il l'écorcherait vif de la tête aux pieds, tout en ridiculisant le nom des Montferrand. Il avait ordonné qu'on l'enduisît de pimentade, puis qu'on tendît ses membres, en l'écartelant presque sur le chevalet, la tête renversée, les muscles tétanisés. À la grande surprise de Joseph, les coups de fouet s'étaient succédé presque sans le toucher. À peine les lanières avaient-elles effleuré les parties dénudées de son corps. Avec une régularité d'horloger, le bourreau avait porté une cinquantaine de coups sans qu'un seul ne labourât les chairs.

Joseph avait cru à la défaillance de sa raison. Peut-être que les coups avaient véritablement entaillé ses chairs. Peut-être était-ce ainsi que la douleur s'infiltrait. Lentement d'abord, tel un poison, puis en profondeur, jusque dans les entrailles, en en précipitant infailliblement les effets. Lui était venue cette vision du Christ suspendu à la croix des quatre chemins. L'image spectrale d'un supplicié dont le regard se perdait dans un gouffre semblable aux portes de l'enfer… Il avait perdu la notion du temps. Hier, ou la journée précédente peut-être, on avait ouvert la porte de la cellule de Dieudonné. Joseph avait réussi à se hisser assez haut pour risquer un coup d'œil ; quelques instants à peine, car les forces lui avaient manqué. Le temps d'apercevoir les silhouettes d'un officier anglais et de trois religieux, accompagnés des geôliers. Il avait entendu un cri de surprise étouffé, suivi de quelques protestations, puis une voix qui s'exprimait sans la moindre émotion, dans un français impeccable. Cette voix lui était vaguement familière.

— Le nègre restera un nègre, même lorsqu'il n'est plus un esclave, disait cette voix. Il demeura perpétuellement menaçant, agressif, violent… Toujours en quête de révolte, de saccage… Toujours possédé par la folie meurtrière. Pour le rendre soumis, fidèle et obéissant, il y a le Code noir et la loi du fouet. Cela est ainsi. Nous croyons comprendre que celui-ci a été rappelé à ses devoirs de cette façon et qu'il sera dorénavant moins enclin à s'y soustraire. Voilà qui me semble juste. Dès qu'il sera remis sur pied, nous l'utiliserons à sa pleine valeur…

Joseph avait entendu une autre voix appeler le nom de Dieudonné. Après plusieurs tentatives, il avait cru distinguer un son plaintif en guise de réponse.

— Soignez-le vite, avait-il entendu, et nettoyez ce cachot!

Se hissant à hauteur du grillage, Joseph avait aperçu les geôliers traîner un corps hors de la cellule. Celui de Dieudonné.

On engageait une clef dans la serrure de la lourde porte. En entendant le mécanisme qu'on actionnait, Joseph recula machinalement vers le fond de la cellule, comme il le faisait chaque fois qu'il entendait ce bruit lugubre. La porte s'ouvrait. La première silhouette qu'il vit était celle d'un homme portant un tricorne et un grand manteau ruisselants de pluie.

— Joseph Montferrand?

La voix était grave.

— C'est moé… j'suis Joseph Montferrand.

L'homme retira son tricorne d'un geste élégant et passa sa main dans son abondante chevelure. Joseph reçut des gouttelettes d'eau de pluie qui lui caressèrent la peau comme l'eût fait un baume.

— Je suis le colonel Charles-Michel de Salaberry, poursuivit l'homme. Je viens t'annoncer que tu es libre…

Joseph demeurait bouche bée. Il avait peur d'avoir mal entendu prononcer ces mots qu'il avait espérés depuis si longtemps. Et, quoique l'accent de vérité qu'y avait mis cet homme eût dû le persuader, il craignait que cela ne fût qu'illusion. Mais il répétait intérieurement: *Je serais donc libre? Je serais donc libre?*

Salaberry retira son manteau. Joseph remarqua aussitôt l'éclat des médailles qui décoraient la tunique de cet homme. Il vit que ce n'était pas l'uniforme écarlate des militaires anglais. De plus près, son regard rencontra celui du visiteur ; il était calme, bienveillant même. Salaberry constata la maigreur de Joseph, résultat évident de privations, ainsi que l'extrême fatigue de ses yeux, qu'il parvenait avec peine à entrouvrir. D'un geste spontané, il couvrit Joseph de son manteau. Et, comme pour le rassurer davantage, il lui souffla à l'oreille :

— Ne crains rien, Joseph, c'est avec moi que tu vas sortir de cette prison.

Sur ces mots, Salaberry aida le jeune homme à se lever. Il le sentit si faible, alors qu'on le lui avait dépeint comme un colosse. Dans la lueur de son regard, quelque peu estompé par la pénombre, il perçut une expression de reconnaissance. À pas hésitants, toujours soutenu par Salaberry, Joseph quitta le cachot malodorant. Les geôliers s'étaient écartés afin de leur céder le passage. Tout à coup, Joseph s'immobilisa, les yeux rivés sur la porte de la cellule d'en face.

— Dieudonné, murmura-t-il.

— Qu'y a-t-il ? demanda Salaberry à l'évocation de ce nom, qui lui était parfaitement inconnu.

— J'veux qu'on libère Dieudonné, fit Joseph avec émotion.

— Je ne comprends pas, répondit Salaberry. Qui est ce Dieudonné ?

Joseph secoua la tête, serra les poings et, d'un geste brusque, s'arracha au bras qui le soutenait. Il se précipita contre la porte du cachot.

— Dieudonné ! s'exclama-t-il. Dieudonné ! Réponds-moé, Dieudonné !

Les geôliers se regardèrent, inquiets, pendant que Salaberry demeurait immobile. Seuls le plissement de ses yeux et la contraction soudaine de ses mâchoires trahissaient la sensation de malaise qu'il éprouvait. Il fit signe de la main aux geôliers d'ouvrir la porte grillagée.

La cellule était vide. L'endroit avait été minutieusement nettoyé. Même le nez le plus fin aurait été incapable de déceler la moindre odeur nauséabonde. On y sentait la paille fraîche. Joseph paraissait sidéré. Il regardait sans comprendre, rempli d'un désespoir profond et marqué par une sensation d'irréalité.

— Y était là hier, balbutia-t-il, ou... avant-hier...

Salaberry interrogea un des geôliers.

— Ça fait ben une semaine qu'y est plus icitte, répondit l'homme, une moue au coin de la bouche. Vous savez, m'sieur, c'était un nèg... Y avait piqué de travers à Québec. Son bourgeois a porté plainte... Y a été rattrapé par icitte... apparence qu'y avait fait pas mal de raffut... pis, comme vous l'savez ben, un nèg, ça a d'la misère à porter ses chiennes. Icitte en dedans, y a pris du mal, ça fait qu'on l'a envoyé se faire soigner.

Pendant qu'il parlait, Salaberry l'avait regardé au fond des yeux, sans broncher. L'autre avait tant bien que mal soutenu le regard, essayant de paraître crédible. Lorsqu'il eut terminé, il avait le souffle court, semblable au halètement d'un vieux chien, ce que Salaberry prit pour un réflexe d'intimidation.

— Et où est ce Dieudonné maintenant?

— Faudrait l'demander à la seigneurie, répondit le geôlier.

Sans avertissement, Joseph saisit l'homme à la gorge et serra. Sous la pression de cette main de fer, le geôlier crut sa dernière heure venue. Il suffoquait. Le désarroi et l'impuissance parurent dans ses yeux exorbités. Incapable d'effacer de sa mémoire les sévices qu'on lui avait fait subir, et songeant à ceux, peut-être plus cruels encore, infligés à Dieudonné, Joseph se vengeait de la seule manière dont il était capable.

— Vous l'avez passé au fouet, gronda-t-il. C'est-y ça? Hein? C'est-y ça?

L'homme était sur le point de perdre connaissance. Tout sombrait : son amour-propre, sa poltronnerie, sa stupidité. Il n'entendait plus qu'un vague bourdonnement, ne voyait plus que des ombres. Salaberry jugea que c'en était assez. Il repoussa le second geôlier dans le cachot, puis, calmement, s'interposa entre Joseph et sa victime, forçant le jeune homme à relâcher son étreinte.

— T'as tout ton temps, Joseph Montferrand, pour te faire justice, dit-il en esquissant un sourire. Si je te laissais faire ça ici, aujourd'hui, tu ne vaudrais pas plus cher que ceux qui t'ont faussement accusé... et tu passerais à côté de ton destin. Je suis passé par là et, tu peux me croire, j'ai appris des enseignements de mon père et de la vie. Force à superbe, mercy à faible. Souviens-toi de ces mots, sers-t'en, et tu vaincras, le moment venu !

Et Joseph se souvint. C'était donc lui, cet homme dont Maturin Salvail avait parlé avec tant d'admiration. Il était ce cavalier sorti de nulle part, un jour d'automne, suivi d'un gros chien bâtard : Orémus. Cet homme que Salvail avait décrit comme le « héros de Châteauguay » et qui lui avait remis cinquante acres de terre libres de toute servitude. « Tout homme doit suivre son destin », avait-il dit à Salvail avant de disparaître aussi brusquement qu'il était apparu. Le même soir, Salvail s'était ouvert au jeune homme en faisant une remarque surprenante : « Quand j'te regarde de même, tu m'fais penser à lui... drette comme un chêne, l'audace pris l'orgueil plein la face, indépendant comme le loup. Beau dommage, Orémus, v'là un autre qui sera pas reposant ! »

Ce fut en râlant que le malheureux geôlier se réfugia à son tour dans le cachot. Joseph, à court de forces, prit appui sur Salaberry. Une vague d'émotions monta en lui, le submergea. Des larmes perlaient au coin de ses yeux.

— Vous... vous avez connu... Maturin Salvail ? balbutia-t-il.

Salaberry le regarda sans la moindre surprise, comme s'il s'attendait à cette question.

— J'ai toujours connu le chaman, répondit-il presque avec désinvolture.

Ces mots firent une forte impression sur Joseph. Comme si un mystère allait enfin être élucidé.

— Ça veut dire que… Maturin serait vivant ?

Salaberry eut un geste évasif. Il garda le silence pendant quelques instants, laissant volontairement la question de Joseph flotter dans l'air. Puis il eut un petit rire entendu.

— Toujours, Joseph, répondit-il avec un ton qui empruntait à la familiarité. Un chaman, ça ne meurt jamais ; tu ne savais pas ça ?

Joseph hocha la tête.

— Un chaman est le gardien des secrets de la vie, ajouta Salaberry le plus sérieusement du monde.

Dans le long corridor de pierre baigné d'ombre, l'écho de leurs pas résonna quelques instants. Puis la grande porte de fer se referma avec un bruit sourd, très vite amorti par l'épaisseur des murs de la prison. Ce ne fut qu'à cet instant que Joseph Montferrand sut qu'il était de nouveau libre. Et si sa mémoire allait effacer certains souvenirs douloureux qu'elle avait de ce lieu obscur et infâme, elle n'allait certainement pas distiller le goût d'une revanche qui déjà commençait à le galvaniser.

Dans l'heure qui suivit la sortie de prison de Joseph, le ciel se nettoya de tous les nuages. La pluie cessa. Le soleil se mit à briller de tous ses feux, baignant la ville, chauffant la terre. En peu de temps, la poussière soulevée par les chevaux et les hommes se répandit telle une brume floue.

Salaberry avait demandé au cocher de les conduire à double allure jusqu'à l'auberge d'Antoine Voyer. À peine était-il arrivé que Joseph se sentit mal. Il avait le teint livide et ses lèvres étaient desséchées. Lorsque Salaberry l'aida à descendre de la calèche, Joseph grimaça de douleur et manqua de s'affaisser. Parvenu dans la chambre, Salaberry découvrit l'origine du mal : le dos de Joseph était zébré de marques violacées. Les chairs n'avaient pas été entaillées, mais elles avaient horriblement enflé.

— On t'a donc fouetté, s'indigna Salaberry.

Malgré l'évidence des sévices, il tenait à l'entendre de la bouche de Joseph.

— Y a pas eu un son qui est sorti de ma bouche, si c'est ça que vous voulez savoir, répondit Joseph en relevant orgueilleusement la tête.

Salaberry dissimula son dégoût et refréna sa colère. Il admirait le jeune homme pour cette démonstration de courage. Sur la courte liste des gens braves, ennemis de l'hypocrisie et de la fourberie, il n'hésiterait pas à inscrire le nom de Joseph Montferrand. Tout en lui transcendait la passion rare pour toute vérité, ce qui faisait si cruellement défaut chez les humains, pensait-il.

— Il faut qu'on te soigne sur-le-champ.

— J'suis capable d'endurer mon mal, répondit Joseph.

— Ce n'est pas pour le mal, insista Salaberry, c'est pour l'infection… Tu risques que tes sangs s'empoisonnent.

Joseph se remit debout. Il feignit une attitude stoïque. Mais il était toujours aussi pâle et parut chancelant. Des traces de larmes se dessinaient au coin de l'œil.

— Y avaient beau me fouetter, dit-il sur un ton de défi, y auraient tous perdu leur gageure.

Salaberry parut surpris.

— De quoi parles-tu ?

— Trois cents coups de fouet sans me plaindre, expliqua crânement Joseph.

Salaberry en avait assez entendu. Et du coup il se souvint que son père lui avait souvent rappelé que les malheurs successifs sont rarement les fruits du simple hasard ; plus souvent qu'autrement, ils sont voulus et provoqués par celui ou ceux à qui ces malheurs profitent.

— Je fais demander un médecin, annonça-t-il à Joseph en prenant un ton autoritaire. C'est le meilleur… et c'est un ami personnel. Dans quelques jours, tu pourras profiter de ta liberté…

— À une condition, rétorqua Joseph. J'veux qu'on retrouve Dieudonné. J'veux qu'y soit libre lui itou.

Salaberry réfléchit à peine.

— Tu as ma parole.

On entendit les murmures d'une conversation, puis le bruit de pas pesants qui s'approchaient. L'instant d'après, la haute silhouette d'Antoine Voyer se découpa dans l'embrasure de la porte. Il y avait beaucoup de joie dans son regard. Salaberry et lui se serrèrent la main avec effusion.

— Merci, lança simplement le Grand Voyer.

Salaberry fit un clin d'œil en guise de complicité.

— Je vais vous envoyer le docteur Voisine, annonça-t-il au Grand Voyer. Il en a vu d'autres… et, le moment propice, il pourra toujours témoigner de cette atrocité.

S'approchant de Joseph, Salaberry souleva avec délicatesse le pan de chemise du jeune homme. Le Grand Voyer frémit. Son regard exprima la plus profonde indignation. Il avait assez bien imaginé que Joseph allait passer quelques jours dans une cellule austère, sur un lit dur et avec du pain noir et un cruchon d'eau comme pitance, mais jamais pareil traitement. Dorénavant, il s'engageait à briser la tête du premier qui oserait seulement manquer de respect envers Joseph Montferrand.

Le Grand Voyer ouvrit ses bras à Joseph.

— Mon garçon, s'exclama-t-il avec une vive émotion. J't'avais dit que j'm'occuperais de toé… Je… j'te demande pardon. Ça a pris un peu plus de temps, mon Joseph!

Joseph s'abandonna dans les bras de celui qu'il considérait maintenant comme son père. En le serrant contre lui, Antoine Voyer revit ces quarante-huit journées au cours desquelles il ne s'était pas écoulé une seule heure sans qu'il ait tenté d'obtenir la libération du jeune homme. Il avait arpenté les corridors des Sulpiciens, puis ceux de la magistrature. Il avait attendu en vain que le colonel Clayborne daignât le recevoir. Douze heures à attendre dans une antichambre pour se faire dire de revenir le lendemain. Et à chaque heure que les horloges égrenaient, il avait imaginé Joseph gagné par l'ennui, l'angoisse, le désespoir, à défaut d'entendre le bruit miraculeux d'un verrou que l'on tirait, d'une porte de fer que l'on ouvrait enfin, pour lui rendre sa liberté. Pendant toutes ces journées, on l'avait dupé, trompé. Jusqu'au jour où il avait décidé de se rendre à Québec et de plaider la cause de Joseph Montferrand devant un certain Louis-Joseph Papineau.

Salaberry demanda au cocher de s'arrêter à bonne distance du séminaire. Il fit le reste à pied. Il n'avait jamais encore franchi l'enceinte de l'immense résidence des Sulpiciens. Il fut impressionné par la symétrie des ailes, semblables à des hôtels particuliers, notés pour leur classicisme, et qu'il avait vus en Angleterre et en France.

L'horloge qui surmontait l'entrée principale marquait deux heures. Il tira sa propre montre et sourit. Il traversa à grands pas toute la cour et eut l'impression que plusieurs paires d'yeux l'épiaient. En longeant la masse du bâtiment principal, il avait constamment une vue sur le fleuve. Parvenu à une pergola dont l'ombre recouvrait un vaste carré de fleurs qui s'étendait d'un côté, il vit un religieux, immobile, qui le fixait et semblait l'attendre. Le sulpicien tenait un porte-document de cuir, usé, serré contre lui.

— Je suis attendu par le père Dessales, fit Salaberry en guise de présentation.

Le sulpicien baissa d'abord les yeux, puis inclina la tête.

— Le père Dessales sera ici dès qu'il aura terminé sa lecture des Saintes Écritures, répondit-il d'une voix presque inaudible.

— Et ce sera long? s'enquit Salaberry.

— Nous ne comptons pas le temps que nous consacrons à Notre Seigneur Christ.

Cette réponse provoqua un silence froid. Salaberry s'éloigna de quelques pas et laissa son regard errer sur la grande étendue du fleuve qui s'offrait à la vue. Une foule grouillante s'activait sur les berges: des soldats en uniforme, des matelots et des charpentiers, très visibles par leur bonnet haut en couleur.

Ancrée dans la partie profonde du fleuve, une corvette en réparation arborait le pavillon anglais. On distinguait nettement la quinzaine de pièces d'artillerie dont les gueules menaçantes pointaient vers la rive, alors que les mantelets des sabords étaient tous relevés. Voilà dix ans à peine, pensa Salaberry, de semblables navires, battant pavillon américain, avaient bien failli assiéger Montréal et peut-être frappé mortellement la colonie. Il s'en était fallu de peu pour qu'une telle décision fût prise par le président des États-Unis, James Madison. Mais à la dernière minute, ce fut la loi du plus fort qui l'emporta: le président Madison avait jugé que sa propre marine ne pouvait se permettre d'affronter directement une marine anglaise nettement plus puissante. Il avait alors misé sur une invasion terrestre du Bas-Canada par une attaque massive sur deux fronts. Une des deux attaques prit pour cible Châteauguay. Et ce fut lui, Salaberry, qui changea l'issue de cette guerre et, probablement, le cours de l'histoire...

Derrière lui, des chuchotements. Absorbé dans ses pensées, Salaberry n'avait pas entendu arriver d'autres personnes. Il se retourna suffisamment pour apercevoir trois religieux qui tenaient conseil. Celui qui l'avait accueilli remit le porte-document au plus petit des trois sulpiciens, s'inclina et se retira.

— Monsieur de Salaberry, appela-t-il.

Celui-ci s'approcha et salua les deux religieux.

— Vous avez demandé à être reçu par monseigneur ici présent, fit celui qui était manifestement le subalterne. Je vous présente le père Dessales, supérieur des Sulpiciens.

Salaberry le fixa, constatant la pâleur de son visage et ses traits crispés.

— Ce n'est ni l'heure habituelle ni le lieu des audiences, observa le père Dessales. Mais j'ai cru comprendre qu'il y avait une certaine urgence... et que vous vous êtes astreint à une longue route.

— Il n'est pas non plus dans mes habitudes de troubler la méditation et les prières des ecclésiastiques, répondit Salaberry. Mais voilà qu'une affaire délicate m'a commandé cette démarche.

— Alors faites, monsieur.

— Je dois retrouver un certain Dieudonné, dit Salaberry sans autre préambule.

Le père Dessales fronça les sourcils et lança un regard étonné au père Villepin, celui-ci se contentant d'un hochement de tête.

— Étrange devoir pour un militaire de votre rang, rétorqua le supérieur. Savez-vous, monsieur, combien de Dieudonné ont été baptisés au fil des années dans toutes nos paroisses ? Autant chercher une épingle dans la meule de foin !

— Je n'y entends rien en matière de registres, nota Salaberry, bien conscient que ses interlocuteurs n'avaient nulle intention de coopérer, ne désirant, au mieux, que se rendre au simple devoir de politesse.

Le père Villepin s'empressa d'en rajouter.

— Il faudrait des semaines, et encore à la grâce de Dieu, pour fouiller les registres et dresser la liste de tous ceux qui ont reçu ce prénom... Hélas ! nous ne sommes pas reclus dans un monastère. Voilà une tâche qui d'ordinaire n'échoit pas à notre ordre.

— En quoi ce Dieudonné vous intéresse-t-il à ce point ? enchaîna le père Dessales.

Salaberry eut un haussement d'épaules.

— Le sort injuste qui est fait à tout homme m'intéresse, répondit-il. Or, ce Dieudonné, mon père, est un nègre...

Le père Dessales se raidit.

— Un nègre traité comme une bête de somme par son bourgeois, poursuivi calmement Salaberry, un nègre châtié sans motif et de la façon la plus répugnante.

— Cela ressemble à de la fabulation.

Salaberry ne tint pas compte de la dernière remarque.

— Et tout indique, père supérieur, que vous ne me dites pas tout ce que vous savez, acheva-t-il.

Le religieux lui lança un regard courroucé.

— Vous osez me traiter de menteur ?

Salaberry bomba légèrement le torse, ce qui eut pour effet d'accentuer la cambrure de son maintien martial.

— J'affirme que vous ne me dites pas tout ce que vous savez, répéta-t-il avec fermeté. Le Dieudonné en question était bel et bien détenu dans la prison commune, il a été fouetté au sang... et il n'est plus dans la prison. Vous êtes les seigneurs de Montréal, vous êtes responsables de ce qui se passe dans tous les lieux publics de la seigneurie.

Alors, je vous le demande une fois encore : où se trouve Dieudonné le nègre ?

Ce fut le père Villepin qui intervint. La sueur lui avait collé une courte mèche de cheveux au front.

— Monseigneur ne mérite pas que vous mettiez en doute ses paroles, ni même ses intentions, fit-il, en se gardant bien de regarder Salaberry dans les yeux. Et nous, seigneurs de Montréal, avons à cœur le bien-être de tous, des censitaires jusqu'aux plus humbles travailleurs. Devant Notre Seigneur le Christ, le salut des âmes est universel. Sachez, par ailleurs, que nous n'intervenons pas en matière de justice et que nous laissons les juges de la Cour du banc du roi et ceux de la cité interpréter et appliquer les lois qui nous régissent et auxquelles nous-mêmes obéissons...

Pendant qu'il parlait, le père Dessales faisait les cent pas, visiblement furieux, allant et venant, les yeux rivés au sol, l'air contrarié et sombre. De son côté, Salaberry avait écouté sans broncher, sans la moindre réaction, mais en sachant clairement où son interlocuteur voulait en venir.

— Cela vous suffit-il ? demanda sèchement le père Dessales dès que son subalterne en eut terminé.

— Où se trouve Dieudonné le nègre ? persista Salaberry, bien décidé à pousser les religieux dans leurs derniers retranchements.

Le père Villepin allait de nouveau intervenir lorsque son supérieur le foudroya du regard.

— Nous sommes liés par le secret du sacrement de la confession, concéda finalement le père Dessales.

Sur ces mots, il tourna les talons et s'éloigna. Salaberry réagit aussitôt.

— Vous me forcez donc à recourir à ces mêmes tribunaux auxquels vous faites allégeance, et à vous mettre directement en cause, lâcha-t-il d'une voix sonore à dessein.

Le supérieur s'arrêta net. Ce qu'il venait d'entendre risquait d'avoir de fâcheuses conséquences. Il ne pouvait se permettre de prendre un tel risque, sachant par ailleurs que Salaberry n'était pas du genre à plaisanter.

— L'affaire est délicate, laissa-t-il tomber presque malgré lui. Nous ne savions rien de cet emprisonnement, encore moins de certains châtiments corporels.

— Châtiments corporels, dites-vous ? s'indigna Salaberry qui, pour la première fois, parut hors de lui. Vous voulez dire torture... C'est ça, le mot juste : torture !

L'écho des dernières syllabes résonna alentour.

— Monsieur, je vous prie, fit alors le père Dessales pour l'inviter à se calmer. Ce mot n'a pas sa place entre gentilshommes, encore moins dans ces lieux.

Salaberry eut peine à se contenir. Il rageait en constatant les airs de faux témoin qu'affichaient le père Dessales. Il fit l'effort de se contenir, recourant ainsi à la même hypocrisie.

— Vous ignoriez cela, me dites-vous, fit-il en essayant de retrouver son calme. Alors dites-moi seulement ce que vous savez. Cela, vous pouvez l'exprimer, n'est-ce pas ? Je vous écoute...

Le père Dessales était mal à l'aise. Salaberry se doutait bien qu'il voulait surtout ne pas répondre directement à ses questions. Et s'il parut un peu adouci, le sulpicien n'avait nulle intention de céder. Il allait certainement recourir à des mots qui ne le compromettraient pas. Surtout, pas de noms, guère de détails.

— Dieudonné est un esclave, dit-il. C'est un fait de droit, et ni vous ni moi n'y pouvons rien. Il s'agit, hélas, d'une permission royale traduite par une ordonnance ayant force de loi et vieille de plus d'un siècle. Cette ordonnance statue qu'en ce pays, tout comme dans les Antilles françaises, un Noir acheté comme esclave appartient en pleine propriété à celui qui l'a acquis. Or, ce Dieudonné a été légalement acheté, et il s'est enfui. Ses propriétaires ont donc eu recours à la loi.

— Et que dit cette loi ? demanda Salaberry.

— Qu'un esclave insoumis devient une menace pour la société et, par conséquent, reste passible de sanctions qui vont de l'emprisonnement au fouet... et davantage, selon la gravité des crimes commis. Cela en vertu du Code noir. Dans le cas de Dieudonné, son maître de Québec a payé pour le faire garder en prison, et il a aussi payé pour les services du bourreau. Nous l'avons appris bien tardivement, je l'affirme. Ce que je puis affirmer tout autant, c'est que personne n'a abusé de la justice criminelle dans cette affaire. Et pour ce qui est de tout autre fait, je répète qu'il s'agit du secret de la confession. Est-ce suffisant, monsieur ?

Salaberry comprit qu'il était inutile d'insister sur les détails. Pour le supérieur des Sulpiciens, il ne s'agissait pas de compassion, mais de politique, de rapport de force, de pouvoir. Un marchandage d'apparences, d'avantages...

— Suffisant ? reprit-il. Non, pas tout à fait.

— Décidément, monsieur... s'impatienta le père Dessales. Que voulez-vous donc de plus ?

— La liberté immédiate pour Dieudonné.

— Mais... mais... c'est que je ne suis pas marchand d'esclaves, balbutia le père Dessales, pris au dépourvu par ce qui ressemblait davantage à un ordre qu'à un souhait.

Salaberry s'avança d'un pas, le corps très droit, l'air décidé, les mains dans le dos, adoptant le même maintien protocolaire que lorsqu'il était en présence de quelques dignitaires de très haut rang.

— Père Dessales, fit-il sur un ton délibérément solennel, Dieudonné, n'étant ni français ni anglais, est néanmoins un homme. D'autant que le gouvernement de Sa Majesté britannique, qui a juridiction sur le Bas-Canada, ne reconnaît plus l'esclavage. Ceci implique donc que les lois d'Angleterre libèrent tout Noir de toute poursuite ayant trait à son statut d'esclave. Or donc, vous, Sulpiciens, en votre qualité de seigneurs de Montréal, avez le devoir de concéder à Dieudonné le droit de comparaître devant un juge, cela dans l'éventualité où vous persisteriez à vous réclamer de cette ordonnance du Régime français. Puis-je soumettre qu'en semblable cas vous pourriez gravement embarrasser votre évêque ? Cela, je l'affirme !

Le père Dessales pencha délibérément la tête à la manière de quelqu'un qui ploie sous un lourd fardeau. Par une sorte de solidarité obligée, le père Villepin, toujours aussi réservé, imita son supérieur. Au même moment, les graves accords de l'horloge qui surmontait l'entrée principale sonnèrent les trois coups de l'après-midi.

— Les affaires de l'Église me commandant de surseoir à cet entretien, monsieur, annonça le père Dessales en regardant le père Villepin avec insistance. C'est bien à trois heures que nous sommes attendus pour la prière commune, n'est-ce pas ?

— Nous sommes déjà en retard, monseigneur, répondit ce dernier.

Salaberry ne prêta aucune attention à ces mots, qui signifiaient pourtant la fin de l'entretien.

— J'ai eu la délicatesse de vous attendre alors qu'on me faisait savoir que vous étiez en prière, fit-il sans broncher, je m'attends à ce que vous me rendiez cette courtoisie, père Dessales. C'est la vie et la dignité d'un homme qui sont en jeu.

— Je sais parfaitement ce qui est en jeu, monsieur, répondit le supérieur avec brusquerie.

— Très bien alors, poursuivit Salaberry, finissons-en. Soit Dieudonné devient un homme libre sur-le-champ, ou nous nous retrouverons devant le tribunal. Je vous laisse en décider.

Le père Dessales tenta le tout pour le tout. Il leva la tête, plissa le front, ce qui accentua les cernes sous ses yeux fatigués.

— Monsieur, dit-il presque à voix basse, notre Parlement n'a fait aucune loi pour libérer les esclaves; par conséquent, nous nous trouvons dans l'obligation de respecter le droit des propriétaires d'esclaves. Et jusqu'à ce qu'il en soit autrement, nous devons, bien à regret, reconnaître que les esclaves demeurent des esclaves indéfiniment, ainsi que le font foi les registres d'état civil.

Il fit un signe de tête en direction du père Villepin. Celui-ci ouvrit le porte-document et en sortit un parchemin.

— Une note du secrétaire de la Chambre d'assemblée du Bas-Canada, précisa-t-il. Il y est rappelé que, en vertu de l'acte de 1791, l'esclavage bénéficie d'un fondement juridique et que les esclaves font partie des biens réels. L'esclavage continue donc d'être légal dans les colonies britanniques.

Il tendit la pièce administrative à Salaberry. Ce dernier ne parut nullement surpris. Les deux sulpiciens virent même dans ses yeux une brève lueur d'ironie. Il hocha la tête et sourit. Prenant le document, il le parcourut pour la forme et le remit aussitôt au père Villepin. Il se doutait bien que les sulpiciens, dès l'annonce de sa visite, avaient tiré d'avance toutes les conclusions en plus de prendre leurs précautions habituelles. Mais ils avaient oublié un petit détail: lui, Salaberry, n'avait jamais encore perdu une bataille, et ce, en dépit des pires obstacles et d'une infériorité apparente.

— Je recourrai donc à l'*habeas corpus*.

Il avait prononcé ces mots avec une expression absente, sans la moindre emphase, comme s'il s'était agi d'une simple question de logique. Et alors que les deux religieux demeuraient interloqués devant ces propos inattendus, Salaberry ajouta:

— J'engagerai mon nom et ma réputation devant le tribunal et je représenterai personnellement Dieudonné. Je ne crois pas que les marques qu'il porte sur son corps auront disparu d'ici là...

Le regard du supérieur croisa celui du père Villepin. Il y vit le reflet de son propre désarroi. Le subalterne, quant à lui, nota le léger tremblement qui agitait les lèvres du père Dessales. Observant le supérieur, Salaberry haussa un sourcil.

— Des procédures qui nous feront perdre, à tous, un temps tellement précieux, laissa tomber le religieux. Défier les lois de notre Parlement, vous n'y pensez pas, monsieur !

Salaberry savait que le supérieur y allait de ses dernières munitions. Il avait parlé du bout des lèvres, sans conviction, le regard fuyant.

— N'en croyez rien, père Dessales, répondit-il, détachant bien toutes les syllabes. L'*habeas corpus*, ainsi que vous semblez le savoir, a préséance sur toute autre loi. Il est le pilier des libertés publiques, il a valeur constitutionnelle et il s'applique dans toutes les colonies de l'Empire. Il en est ainsi depuis 1679. Par conséquent, tout juge, de n'importe quelle cour supérieure, en constatant l'absence de délit ou de preuves suffisantes, doit ordonner la mise en liberté. J'ajoute qu'à défaut de faire appliquer l'*habeas corpus* le juge en cause est passible de fortes amendes, voire de destitution.

Salaberry fit une pause tout en gardant les yeux fixés sur le père Dessales. Celui-ci lui donna l'impression d'avoir encaissé une gifle. D'un seul coup, son visage avait rougi et pris un air confus, comme celui de quelqu'un qui se demandait comment il avait pu se mettre dans pareil embarras.

— Dieudonné a été privé de ses droits les plus élémentaires garantis par l'*habeas corpus* même, poursuivit Salaberry. Et il en a été de la sorte pour Joseph Montferrand...

Le père Dessales se rebiffa.

— C'est là une tout autre affaire...

— À laquelle vous avez participé en personne et en toute connaissance de cause, le relança aussitôt Salaberry. J'en ai pour preuve l'aveu du colonel Clayborne.

Cette fois, le coup avait porté. Le supérieur parut à moitié asphyxié. Le père Villepin dut le soutenir. Il lança un regard suppliant en direction de Salaberry.

— Monsieur, je vous en prie...

Le père Dessales murmura quelque chose à l'oreille de son subalterne, après quoi il soupira longuement et pencha la tête de côté, l'air absent.

— Alors ? demanda Salaberry.

— Dieudonné est à vous, répondit piteusement le père Villepin.

— Votre parole ne me suffit pas.

— Nous sommes liés par notre serment fait à Dieu, ajouta le père Villepin.

— La vie de Dieudonné n'est pas une affaire de religion, reprit Salaberry avec fermeté. Sa liberté est une affaire de droit. Je veux la signature des seigneurs de Montréal... la vôtre, monseigneur.

Salaberry avait prononcé le « monseigneur » sans la moindre ironie, sans expression de malice ni regard soupçonneux. C'était à prendre ou à laisser, point final.

Le père Dessales ressemblait à un animal blessé. Il savait maintenant que cette affaire, pour insignifiante qu'elle eût paru voilà un mois à peine, lui échappait complètement. Elle avait pris, en quelques jours, des proportions monstrueuses. Et il ne pouvait rien espérer de cet homme : ni sympathie complice, ni pacte du silence. Ce qu'il avait appris sur Charles-Michel de Salaberry se confirmait : il était inattaquable et disposait d'un pouvoir d'influence sans pareil.

Protégé du duc de Kent, éprouvé par le baptême de feu contre les Espagnols, les Prussiens, les Irlandais, vainqueur des Américains, ce qui en avait fait un héros à la grandeur du Bas-Canada et l'avait mis dans les bonnes grâces de la Couronne. Reçu chevalier commandeur de l'Ordre du Bain par le roi d'Angleterre en personne, invité sitôt à siéger au Conseil législatif du Bas-Canada, il était de plus détenteur d'une fortune personnelle qui s'étendait depuis la seigneurie de Beauport jusqu'aux terres et moulins de celles de Rouville et de Chambly, dont il avait acheté plusieurs lots. Surtout, il était assez lié à Louis-Joseph Papineau, propriétaire de la seigneurie de la Petite-Nation et président élu de la Chambre d'assemblée.

On racontait que le père de Charles-Michel, Ignace de Salaberry, lui-même dans les bonnes grâces de la famille royale d'Angleterre, avait fortement appuyé les cinquante députés de la Chambre d'assemblée, lesquels, réunis dans l'ancienne chapelle épiscopale de Québec, par une rude journée d'hiver de 1793, avaient proposé un texte de loi proposant l'abolition de l'esclavage. On avait alors dressé la liste de toutes les familles propriétaires d'esclaves, parmi lesquelles plusieurs propriétaires de seigneuries et autant de riches commerçants. Mais l'Église y était mêlée ; des curés, des évêques étaient propriétaires d'esclaves depuis plus d'un siècle. Les évêques Saint-Vallier, Dosquet et Pontbriand ; les curés Dunière, Catin, Fréchette, Payet ; les sulpiciens Delagarde et Picquet, sans compter nombre de jésuites. Les grandes familles avaient fait pression. Les Campeau, qui avaient possédé près de soixante esclaves ; les Lacorne, les Lemoyne, qui en avaient possédé plus d'une cinquantaine. Tous ces esclaves étaient venus grossir le patrimoine des biens meubles ou avaient eu une forte valeur d'échange. Ainsi, la loi avait été lue une première fois : tout le monde avait été d'accord ; la deuxième fois, le projet avait été enterré.

Aujourd'hui, vingt-cinq ans plus tard, Dieudonné, l'esclave acquis par des ecclésiastiques de Québec puis vendu à un marchand, risquait de porter atteinte à la réputation de l'évêque lui-même. Car Joseph-Octave Plessis, évêque du Bas-Canada qui, du haut de la chaire, stigmatisait la désolante moralité de la société et exigeait des prêtres qu'ils fissent œuvre d'abnégation, de charité et d'humilité, était propriétaire d'esclaves. Celui qui rappelait aux séminaristes que le monde était « divisé en deux sortes de personnes, les unes affamées, les chargées de les nourrir ; les unes affligées ; les chargées de les consoler », encourageait le plus infâme des trafics : celui des humains en chaînes.

Le père Dessales savait bien que Charles-Michel de Salaberry était le genre d'homme par qui le scandale pouvait arriver. Et les Sulpiciens, jusque-là ménagés par les autorités anglaises et disposant même d'une certaine indépendance à l'égard de toutes les administrations, risquaient d'être emportés par les fureurs d'une telle tourmente.

— Vous aurez notre signature, monsieur, murmura le père Dessales. Revenez ce soir… la noirceur venue, je vous prie.

Le religieux avait laissé tomber ces derniers mots d'une voix presque éteinte, lugubre. Peut-être était-ce par impuissance ou simplement par effet théâtral, pour sauver les apparences. Néanmoins, ce fut un homme abattu, une silhouette frêle, voûtée, que Salaberry vit s'éloigner, suivi de son fidèle subalterne. Se détournant, Salaberry reprit le chemin de la sortie. Pendant un instant, il fut tenté de se rendre à la résidence de Clayborne afin de lui rappeler que, lors de la guerre de l'Indépendance, le premier président américain, George Washington, avait décrété qu'aucun soldat britannique capturé par ses troupes ne serait torturé ; que tous les prisonniers seraient traités avec humanité ; que nul ennemi, ou même adversaire, n'aurait de motif de croire que des militaires de quelque armée puissent imiter des esclavagistes ; que les pères fondateurs d'une nation ne devraient jamais s'abaisser à paraître tels des barbares aux yeux de l'Histoire.

Il se ravisa. L'histoire tragique de Dieudonné le nègre venait de s'achever par un trait de plume. Une autre histoire, mais cette fois libre de toute servitude, recommençait. En même lieu toujours, mais vers une autre destinée.

Il en était de même pour l'histoire de Joseph Montferrand. Elle s'annonçait comme une partie de bras de fer avec une vie plus grande que nature. Elle s'ouvrait sur de multiples fronts, des horizons qui annonçaient l'inconnu. Elle emprunterait des chemins plus éprouvants les uns que les autres, se fondrait chaque soir dans les ors crépusculaires pour renaître, plus vive, aux aurores. Joseph Montferrand était de la race de ceux qui créaient l'irréel, Salaberry le savait. Il avait eu cette prémonition dès qu'il avait regardé au fond des yeux du jeune homme. Il y avait vu que jamais Joseph Montferrand ne demanderait à la vie de lui épargner les plus grandes épreuves. En résultait le fait incontestable qu'il accepterait dès lors le pacte des plus grands défis.

# · IV ·

Joseph Montferrand avait passé plusieurs jours sans presque parler. Dans la petite chambre qu'il occupait au fond de l'auberge d'Antoine Voyer, il avait lu et relu les mêmes passages de la Bible, jusqu'à pouvoir les réciter par cœur. Le récit de Samson qui affrontait, seul, des légions de Philistins. Celui du surhomme qui saisit les battants des portes de Gaza, ainsi que leurs montants, les arracha, les chargea sur ses épaules et les porta au sommet de la montagne en face d'Hébron. Et de ce Samson, enchaîné entre les colonnes du temple de Gaza, Samson qui fit s'écrouler ce temple sur tous les princes et le peuple qui s'y trouvaient, « Qu'y a-t-il de plus doux que le miel, et quoi de plus fort que le lion ? » était la phrase qui revenait sans cesse à Joseph.

Les mêmes images passaient et repassaient inlassablement dans sa tête : il affrontait dans une lutte sans fin une cohorte de tuniques rouges. Cette vision défilait, marquée d'ombres irréelles. Lorsqu'elle s'estompait, toujours vers les petites heures du matin, il ne voyait alors qu'un faible rai de lumière qui filtrait par la seule lucarne de la pièce.

Le Grand Voyer venait lui rendre de courtes visites. Personne n'adressait la moindre parole à l'autre. L'aubergiste apportait de la nourriture, un pichet d'eau et un gobelet. Il se contentait d'un simple regard, comme pour s'assurer que l'état de Joseph ne se détériorait pas. Et chaque fois, il voyait une silhouette immobile, le profil à contre-jour, les traits tamisés par l'ombre.

Un matin, lorsqu'il entra après avoir frappé les trois petits coups, le Grand Voyer vit Joseph debout, une chemise neuve sur le dos, les larmes aux yeux. Son visage, jusque-là sans expression, affichait de la tristesse, mais également une grande lucidité.

— Le soleil pointe déjà, dit simplement Voyer. C'est l'temps de mettre du bœuf à l'ouvrage...

Joseph le regarda pendant quelques instants, puis fit une grimace, suivie d'un pâle sourire.

— J'avais quasiment oublié qu'y avait encore le soleil dans le ciel, répondit-il avec un débit hésitant, comme s'il ne reconnaissait pas tout à fait sa propre voix.

— Beau dommage, qu'y en a un, reprit le Grand Voyer d'un air joyeux. Assez fort à part ça pour faire faire plein de sparages aux souris d'église...

Il mima, en gesticulant et en bougeant comiquement les doigts, l'allure de petits rongeurs détalant à vive allure dans plusieurs directions, et partit d'un rire sonore. Le visage de Joseph changea progressivement d'expression. Ses yeux retrouvèrent tout à coup leur éclat. Il desserra les lèvres, ricana doucement, puis s'abandonna à son tour à un grand rire. Le premier depuis fort longtemps. Antoine Voyer sut que Joseph Montferrand avait repris vie.

Puis Voyer redevint sérieux. À ses yeux, Joseph n'était pas véritablement remis de la terrible épreuve qu'il venait de subir. Lui-même nourrissait une froide colère envers ce colonel Clayborne, qu'il tenait pour un tortionnaire, mais davantage à l'égard des Sulpiciens. Surtout envers le père Dessales, pour la part qu'il avait prise dans ce complot haineux. Mais Voyer en voulait aussi aux siens, à tous ceux qui étaient complices par le silence, passifs, pleutres, soumis, résignés à leur minable condition de porteurs d'eau, enclins à l'indifférence, voire à la fourberie. Certes les hommes trimaient dur, sans jamais rechigner ni se plaindre du maigre salaire qu'on leur versait pour des heures interminables de labeur, parfois à grands risques. Pourtant, nulle exaspération, nulle revendication. Ni imagination ni manifestation de quelque violence. Au nom d'une misère commune, on préférait lécher les bottes et, fatalement, on s'en remettait à la miséricorde divine. Et ce qui irritait davantage le Grand Voyer, c'était que l'on semblait oublier que l'honneur et la dignité ne cédaient jamais au souffle de la peur.

— Comment va ton dos ? demanda-t-il.

— Le docteur Voisine a fait d'la bonne ouvrage, répondit Joseph en haussant les épaules comme pour signifier qu'il ne s'en souciait guère. Juste un peu raide… Il m'a dit qu'il en avait réchappé des ben pires. Vous l'savez, j'suis pas de ceux qui se plaignent.

Il étira les bras vers le haut, contracta quelque peu les muscles du dos.

— N'empêche que j'ai une grosse dette envers lui, enchaîna-t-il d'un air humble. J'vais le rembourser pour sûr, jusqu'au dernier écu.

Le Grand Voyer s'approcha et le regarda droit dans les yeux.

— Tu lui dois rien pantoute, fit-il. C'est M. de Salaberry qui a tout pris sur lui. Un grand bonhomme, ce monsieur. Ç'a été son vouloir.

— Son vouloir ? répéta Joseph, surpris.

— Y a dit que tu t'étais comporté comme le meilleur de ses soldats, pis que les amis du vieux Maturin étaient ses amis, pis que toé t'avais une place ben spéciale… là !

Il porta l'index de sa main droite sur la poitrine de Joseph, à l'endroit du cœur.

En entendant le nom de Maturin Salvail, Joseph fut gagné par l'émotion. Il se frotta les yeux, détourna son visage blême, serra les dents, imagina une fois encore que Salvail et son fidèle Orémus étaient toujours vivants, réfugiés dans un exil lointain, vivant au hasard d'un air pur et d'un milieu enchanté, où tous les mystères étaient révélés.

— Dieudonné? demanda-t-il dans un souffle.

— Vivant, répondit Voyer. Pas fort, mais vivant... Y fera pas la drave demain, pas plus que des ramages, mais y est ben vivant. Pis libre comme l'air, mon Joseph, aussi libre que toé pis moé! Pense ben que ça va jacter dans les chaumières, mon gars!

Pendant un instant, Joseph ferma les yeux et adressa une prière muette à la Vierge. Lorsqu'il les rouvrit, ses yeux exprimaient une nouvelle inquiétude.

— Y va faire quoi astheure? Y peut plus se battre, avec son œil crevé... pis...

Le Grand Voyer le rassura.

— Crains pas, y a d'la place pour lui icitte, à l'auberge. C'est pas parce qu'y est rendu coque-l'œil qu'y pourra pas travailler d'un fanal à l'autre. À part ça, j'ai vu l'amanchure de ton Dieudonné: cré-moé qu'y est pas manchote!

Joseph respira d'aise. Il n'y avait personne de plus fiable à ses yeux que le Grand Voyer. Parole donnée, parole tenue, peu importait le prix.

Voyer s'était mis à bourrer sa pipe. Il le faisait avec des gestes mesurés, délibérément lents, comme s'il s'agissait d'un rituel. Le plus étrange était qu'il ne fixait rien ni personne, seulement sa pipe, ignorant totalement le monde extérieur. Lorsqu'il eut enfin terminé, après avoir tiré les premières longues bouffées, puis en avoir rejeté l'épaisse fumée bleutée, il reporta toute son attention sur Joseph.

— Ta mère sait rien de ça, mon gars, reprit-il avec le plus grand calme. Tu y diras que tu reviens d'une job de charroyage à l'aut' boutte du pays.

— J'ai jamais menti à ma mère.

— Ta mère a eu le motton plus souvent qu'à son tour, mon gars. Pas besoin d'y serrer plus encore le cœur pis les sentiments. Qu'est-ce que t'en dis ?

Joseph tentait à grand-peine de maîtriser ses émotions. Il suivit du regard les bouffées de fumée que rejetait par à-coups le Grand Voyer. Il tenta d'imaginer sa mère au moment où elle ouvrirait la porte. Déjà ses traits s'étaient quelque peu effacés de sa mémoire. La dernière fois qu'il l'avait vue, ses rides s'étaient creusées, ses traits avaient encore pâli, sa voix avait faibli, était devenue chevrotante, ses yeux sans éclat paraissaient, plus souvent qu'autrement, sans vie. Et ses mains, toujours froides, parfois glacées, tremblaient de plus en plus. Mais il y avait pire. Les toussotements occasionnels, qui auparavant l'incommodaient, sans plus, s'étaient transformés en une toux creuse, persistante, accompagnée d'une douleur semblable à un coup de poignard lui perçant un côté de la poitrine.

— Mon père Antoine, fit Joseph, d'un air presque angoissé, j'peux vous demander une affaire… euh… une affaire ben grave ?

— Beau dommage, mon gars, le rassura Voyer. Tu sais ben qu'y a pas de secret entre nous.

Joseph avala péniblement sa salive tout en se tordant nerveusement les mains. On entendit un craquement de phalanges.

— Faudra pas que ma mère le sache… jamais, avertit Joseph.

Voyer le regarda fixement.

— J'te répondrai comme ton vénéré père l'aurait fait de son vivant… paix à son âme !

— J'veux apprendre à me battre, laissa alors tomber Joseph en y mettant tout son aplomb. J'veux même devenir le meilleur !

Antoine Voyer baissa les yeux et poussa un profond soupir. Il se mit à contempler les mains de Joseph, puis ses propres mains.

— J'savais ben qu'on en viendrait là un jour, murmura-t-il.

Le lieutenant-colonel James Arthur Seymour se réclamait d'une ascendance nobiliaire du fait que son arrière-grand-père maternel, par cousinage, était issu de la maison de Brunswick-Luneburg. Une trace de sang bleu le liait par conséquent à la maison de Hanovre, famille de l'actuel George III, roi d'Angleterre.

Seymour était le courrier du roi. À Liverpool, il avait reçu des mains du capitaine Matthew Wilkis, commandant du *Mayden of England*, trois lettres portant le sceau du gouverneur de la colonie du Canada et destinées au roi lui-même. Le capitaine Wilkis avait fièrement souligné que son navire, qu'il décrivait comme le plus racé et le plus fiable des vaisseaux de Sa Majesté, une corvette aux allures de lévrier des mers, avait réussi la traversée de Québec à Cardiff en dix-neuf jours. Seymour avait compris qu'il s'agissait bien d'un exploit de navigation, puisque l'Atlantique Nord, réputé pour les caprices de ses eaux, avait soumis nombre de navires à sa dure vérité, en les démâtant, les rasant, ou alors en les envoyant tragiquement par le fond.

— Nous avons couru par vent arrière, toutes voiles dehors, sur des vagues bien formées, sans écume, nous poussant jour et nuit vers notre belle Angleterre, avait précisé l'intarissable marin, avant de lancer bien haut et en guise de conclusion : Dieu sauve le roi !

— Sa Majesté sera informée de la mémorable traversée d'un des joyaux de sa flotte, souligna Seymour avec emphase.

Prenant congé du capitaine, Seymour, qui n'avait guère dormi au cours des derniers jours, poussa le conducteur de la diligence royale sur la route de Bath. Une bonne journée à parcourir le sud-ouest de l'Angleterre, entre le Somerset et le Wilshire, à franchir collines et raidillons, jusqu'à cette cité qui faisait l'orgueil de la famille royale pour ses grands édifices, magnifiquement ouvragés et parés de pierres mordorées… Quoique le centre de Bath fût un dédale de ruelles, vestige de la cité médiévale et de l'occupation romaine. Là se trouvaient les thermes, où chaque jour jaillissaient en bouillonnant avec un bruit de torrent trois sources d'eau sulfureuse, présumées miraculeuses. Ces bains, aménagés à même les ruines d'un impressionnant temple romain soutenu par d'énormes colonnes, conservaient les bassins d'origine ainsi que les voies de canalisation et s'ornaient d'un imposant agencement de statues d'époque, dont un bronze doré de la déesse Minerve qui se reflétait en permanence dans les eaux verdâtres. Ces thermes étaient l'endroit de prédilection de la famille royale des George, qui venait y prendre les eaux depuis des décennies. C'était également le lieu d'amusement du prince régent, George Augustus Frederick, qui, depuis sept ans déjà, en vertu de l'acte de Régence de 1811, agissait en tant que souverain d'Angleterre en lieu et place de son père, le roi George III, reconnu fou, devenu aveugle et reclus dans le château de Windsor. En fait, aux yeux des Lords commissaires du royaume et pour la plupart des élus de la Chambre des communes, l'homme le plus puissant d'Angleterre était Robert Jenkinson, comte de Liverpool. C'était à cet homme de fer que le pays devait la victoire sur les armées napoléoniennes et d'importants gains territoriaux sur le continent européen, comme le royaume de Hanovre, placé sous le règne du souverain britannique. Le prince régent, pour sa part, se passionnait pour les femmes, les stations thermales, la mode, les arts et les banquets fastueux. Il avait consacré beaucoup de temps et d'argent à la transformation extravagante de son pavillon de Brighton, en prenant pour modèle le Taj Mahal de l'Inde.

La diligence traversa le pont de pierre qui enjambait la rivière Avon, emprunta une allée pierreuse, rythmée par deux rangées de chênes, puis longea des terrasses fleuries de roses et bordées de haies minutieusement taillées.

Le conducteur avait immobilisé son attelage de quatre chevaux en face de l'abbaye de Bath. La façade de celle-ci était décorée de plusieurs registres d'arcatures et sa tour, bien élancée, célébrait le style gothique, si prisé en Angleterre. Ses lourdes portes sculptées et la célèbre représentation de l'échelle de Jacob, où des anges de pierre gravissent la voûte jusqu'à son sommet, rappelaient à quiconque la contemplait que l'abbaye était la plus grande église paroissiale d'Angleterre par proclamation royale.

Seymour sortit précipitamment, lança un ordre bref au conducteur et monta dans la carriole qui l'attendait à proximité. Six soldats en livrée royale, armés, montés sur de superbes chevaux de race, ouvrirent le chemin. Le convoi passa le Guildhall, dont la façade donnait sur un marché fait d'une quantité d'échoppes où se vendaient des légumes, des volailles et du café en provenance des colonies, pour se rendre ensuite au nord de Bath, à Badminton House, la résidence des ducs de Beaufort depuis plus d'un siècle. Des dizaines de moutons, dont plusieurs swaledales à cornes, race typique des collines anglaises, pâturaient aux abords. La carriole passa les immenses grilles en fer forgé, qui avaient été ouvertes comme par enchantement à l'approche de Seymour et de son escorte.

Aussitôt parvenu à la hauteur des portes d'entrée, un chambellan en grande livrée fit son apparition, s'inclina et conversa à voix basse avec Seymour. Ce dernier parut quelque peu contrarié. Il suivit le chambellan à l'intérieur. Le grand salon était splendide, avec son lambrissage en chêne, en noyer et en cèdre, enrichi de tableaux de maîtres italiens et hollandais. Sur les tables d'apparat trônaient de magnifiques bronzes et une impressionnante collection de faïences de Delft.

Le chambellan pria Seymour d'attendre dans la pièce.

— Je vais prévenir Lord Jenkinson de votre arrivée, dit-il avec déférence.

Laissé seul, Seymour s'attarda devant le chef-d'œuvre de Van Dyck, une grande huile sur toile représentant un portrait équestre de Charles I^er. On y voyait le souverain montant un imposant coursier à la robe d'or, revêtu d'une armure noire, avec à la main un bâton de commandement. Seymour se rappelait évidemment que le frêle personnage qui avait été un jour roi de Grande-Bretagne avait été décapité sur ordre d'Oliver Cromwell, triste résultat d'une guerre civile à la suite de laquelle l'État anglais avait pris le nom de Commonwealth. Tout à côté, et de taille semblable, se trouvait un portrait représentant William Gordon, deuxième comte d'Aberdeen, portant l'uniforme des Highlanders aux couleurs du tartan du clan Huntley. L'épée à la main, le corps audacieusement cambré et la main gauche reposant sur la hanche, William Gordon suggérait par sa pose autant l'orgueil que le mépris du danger. Dans un coin, un petit portrait d'Henri VIII, le jadis redoutable souverain d'Angleterre, caractérisé par un regard méfiant et des traits impassibles. Il était représenté portant une tunique brodée de fils d'or, marque des attributs royaux, ainsi qu'une coiffe parée d'une fourrure d'hermine.

La contemplation de Seymour fut interrompue par le retour du chambellan, qui annonça d'une voix grave :

— *Lord Jenkinson, Prime Minister of His Majesty!*

Seymour claqua des talons et se mit au garde-à-vous. L'homme s'avança de quelques pas, puis s'immobilisa. Il était d'assez haute taille, très mince, avait le regard ardent et un front dégagé et large. Il portait un habit noir fait de brocart, boutonné jusqu'au col et rehaussé par un jabot de dentelle fine.

— Que pensez-vous de tout ceci ? fit-il d'une voix étonnamment douce, alors qu'il montrait les œuvres suspendues au mur.

— Remarquable, milord, répondit Seymour par prudence élémentaire.

— Mais encore ? insista Jenkinson.

— Permission de m'exprimer franchement, milord ?

— Faites donc.

— Eh bien, milord, dit Seymour, ce grand peintre, Van Dyck, a conféré une bien plus grande autorité à la bête qu'à son cavalier, qui pourtant était roi d'Angleterre…

Lord Jenkinson sourit. Il se rendit au tableau en question et fit signe à Seymour d'approcher.

— Noble cheval s'il en est, remarqua-t-il, et fougueux de surcroît, mais si vous observez bien la plaque… là… juste à droite du cavalier, on y lit : « *Carolus Rex Magnum Britannia* ». Un roi par droit divin, n'est-ce pas ?

— En effet, milord.

— Cela dit tout, Seymour, enchaîna le premier ministre. Pour qu'une œuvre soit digne de Sa Majesté, il faut qu'elle règne sur le lieu qu'elle occupe – comme celle-ci par exemple –, à l'égal de Sa Majesté qui règne sur le monde. Ne croyez-vous pas ?

— Absolument, milord !

Jenkinson fit un pas en direction de Seymour.

— Sa Majesté n'est pas au mieux, confia-t-il au militaire. Le régent, son fils, a dû se rendre au château de Windsor afin d'apporter tout le réconfort à son père. Il m'a attribué plein titre et privilèges pour agir à sa place.

Seymour inclina la tête et sans se faire prier tendit à son hôte les lettres scellées qu'il avait en sa possession.

— De la part du gouverneur général de l'Amérique du Nord britannique, fit-il.

Jenkinson reçut les plis, constata l'authenticité des sceaux et commanda à Seymour de le suivre. Les deux hommes traversèrent plusieurs salles, plus richement décorées les unes que les autres, et toutes éclairées par de grandes fenêtres, qui laissaient passer une abondante lumière.

Lorsqu'ils furent parvenus dans la dernière pièce, plus petite que les autres, et presque sans apparat, Jenkinson fit signe à Seymour de prendre place dans un fauteuil de cuir placé devant une grande table de travail sur laquelle étaient rangés, par piles, de nombreux documents.

— Voilà à quoi ressemble le royaume d'Angleterre et ses colonies, remarqua Jenkinson avec une pointe d'ironie dans la voix. Le plus grand souverain du monde doit affronter les plus grands obstacles… et il doit forcément les vaincre. N'est-ce pas, Seymour ?

— Telle est en effet la mission de Sa Majesté… et la nôtre, milord ! Que Dieu sauve le roi !

Jenkinson brisa le cachet de la première missive et se mit à lire. Seymour nota un changement presque imperceptible dans les yeux du premier ministre et y décela un voile de contrariété. La lecture des deux autres lettres, dont une de plusieurs pages, y ajouta une note d'inquiétude. Il apprit que le gouverneur général de la colonie de l'Amérique du Nord avait été victime d'une grave attaque de paralysie et avait démissionné. Les malaises qu'il avait contractés en Inde, vingt ans auparavant, l'avaient rattrapé. Les durs hivers de la colonie l'avaient terrassé. Une très lourde perte. John Coape Sherbrooke avait su rester impartial dans les conflits opposant les partis canadien et bureaucrate. Il avait gagné la confiance des autorités catholiques et réussi à organiser la défense de la colonie contre les envahisseurs américains. Ses talents d'administrateur et de diplomate, sa modération couplée à une fermeté de circonstance lui avaient valu la loyauté des habitants de la colonie. Il fallait maintenant le remplacer.

Le premier ministre déposa la lettre sur une des piles. Il médita quelques instants, les yeux fermés, immobile. Puis, comme s'il avait compris d'un coup tous les enjeux, il s'adressa à Seymour en le fixant intensément :

— C'était bien le duc de Richmond qui avait eu cette affaire… d'honneur… avec le duc d'York, n'est-ce pas ?

— Parlez-vous du duel, milord ?

— Assurément…

— Il s'agissait bien de Charles Lennox, milord, quatrième duc de Richmond, aujourd'hui général et membre de la Chambre des communes.

Jenkinson toussota comme pour dissiper un malaise.

— Cette affaire, dites-moi, est-elle classée ? Je veux dire… entre les familles ?

— Elle l'est, milord. J'ai ouï dire que Son Altesse n'a jamais entretenu d'animosité à l'endroit des Lennox.

Jenkinson parut méditer une fois de plus. Bien sûr, il connaissait presque tout au sujet de Charles Lennox, duc de Richmond. Surtout cette vieille histoire selon laquelle l'actuel prince régent, Frederick Augustus, deuxième fils du roi George III, avait eu des propos peu élogieux sur le courage de la famille Lennox, ce qui avait provoqué ce duel au pistolet au cours duquel la balle tirée par Lennox avait effleuré la chevelure de l'héritier du trône d'Angleterre. Si tant était que l'honneur des Lennox fût sauf, Frederick Augustus allait tenir Lennox comme un adversaire politique. Mais voilà que le roi George III, avant de sombrer dans la folie, avait fait nommer Charles Lennox aide de camp du roi. Et lui-même, Jenkinson, une fois devenu premier ministre, l'avait fait nommer général en pleine guerre contre les armées de Napoléon Bonaparte. La défaite de ce dernier à Waterloo lui avait donné raison. Ce Lennox, pensait Jenkinson, était l'homme tout désigné pour remplacer John Coape Sherbrooke. Il s'avérait capable de concilier les oppositions, de rallier les chefs politiques et religieux, ainsi qu'il l'avait fait en sa qualité de lord-lieutenant d'Irlande. Nul doute que le régent verrait d'un bon œil l'éloignement du duc de Richmond. En sauvant les apparences par une telle nomination, il mettrait un océan entre lui et son adversaire de jadis. Il était d'ailleurs probable que le duc de Richmond ne revît jamais le sol anglais. Ne disait-on pas que cette vaste colonie suscitait tous les rêves comme autant de chants de sirènes pour ensuite les transformer en cauchemars ? Les deux autres missives en témoignaient éloquemment.

Au bout de cette longue réflexion, durant laquelle Seymour avait lui-même observé un silence respectueux et attentif, le premier ministre passa rapidement sa main sur son large front tout en feignant une mine satisfaite.

— Colonel, dit-il, je vous remercie de vos loyaux services. Je sais qu'il vous tarde de revoir Son Altesse le régent, votre cousin, et je puis vous assurer qu'il en est de même pour lui.

Tout en parlant, il avait glissé les lettres dans un étui et rangé celui-ci dans le tiroir de la table de travail, prenant soin de le verrouiller aussitôt à double tour. Il retira la clef et la fit lestement disparaître dans une poche de sa redingote. Puis il invita le militaire à le suivre.

Ils longèrent un interminable corridor, débouchèrent sur un atrium peint de scènes allégoriques, puis accédèrent à un vaste parc. S'y trouvaient une grande variété d'arbres, des aménagements floraux parmi lesquels une superbe roseraie, ainsi que trois étangs où poussaient librement des fleurs de marais, des saules et des aulnes. Ces roselières étaient peuplées d'une abondante faune ailée, dont le héron cendré, le cygne tuberculé, le bruant des roseaux, la poule d'eau, le canard couvert et le martin-pêcheur. Des rouges-gorges, des chardonnerets et des alouettes chassaient à tire-d'aile les légions d'insectes qui foisonnaient dans les haies, les taillis et les hautes herbes.

Une étrange sonorité courut entre le couvert des arbres, trop vague encore pour qu'on en distinguât la provenance. De toute évidence, il s'agissait d'une résonance musicale, quoique trop diffuse pour qu'on en saisît la mélodie et la diversité instrumentale.

— Une idée de Son Altesse, se contenta de dire Jenkinson d'un ton amusé.

Quelques minutes plus tard, les deux hommes se retrouvèrent devant une vaste rotonde blanche surmontée d'une coupole. À la vue du premier ministre et de son invité, le chef d'orchestre fit signe aux musiciens de se lever – ce qu'ils firent à l'unisson – et de saluer bien bas.

— Poursuivez, je vous prie, maestro, fit Jenkinson.

L'orchestre reprit sa répétition. On comptait neuf trompettes, neuf cors, quinze hautbois, douze bassons, six timbales, trois doubles tambours et dix violons.

Seymour, qui n'y entendait rien en musique, parut sidéré. Ces airs lui firent l'effet d'une charge furibonde de cavalerie à laquelle répondaient avec une égale fureur les tonnerres d'une artillerie lourde. Il n'y avait rien d'apaisant. Que des rythmes extrêmes, une cadence effrénée, des contrastes marqués d'une totale démesure.

— Cela vous plaît-il? demanda Jenkinson sur le même ton amusé.

Seymour se contenta d'un léger haussement d'épaules, jugeant qu'il devait se montrer prudent dans ses remarques.

— Je découvre, milord… je découvre. On dit que la musique est parfois comme une prière: capable de miracles.

— C'est aussi ce que croit Son Altesse, dit Jenkinson, redevenu sérieux.

— Assurément, milord.

Le deux hommes demeurèrent attentifs, du moins en apparence, à cette musique qui reproduisait à l'infini ses accents étranges et ses multiples éclats. La pièce terminée, ils prirent le chemin du retour après avoir félicité tous les musiciens et salué le chef d'orchestre.

— Son Altesse a eu la très grande idée de présenter cette musique pour les feux d'artifice royaux, en l'honneur de Sa Majesté son père, expliqua le premier ministre à Seymour. Son Altesse veut ainsi commémorer les feux d'artifice réalisés à la tour de Londres sur cette composition que le grand Haendel avait dirigée en personne en 1749, en présence de Sa Majesté George II, deux ans avant le décès de Sa Majesté. Vous comprenez ce que cela représente pour Son Altesse, n'est-ce pas ?

— Assurément, milord, répéta machinalement Seymour, oubliant toute autre formulation.

Pour un bon moment, il n'y eut pas d'autre conversation entre Jenkinson et le courrier du roi. Ils marchèrent côte à côte, en silence, absorbés dans leurs pensées, sans porter la moindre attention à la beauté apaisante des lieux. Les primevères fleurissaient dans les sous-bois au milieu des tapis de campanules. Les arbres bruissaient de vie. Une multitude de papillons colorés essaimaient les fleurs et les baies alors que fusaient de partout les chants mélodieux d'une abondante faune ailée. Le timbre grêle du clocheton de la chapelle sonna les douze coups de midi. Un passage de nuages lourds avait soudainement obscurci le temps. Survint l'ondée. Les deux hommes se hâtèrent en direction de l'atrium pour se mettre à l'abri, car un vent impétueux se levait, secouant rudement les arbres et précipitant des trombes d'eau aux alentours.

— Voilà bien l'Angleterre, grommela Jenkinson, tout en essuyant les gouttes de pluie qui perlaient sur sa redingote, et replaçant d'une main leste sa perruque.

Seymour l'imita. Levant la tête, il vit que les nuages se dissipaient rapidement et qu'au loin le ciel se nettoyait. Le vent avait diminué, cédant à une brise plutôt fraîche. Le lieu reprenait vie alors que les domestiques allaient et venaient avec célérité.

— Je crois bien, milord, que ce n'était qu'un caprice passager de notre climat, opina Seymour avec flegme.

— Souhaitons que la nature nous épargne son « caprice passager », ainsi que vous le nommez, lorsque Son Altesse présidera aux feux d'artifice royaux, fit Jenkinson sur le même ton. Cela ne serait pas courtois à l'égard de la mémoire de M. Haendel !

— Assurément, milord... et cela ne serait pas anglais, si vous permettez que je le dise ainsi !

Jenkinson n'entendait rien. Lui aussi fixait le ciel, mais sans vraiment apercevoir le soleil qui brillait de nouveau. Pas plus qu'il n'entendait le concert des oiseaux, qui avait repris de plus belle. Il pensait aux deux autres missives qu'il avait reçues sous le sceau du gouverneur général de l'Amérique du Nord, lesquelles, en réalité, avaient été rédigées et signées par son propre émissaire, en poste à Québec, et, en apparence, sous les ordres de Sir John Coape Sherbrooke lui-même. Les propos de ce serviteur étaient alarmants. Ils faisaient état d'un climat de quasi-révolte. Il était question de généraux français en exil qui, sous le couvert de l'anonymat, s'adonnaient à des activités suspectes, subversives même. On parlait de cachettes d'armes, d'exercices de tir, d'entraînement en salles d'escrime. Le rapport faisait aussi mention d'une lettre interceptée, signée de la main de Louis-Joseph Papineau, orateur de la Chambre d'assemblée du Bas-Canada : « Je ne vois rien qu'en noir et un avenir plus fâcheux, s'il est possible, que ne l'a été le passé pour mon pays », pouvait-on lire. Le rapport mentionnait par ailleurs qu'un grand ami d'Edward, duc de Kent, un des fils de Sa Majesté George III, et que l'on nommait le colonel Charles-Michel de Salaberry, avait brandi le recours de l'*habeas corpus* au bénéfice d'un esclave et d'un rebelle dénoncés par les autorités religieuses elles-mêmes. Le rebelle était un certain Joseph Montferrand, décrit comme un « homme à abattre pour le plus grand bien du royaume dans cette colonie ».

Jenkinson était un homme d'une grande expérience. Il avait appris, au cours de tant d'années auprès des rois, que des soldats en armes n'étaient jamais l'ultime recours du pouvoir. Pas plus que les prisons pleines ou les hurlements de douleur que le peuple finissait par entendre de maison en maison et dont il faisait des martyrs. Rien de tel que d'humilier un seul homme : celui qui est auréolé et que l'on tient pour une espèce de nouveau messie. Il devient alors une bête errante, et son nom est voué à la honte et à l'oubli. Dès lors, tous les autres se résignent à porter le même collier de servitude.

Jenkinson regarda brusquement Seymour. L'air décidé, le menton haut, il lui dit gravement :

— Je vais vous confier une tâche très délicate, Seymour... ce que je vais vous demander, je le fais au nom du régent, par conséquent de Sa Majesté elle-même. Vous n'en ferez mention à quiconque, pas davantage à une galante sur l'oreiller... sur l'honneur. Ai-je votre parole que vous vous acquitterez de cette mission strictement pour l'Angleterre et pour son roi ?

Les mots avaient fait tressaillir Seymour. Il se domina et releva la tête.

— Vous l'avez, milord.

— Sa Majesté... et Son Altesse le régent vous en sont déjà reconnaissantes.

Jenkinson prit alors le ton habituel de sa charge de premier ministre.

— Dès cette nuit, vous vous rendrez à Londres, puis directement à la Tour. Je vous confierai un ordre royal que vous remettrez entre les seules mains du shérif de la Tour. Le reste sera son affaire, et il devra m'en répondre personnellement. Cela est-il parfaitement clair, colonel Seymour ?

— Assurément, milord.

# · V ·

Montréal s'animait tôt. Dès les premières heures du jour, marchands, colporteurs, travailleurs de tous les corps de métiers, se croisaient dans les rues et les allées. Les charrettes encombraient les devantures des boutiques, provoquant de solides engueulades sous l'œil amusé des ramoneurs qui montaient sur les toits, aidés par de jeunes gaillards qui assuraient les échelles. Des balayeurs de rue ramassaient le crottin encore fumant des chevaux, tout en plaisantant au sujet des passants qui, de temps à autre, se faufilaient dans une cour pour uriner. Tout à côté, il y avait cette taverne.

La taverne du *Coin Flambant* n'était pas bien nommée. En fait, il n'y avait rien de flambant dans son apparence. Le bâtiment donnait de la bande et sa façade était passablement décrépite. L'intérieur était sombre et sale. Les murs, de simples parois en bois, portaient des stigmates de moisissure. On s'y trouvait à l'étroit une fois que bancs et tabourets étaient placés autour des deux longues tables. Le mobilier encombrait presque tout l'espace.

Mais la réputation de la taverne tenait à autre chose qu'à la seule qualité de ses repas et de ses alcools, quoique l'ivresse bestiale y fût monnaie courante. Car le *Coin*

*Flambant* était le lieu des grands défis, des querelles et des rixes. Ainsi que le voulait l'adage : « Au *Coin Flambant*, tout homme entre à ses risques et périls, car il pourrait bien sortir les pieds devant ! » Certains habitués entraient dans la taverne avec la ferme intention d'absorber le plus d'alcool possible avant minuit, histoire de pouvoir dire qu'au jour de leur mort ils avaient connu et bravé « l'enfer sur terre ». En apparence, donc, le *Coin Flambant* était le ramassis des pires ivrognes, issus des quartiers les plus pauvres. Ceux-là, dès l'aube, se mettaient à quêter afin de pouvoir se payer les quelques verres qui les enfonceraient davantage dans leur vice. À la tombée du jour, ils entraient dans le lieu crasseux et commandaient bien haut leur premier verre. Une heure plus tard, le visage affreusement couperosé, il leur restait à peine la force d'en ingurgiter un dernier. La nuit venue, ils se retrouvaient à la rue, baignant dans leurs vomissures, incapables de bouger, souvent meurtris, les traits tuméfiés.

Toutefois, cela n'était qu'apparence. Toute cette misère, tous ces fûts, les chevaux qui arrivaient chaque jour en tirant des charges de tonneaux, les lueurs vacillantes des chandelles qui renvoyaient en clairs-obscurs les silhouettes d'hommes ivres, affalés, servaient en réalité de couverture à des rencontres plus incongrues, à un champ de bataille qui n'avait rien en commun avec l'atmosphère viciée de ce lieu.

On y accédait par une lourde porte dissimulée derrière une fausse cloison. Cette porte était doublement verrouillée. De l'intérieur, on n'ouvrait que sur un code convenu : trois coups espacés suivis de trois coups successifs. La salle était vaste, le plafond bas. L'endroit était abondamment éclairé par une quantité de chandelles et, à chaque heure, surtout au moment de plus grande affluence, on saupoudrait de la sciure sur le plancher.

Celui qui tenait cette salle d'escrime et de combat le faisait en toute clandestinité, étant lui-même activement recherché par les autorités tant militaires que civiles de la ville. Un noble français, Sébastien Rollet, comte de Ragueneau. *Persona non grata* en France depuis la chute de Napoléon Bonaparte, il était venu en Amérique mû par des sentiments allant de l'impuissance en passant par la haine et jusqu'au désir farouche de vengeance. Ce Sébastien Rollet était celui-là même qui, le jour de son débarquement à Montréal, avait profané le monument érigé à la gloire de l'amiral Horatio Nelson, lui crachant dessus devant de nombreux témoins médusés.

La salle était fréquentée par une vingtaine de jeunes hommes des faubourgs, illettrés et sans travail pour la plupart. Tous brûlaient du désir d'en découdre avec les Anglais, sans pour autant se revendiquer d'une cause politique. À ceux-là, Rollet tentait d'enseigner les techniques élémentaires de l'escrime, tant au fleuret qu'à l'épée et au sabre, ainsi que quelques passes de combat avec la canne, le bâton et les poings. Les résultats n'avaient guère été probants. Nul adepte ne se distinguait. D'une fois à l'autre, les apprentis faisaient preuve de la même insouciance, des mêmes gaucheries. Et Rollet manifestait autant d'impatience que de frustration.

— Il n'y en a pas un qui pourrait rosser un Anglais même soûl, se plaignit-il à Victor Drouot, son assistant depuis l'ouverture de la salle d'armes et son subalterne alors qu'il servait sous les ordres de Napoléon.

— Vous ne vous attendiez tout de même pas à lever une armée pour faire la révolution, monsieur le comte, lui répondit Drouot, tout en astiquant une des nombreuses lames rangées dans un râtelier le long du mur.

— Je vous en prie, Drouot, ne tournez pas la situation en ridicule, rétorqua Rollet avec sévérité. J'ai la très nette impression de faire passer des faussetés pour la vérité. Et dire que ma tête est mise à prix... en quelque sorte...

— Vous n'avez qu'à les mettre à l'essai, monsieur le comte. Du moins les meilleurs du lot.

Rollet s'empara d'une épée et passa un doigt sur le tranchant. Il frissonna.

— Voyons, Drouot, vous me voyez donc en bourreau ? fit-il avec un rictus. Pour l'instant, ils s'agitent et rêvassent. Les mettre à l'essai ? Une balle dans la tête, une pointe au cœur feraient tout aussi bien. Pensez-y ! Vous en voyez un qui soit prêt à se retrouver à quinze pas de distance d'un Anglais, face au canon d'un pistolet chargé ? Ou face à une épée ? Là, bien sûr, la vérité serait incontournable. Courage, lâcheté, honneur... déshonneur ? Ou alors bravoure, orgueil, mépris ? Tout cela a ses propres règles, celles qui définissent le duel, l'affrontement sur le champ de bataille. C'est l'envie de se battre, de laver dans le sang quelque honneur outragé, de recourir sciemment au premier coup et de le porter sans la moindre retenue ou compassion. Tout cela va bien au-delà de la jouissance du triomphe ou de la mort sans gloire. Et cela, Drouot, je ne puis l'enseigner... Cela doit jaillir hors de l'homme, et il ne s'en trouve aucun...

Rollet leva les yeux au plafond et demeura quelques instants sans bouger, le regard perdu. Drouot nota son visage blême, sa bouche entrouverte, ses mains crispées. Soudain, Rollet se mit à le fixer. C'était un regard que l'autre connaissait bien.

— Il m'arrive d'éprouver une colère aveugle, poursuivit-il d'une voix sourde. Elle me vient au réveil... encore faut-il que j'aie dormi durant la nuit. Cette colère, je la dois à feu mon père, le second comte de Ragueneau. Je le haïssais... ou plutôt je l'ai haï parce qu'il osait dire tout ce que je ne voulais pas entendre. Mon père refusait de croire au génie de l'empereur, et moi, je servais Napoléon aveuglément. Quelques mois avant sa mort, mon père m'a dit : « Tout le sang que Napoléon a fait couler sur les champs de bataille finira par noyer la France. Il a détruit le roi, la royauté, les distinctions sociales, nos rangs, nos terres, nos privilèges. Il s'est donné une grandeur qui n'aura d'égale que la décadence qui suivra. Je ne croyais plus en Dieu, mais aujourd'hui il est tout ce qui me reste ! » Il m'a dit ces mots en mars 1813. En mai, nous fûmes vainqueurs à Lützen, à Bautzen, et à Dresde en août. J'eus volontiers nargué la naïveté de mon père, mais je dus au contraire le pleurer. Quelques mois après, Napoléon signa son abdication. Un an plus tard, ce fut le gouffre de Waterloo. Puis l'empereur fut exilé, Berthier assassiné, Murat et Ney fusillés. La décadence, elle, fut incarnée par Jean de Dieu Soult. Jolie à voir ! Ce grand manœuvrier avait gravi tous les échelons à la faveur du meilleur et du pire. Il a profité autant de la révolution que de l'empire et de la monarchie. Il a montré la plus totale incompétence tout en manœuvrant brillamment dans les salons… si bien qu'il fut fait pair de France et ministre de la Guerre. Une colère, Drouot, une colère aveugle !

— Rentrons, alors, monsieur le comte. Vos propriétés sont vastes, le gibier abondant, votre épée toujours infaillible. De nobles charges vous attendent certainement.

Rollet reprit l'épée devant lui et effectua une manœuvre d'estoc.

— Ne dites pas de sottises, Drouot, fit-il. Il n'y a rien de plus cruel envers la noblesse que les nobles eux-mêmes. Vous croyez vraiment qu'on me laissera impunément poser pied à Versailles… même dans mes terres ? Les courtisans ont la mémoire longue, tout pisseux qu'ils soient ! On viendra souffler à l'oreille des conseillers du roi que mon père fut celui qui disait que nous n'étions qu'un petit peuple hanté par une vaine grandeur. On dira ensuite que moi, Sébastien Rollet, j'étais au service de Joachim

Murat, maréchal de France qui voulait être roi de Naples et qui s'est retrouvé face au peloton d'exécution. Mon cher Drouot, le comte de Ragueneau, troisième du nom, a toujours son titre, mais il n'en a plus l'habit...

Drouot se trouva momentanément à court de mots. Il continua machinalement à astiquer les lames.

— Alors, monsieur le comte ? demanda-t-il sans lever les yeux.

— L'ensauvagement, Drouot, répondit Rollet en haussant les épaules.

— Monsieur ? fit Drouot, qui paraissait ne rien comprendre.

— Tirer le meilleur parti de cette tribu de coureurs des bois, poursuivit Rollet. Notre Roi-Soleil a dit un jour que s'agrandir était « la plus digne et la plus agréable occupation des souverains ». Soit ! Je dirai donc adieu aux rêves de grandeur qui eussent pu être miens si Napoléon avait mis les Anglais à genoux, mais je nourrirai d'autres desseins qui priveront les Anglais d'imposer leur loi en seuls maîtres.

— De nouveau l'aiguille dans la botte de foin, monsieur le comte... Il ne se trouve ici aucun champion d'une telle cause, remarqua Drouot.

Rollet lui lança un regard noir.

— Épargnez-moi ce genre de...

— Monsieur le comte, l'interrompit Drouot, n'est-ce pas vous qui disiez à notre arrivée que nous étions au pays... en pays sauvage ? Que plus de soldats français étaient tombés à Waterloo en une seule journée qu'on ne comptait de paysans dans ces bois et porcheries ?

Rollet parut hésiter. Le reproche au bord des lèvres ne sortit pas.

— Il aura peut-être fallu ce duel dont tous ont nié qu'il a eu lieu pour me faire changer d'idée, murmura-t-il.

— Vous voulez dire... l'histoire de ce Montferrand ?

Rollet approuva d'un hochement de la tête.

— Si l'affaire eut lieu, il fut trucidé, observa Drouot, avantage donc à ces messieurs les Anglais. Ou alors, des racontars…

— Si l'Anglais l'avait expédié *ad patres,* on l'aurait entendu haut et fort. Or, ce fut la langue de bois, le relança Rollet.

— Mais toujours pas de champion issu de ces terres, insista Drouot.

— Et si le feu couvait sous les cendres ? répliqua Rollet, tout en marchant de long en large, l'œil soudainement illuminé. Pendant deux siècles, Drouot, des fous sont venus ici, y ont planté des croix, baptisé des terres, des cours d'eau et des sauvages, rêvé d'or et d'argent, bravé les fièvres et le froid… et qu'est-il arrivé ? Un empire qui couvrait le tiers de tout un continent fut abandonné au profit de quelques îles à sucre. Cette aventure n'est pas terminée, Drouot. Le maréchal Murat a cité un jour François I$^{er}$, roi de France, qui aurait dit qu'il donnerait cher « pour voir la clause du testament d'Adam et apprendre comment il avait véritablement partagé le monde » ! Moi aussi, je demande à voir ! C'est pour cela que je crois au feu sous les cendres.

— Il n'y a plus rien qui soit nôtre ici, monsieur le comte, opina Drouot. Trop vaste, trop froid… trop tard pour que cela cause un chagrin à quiconque en France.

Rollet sourit.

— Il reste une langue, Drouot, à défaut d'or et de sucre…

— À peine quelques milliers de paysans ignares contre quatre cent mille colons anglais et une armée coloniale… Une question de temps, monsieur le comte, ne vous en déplaise.

— Cette langue, Drouot, est une forteresse imprenable, fit Rollet, en y mettant de l'emphase. Elle durera et viendra à bout de tous les canons anglais !

Drouot leva les bras dans un geste autant d'impuissance que de dépit.

— Ce n'est déjà plus notre langue, laissa-t-il tomber. Elle a été taillée en pièces par celle des Anglais, ravalée, déformée… Elle est mâchouillée, marmonnée, grognée, crachée… Elle ne ressemble en rien à celle que nous parlons. C'est par elle seule que se définit notre civilisation.

Rollet partit d'un éclat de rire.

— Je crois entendre un docte académicien… que dis-je : Napoléon Bonaparte lui-même ! ironisa-t-il. Car il rêvait, notre empereur, il rêvait, Drouot !

Il redevint sérieux, changeant de ton.

— Napoléon voulait repousser les frontières tracées par Alexandre le Grand. Tenez, en Égypte : il y a déplacé rien de moins que l'Institut des sciences au complet. Vous voyez ça ? Depuis l'horloge astronomique jusqu'à des fourneaux à alambics. Et des botanistes, des géologues, des historiens… tout cela dans le but de gouverner le monde, de « civiliser » le monde, comme il le disait. Lui rêvait d'un monde où ne régnerait qu'une langue et où ne flotterait qu'un drapeau. Mais ce monde, Drouot, était celui du fantôme d'Alexandre, un monde du passé. Et pourtant, Bonaparte ne voyait rien pour l'Amérique, nul avenir, simplement parce qu'il n'aurait su la défendre contre les Anglais. Il a cédé la Louisiane pour une bouchée de pain, il a été ridiculisé par une bande d'esclaves de Saint-Domingue…

— C'est donc votre père qui avait raison, monsieur le comte.

Rollet demeura un instant silencieux. Puis :

— Je reconnais aujourd'hui qu'il n'avait pas tort… et mon regret sera d'avoir été aveuglément séduit par un empereur qui se voulait Dieu alors que j'aurais mieux fait de ne servir qu'un général. De ce Dieu chimérique, il ne reste que des tableaux peints à sa gloire, des images bien loin de la réalité. Bonaparte redevenu un simple mortel n'est plus qu'une silhouette prisonnière d'un rocher au milieu de l'Atlantique Sud…

— Sommes-nous autre chose, monsieur le comte ?

— Peut-être l'espoir qui débarque dans la profondeur de ces bois, au milieu de ces arpents de neige… le feu sous les cendres, non ?

Drouot soutint le regard du comte de Ragueneau.

— Un rêve, monsieur le comte, sans vouloir vous offenser.

— Non, Drouot. Un cheval de Troie !

Trois coups espacés retentirent, suivis de trois coups brefs. Les deux hommes échangèrent un regard et chacun prit une épée.

Rollet cacha tant bien que mal son étonnement. Il avait remis son épée à Drouot et, les bras croisés, il gardait son regard attaché sur le jeune homme qui se tenait devant lui. Sa très haute taille ainsi que son regard bleu, particulièrement pénétrant, l'impressionnaient. La poignée de main avait été franche. Elle annonçait de plus une force peu commune, des bras aux muscles de fer.

— Il s'appelle Joseph, avait annoncé le Grand Voyer en guise de présentation. Joseph Montferrand.

Rollet plissa légèrement les yeux, ce qui accentua les rides de son front.

— Ce nom ne m'est pas étranger, se contenta-t-il de remarquer.

— Beau dommage, fit Voyer, y a fait jaser un brin ces derniers temps…

En fait, il se rappelait parfaitement ce nom. Montferrand, l'homme qui avait affronté cet officier anglais. Dans la diligence, à l'aube d'un jour de printemps, il avait examiné l'épée de ce duelliste malgré lui. Une belle arme, avec une garde large en coquille de Saint-Jacques et une lame bien rivée, coulée en Allemagne...

— Et que puis-je faire pour Joseph Montferrand ? demanda Rollet en gardant son regard fixé sur Joseph.

Pendant un moment, Joseph parut intimidé. Il détourna les yeux vers Antoine Voyer, hocha la tête en signe de doute et sembla attendre que ce dernier répondît à sa place.

— C'est à toé de parler, Joseph, lui dit le Grand Voyer entre ses dents.

— J'veux apprendre à me battre, annonça alors Joseph avec fermeté.

Rollet parut surpris. Il ne s'attendait manifestement pas à une telle demande. Il demeura silencieux, cherchant dans sa tête quelles paroles pourraient le mieux répondre aux ambitions de ce jeune homme. Il ne put s'empêcher de rêver un peu. Était-ce lui dont le regard fier et la stature de géant annonçaient le champion triomphant ? Il en avait certes l'allure, avec une tête de plus que le commun des hommes. Restait à savoir s'il allait avoir le courage de ses ambitions.

— Te battre pour qui et pour quoi ? lui demanda-t-il.

— Pour l'honneur de mon nom, répondit Joseph du tac au tac.

— Voilà une bien noble réponse, fit Rollet, un brin amusé. Mais voilà aussi un bien grand mot... « honneur » ! Savez-vous au moins jusqu'où il peut vous mener ?

Rollet vit une montée de sang rougir le visage de Joseph. En même temps qu'il vit briller dans ses yeux cette lueur étrange qui était le propre des grands guerriers, celle qui révélait l'ardeur du chevalier porté à la défense de toute noble cause.

— J'm'y connais pas en discours, répondit Joseph. Mais j'sais assez ben ce que je veux.

Les inflexions de sa voix furent suffisamment persuasives pour convaincre Rollet du sérieux de Joseph. Il se tourna vers le Grand Voyer.

— Puis-je vous dire un mot ?

— Vous avez toute ma comprenure, fit Voyer.

— Entre nous, monsieur, insista Rollet.

— Y a rien de ce que vous me direz qui va sortir de la bouche de Joseph, pas plus que de la mienne, rétorqua le Grand Voyer.

Rollet sourit et fit signe à Drouot de s'éloigner.

— J'allais justement retourner à mes humbles tâches, maugréa Drouot en esquissant un salut de la main à l'endroit des deux visiteurs.

— Qui me dit que vous n'avez pas été suivis ? demanda brusquement Rollet en chuchotant presque.

— Vous nous prenez quand même pas pour des mouches à feu, répondit Voyer en accompagnant sa réponse d'un geste expressif. Sans coucher tout habillé et perdre notre sommeil, on est quand même assez futés pour pas se laisser enfirouaper par les Anglais. Ça vous suffit-y, comme réponse ?

Rollet resta un moment pensif. Un doute bien ou mal fondé le tiraillait constamment.

— Le jour où les Anglais découvriront notre manège, cet endroit et ce qui s'y passe en réalité, ce sera la corde en paiement, fit-il sur un ton lugubre.

— À ce moment-là, ce sera en paiement de leur sang, lança Voyer.

— Ce sera tant pis pour eux, ajouta Joseph avec fermeté. J'ai pas eu peur de leur prison pis de leur fouet : j'aurai pas peur de leur corde !

Ces dernières paroles provoquèrent l'étonnement du noble français autant que d'Antoine Voyer.

— C'est bien de vouloir te battre pour l'honneur, fit Rollet une fois revenu de sa surprise, mais te battre comment ?

— Ce sera à vous de me l'montrer… à m'enseigner tout c'que j'aurai à savoir, répondit Joseph. Mon grand-père m'a laissé en héritage un ben beau livre au sujet de l'escrime, un livre avec plein de dessins dedans.

— Te souviens-tu du titre de ce beau livre ? s'enquit Rollet.

— Beau dommage… Y est marqué en grosses lettres ben ouvragées : *L'Art des armes*, que ça s'appelle, *ou la Manière la plus…*

— *La Manière la plus certaine de se servir utilement de l'épée*, l'interrompit Rollet, visiblement étonné par ce qu'il venait d'entendre.

— C'est ben ça.

— Mais comment un tel livre s'est-il trouvé entre les mains de ton grand-père ?

Joseph secoua la tête sans répondre. Rollet interrogea Voyer du regard.

— Une affaire de famille, se contenta de répondre ce dernier.

— Je vois…

Puis Voyer se pencha vers Rollet.

— On va devoir en rester là, monsieur, si vous le voulez ben. Joseph est lié par les volontés dernières de son défunt père. La force du bras sera toujours préférable à celle de l'épée. Ce sera de même, rapport que les dernières volontés, c'est sacré ! Pas d'épée, juste les poings…

— P't'être ben les pieds avec, intervint Joseph.

Rollet poussa un long soupir.

— Enfin, messieurs, fit-il, la véritable noblesse consiste à combattre avec une arme… l'épée surtout !

— On est pas la noblesse, rétorqua Voyer.

— Quand même, monsieur Voyer ! Les jeux de mains – et vous me pardonnerez de le dire tout net – sont des jeux de vilains !

— P't'être ben, monsieur, mais pour Joseph ça fera l'affaire, insista Voyer. Ça pourrait-y quand même être dans vos cordes ?

Joseph ne disait rien, mais il semblait déçu de la réaction du Grand Voyer. Lui qui avait depuis longtemps aspiré à la maîtrise du maniement de l'épée. Il rêvait du jour où il égalerait l'exploit de son grand-père. Il se voyait engagé dans un duel, combinant l'usage d'une arme blanche avec des corps à corps, des crochetages de jambes, des luxations, des coups de tête, de coude. Il en voulait presque à Voyer de rappeler à ce maître d'escrime les volontés de son père. Cela le privait de devenir le grand bretteur qu'il souhaitait tant être.

Rollet appela Drouot et lui fit signe d'approcher.

— Le pugilat mêlé au chausson marseillais, ça vous dit, Drouot ?

— Si quelqu'un doit faire face à des chourineurs ou à des truands des pires bouges, ça pourrait s'avérer utile, monsieur le comte.

— C'est un peu votre affaire, ça, mon cher, n'est-ce pas ? Vous avez bien entraîné la piétaille du maréchal ?

— Tous ses fantassins, monsieur le comte, en effet, répondit Drouot avec fierté.

Rollet regarda longuement Joseph. Il l'imaginait déjà en train de rosser une cohorte d'Anglais.

— Mon cher Montferrand, fit-il en empruntant un ton solennel, voilà votre homme !

Un grondement répercutant de multiples intonations courait de loin en loin. Londres n'était pas encore en vue que résonnaient les coups répétés de milliers de marteaux, le tintement des carillons de dizaines d'églises, d'abbayes, de couvents, auxquels s'ajoutaient les échos de cris, d'aboiements, de hennissements et autres rumeurs animales.

Ce vacarme était le propre de Londres ; son souffle, l'héritage de sa longue et tumultueuse histoire, l'incessant bourdonnement qui mêlait les vies des hommes et des bêtes, les voix du passé et du présent, les murmures cumulés de tant de générations dont les fantômes remontaient au Moyen Âge.

Le rideau ne tombait jamais sur l'immense théâtre à ciel ouvert traversé sur toute son étendue par la Tamise. Dans ses eaux boueuses, celle-ci reflétait les lignes confuses de maisons de plâtre et de bois, soudées les unes aux autres, refuges de tous les portefaix et de leurs gamins, qui sillonnaient de l'aube à la nuit les rues populeuses et insalubres de la plus grande ville du monde.

On y entendait la même langue exprimée en une douzaine de dialectes, certains devenus presque incompréhensibles. On y parlait le saxon, le vieux normand et jusqu'au latin presque médiéval. Les bateliers n'entendaient rien au parler de l'Essex et les débardeurs se contentaient d'un patois qui occultait toute l'orthodoxie et la rigueur de la langue de Shakespeare. En fait, l'oreille du visiteur ne s'y faisait jamais, sollicitée qu'elle était par tant de sons et de gammes, agressée par l'argot des voleurs à la tire, par le charabia des repris de justice et des amuseurs de rue, et assourdie par le concert des tintements, des grincements, des cliquetis de sabots au milieu des vociférations et des célébrations de tavernes.

— *Stop the carriage!* ordonna une voix.

La diligence s'arrêta brusquement. Le conducteur eut quelque difficulté à retenir les chevaux qui piaffaient à qui mieux mieux. En ouvrant la portière, Seymour vit un militaire qui barrait la route à l'attelage.

— Que se passe-t-il, soldat ?

— Trop dangereux de passer par ici en affichant les armoiries de Sa Majesté, colonel, répondit le militaire en se tenant au garde-à-vous.

— Et pourquoi ?

— Journée de pendaison, monsieur.

— Et où doit-on pendre ?

— À Newgate, monsieur, et peut-être ailleurs…

Newgate était l'enfer sur terre, et ses cachots étaient la source de tous les désordres et de toutes les émeutes. Un lieu d'horreur, redoutable, qui tenait en cage la lie de la société. Dans cette prison honteuse, on ne savait pas ce qui était pire : les condamnés ou les gardiens. Les uns et les autres démontraient une égale méchanceté. Et l'esprit malin qui y régnait défiait les fenêtres et les portes bardées de fer.

— Trouvez-moi une voiture pour remplacer celle-ci, fit Seymour sur le ton du commandement. J'ai des ordres et il est urgent que je me rende à la Tour en personne.

— Bien, monsieur.

Un voiturier se présenta dans les minutes suivantes. Il conduisait une diligence de forme ovale, avec un marche-pied et un casier à bagages soudés à un essieu. Les petites fenêtres étaient fermées par des rideaux extérieurs.

— À vot' service, milord, annonça le grassouillet personnage d'une voix mal assurée en utilisant le patois du quartier.

— À la Tour, lança Seymour après avoir examiné l'homme de la tête aux pieds d'un œil méfiant.

— Deux hommes avec moi, ordonna Seymour en s'adressant au soldat qui avait arrêté la diligence. Et tenez vos armes prêtes.

Seymour savait bien qu'il était dangereux pour quiconque d'emprunter à l'aveuglette toute rue pouvant mener à une venelle. Car au milieu des nombreuses impasses de ces quartiers populeux se tenaient les misérables, les exclus, les pauvres gens dépouillés de leur dignité et que la misère quotidienne contraignait à tous les crimes. Tous ces ventres creux, vagabonds, ivrognes, crève-la-faim, devenaient en un instant des agresseurs sans pitié, des assassins même.

Qui plus est, tant de rumeurs circulaient à Londres au sujet du roi, que l'on disait atteint de folie. Certains le croyaient mort. Mais la plupart entendaient des récits horribles sur sa santé. Il soliloquait pendant des jours entiers, racontait-on, sans dormir, délirant tel un possédé. On le disait sourd, presque aveugle, affreux à voir. On le tenait entravé dans des camisoles, et les murs ainsi que les meubles des appartements royaux avaient été capitonnés, ajoutait-on.

Tout cela rendait le climat social presque intenable. Car la situation du prince de Galles, l'héritier du trône d'Angleterre, n'était guère plus rassurante. Le futur roi n'en avait que pour les plaisirs de la chair, de la table et de l'ivresse. Ses goûts extravagants l'avaient déjà criblé de dettes, forçant le Parlement à en dissimuler la gravité, par conséquent à les acquitter par autant de manœuvres secrètes. Cette vie dissolue qu'il affectionnait, au grand dam du grand chancelier et des Lords commissaires, faisait du prince régent un homme obèse, intoxiqué au laudanum, sans compter les attaques de goutte qui le forçaient à rester des journées entières alité.

Les rues étaient partout bondées, envahies par une foule hurlante qui avait des comportements de bêtes sauvages. À plusieurs intersections, on avait dressé des bûchers improvisés, si bien qu'une fumée dense envahissait des quartiers entiers. On se battait un peu partout, on piétinait des pauvres gens, on traînait des vieillards dans les rigoles centrales remplies d'excréments.

— À ce que je constate, on ne pend pas seulement à Newgate, observa Seymour avec appréhension.

— Non, monsieur, répondit le militaire. À Milbank aussi... et à la Fleet... cinq pendaisons là-bas... et...

Il hésita.

— Et quoi encore ? reprit Seymour.

— Trois hommes se sont réfugiés à Whitefriars, monsieur. Des criminels évadés...

Whitefriars était un ancien monastère qui datait du XIII^e siècle. On lui avait reconnu le droit d'asile durant tout ce temps. Ainsi, toute personne fuyant la loi, innocent comme assassin, honnête citoyen soupçonné à tort ou encore félon, scélérat, pouvait trouver asile à Whitefriars, ainsi que dans un autre lieu jouissant de la même immunité à proximité de l'abbaye de Westminster, tout comme l'église St. Clement Danes.

— Cela n'est pas de notre fait, rétorqua Seymour. À la moindre menace, n'hésitez pas à faire feu. C'est un ordre !

Seymour savait parfaitement bien que le gibet ne découragerait pas les criminels de Londres, pas plus qu'il ne réduisait l'ampleur des crimes. La cité pullulait de détrousseurs et d'assassins. On disait couramment que plus la richesse était étalée au grand jour, plus les échafauds étaient encombrés. Il fallut deux bonnes heures et plusieurs détours pour mener la diligence aux limites de Whitechapel, le quartier en bordure duquel s'élevait la tour de Londres. On qualifiait Whitechapel de quartier de tous les malheurs.

Dans ces bas-fonds, le crime, aux multiples visages, était omniprésent. Il était séparé de la City par les ruines des fortifications érigées par l'envahisseur romain d'abord, puis par les hommes de Guillaume le Conquérant, le premier occupant des lieux. Aujourd'hui, plus de quarante mille personnes s'entassaient dans un périmètre d'à peine deux kilomètres carrés, à l'intérieur duquel régnait, davantage encore que dans les pires endroits de la City, la pauvreté, la violence et la prostitution.

L'imposante structure se dressait au-dessus de la Tamise. Des vestiges romains servaient de fondations. Près de huit siècles plus tôt, sa construction avait changé la face de l'Angleterre et donné naissance à la cité de Londres. Guillaume le Conquérant ne voulut pas d'un simple édifice de bois au sommet d'une colline ; il avait plutôt fait construire une forteresse de pierre, avec des murailles et un donjon aux allures redoutables. Dans tout le royaume, on avait fini par l'appeler la Tour, tout simplement. Avec des puits, un égout, des galeries. Une architecture réglée pour tenir compte des marées de la Tamise.

Le passage du temps et les péripéties d'une histoire tumultueuse avaient consacré la tour de Londres comme un lieu presque sacré. Des récits voulaient que Brutus, fondateur légendaire de la cité, y ait été enterré, dans une sépulture enfouie au cœur même d'un labyrinthe souterrain. On peuplait cette tour de Londres de fantômes, en particulier ceux d'Anne Boleyn, de Walter Raleigh, de Thomas More, de Jeanne Grey, tous exécutés dans son enceinte. Sans compter les témoignages de ceux qui prétendaient que les nuits de pleine lune s'élevaient les clameurs de tous les innocents enfermés dans ses sombres cachots.

Les soldats d'escorte avaient accompagné Seymour jusqu'à la tour Blanche, un bâtiment imposant, carré, avec des tourelles aux angles que l'on pouvait apercevoir de fort loin.

Quatre *yeomen*, vêtus du costume rouge et noir de l'époque Tudor, brodé aux insignes de George III, coiffés d'un chapeau rond en velours tout noir, croisèrent leurs hallebardes, signifiant par cette manœuvre l'interdiction de passage. Seymour exhiba le parchemin cacheté et marqué du sceau royal.

— Pour le shérif Oliver Blake, annonça-t-il.

Le plus âgé des *yeomen* prit le document, avisa le sceau et, sans un mot, emprunta l'escalier de pierre qui menait à l'une des entrées de la forteresse.

— Gwyllum ! lança une voix d'homme

Un croassement sonore retentit aussitôt. Un premier corbeau s'approcha par petits bonds de celui qui avait lancé l'appel. On appelait ce *yeoman* le « maître des corbeaux » : il était reconnu pour ses talents de dresseur de volatiles. Six autres corbeaux s'approchèrent. Le gardien les nourrit un à un, en les appelant familièrement par des noms tels Thor, Odin, Cedric, Hugin, et en proférant des sons étranges.

Seymour, qui en était à sa première visite de la Tour, n'avait jamais vu ces corbeaux aux ailes rognées. Une légende voulait que, tant que des corbeaux apprivoisés habiteraient la Tour, l'Angleterre serait protégée de toute invasion.

Le *yeoman* réapparut, descendit les quelques marches et reprit sa place parmi les gardiens en poste.

— Le shérif Blake vous attend, monsieur, dit-il d'une voix neutre. Vous pouvez passer.

Joignant le geste à la parole, il porta sa hallebarde à l'épaule, imité aussitôt par les trois autres *yeomen*.

Seymour monta les marches et pénétra dans la tour Blanche. L'entrée était plutôt basse et l'ombre qui y régnait l'empêcha de bien y voir. La forte odeur d'une fumée de charbon le prit à la gorge et le força à tousser.

— Par ici, monsieur, fit une voix grave.

Il avança encore de quelques pas et vit la silhouette d'un homme qui se tenait droit, campé sur des jambes légèrement écartées, les mains dans le dos. Parvenu à sa hauteur, Seymour distingua ses traits. Contrairement aux *yeomen*, il n'était pas vêtu de la livrée traditionnelle des Tudor, mais d'une simple tunique en peau de chamois, à ce qu'il semblait, assez ample, ramassée à la taille par un large ceinturon de cuir. Il portait un médaillon d'autorité, massif, relié à un collier qui pendait jusqu'à la poitrine. Le shérif Blake avait une tête énorme, les cheveux clairsemés, un cou de taureau, des épaules larges, un regard franc, des sourcils épais, un visage carré encadré par une barbe crépue, quoique bien taillée. Chacun déclina brièvement son nom et son titre.

— En vérité, monsieur, fit Blake une fois les formalités d'usage observées, je dois vous dire que ce genre de requête est absolument inusité. Elle contrevient même à tous les usages.

— En vérité, shérif, répondit Seymour en le paraphrasant, je ne sais rien de cette requête, je ne suis que le messager de Sa Majesté.

Il avait mis l'accent sur ces derniers mots.

— Cela me paraît évident, monsieur, précisa Blake. N'entre pas ici qui veut ! Mais la requête dit bien que vous et moi devons signer au bas dudit document et que celui-ci doit être remis en mains propres à Son Excellence le premier ministre...

— Comme il se doit, ajouta Seymour en dissimulant sa surprise. Quel est donc ce caractère inusité, shérif, auquel vous faites allusion ?

— Eh bien, monsieur, répondit Blake, je m'étonne de ce que celui qui a si durement châtié en oublie maintenant le châtiment imposé...

— J'ai bien peur de ne pas comprendre, shérif Blake, fit Seymour. Et comme je dois signer afin d'attester que cet ordre a bel et bien été exécuté, vous m'en direz plus, bien entendu.

— Certes, monsieur... et voilà bien toute l'ironie, reprit Blake en émettant un petit ricanement. L'exécution de cet ordre, pour reprendre vos mots, signifie que je devrai surseoir à l'exécution prévisible d'un homme.

Ses traits devinrent graves. Il fixa Seymour.

— Vous voulez dire la potence ?

— Dès son procès, monsieur. Il doit sûrement la voir se dresser dans ses rêves... Mais comprenez que je ne discute pas les ordres de Son Excellence, puisqu'ils sont ceux de notre gracieux souverain. N'empêche que celui que cet ordre semble soustraire au juste châtiment n'est pas un pauvre diable : il est le diable en personne !

— Mais encore ?

— Blackwell, il s'appelle Chipper Blackwell, monsieur. Un ancien du Royal Sussex, également marin à bord d'un navire de Sa Majesté.

Il fit une pause.

— Et alors ? fit Seymour.

— On le connaît surtout sous le nom de « Bloody Hammer » Blackwell... poursuivit Blake. Une véritable terreur qui a laissé une longue traînée rouge derrière lui. Blackwell a été impliqué dans une vingtaine de rixes meurtrières, reconnu coupable de trois... comment dire ? De trois mises à mort préméditées ! Son plaisir était de parier sur la fin de ses adversaires... plutôt de ses victimes...

Il s'arrêta une nouvelle fois.

— Poursuivez, Blake, l'enjoignit Seymour.

— Je sais que Blackwell est protégé en haut lieu, ce qui veut dire que toute trace de son passage à la Tour sera effacée aujourd'hui avec votre venue, et que sa réputation sera mise à contribution bien loin d'ici probablement, au service de Sa Majesté... Vous comprenez mieux, monsieur ?

Seymour avait appris à ne pas s'étonner des agissements qui ressortissaient à la raison d'État. Quoique animé d'une curiosité indéfinissable, il n'en laissait jamais rien paraître. Il se contentait de prêter toute son attention aux missions qu'on lui confiait, tout en espérant qu'un jour sa loyauté serait récompensée à son juste mérite.

— Nous avons des ordres, shérif, n'est-ce pas ? fit-il d'une voix égale.

— Certes, monsieur !

Blake fit signe à Seymour de le suivre. Le messager du roi nota le regard irrité du shérif au moment où ce dernier s'engagea dans le long corridor voûté.

Munis chacun d'une lanterne, les deux hommes empruntèrent les quelques galeries voûtées, toutes percées de cellules à l'intérieur desquelles, derrière de forts grillages, étaient enfermés des hommes crasseux, visiblement mal nourris. Tous avaient le même visage au regard vide, marqué par le désespoir.

Puis ils descendirent deux escaliers en colimaçon, le second tellement étroit qu'il laissait difficilement passer deux hommes de stature moyenne. Le shérif Blake devait l'emprunter en tournant les épaules afin d'éviter de s'y retrouver coincé.

Ce fut par ce passage puant aux parois recouvertes de moisissure, davantage un tunnel qu'un couloir, que les deux hommes accédèrent finalement aux « cachots de la mort ». Chacun de ces cachots était scellé par une lourde porte de fer dont seul le shérif avait la clef. Et l'intérieur de chacun était plongé dans le noir. Pas la moindre ouverture ; ni soupirail ni meurtrière qui eût permis qu'un rai de lumière s'infiltrât afin d'y entretenir un espoir de vie. Blake introduisit la lourde clef dans la serrure couverte de rouille du cachot le plus reculé. Seymour tressaillit en entendant le lugubre grincement.

La puanteur du cachot était quasi insupportable. Seymour leva la lanterne à la hauteur de son visage. Le shérif Blake, à ses côtés, observait ses réactions.

Devant eux, à cinq pas à peine, un homme était accroupi au sol. En voyant les feux des deux lanternes, il poussa un grondement sourd et leva les bras dans un geste de menace. Seymour entendit le tintement des chaînes qui l'entravaient. L'homme finit par se mettre debout. Ce fut alors que Seymour réalisa la taille du prisonnier : c'était un véritable géant. Il était velu comme un singe et ses bras paraissaient démesurés.

— J'attendais le bourreau, ironisa-t-il d'une voix caverneuse, et voilà que s'amène le concierge en compagnie de... laissez-moi deviner... d'un docteur peut-être ? Non, non ! D'un monseigneur, mais sans sa perruque !

Il partit alors d'un rire diabolique, une série de gloussements rauques qui ressemblaient à ceux d'une hyène. Le shérif resta froid. Il avança de deux pas et, d'un geste soudain, frappa l'homme au plexus à l'aide du gourdin qu'il tenait dans sa main droite. L'autre poussa un cri de surprise mêlée de douleur.

— Je ne t'ai pas autorisé à parler, gronda le shérif. La prochaine fois, je te brise les mains. Assieds-toi et écoute.

Confus, le prisonnier obéit machinalement.

— Par ordre, Chipper Blackwell, tu ne seras livré au bourreau... pour l'instant, poursuivit Blake. Et ce n'est pas parce que tes prières ont été entendues par le Tout-Puissant. Je doute que tu saches prier ! À compter de ce jour, tu seras au service de Sa Majesté... entièrement... ce qui veut dire au prix de ta vie. S'il faut que ton sang soit répandu, il le sera au service de Sa Majesté ; s'il faut que tu répandes toi-même le sang, ce sera toujours au service de Sa Majesté. Tu acceptes et tu sors d'ici dans l'heure qui suit. Refuse, et la Tour sera ta dernière demeure.

Le shérif observa un court silence. Puis :

— Tu réponds par oui ou par non. Je ne veux rien entendre de plus, acheva-t-il.

Pendant un long moment, Blackwell resta le front appuyé sur ses mains. Lorsqu'il releva la tête, un étrange sourire parut sur ses traits ravagés. Un sourire qu'il ne put réprimer.

— Oui, annonça-t-il.

Ce ne fut qu'une fois de retour dans l'antichambre de la tour Blanche que le shérif Blake tendit à Seymour une enveloppe scellée et marquée des armoiries royales.

— Cette missive était à l'intérieur du courrier que Son Excellence m'a adressé, expliqua Blake. J'avais l'ordre écrit de sa main de vous la remettre une fois que je me serais acquitté de mes devoirs en votre présence… ce qui fut fait, ainsi qu'en attestent nos deux signatures au bas du document.

Le contenu de la lettre cloua Seymour sur place. Il fut décontenancé, foudroyé presque. À peine eut-il la force de tourner le dos au shérif afin d'éviter que celui-ci le vît ainsi troublé.

La lettre était en réalité un ordre de la Cour signé de la main du régent lui-même. En date de ce jour, il n'était plus le courrier du roi. Dans moins d'une semaine, il prendrait la route du Nouveau Monde. Il était promu au rang de colonel plein grade. Il accompagnerait le nouveau gouverneur général, Charles Lennox, 4e duc de Richmond, nommé en remplacement de Lord Sherbrooke, avec mission de faire le nécessaire pour redonner à l'institution royale toute son autorité en Amérique du Nord britannique et pour mater les forces d'opposition avec les moyens appropriés. Par la même occasion, il était nommé commandant de la garnison de Montréal, en remplacement du colonel Clayborne. De plus, il avait la charge du dénommé Chipper Blackwell. « Tâchez de mettre à profit les com-

pétences particulières de ce serviteur de notre empire »,
lui recommandait l'héritier du trône d'Angleterre.

En quittant les lieux, Seymour n'entendit pas les croas-
sements incessants de six corbeaux dans l'enceinte. Il ne
vit aucune silhouette blanche d'un quelconque fantôme
émerger du léger brouillard. À peine jeta-t-il un coup d'œil
distrait à la « porte des Traîtres » par laquelle d'illustres
prisonniers furent amenés à la Tour au fil des siècles pour
y être exécutés. Ce ne fut qu'une fois parvenu de l'autre
côté des grillages de la tour Sanglante que le colonel Seymour poussa un long soupir.

Marie-Louise était abattue de fatigue. Elle dormait de plus
en plus mal. Elle se levait presque à chaque heure de la
nuit, se mettait péniblement debout, tournait en rond dans
la cuisine, aux prises avec de fréquents maux de tête, des
étourdissements, priait par habitude, sans conviction.

Dès l'aube, elle vaquait à ses occupations ménagères,
mais rapidement son cœur se mettait à battre la cha-
made, ce qui la forçait alors à s'asseoir pour reprendre
son souffle. De surcroît, il y avait cette toux dont elle ne
parvenait plus à se débarrasser. Cela faisait un an maintenant. Au début, elle avait pensé qu'il s'agissait des banales
conséquences d'une flexion de poitrine mal soignée. Mais
les crises avaient été de plus en plus fréquentes. Maintenant, elle avait l'impression que quelque chose lui obs-
truait la gorge en permanence. Elle sentait qu'un mal
tenace la brûlait doucement de l'intérieur. Aussi avait-elle
commencé à éprouver de la peur, se rappelant bien tristement les quintes de toux prolongées qui avaient longtemps secoué son mari, jusqu'à lui faire cracher le sang.
Lui aussi, au début, avait blagué au sujet des premiers
malaises. Mais, au fil des mois, le mal avait pris le dessus,

jusqu'à embrouiller son esprit, éteindre toutes ses ardeurs et le rendre las de son existence.

Lorsque Marie-Louise entendit les pas dans l'escalier, elle se raidit, passa rapidement les mains dans sa chevelure en désordre et s'efforça d'accrocher un pâle sourire à ses traits.

Joseph prit place à la table, la regarda en silence, lui sourit.

— Me semble que les nuits sont courtes, finit-il par dire d'une voix douce.

Marie-Louise couvrit les mains de son aîné des siennes. Elles étaient tellement glacées que Joseph réprima un sursaut.

— Vous avez pas trop l'air dans votre assiette, ma mère...

Elle cligna rapidement des yeux et refoula un sanglot.

— J'me suis morfondue ben gros ces derniers temps, fit-elle d'une voix à peine audible. Rapport à toé surtout... pis à ma grande fille aussi. On n'est pas faits pour vivre le plus clair de notre vie dans la solitude, à se ronger les sangs.

Joseph parut peiné.

— Vous saviez ben qu'y fallait que j'me tienne à distance d'la maison... expliqua-t-il tant bien que mal. Me semblait pourtant que mon père Antoine vous avait dit les choses ben clairement...

— Le Grand Voyer, y dit c'qu'y veut ben dire.

— C'était pour votre sécurité, vous l'savez aussi ben que moé...

Marie-Louise étreignit nerveusement les mains de son fils.

— J'le sais, Joseph... mais c'est plus fort que mon vouloir. Le Grand Voyer, y voit les choses avec ses manières d'homme; pareil pour toé! On dirait que plus qu'y a du trouble en vue, plus ça vous donne une erre d'aller...

Joseph hocha la tête et dégagea ses mains. S'approchant davantage de sa mère, il lui caressa la joue et lui prit doucement une épaule, la serrant affectueusement.

— Je cours pas après le trouble, ma mère, mais si le trouble se met en travers de ma route, j'ai un devoir sacré qui m'attend, répondit-il d'une voix tranquille. Vous le savez ben... rapport à l'honneur de notre nom... pis rapport aussi que c'est moé qui porte la ceinture du Grand Voyer dans le faubourg.

Marie-Louise regarda les bras noueux de Joseph, la carrure de ses épaules, la tête forte encadrée de longs cheveux bouclés. Il lui sembla qu'il n'avait jamais été un enfant, du moins elle n'en avait plus le moindre souvenir. Elle ferma les yeux quelques instants. Joseph vit deux petites larmes perler, puis rouler sur ses joues.

— Ma mère... murmura-t-il.

Lorsqu'elle rouvrit les yeux, son regard parut soudainement sévère.

— J'veux que tu me dises toute la vérité, dit-elle.

— Rapport à quoi ? fit Joseph, surpris.

— Les marques sur ta face, les bleus sur tes bras...

— Ça peut pas faire autrement, sa mère, c'est le métier qui rentre, insista Joseph, sans toutefois paraître convaincant.

— Le métier de quoi ? De charretier ?

— Beau dommage...

— Les marques sur les bras p't'être ben, mais autour des yeux, sur le front ? J'ai de ben fortes doutances... La vérité, mon garçon.

Joseph baissa les yeux.

— C'est pas dans ton ordinaire de mentir, Joseph, insista Marie-Louise.

— On peut pas être le boulé d'la place pis se défiler à toutes les occasions, laissa tomber Joseph.

Marie-Louise avala difficilement et fut prise d'une légère quinte de toux. Des gouttes de sueur perlèrent sur son front. Elle les essuya d'une main tremblante.

— Faudrait p't'être vous faire voir par le docteur, fit Joseph dans l'espoir de changer de sujet.

Marie-Louise secoua énergiquement la tête. Puis, dès qu'elle parut remise :

— T'es fort un brin, mon garçon, poursuivit-elle, mais faudrait pas que t'en sois glorieux chaque matin. Ton père était plus fort que toé, j'te le rappelle. Mais mon Joseph-François passait pas le clair de son temps à vouloir se crêper le chignon avec tout un chacun ; y avait pour son dire qu'y fallait attendre l'adon pour rabattre le caquet aux fantasques.

Joseph se leva brusquement.

— Je sais la manière qu'y pensait, ma mère, lança-t-il à pleine voix. Mais moé, c'est autrement que ça se passe icitte !

De son poing fermé, il avait frappé sa poitrine à l'endroit du cœur. En lançant ces mots, il fut agité d'un léger tremblement, résultat de sa fougue tout autant que d'une colère qu'il étouffait difficilement.

Cette réaction était justement celle que craignait Marie-Louise. Cette ambition presque aveugle de vouloir être le plus fort et qui, comme dans l'ancien temps, poussait cette race d'hommes à risquer le tout pour le tout, jusqu'à mettre leur vie en jeu, en prétextant une certaine idée de justice. Une attitude qui dans les faits charriait un instinct de mort.

— Joseph, murmura-t-elle, j'veux pas te perdre comme j'ai perdu ton père. Ce serait tellement injuste…

Joseph regarda sa mère d'un air compatissant, touché par cette vulnérabilité qui en faisait presque une victime. Ses cheveux avaient blanchi, sa chair avait maintenant une couleur de cire, son corps avait rapetissé, ses mains tremblaient, sa voix était molle.

— Ma mère, reprit Joseph en adoucissant le ton, pas question que vous me perdiez… Croyez-moé sur parole, y est pas encore né…

Il se ravisa et se tut brusquement en prenant conscience de ce qu'il était sur le point de dire.

— C'est qui qui est pas encore né, Joseph ? le reprit-elle.

— Oh ! Ben juste une niaiserie que j'allais dire, répondit-il avec un geste vague.

— J'pense pas que t'allais dire une niaiserie, fit-elle en se levant péniblement, tout en s'essuyant les yeux.

Il y eut alors un moment de silence embarrassé durant lequel la mère et le fils échangèrent un long regard. Joseph sut qu'elle souffrait et Marie-Louise comprit que Joseph ne ferait rien pour échapper à son destin. Tel un cheval fou lancé au galop, il foncerait toujours en quête de la bataille, sans le moindre regret, en étouffant toute peur, sans retour aussi, mû par cette redoutable foi en l'honneur, à la fois rêve, vision et vanité.

Durant un instant de fulgurance, Marie-Louise revit jusque dans ses moindres détails cette scène de l'hiver 1815, année de tant de malheurs. Son mari, à moitié ivre, qui s'était rué sur elle, le poing menaçant, Joseph, descendu précipitamment des combles, qui s'était alors interposé entre ses parents. Marie-Louise n'avait jamais oublié le regard de son fils, la toise du défi, l'absence de toute peur, ni la violence de Joseph-François lorsqu'il avait empoigné son propre fils avant que ce dernier lui enserrât à son tour les poignets dans l'étau de ses mains. Et cette première gifle, geste de désespoir, suivie d'une seconde, geste d'impuissance. Joseph n'avait pas bronché ; il avait encaissé les deux coups dans sourciller, sans quitter son père des yeux. « Aie pas peur, Louis », avait-il dit tout bonnement à son petit frère, témoin de toute la scène, tremblant et en pleurs. Le lendemain,

Joseph avait quitté la maison en direction du séminaire des Sulpiciens.

— Sainte Mère de Dieu, mon Joseph, continua Marie-Louise d'une voix chevrotante, s'il fallait que j'te perde, toé itou... ce serait mon coup de mort !

Elle était debout, chancelante, l'air accablé, les yeux tournés vers la statue de la Vierge.

— Ma mère, voyons, ma mère...

Ce fut tout ce que Joseph put dire, peiné qu'il était par le chagrin de sa mère.

— Promets-moé, mon Joseph, de pas faire de tumulte, continua-t-elle. De pas te laisser prendre par les provocations... Y a pas de pire poison que la colère et l'orgueil.

Sa voix changea. Elle suppliait presque son fils.

— Promets-moé, Joseph, de rendre la ceinture au Grand Voyer. Fais-le pour ta pauvre mère.

Une violente émotion le gagna tout entier. Il l'avait déjà ressentie le jour où il avait revu ce père qu'il avait cru mort. C'était dans ce lieu sombre, voûté, sous terre, au bout d'un interminable corridor de pierre. Longtemps, il avait été hanté par ce qu'il y avait trouvé : un corps recroquevillé, un regard vide, des bras décharnés, sans la moindre vigueur ; une enveloppe charnelle dépouillée de toute substance vitale. Ce jour-là, un désir de vengeance avait infiltré Joseph. Depuis, ce désir s'était mué en une véritable fixation, l'avait intoxiqué, mais surtout le réconfortait.

Joseph leva les yeux vers la figuration de la Vierge. Il n'y vit rien d'autre qu'une statue de plâtre, un corps fluet, une gorge fine, immobile cependant telle une nature morte. Il ne ressentit rien, n'éprouva nul désir de prière. Il eut beau chercher les mots latins, comme autant de formules magiques, pour louanger la mère de Dieu, aucun ne lui vint. Il s'avoua impuissant à prier. Il pensa que cette statue n'était rien d'autre qu'une utopie. Cette statue, se dit-il, n'ouvrirait jamais les bras, ne sourirait jamais, ne rendrait à personne la joie, le bonheur. Elle ne guérirait jamais personne. Pas plus qu'elle ne verserait des larmes ou qu'elle s'attristerait devant un quelconque malheur. Joseph s'avança d'un pas et prit sa mère par les épaules. Son regard plongea au fond des yeux de Marie-Louise.

— Ma mère, fit-il à demi-voix, jamais je voudrais vous manquer de respect... vous offenser... jamais! Mais j'suis un Montferrand avant toute chose, et un Montferrand, ma mère, ça crève, mais ça lâche jamais!

Marie-Louise tressaillit. Joseph la sentit mollir, mais elle resta debout, toute droite, parfaitement figée. Les dernières paroles de son fils lui avaient crevé le cœur.

# · VI ·

La nouvelle était maintenant connue à Québec, à Montréal, aux Trois-Rivières, mais dans les campagnes ce n'était encore qu'une rumeur. Au début, il avait été question d'un état de santé préoccupant du gouverneur général Lord Sherbrooke, puis, au fil des semaines, d'une grave détérioration. Ce qui se colportait sur les perrons d'église, dans les magasins généraux, dans les forges, c'était que Sherbrooke ne pouvait plus assurer la bonne marche du gouvernement. Un membre du clergé avait raconté aux marguilliers que les députés et les conseillers législatifs avaient dû se déplacer au château Saint-Louis pour la prorogation du Parlement, le gouverneur étant trop faible pour se rendre par ses propres moyens au palais épiscopal ainsi que le voulait la coutume parlementaire. Même que d'aucuns le disaient déjà mort.

Mais en cette fin de juillet 1818, la nouvelle fut proclamée du haut de toutes les chaires : un nouveau gouverneur général de l'Amérique du Nord britannique était attendu sous peu à Québec. Il arriverait à bord du navire de Sa Majesté, l'*Iphiginia*. Et, pour faire taire toutes les autres rumeurs, on annonça que Lord Sherbrooke se préparait à retourner en Angleterre afin de se refaire une santé.

Alors que dans les villes on s'agitait dans les coulisses du pouvoir, les habitants n'avaient plus d'autres préoccupations et sujets de conversation que la pluie, le beau temps, les brusques gelées, les coups de sécheresse et de trop grandes chaleurs. Les champs inondés ou, à l'inverse, des sources, les ruisseaux qui tarissaient étaient autant de menaces pour les céréales, les récoltes de fruits et de légumes. Certes, les quêteux répandaient d'autres rumeurs, notamment au sujet de Joseph Montferrand. Elles étaient aussitôt contredites par celles que colportaient nombre de marchands itinérants. Tout cela ressemblait aux chants des oiseaux qui redoublaient dans l'heure précédant le coucher du soleil, ou aux floraisons successives qui laissaient poindre des espèces nouvelles en l'espace d'une nuit.

Les anciens passaient leur temps à épier le temps. À ceux qui se plaignaient de la trop grande chaleur de juillet, ils rappelaient non sans une certaine ironie qu'à l'été 1816 il avait continué de neiger jusqu'à la fin de juin, « à preuve, disait le doyen d'un village, qu'y avait pas eu moyen de jeter la ligne à l'eau pour y attraper un poisson rapport à la petite glace, même que j'ai souvenance que des habitants qui descendaient pour Québec étaient en capot et assez précautionneux pour apporter des mitaines ».

Ce fut dans cette atmosphère que, le 29 juillet 1818, l'*Iphiginia* jeta l'ancre devant Québec.

Charles Lennox, 4e duc de Richmond, se tenait à la proue du navire. Il portait l'uniforme de brigadier du 35e régiment d'infanterie et l'insigne de Lord lieutenant d'Irlande, charge qu'il avait occupée durant sept ans. En levant les yeux, il vit distinctement le château Saint-Louis, dont l'imposante masse trônait sur le cap aux Diamants. Depuis le fleuve, le haut lieu du pouvoir, qui allait devenir sa résidence officielle, ressemblait à une forteresse imprenable. Il ne put s'empêcher de penser que ce même lieu avait subi un bombardement de deux mois pour ensuite capituler, à la pointe d'un jour de septembre 1759, au terme d'une seule charge désordonnée.

Le soleil était encore chaud malgré l'heure tardive. L'Union Flag flottait mollement au faîte de la résidence dans laquelle Lord Sherbrooke, cloué dans son lit, attendait l'arrivée de son successeur. Il tenait à la disposition de Lennox une longue liste de recommandations qu'il avait péniblement dictées à son secrétaire.

Lennox vit, de tous les côtés, de nombreux navires battant pavillon anglais, qui voguaient paresseusement en rade.

— *Your Excellency?* entendit-il derrière lui.

C'était le commandant du navire qui s'adressait à Lennox, en le saluant militairement. Il était accompagné du colonel Seymour, qui avait revêtu pour la circonstance son uniforme de cérémonie. Lennox souleva légèrement son tricorne, rendant à sa manière le salut aux deux hommes.

— *Ready to land, Your Excellency?* fit le commandant.

— *I say... and so help me God!* fut la réponse de Lennox.

Il y aurait les cérémonies que Lennox souhaitait brèves. Sitôt après, il allait devoir s'attaquer aux tâches les plus urgentes : améliorer la défense des colonies, encourager l'immigration de sujets britanniques et construire des routes militaires entre le Bas-Canada et d'autres territoires à l'est comme à l'ouest.

La première salve de la frégate interrompit ses pensées. Elle se répercuta le long des deux rives. Elle fut immédiatement suivie d'une salve plus puissante, celle de la grande batterie, dont les bouches menaçantes défendaient la muraille, le long du cap aux Diamants. Cette démonstration du pouvoir de feu sembla rassurer Lennox.

Les grondements successifs des deux artilleries se poursuivirent encore pendant de longues minutes, saluant le débarquement du nouveau gouverneur général de l'Amérique du Nord britannique.

L'affaire fit grand bruit. Un premier navire de guerre entra en rade à Montréal et tira douze coups de canon. Puis, suivant les ordres du commandement britannique, les gens de la ville apportèrent du bois sur la grève et, sur un mille, élevèrent un à un des dizaines de bûchers. On demanda au seigneur-curé de les consacrer, ce qu'il fit à contrecœur, puis on les fit allumer. Les flammes jaillirent de partout. L'embrasement était visible de fort loin. On ordonna aux maîtres terriens des environs de permettre à leurs engagés de venir à Montréal pour assister à un grand événement, sans plus de détails. Ils arrivèrent de vingt-cinq milles à la ronde, hommes et femmes, les plus âgés enfourchant des chevaux, parfois des bœufs, à défaut de disposer d'une carriole, ou même d'une charrette. Des riverains traversèrent le fleuve en grand nombre, mettant jusqu'à trois heures à souquer dur en chaloupe pour vaincre les rapides par endroits, et prendre pied sur les berges de la ville.

La garnison britannique fut mobilisée jusqu'au dernier soldat et on doubla la milice locale. Pendant trois jours et trois nuits, les militaires sillonnèrent les rues et les ruelles sans interruption, au pas de cadence, répondant aux commandements des sergents, exécutant des manœuvres armées en suivant les instructions au doigt et à l'œil.

Les miliciens par contre, peu familiers avec le code militaire anglais, arrivaient difficilement à maintenir le pas, ce qui ne manquait pas d'amuser les curieux, même de provoquer rires et quolibets, au grand dam des officiers britanniques.

Dans la spacieuse résidence du commandant de la garnison, la réception en l'honneur de l'arrivée à Québec du nouveau gouverneur général battait son plein. Dignitaires et militaires, ces derniers revêtus de leurs uniformes aux larges épaulettes à franges, se côtoyaient, affectant, les uns et les autres, une convivialité feinte, parfois même une familiarité de bon aloi. Personne n'osa commenter l'absence du colonel Clayborne.

L'homme le plus entouré était le colonel Seymour. Son nom était sur toutes les lèvres. On se pressait pour venir le saluer, certains se courbant devant lui de la même manière qu'ils l'eussent fait devant un noble de la cour.

Seymour avait choisi d'éviter tout sujet susceptible de provoquer la moindre controverse. Il se contentait de parler de sa traversée de l'Atlantique, de ses premières observations en remontant cet interminable fleuve qui, à quelques lieues seulement de Québec, avait encore les allures et l'immensité d'une mer.

— Je n'avais encore jamais vu autant de caps et de forêts le long d'un cours d'eau, racontait-il dans un français laborieux, mais néanmoins fort acceptable, et au sujet duquel on ne manquait pas de le complimenter. Et quelque part dans cette vallée, expliquait-il encore, j'ai vu une pêche absolument... *how do you say... fascinating, yes?* Fascinante... oui? De gigantesques poissons... On me dit que ce sont des... marsouins... oui? Des marsouins forts comme des baleines qui nageaient en bondissant et... traînaient des canots remplis de chasseurs... *fascinating!* Et toutes ces cabanes de pièces de bois rond avec des toits de terre, je crois... *yes?* Je ne croyais pas que dans la colonie il y avait toutes ces choses... et... ah! oui! il y a aussi les insectes piqueurs!

La mimique qu'il fit égaya son auditoire et provoqua l'hilarité.

L'homme qui se tenait jusque-là en retrait, tout en écoutant attentivement les propos de Seymour, esquissa un mince sourire. Il s'avança et se présenta :

— Colonel Charles-Michel d'Irumberry de Salaberry, commandant du régiment des Voltigeurs canadiens et aide de camp de Son Excellence le duc de Kent.

Seymour nota le très léger accent avec lequel l'homme s'exprimait. Il l'examina d'un rapide coup d'œil, remarqua l'uniforme bleu marine à boutonnières dorées, ainsi que les décorations qui témoignaient éloquemment des états de service de son interlocuteur.

— Votre nom m'est connu, colonel, ainsi que votre réputation, fit Seymour d'un ton courtois.

Les deux hommes parurent hésiter quelque peu, à la manière de deux lutteurs s'apprêtant à délimiter leurs terri-toires respectifs. Ce fut Salaberry qui réagit le premier.

— Ai-je bien entendu qu'il y aura un grand rassem-blement au Champ-de-Mars, colonel ? fit-il à voix plus basse.

— Certes, monsieur ! Voilà le lieu tout indiqué pour nous rapprocher d'un peuple qui nous paraît un peu loin, répondit Seymour d'un ton empreint d'assurance. Hier, il y avait là des fortifications hostiles ; aujourd'hui, il y a une grande terrasse, un champ pour des manœuvres mili-taires… chacun y trouve son compte. Je crois que nous sommes d'accord, n'est-ce pas ?

— J'aime assez voir défiler les beaux uniformes rouges brodés, commandés par des officiers de haute tenue, montés sur des chevaux harnachés comme ceux des écu-ries royales, remarqua Salaberry en prenant un air légè-rement narquois.

Seymour se contenta de sourire.

— Si mes informations sont exactes – et je crois qu'elles le sont –, vous avez déjà commandé de tels habits rouges sous d'autres cieux…

— J'ai eu cet honneur en effet, confirma Salaberry en reprenant une allure plus grave. Ainsi que mon père, d'ailleurs… et mon frère, qui y a laissé sa vie. Mais comme vous l'avez si bien dit, c'était sous d'autres cieux.

Seymour se garda bien d'épiloguer sur le sujet. Une voix intérieure lui disait de se méfier de cet homme, qu'il savait protégé par le duc de Kent en personne, autant dire pratiquement intouchable.

— Recevez l'expression sincère de mon admiration et de ma sympathie, colonel, fit-il en s'inclinant avec grâce. Cela est tout à l'honneur – et le mot est faible – de votre patronyme. Sincèrement désolé pour votre frère.

— Il n'a fait que son devoir, monsieur, ajouta Salaberry.

— En effet… c'est ainsi que les choses doivent être pour nous, militaires.

Salaberry inclina la tête et tendit la main à Seymour.

— Ce fut un plaisir, colonel. Je vous présente mes respects et vous laisse à tous vos invités. Je sais qu'ils m'en veulent déjà d'avoir pris tout ce temps.

Seymour lui rendit le salut.

— Je compte que vous serez des nôtres au Champ-de-Mars, fit-il avec instance. Je parie que vous en aurez… comment dit-on… *your money's worth* ?

— Je ne parie jamais, colonel, répondit Salaberry avec un petit sourire en coin.

— Oh ! Vous parlez peut-être de la rencontre de pugilat ! s'exclama Seymour. Une coutume anglaise, rien de plus !

— Je connais cette coutume, colonel.

— Vous la désapprouvez ? demanda Seymour, redevenu sérieux.

Salaberry évita le piège. Il fit un signe de tête.

— Que disait… ou plutôt qu'écrivait Lord Byron à cet égard ? Quelque chose du genre : « *Men unpractised in exchanging knocks must go to Jackson ere they dare to box... whate'er the weapon, cudgel, fist or foil...* »

Seymour ne cacha pas sa surprise.

— Vous m'étonnez, colonel. Je dirais même que vous me fascinez ! Mais voilà, moi aussi, j'ai lu Byron, et il a écrit ceci : « *The youth who trains to ride, or run a race, must bear privations with unruffled face...* » Vous voyez bien que nous ne saurions nous passer d'une telle coutume ! C'est un art, c'est même toute notre fibre anglaise... notre âme entière !

— Dois-je comprendre qu'il ne s'agira que de quelques démonstrations ? demanda Salaberry.

Seymour redressa le torse.

— Colonel, fit-il, la coutume n'a rien à voir avec une démonstration. J'affirme qu'elle prend tout son sens dans le défi, le défi véritable avec tout ce qu'il comporte de risque, pour l'honneur et la gloire.

— Et qui défiera qui ?

— La coutume veut que ce soit un champion qui en défie un autre... si toutefois il en existe un en ces lieux. Sinon, notre champion défiera tout venant !

Salaberry n'ajouta rien. Il prit congé du nouveau commandant en pensant qu'il pourrait devenir un redoutable gardien de l'ordre et de la loi en dépit de son apparence désinvolte et de ses manières certainement plus courtoises que celles de son prédécesseur. Il pensa surtout à ce qui se passerait sur le Champ-de-Mars. Une sorte de duel des poings ; en réalité, une impitoyable démonstration de puissance qui mettrait aux prises quelques hommes inexpérimentés qui braveraient, par orgueil, un mercenaire aguerri dans un affrontement perdu d'avance.

Cela lui rappelait l'ironie de ces chasses organisées aux Indes pour le plus grand plaisir des nobles anglais. Des dizaines de rabatteurs qui entraient dans la jungle, frappaient le sol à coups de fouet rythmés par des tambours, dans le but de débusquer un tigre et de le forcer vers un piège tendu. Rien ne réjouissait davantage les hommes que le spectacle d'une mise à mort, surtout lorsqu'elle était savamment orchestrée.

La lune disparaissait à peine derrière de rares nuages que déjà le soleil irradiait l'horizon. Les grandes ombres qui couvraient le Champ-de-Mars s'estompèrent peu à peu, alors que l'immense esplanade était déjà prise d'assaut par des centaines de curieux et une cohorte de marchands ambulants offrant à la criée tous les produits imaginables.

Depuis 1740 et jusqu'à ce jour de 1818, l'endroit avait servi tour à tour de terrain pour les parades et les manœuvres militaires tant pour les troupes françaises que plus tard, après 1760, pour les garnisons anglaises. La construction des fortifications de maçonnerie, puis leur démolition en 1812, avait condamné le lieu pour quelque temps. Dès 1813, on avait agrémenté le site en y faisant planter de longues rangées de peupliers et de hêtres, aux troncs bien espacés et bien droits. Cet aménagement avait également profité aux édifices de l'hôtel de ville et du palais de justice.

Le soleil avait à peine commencé son ascension qu'une foule dense quoique relativement silencieuse se massait en bordure du grand terrain rectangulaire. On ne manqua pas de se disputer les meilleures places. Il y eut ici et là des coups d'épaule, des bousculades, quelques empoignades, le tout sans fâcheuse conséquence. Et comme la journée s'annonçait chaude, on ne tarda pas à trinquer dans les rangs, ce qui eut pour effet de délier les langues des plus délurés. Une heure plus tard, des voix gouailleuses y allaient de blagues de mauvais goût et de jurons, ce qui provoqua un concert de cris désapprobateurs et autant de poings levés. La lente exaspération dégénéra en poussées, lesquelles entraînèrent de solides altercations. Bientôt, deux mille voix réclamèrent ce qu'ils étaient venus voir : des hommes de courage, à ce qu'on disait, lancés dans un cercle étroit au milieu duquel ils se soumettraient au supplice des coups répétés, les bras raidis, le visage tuméfié, les yeux aveuglés de sueur et de sang, jusqu'à la soumission ou l'inconscience.

Aux premières rangées se tenaient les bourgeois, les marchands les plus prospères, plusieurs négociants et tenanciers qui exploitaient des entreprises liées aux affaires de l'armée britannique. Également des membres de la classe politique et quelques ecclésiastiques de haut rang, catholiques comme protestants. Les uns et les autres portaient les tenues des grandes occasions. Outre les perruques de tout gabarit, on distinguait des vestes aux couleurs vives, des hauts-de-chausses lisérés de grand style, des souliers de cuir fin ornés de boucles d'or ou d'argent, autant de jabots, de chemises de dentelles et autres artifices de soie la plus fine.

Ce fut aux sons de deux fanfares menées par d'extravagants tambours-majors, qui savaient jongler et si adroitement lancer leurs cannes en l'air et les rattraper, que commença la fête. Des applaudissements nourris saluèrent l'arrivée de la cavalerie. Une centaine de chevaux anglo-arabes caracolèrent au trot, exécutant voltes, demi-voltes et changements d'allure avec une discipline et un synchronisme dignes d'une haute école de dressage. Visiblement, les bêtes avaient été sélectionnées pour leur port, leur docilité et leur capacité à subir de longs et difficiles entraînements. Elles étaient musclées, avaient des membres graciles aux extrémités, une encolure longue et rectiligne, un garrot saillant, une couleur de robe unie, d'un brun soyeux. Cette spectaculaire démonstration équestre se termina en apothéose par une charge rapide de cavalerie simulée qui souleva la foule et lui arracha mille hourras. On se bousculait maintenant pour occuper les meilleures places sur le talus des terre-pleins, pendant que s'organisait la grande revue des troupes. Précédé par de belles carrioles tirées par de forts chevaux aux harnais finement travaillés, un premier régiment de fantassins anglais, le fusil armé de baïonnette porté à l'épaule, défila au roulement des tambours. Un demi-millier d'hommes en tunique rouge passèrent d'une formation à une autre, en rangs puis en carrés, marquant le pas, manœuvrant l'arme, selon les ordres lancés à voix rauque par les officiers qui menaient les détachements, sabre au poing. Lorsque vint le tour de la garde à pied écossaise, les Fraser's Highlanders, la foule les acclama à tout rompre à la vue des kilts aux couleurs du clan des Fraser et des longs bas à carreaux qu'ils portaient, en hommage aux Ursulines de Québec, qui les tricotaient depuis plus de cinquante ans.

Joseph n'avait pas quitté les combles de la maison depuis deux jours. À peine avait-il mangé. Il avait évité toute discussion avec sa mère, ce qui avait rendu l'atmosphère dans la maison presque insupportable. Il n'avait pas dormi une minute au cours de la dernière nuit; aussi avait-il entendu Marie-Louise se déplacer à pas furtifs au rez-de-chaussée, elle aussi aux prises avec l'insomnie. L'humidité lui collait à la peau et il avait le corps en sueur. De grosses gouttes lui coulaient sur le front, dégoulinaient sur son visage, se répandaient sur sa poitrine, poissant sa chemise.

Le soleil du midi chauffait la toiture, alourdissait l'air des combles, ce qui répandait une odeur de bois humide. Joseph ne ressentait pas les effets de cette chaleur. Il ouvrait machinalement la bible qui lui avait été donnée en cadeau par le père Loubier, la feuilletait, parcourait distraitement les gravures et les figures de saints réalisées par des artistes de l'art religieux. Puis il refermait brusquement l'ouvrage à la tranche dorée.

Une lettre pliée, déjà jaunie, s'échappa de la bible. Joseph la déplia et la lut. Il relut plus attentivement l'avant-dernier paragraphe et ressentit une forte émotion.

*Sois comme ce roi Arthur, mon cher Joseph. Sache que Dieu te proposera des épreuves qui seront manifestes de sa volonté mais, tout bien pesé, dignes de ta valeur. Tu deviendras alors celui qui défendra les causes les plus légitimes, certainement celles de ton peuple.*

S'il demeurait ainsi reclus, pensa Joseph, rien de cela n'arriverait. Et chaque heure qui passerait le rendrait davantage conscient de sa totale impuissance.

Il se leva, entendit les rumeurs de cette immense foule qu'il savait rassemblée au Champ-de-Mars. Tels des flots grossissants, irrésistibles, elles montaient vers lui, l'envahissaient.

Joseph éprouva alors une frénésie mêlée d'une soudaine colère, celle-là à son propre égard. Il se trouva lâche, pensa qu'il donnerait raison à tous ceux qui verraient dans son absence un aveu d'abandon.

Marie-Louise tremblait de tout son être en voyant Joseph dévaler les escaliers. Elle n'eut pas la force de parler. À peine Joseph lui lança-t-il un regard oblique avant de prendre le chapeau de feutre mou accroché au mur, près de la porte : celui du grand-père François Favre. Elle remarqua que Joseph avait revêtu la redingote, passablement élimée aux bords, que portait jadis Joseph-François. Et, enroulée autour de la taille, la fameuse ceinture fléchée que lui avait remise Antoine Voyer, symbolisant son statut de boulé du faubourg.

— Joseph…

Elle ne put que murmurer son nom.

Il avait déjà la main sur le loquet. Il se retourna. Elle lut l'entêtement et la détermination dans ses yeux. Elle connaissait bien ce regard ; il l'affolait. Parce qu'elle ne parviendrait jamais à étouffer cette sourde violence qui l'envahissait, le poussait à prendre tous les risques.

— J'm'en va prier pour toé ! murmura-t-elle encore.

Joseph lui adressa un petit signe de la main qu'il accompagna d'un timide sourire.

— J'te ferai pas honte, ma mère, fit-il du bout des lèvres.

Elle hésita avant de lui tendre les bras. Mais Joseph n'était déjà plus là. Elle se précipita à la fenêtre. Tout ce qu'elle vit fut la pâleur de son visage qui se reflétait dans un des carreaux. Elle ferma les yeux, éblouie par l'ardeur du soleil.

Il marchait lentement, se frayant un chemin au milieu de la foule. Il était pâle mais paraissait très calme. Peu à peu, on murmurait son nom. Le bouche à oreille eut un effet immédiat. Bientôt toutes les têtes se tournèrent et, dès qu'on repérait sa haute silhouette, on le montrait du doigt.

— Montferrand est là ! entendait-on de toutes parts.

— Y porte la ceinture fléchée ! s'exclamait-on.

Il y en eut quelques-uns pour lancer une ou deux plaisanteries, sans plus. Mais on ne se gênait pas pour rabrouer ceux-là.

Sur le terrain, le défilé tirait à sa fin. Le sergent-major qui ordonnait les manœuvres reçut l'ordre de faire rompre les rangs. Aussitôt, une centaine de tuniques rouges formèrent un cordon de sécurité, se plaçant, l'arme au poing et la baïonnette au canon, à intervalle de vingt pas les unes des autres.

Il y eut quelques huées vite réprimées lorsque le colonel Seymour s'avança et prit place au milieu du Champ-de-Mars. Il fit une brève allocution en français, saluée par de timides applaudissements, puis il annonça que, suivant une vieille tradition britannique, on passerait maintenant à l'exercice et au défi du pugilat. Il ne manqua pas de remarquer, avec un ton narquois, qu'il avait ouï dire que plusieurs fiers-à-bras de la colonie se prétendaient issus du berceau des hommes forts et qu'ils brûlaient d'envie d'en faire la preuve.

À son invitation, deux marins de la frégate à l'allure robuste, tout en nerfs, vêtus d'une camisole à manches courtes rayée, d'un pantalon de toile et d'une large ceinture de cuir, se placèrent face à face, le corps bien droit, les poings levés à hauteur du visage. Après un temps d'observation qui parut une éternité, ils se mirent à tourner lentement, les jambes souples, y allant de feintes, se contentant d'un faible échange de coups, tous portés aux épaules ou à l'abdomen, mais en prenant soin d'éviter les attaques au visage. En réalité, cela s'avérait une démonstration réglée à l'avance plutôt qu'un combat, ce qui provoqua des cris, des rires moqueurs, un chapelet de plaisanteries et quelques blagues féroces.

La foule se tut lorsque Seymour reprit la parole. Il remercia le vaste auditoire de sa patience et ajouta qu'il n'y avait un meilleur public dans tout l'Empire que le bon peuple et les braves bourgeois du Bas-Canada.

— Je sais bien, poursuivit-il sur un ton léger et en français, que vous n'êtes pas ici pour voir des hommes exécuter des pas de danse indignes de vos remarquables gigues...

La bonne blague lui valut des applaudissements nourris. Puis, redevenu sérieux, Seymour parla en anglais et s'exprima d'une manière solennelle:

— *We have here a man who, by royal command, has knocked at will the heads of many worthy contestants.*

*That man is a citizen of the Kingdom of England, and he has fought challengers all over the British Empire, stopping twenty more able brawlers with his first clean punch… under prizefight rules. It is my privilege to present to you our champion…* je vous présente notre champion de l'empire de Sa Majesté : *mister Chipper Blackwell !*

Tout tumulte cessa. On eût dit que la foule entière avait été saisie de peur. Tous n'avaient d'yeux que pour la formidable silhouette de l'homme qui s'avançait à pas lents, pesants, vers le centre de l'esplanade.

C'était un véritable géant. Il dépassait d'une mesure de tête tous les pugilistes improvisés. D'ailleurs, les deux marins le regardaient avec une crainte non dissimulée. Sans avoir une mine trop stupide, l'homme avait un regard étrangement fixe, comme s'il n'avait pas véritablement conscience de l'endroit où il était ni de ce qu'il venait y faire. Il se tenait immobile, ses bras hirsutes et noueux croisés sur son énorme poitrine, les jambes passablement écartées, à la manière des marins voulant contrer le roulis d'un navire. L'eût-on vêtu de peaux de bêtes qu'on l'eût aisément imaginé droit sorti du passé lointain de l'humanité, tellement la saillie de ses os maxillaires était proéminente, ses sourcils épais et ses yeux enfoncés dans leurs orbites. De profondes cicatrices lui barraient le front, l'une d'elles courant le long de la cloison nasale. De toute évidence, ces marques n'étaient pas les résultats de simples coups de poing.

Seymour tenait en main une bande de tissu paraissant être de la soie, ornée des symboles héraldiques de l'Angleterre. On pouvait y distinguer quelques taches sombres qui ressemblaient à du sang séché. Il enroula la pièce de tissu autour de la taille de Chipper Blackwell. Le colosse sembla sortir de sa torpeur. Il bomba le torse et leva les bras en signe de triomphe tout en poussant un grondement sauvage.

— Le défi est lancé ! annonça Seymour.

Il y eut une longue série de murmures dans la foule. Une quinzaine d'hommes solides, tous reconnus pour leurs talents de bagarreurs, hésitaient, supputant leurs chances de pouvoir rivaliser avec le gigantesque Anglais. Celui-ci se contentait de les fixer d'un air méchant. Autrement, il demeurait immobile comme s'il eût été façonné de pierre.

— Y aura pas un coup de poing assez fort pour y ébranler la carcasse, fit l'un des hommes.

— J'tiens pas à sortir les pieds devant, dit un autre, visiblement saisi d'une belle épouvante.

— Moé non plus, ajouta un troisième. Rien que d'y voir les masses, j'en chie... J'voudrais pas m'faire dévisager par ça !

— Me semblait que le Montferrand se lèverait le moment venu, entendait-on ailleurs.

— Y est ben icitte... on l'a vu par là-bas, remarqua quelqu'un en pointant vers une direction donnée.

— Faut croire qu'y a rapetissé, ricana-t-on alentour.

Les commentaires allaient bon train, mais personne n'osait s'annoncer. Blackwell ne bougeait toujours pas, si ce n'est qu'il serra les poings tout en esquissant un sourire de dérision, découvrant une denture chevaline passablement gâtée.

— Personne ? lança Seymour. Allons donc ! Aucun de ces braves dont on me vantait les prouesses jusqu'en Angleterre n'oserait faire un pas vers l'avant ? Dois-je croire qu'il n'y a personne parmi vous tous pour défendre une réputation ? Peut-être n'existe-t-elle pas, cette réputation, ce qui expliquerait bien des choses...

Cette dernière phrase provoqua aussitôt un remous dans la foule, mais personne n'osa encore franchir la première rangée.

Seymour s'impatientait.

— Alors, personne pour défendre l'honneur de votre race ? ajouta-t-il, affichant un air de mépris.

On entendait des gros mots, des injures, mais nulle voix pour relever le défi. Partout, ceux que l'on croyait les meilleurs hommes hochaient la tête en guise d'impuissance.

D'un mouvement instinctif, Joseph Montferrand donna de l'épaule pour sortir des rangs serrés. Comme il allait lever le poing, il sentit une poigne de fer le retenir.

— Fais pas ça, mon garçon, lui murmura-t-on à l'oreille, ton heure est pas encore venue. T'es pas encore paré pour ce genre d'amanchure. Retiens tes ardeurs aujourd'hui !

Joseph reconnut le Grand Voyer. Son visage s'empourpra. Il regarda Voyer droit dans les yeux et allait répondre lorsque Seymour en rajouta encore. Cette fois, il s'exprima en anglais.

— *We don't mind if your men are bruisers in the pubs and the cat alleys, as long as they step into the circle and put up their manhood and their honour at the cost of their blood if need be !*

C'était un ton de véritable provocation. Il y eut des huées suivies d'une onde d'indignation. Çà et là, des gestes furieux. Mais toujours la peur de se compromettre. Et soudain :

— Moé ! lança une voix grave.

Il y eut une clameur. La plupart avait entendu ce seul mot sans savoir qui l'avait prononcé. Mais quelque part en eux s'était éveillée une sorte de fierté, en même temps qu'ils se sentaient soulagés. Cette voix était la voix de tous ; celle d'une fraternité de la résistance. Celle du courage qui reprenait son droit.

Tous le virent alors et la clameur se mua en cris de dépit. C'était un nègre. Il s'avançait vers Seymour et Blackwell à pas claudiquants, un peu voûté, à l'étroit dans une chemise de gros coton trop petite pour son gabarit.

Il avait l'arête du nez écrasée et il se mordait sans cesse les lèvres, signe manifeste de nervosité.

— C'est l'nèg du Grand Voyer ! entendait-on de partout.

— Y s'était poussé de Québec, y avait été pogné y a quelques mois déjà…

— Beau dommage ! Y a été passé au fouet. Paraîtrait qu'y est marqué à vie.

— Ça expliquerait sa boiterie…

L'homme s'arrêta devant Seymour. Interrogatif, le militaire le dévisagea de la tête aux pieds. Il remarqua l'œil mutilé et les marques profondes qui sillonnaient le visage couleur d'ébène.

— Quel est ton nom ? demanda Seymour.

— Dieudonné.

— C'est tout ?

— C'est le nom donné à moé.

— Je vois, dit Seymour, qui parut quelque peu amusé. Mais ce défi ne s'adresse pas à des esclaves, ajouta-t-il.

— Suis pas un esclave, précisa Dieudonné avec fierté. Suis homme libre.

— Tu m'en diras tant, fit Seymour, devenant ironique. Avec un tel nom, j'en doute… Ou alors on a oublié de t'en donner un pour nous faire oublier que tu parles le petit nègre antillais.

Planté devant Seymour, Dieudonné oublia tout de sa vie de misère, de son ancien état d'esclave, des injures et des coups subis durant la majeure partie de sa vie. Là, tout de suite, le courage lui appartenait en propre et, avec lui, l'honneur d'un autre nom. Celui-là, il l'avait toujours gardé précieusement en lui, tel un devoir de mémoire. Il fixa alors Seymour de son œil enflammé.

— Mon nom, fit-il, Diata… Diata Coulibaly. Ma famille : Mamary Coulibaly, premier roi Bambara, royaume de Ségou ! Votre défi… pour descendant de roi !

· 180 ·

Le propos étonna Seymour. Il n'avait rien prévu de cela, surtout pas l'audace de ce nègre. Il entendit des chuchotements de partout, puis des exclamations qui se transformaient en cris d'encouragement. On se mettait même à scander : « Dieudonné ! Dieudonné ! »

— Peut-être es-tu ce que tu dis, répondit Seymour après une courte hésitation, mais ce défi ne te concerne toujours pas. Tu n'es pas un des leurs, et rien ne me prouve que tu es un homme libre.

Dieudonné ne voulut rien entendre. À l'étonnement de Seymour, il fit deux pas encore, pour se retrouver nez à nez avec Blackwell. Le géant émit un grognement, rentrant le cou dans les épaules à la manière d'un taureau prêt à charger. Seymour s'interposa et repoussa légèrement Dieudonné.

— Non, lança-t-il d'un ton autoritaire. Tu ne peux pas te battre.

Les protestations fusèrent de partout. On voulait maintenant un combat et plus personne ne s'embarrassait de quelque scrupule.

— Laisse-le s'battre, l'Anglais ! criait-on.

Seymour ne broncha pas. Soudain, les gestes et les cris s'apaisèrent comme par enchantement. On venait de reconnaître l'homme qui s'avançait vers le milieu de l'esplanade. On n'entendait guère plus que des murmures.

— Monsieur, fit-il d'une voix ferme en interpellant Seymour.

— Colonel de Salaberry, répondit l'autre sur un ton similaire.

— Lors de notre rencontre fort cordiale de l'autre jour, vous m'aviez dit que votre coutume très britannique voulait qu'en l'absence d'un champion de nos terres votre champion défie tout venant. N'étaient-ce pas vos paroles ?

— En effet, colonel.

— Cet homme vient de relever ce défi, précisa Salaberry tout en désignant Dieudonné.

— Cet homme est un nègre, monsieur.

— Il est un homme libre, monsieur, je l'affirme, rétorqua Salaberry.

— Vous ne pouvez pas me l'assurer hors de tout doute, colonel, j'ai le regret de vous le dire, fit Seymour.

— Moi, je ne le puis, en effet, enchaîna Salaberry. Mais votre roi… notre roi, lui, il le peut. Car Sa Majesté George III a bel et bien agréé la loi de 1807 interdisant toute traite négrière en Angleterre et dans ses colonies… ainsi que le firent tous les participants au congrès de Vienne en février 1815, à l'exemple de l'Angleterre.

La foule n'en demandait pas plus. Le héros de Châteauguay venait de donner une leçon au colonisateur. Et cela suffisait. On salua le propos par un tonnerre d'applaudissements, on tapa du pied sur la terre dure.

Seymour détourna le regard, secouant plusieurs fois la tête.

— Vous l'aurez voulu, monsieur, fit-il d'une voix si basse que Salaberry l'entendit à peine.

Les deux militaires se saluèrent. Et tandis que Salaberry se retirait, Seymour fixa Blackwell en fulminant.

— *Thus think the mob,* fit-il, les dents serrés, *and the mob of gentlemen as well. To the finish, Blackwell, that's an order! No nigger is to leave this place standing on his own two feet, you hear?*

Blackwell gronda sauvagement. Il se mit en garde, les poings levés.

Ce ne fut pas un combat de pugilat. Plutôt un massacre. Blackwell ressemblait à un monstre tellement sa stature, son regard et sa gestuelle terrifiaient. Son corps entier

exprimait une rage meurtrière. Et malgré l'audace et la surprenante vivacité de Dieudonné, qui, durant les premiers
instants, n'avait pas cédé un pas et avait rendu coup pour
coup, les moulinets de Blackwell finirent par traverser la
garde du vieux combattant. Les coups de massue attei-
gnirent les épaules, enfoncèrent pratiquement le thorax
et l'abdomen du Noir, lui arrachant chaque fois des cris
rauques et des grimaces de douleur. Il y eut bien sûr quelques répliques, habilement décochées par Dieudonné, qui
touchèrent la mâchoire de Blackwell. Elles eurent pour
seul effet de provoquer autant de ricanements. Puis un
direct fit jaillir le sang au-dessus de l'arcade sourcilière de
Dieudonné. Sa vision devint trouble. Un second coup lui
écrasa la cloison nasale, puis un troisième, d'une violence
inouïe, l'atteignit au menton. On entendit aussitôt le bruit
sinistre d'un os brisé. Dieudonné en fut terrassé.

Il y eut des accents de détresse dans la foule, puis un
silence. Dieudonné se sentait totalement engourdi. Il fit
de faibles mouvements mais fut incapable de se relever.
Son œil, affreusement enflé, le privait de toute vision. Le
combat était terminé. Mais Blackwell ne l'entendait pas
ainsi ; il avait ses ordres. Se tenant au-dessus de sa victime, il s'apprêtait au carnage. Se courbant, il saisit Dieudonné par le col pour le forcer à se remettre debout. Dans
un ultime effort, geste désespéré, peut-être instinctif, le
Noir porta un coup à l'aveuglette qui atteignit Blackwell
en pleine bouche. Le sang gicla de l'entaille sur la lèvre
inférieure. La brute le cracha au visage de Dieudonné en
même temps que ses forces parurent décuplées. L'ancien
esclave était devenu la proie d'un véritable tueur. Il attendit
le coup fatal, celui qui allait l'achever en lui fracassant le
crâne. Car il ne doutait pas un instant que Blackwell eût
la force de lui broyer la boîte crânienne.

— Dieudonné, homme libre ! souffla-t-il d'une voix
presque éteinte.

Blackwell répondit par un grondement tout en levant le poing.

C'est alors que retentit le chant du coq. Deux fois plutôt qu'une. Lancé par une gorge humaine, avec de longs accents en crescendo qui se terminaient en trémolos. Il y en eut peu dans la foule pour se rappeler que quelqu'un de la place avait lancé un pareil cri de défi longtemps auparavant. Ce chant du coq exprimait tout : depuis le désespoir, l'impuissance et la peur jusqu'au miracle de l'audace. Ce chant était celui d'un brave tout autant que le cri de ralliement de tous. Le symbole se perdait peut-être dans la légende, mais aujourd'hui il soulevait les âmes. Et ce fut une foule de nouveau hurlante qui vit Joseph Montferrand sortir des rangs et foncer droit sur le géant anglais qui se voulait un bourreau.

Blackwell, qui n'avait pas abattu son poing, relâcha Dieudonné. Le Noir demeura au sol, inanimé, alors que son vainqueur, les yeux tournés vers Joseph, eut un mauvais rire.

Seymour s'avança à la rencontre de Joseph, ce qui freina l'allure de ce dernier. Il suffit d'un coup d'œil du militaire anglais pour prendre conscience que ce nouveau venu avait toutes les allures d'un redoutable adversaire. Il avait la même taille que Blackwell et le pas d'un cheval pur-sang qu'on avait peine à suivre une fois lancé. Il remarqua également la ceinture fléchée que Joseph portait à la taille.

— Vous venez relever le défi ? demanda-t-il avec autorité.

Joseph retira son couvre-chef et, regardant Seymour droit dans les yeux, approuva d'un signe de tête.

— Je n'ai rien entendu, fit Seymour.

Joseph cala son chapeau mou sous son bras et repoussa la longue mèche rebelle qui se répandait sur son front.

— Oui, monsieur, je veux relever le défi, répondit-il d'une voix assurée.

— Votre nom ?

— Joseph Montferrand.

Des cris et des hourras fusèrent de partout, entraînant une clameur assourdissante.

Seymour avait entendu prononcer ce nom de Mont-ferrand. Dans les ordres qu'il avait reçus, le Joseph Mont-ferrand qui à l'instant même se tenait là, devant lui, à portée de main, avait été décrit comme « un homme à abattre pour le plus grand bien du royaume ». Ce qui l'étonnait était le très jeune âge de ce colosse. Il se demandait quel corps cachaient les vêtements frustes qu'il portait, quelle force véritable pouvait bien animer ces bras démesurés. Le jeune homme avait les traits pâles, tirés, mais un regard bleu qui trahissait une nécessité impérieuse d'action. Il voulut tirer profit de ce qu'il observait.

— Vous me paraissez bien jeune pour vous mettre ainsi en danger, Joseph Montferrand, lui dit Seymour. Est-ce là une ceinture de… champion que vous portez ou sert-elle simplement à retenir votre pantalon ? ajouta-t-il avec une pointe d'ironie dans la voix, tout en désignant la ceinture fléchée de Joseph.

Celui-ci jeta un coup d'œil à Blackwell, qui se tenait à trois pas de lui, sans bouger, comme si ses grands pieds eussent pris racine. Mais son regard était terrible et ses poings serrés.

— Beau dommage, monsieur, répliqua Joseph, c'est la ceinture de l'honneur ! Votre homme, là, verra bien si j'vais partir à la file d'épouvante ou si j'serai d'adon pour y faire face.

— Dois-je comprendre, monsieur Montferrand, que si Blackwell vous bat, il remporte votre ceinture ? fit Sey-mour en souriant imperceptiblement.

— Faudra qu'y me batte d'abord, répliqua Joseph.

Les paroles de Joseph semèrent l'hystérie dans la foule. Seymour s'étonna du flegme de Montferrand, dont le visage ne parut nullement troublé.

— Alors, je vous souhaite bonne chance, monsieur Montferrand, fit Seymour avec une sincérité évidemment feinte. Vous êtes au moins assuré de la sympathie des vôtres. Pour le reste, il y a peu de règles… sinon que le vainqueur sera celui qui restera debout tandis que l'autre sera hors de combat. Vous acceptez ?

Joseph inspira profondément. L'idée d'une prière lui traversa l'esprit, mais il se réfugia plutôt dans cette folie étrange qui l'avait poussé dans cette arène improvisée, devant ces milliers de spectateurs qui attendaient un miracle. Il sentit l'émotion monter en lui et ne fit rien pour la réprimer. Le battement sourd de son cœur résonna dans ses tempes. Mais aucune voix ne murmurait une quelconque parole dans sa tête. La vague appréhension qui lui serrait la poitrine disparut. Il était prêt à toutes les souffrances, prêt au combat. Il était seul.

— J'accepte !

Seymour se détourna. Il passa devant Blackwell et, sans le regarder, il murmura :

— *Blackwell, I want that sash he wears… so get it. And no holds barred !*

Joseph avait aidé Dieudonné à se remettre sur pied. Le Noir n'avait pas entièrement repris ses esprits. Il eut toutefois la force de balbutier :

— Toé regarder ses yeux… tout voir dans ses yeux !

— *Come, you bastard*, grogna Blackwell en fixant Joseph entre ses poings levés. *Come closer.*

Joseph non plus ne le quittait pas des yeux. Il se tenait très droit, histoire d'être au même niveau que l'Anglais, mais ses bras étaient ballants. Et il ne bougeait pas. C'était ce que lui avait enseigné Victor Drouot. Il lui avait inlassablement répété qu'un combat était gagné ou perdu à l'avance, avant que ne se porte le premier coup, aussi bien à l'escrime qu'aux poings. «Prévoir les intentions de l'adversaire, c'est le vaincre; et comme la plupart des forts-à-bras sont des bougres de trouillards qui ne pensent qu'à rosser plus faibles qu'eux pour se croire plus forts, il suffit de semer le doute, tout de suite.»

La foule s'impatientait, prenant l'attitude passive de Joseph pour de la crainte.

Antoine Voyer s'était frayé un chemin jusqu'aux premières rangées. Il sentit une main sur son épaule. Se retournant, il reconnut Salaberry.

— Vous avez ben fait ça, pour Dieudonné, lui dit Voyer.

— J'ai fait ce que je devais faire.

Et il ajouta à voix plus basse:

— Vous en faites pas, Joseph est en mesure de bien se défendre.

— J'suis pas inquiet pour ça, reprit Voyer, visiblement tendu. Ça y suffira pas juste de se défendre... Y reste que c'est encore ben qu'un garçon.

— Je vous assure que le Montferrand que vous voyez devant vous est devenu un homme, monsieur Voyer, ajouta Salaberry avec assurance.

Blackwell, qui donnait l'impression de jouer au chat et à la souris, avança d'un pas, tout en continuant d'accabler Joseph d'insultes. Puis, avec une vitesse surprenante pour un homme d'un tel gabarit, il fondit sur Joseph, l'encercla de ses bras massifs et, le tenant à bras-le-corps, le souleva, le secoua violemment et le projeta au sol. Joseph n'eut pas le temps de se relever que déjà Blackwell le rouait de coups de pied portés aux côtes. Il en eut momentanément le souffle coupé. Blackwell en profita pour passer derrière lui, lui asséner un coup de coude à la nuque et le bourrer de coups de poing dans le dos.

Pourtant, cet assaut de force, quoique en apparence à l'avantage de Blackwell, ne changea rien à la véritable physionomie de l'affrontement, car Blackwell ignorait tout du mépris qu'avait Joseph Montferrand pour la souffrance physique. Et lorsqu'il vit Joseph se relever et le regarder droit dans les yeux, il se mit à douter, à se demander si toutes ses forces suffiraient à terrasser son adversaire.

Il fonça en rugissant, lançant coup sur coup de redoutables moulinets. En vain, car Joseph les esquiva tous avec une remarquable adresse; Blackwell parut dégoûté. De dépit, il cracha en direction de Joseph.

Il y eut un coup de pied lancé à la vitesse du fouet. On ne le vit pas vraiment puisque l'action fut trop rapide. Blackwell sentit une effroyable douleur lui zébrer le bas-ventre. Le coup tira des larmes de ses yeux et lui voila la vue. Le coup de poing qui suivit eut la force d'un marteau sur une enclume. Blackwell fut proprement assommé.

Joseph Montferrand se tourna vers la foule devenue hystérique. Il leva le bras droit, l'index pointé vers le ciel. Sa main gauche était portée sur la ceinture fléchée.

— Qui me cherche me trouve, lança-t-il d'une voix forte. Pour l'honneur absolument... force à Montferrand!

# Deuxième partie

## Un géant sur le pont

# · VII ·

Marie-Louise Couvret mourut dans les bras de Joseph en 1822, quelques semaines avant que celui-ci n'atteignît ses vingt ans. Dans un dernier souffle, la mère avait arraché à son fils la promesse de rester fidèle, sa vie durant, au culte de la Vierge Marie, surtout à la récitation du chapelet. « Sois pas trop glorieux de ta force, mon Joseph », furent ses dernières paroles.

La nuit du décès de sa mère, Joseph fut plongé dans le gouffre du désespoir. Et il suivit le spectre de la mort jusqu'au fond de l'abîme. Cette même nuit, le son lointain d'une voix qu'il imagina être celle de Maturin Salvail, de son père peut-être, du fantôme de l'un ou l'autre, le ramena à ce qu'il comprit être sa destinée, mais d'abord à la vie.

Pour les deux journées suivantes, il demanda qu'on le laissât seul avec le corps de sa mère. Il adressa à la Vierge Marie des prières muettes en égrenant le chapelet de sa mère. Durant ces longues heures, son esprit oscilla entre l'ombre et la lumière, tantôt imaginant un lointain exil qui lui permettrait de fuir son malheur, tantôt combattant d'étranges terreurs qui l'assaillaient et que nulle prière ne parvenait à chasser.

Six mois plus tard, Joseph avait pris sa décision. La séparation avec son jeune frère Louis et sa sœur Hélène fut toute simple.

— Toé, mon p'tit Louis, t'as pas fini de nous surprendre. T'as tes quinze ans, mais t'es paré à travailler comme un bœuf, si j'me fie à not' père Antoine. C'est lui qui va faire de toé un homme ben drette comme il se doit, de bonne entente, de parole itou. Tu y dois respect à not' père Antoine… en toutes choses !

Il lui serra la main comme à un homme, les yeux dans les yeux, la poigne solide.

— Pour l'honneur… force à Montferrand, fit Joseph. Tu dois répéter… envoye !

Et le jeune Louis répéta mot pour mot la phrase qui allait sceller ce qui ressemblait à un pacte.

— Que la Sainte Vierge notre Mère Marie te garde, murmura Hélène.

Joseph ressentit une certaine émotion quand Hélène l'embrassa sur la joue.

— T'es ben sûr des sentiments d'Hector Callière pour toé, ma sœur ? lui demanda-t-il, en plongeant son regard dans celui, tout aussi bleu, d'Hélène.

— Aussi vrai que j'suis certaine que le couvent est pas fait pour moi.

— Fais savoir à Callière que t'as la tête et le cœur des Montferrand, ajouta Joseph en feignant un air de gravité, avant d'ajouter avec un large sourire : Vous méritez ben du bonheur !

Hélène ne put retenir des larmes.

— Joseph… tu voudrais me bénir comme l'aurait fait not' père ? lui demanda-t-elle avec des trémolos dans la voix.

Surpris, Joseph ne dit rien. Puis il esquissa un geste timide qui ressemblait à un signe de croix en direction de sa sœur. Prenant la tête d'Hélène entre ses mains, il l'attira vers lui et déposa un rapide baiser sur son front.

— Not' père Antoine va prendre soin de vous autres…
Ça fait que j'aurai souvent d'vos nouvelles, craignez pas !
Rappelez-vous toujours qu'on est des Montferrand ! fit-il
en guise d'adieu.

Joseph Montferrand quitta le faubourg Saint-Laurent
de nuit. Il prit la direction que lui avait jadis montrée
Maturin Salvail. Il n'avait jamais cessé d'entendre cette
voix qui lui disait : « Par là, c'est le chemin du grand
large… Vers les Pays-d'en-Haut… T'auras pas assez de
ta vie pour en faire le tour… Les arbres y sont tellement
hauts qu'y touchent le ciel… Et pis chaque lac que tu vas
trouver a quasiment la grandeur d'un océan. »

Le temps était venu pour lui de presser sur la charrue
pour que tout le monde puisse bien voir son sillon. Le
temps de rompre tous les liens, de prendre le chemin le
plus périlleux d'entre tous, celui de la liberté, en payant
chèrement de sa personne. Joseph savait que tel était
maintenant son destin.

Durant les deux années suivant la mort de Marie-Louise,
Joseph Montferrand vécut comme un coureur des bois.
On le vit un peu partout entre la rivière des Outaouais et
les territoires presque inhabités, plus au nord, en compagnie de la tribu des Anishinaabeg, qui se désignait comme
le « peuple d'origine ».

Vêtu d'un grand capot et de la ceinture fléchée, son
chapeau de feutre mou surmonté d'une plume d'aigle
enfoncé jusqu'aux yeux, il portait un énorme sac de pro-
visions sur le dos retenu par une lanière de cuir lui cer-
clant le front.

Il travaillait pour les plus offrants, des Écossais venus
chercher fortune dans la colonie pour la plupart. On racontait dans les camps des chantiers, dans les auberges et les

tavernes que le géant venu de la ville portageait avec la force de trois hommes et l'adresse de cinq sauvages. Il sillonnait les rivières et les terres presque sans pauses, ne s'arrêtant que pour boire de l'eau des torrents. Certains disaient qu'il refusait la bataille et déclinait les défis en disant : « J'ai promis à ma mère et à la Sainte Vierge de me servir de la force que si je voyais une chose mauvaise, si quelqu'un abusait un faible ou une femme de bonne vertu. » On avait fini par dire que son fameux combat contre un grand champion anglais n'avait été qu'une invention du Parti canadien de Louis-Joseph Papineau.

On racontait aussi que personne n'avait vu Montferrand caler un seul verre de rhum ou de bière, ni s'offrir une pipée de tabac. Mais plusieurs le virent hisser sur ses épaules un canot de huit, vidé de toutes ses pièces, que quatre hommes robustes avaient en peine à ramener sur la berge. Un solitaire, disait-on, qui faisait rarement la fête. Et lorsque des voyageurs se regroupaient, formaient un cercle autour d'un feu pour partager le repas du soir, puis écouter un conteur tout en tirant une bonne pipée, lancer des couplets ou même entamer une gigue en fanfaronnade, Montferrand restait à l'écart, plongé dans la lecture d'un imposant livre que l'on prétendait être la Sainte Bible.

Quelqu'un se souvint qu'un jour, après avoir franchi trente milles sur la grande rivière, transporté deux cent cinquante livres sur son dos en longeant une falaise durant deux heures, portagé un lourd canot en écorce de bouleau à bord duquel il sauta plus tard les rapides les plus dangereux, Montferrand avait demandé à un vieux de lui fredonner la complainte de Cadieux, l'héroïque coureur de bois. Et le vieil homme, sans se faire prier, commença le récit de Jean Cadieux, né à Boucherville en 1671 et qui avait fondé une famille avec une Algonquine. La tragique aventure s'était vraisemblablement déroulée vers 1709, au Rocher-Fendu, un lieu où sept rapides de la rivière des Outaouais convergent pour former les Sept-Chutes, dont les eaux tumultueuses s'engouffrent dans un labyrinthe d'îles, d'îlots et de chenaux sauvages.

— Le Cadieux étions pas d'hier, ajouta le vieux portageur en mâchouillant le tuyau de sa pipe et en crachant sans arrêt dans le feu, que les hommes entretenaient à tour de rôle. Le Cadieux, y étions le plus grand des canotiers, meilleur que tous les sauvages de son temps, y vous l'diront pour sûr ! Ça fait que mon grand-grand-père, y chantions l'affaire avec c'tes mots…

Le vieux avait retiré la pipe de sa bouche et, après avoir avalé la gorgée de rhum à laquelle il avait eu droit, il se mit à chantonner en faussant les notes :

*Seul en ces bois que j'ai eu de soucis,*
*Pensant toujours à mes si chers amis !*
*Qui me dira, ah ! sont-ils tous noyés,*
*Les Iroquois les auraient-ils tués ?*

De sa voix éraillée, le vieux égrena cinq autres couplets, sans trébucher sur les mots, puis, à la fin, demanda qu'on lui versât une ration de rhum supplémentaire.

— T'as droit à toute la bouteille, fit Montferrand sans même demander l'avis des autres.

Personne n'osa le contredire. Le vieux le remercia.

— T'étions-tu toujours d'adon de c'tes manières ? demanda-t-il à Montferrand.

— T'es la mémoire d'un grand homme, répondit-il. Tu mérites le respect.

— V'là ben du temps que l'horloge de Cadieux s'étions arrêtée. Son feu y a plus de boucane…

— Beau dommage, mon brave. Mais y reste toujours une croix avec son nom au Rocher-Fendu.

— Y en a ben pour le prétendre, mais personne qui l'a vue, opina un voyageur.

— Moé, j'l'ai vue, fit Montferrand.

— Me créerais-tu si j'disais que j'ai vu le Windigo? lança un autre avec dérision.

— Ça se pourrait, répondit calmement Montferrand.

— Personne a jamais sauté les Sept-Chutes. Y en a eu ben pour les essayer, mais pas un qui en est revenu, s'obstina le même voyageur.

— À soir, tu viens d'en rencontrer un, le corrigea Montferrand avec flegme. Astheure, j'vous salue ben!

Ébahis par l'affirmation, la douzaine de voyageurs virent Montferrand prendre le grand canot échoué sur la rive, le verser sur le côté en un tournemain, étendre une grande toile cirée de manière à en faire un abri en cas de pluie. Après quoi il retira l'un des colliers qu'il portait parmi les autres talismans et qui s'avérait être un chapelet. Il l'enroula autour de sa main droite, se coucha à même le sol et récita à voix basse ce qui ressemblait à des prières. Quelques instants plus tard, la main fermée sur le chapelet de sa mère, Joseph Montferrand sombra dans un sommeil de plomb.

De mémoire d'Algonquins, l'Outaouais avait toujours été la grande rivière, l'ensorceleuse, la bête aux mille secrets, celle dont ils avaient été les premiers maîtres. Vers 1800, un certain Thomas Mears construisit sur ses berges un premier moulin à broyer le grain, puis une première scierie. Arriva le premier bateau à vapeur, l'*Union*, et avec lui des cohortes de vétérans britanniques et de travailleurs écossais. Un Américain, Philemon Wright, fonda une petite communauté qui porta son nom. Se dressèrent bientôt des moulins à papier. La coupe du bois fit alors des ravages le long de la rivière des Outaouais, pour s'étendre vers la Madawaska, la Rideau, puis au nord, sur les berges de la Lièvre. Bientôt, la traite des fourrures eut complètement cédé à un industrie du bois, si bien que celle-ci, répondant à la demande du royaume d'Angleterre pour le bois de pin, finit par régir la vie de tous les habitants, anciens et nouveaux, de la vallée de l'Outaouais. Des milliers d'hommes, bûcherons, draveurs, cageux, cuisiniers, aboutirent dans les chantiers rudimentaires des forêts du Nord, vivant dans des conditions d'insalubrité et de misère, pour le bénéfice de quelques magnats du bois d'œuvre qui, tous, faisaient fortune.

Débuta l'ère des cageux. On abattait des forêts entières pour en livrer les longs pins blancs aux rivières, à leurs rapides, sous forme d'immenses radeaux de deux mille billots, parfois plus, qu'on flottait jusqu'à Québec. Toutes ces billes réunies formaient de véritables îlots de bois de trois cents pieds de longueur, que ces cageux menaient sur quelque deux cents milles, jusqu'à leur destination finale. Dans les rapides, des hommes de grande expérience utilisaient des rames d'une trentaine de pieds pour manœuvrer les immenses cages. En eaux mortes, on faisait appel à des attelages de plusieurs chevaux de trait afin de permettre aux lourds radeaux de poursuivre leur route.

Chaque printemps, des dizaines de milliers de billes étaient déversées dans les eaux tumultueuses de la Lièvre. Des hommes de sang-froid, véritables durs à cuire, se lançaient sur les troncs, sautaient de l'un à l'autre avec la dextérité de funambules, pour dégager les embâcles, franchir les rapides, maintenir le débit. Ces hommes, des Écossais, des Irlandais, mais surtout des Canadiens français, prenaient tous les risques et affrontaient tous les dangers, souvent au mépris de leur vie. Et ces occasions étaient nombreuses : collisions, vols de bois, échouages sur les rives, maladies causées par la trop grande humidité, viandes avariées, vents glacés, tempêtes soudaines. Et parfois, une mort brutale.

La vie des *raftmen* dépendait de leur aptitude à prévoir le moindre obstacle, depuis un rocher affleurant les rapides jusqu'au changement de direction des vents. Ici un coup de sifflet, là le signal d'une corne de brume, pouvait sauver la vie de cent hommes.

Et de tous ces hommes, Joseph Montferrand eut tôt fait de s'avérer le meilleur, de faire figure de géant. Le prince des cageux, le *raftman* le plus connu du Pays-d'en-Haut, l'homme qui dansait sur les billots flottants avec la grâce d'un gigueur, et dont le bruit des bottes à clous mordant dans le bois équarri ressemblait à de la musique.

Durant ces premières années de colonisation de l'Outaouais et des terres sises au Nord, comprenant celles des peuples d'origine, Archibald McMillan continuait de défrayer tous les coûts de la traversée de l'Atlantique de centaines de Highlanders écossais.

De son côté, Philemon Wright possédait déjà plus de huit mille hectares de terres boisées. Dès le printemps, année après année, Wright et ses hommes faisaient descendre des dizaines de trains de bois sur la rivière des Outaouais, puis le long de la rive nord vers Montréal, jusqu'à Québec.

Des entrepreneurs écossais comme John Chester, un aubergiste de Montague, participèrent au commerce du bois. En très peu de temps, Chester était parvenu à vendre six mille douves, quelques centaines de pieds cubes de pin blanc et autant de chêne blanc.

En 1822, Louis-Joseph Papineau loua des droits de coupe sur toutes les terres non concédées de sa propre seigneurie à un marchand de bois de Hawkesbury, Thomas Mears. Ce qui provoqua un accroissement de la population anglophone de l'autre côté de la rivière des Outaouais.

Il en résulta un monopole puis un véritable règne de quelques barons du bois, marqué par des possessions d'immenses terres, une exploitation forestière au profit du royaume britannique et le début d'une guerre entre les travailleurs du bois canadiens-français et les Shiners irlandais, ces derniers voulant faire la loi durant la construction du canal Rideau. Tapageurs, scabreux, ces hommes s'en prenaient essentiellement à ceux qui s'exprimaient en français, si paisibles et inoffensifs qu'ils fussent. La plupart des Shiners étaient des squatters établis qui se réclamaient d'incarner la justice. Ils provoquaient, insultaient, commettaient des violences physiques dont la plus répugnante était l'arrachage des yeux. Ils privilégiaient surtout les règlements de compte qui passaient par les enlèvements contre des rançons, les profanations de cadavres et les incendies. Il était de pratique courante pour ces Shiners de violer des domiciles en pleine nuit, de tirer quelque innocente victime de son lit, de l'assourdir par un tapage de chaudrons et de casseroles, de la couvrir d'huile et de plumes, puis, l'ayant contrainte à prendre place, à califourchon, sur une perche, de la promener ainsi, de rue en rue, en faisant rebondir énergiquement la perche jusqu'à lui faire perdre conscience.

En fait, en 1827, les dirigeants de cette vaste région d'exploitation forestière étaient en majorité des anglophones, alors que la plupart des bas salariés, bûcherons et draveurs étaient des Canadiens français. Les droits de coupe étaient dévolus aux marchands de bois britanniques, écossais et américains. Les scieries, les glissoirs, les meuneries et les autres établissements industriels, de même que la quasi-totalité des terres arables sur les deux rives de l'Outaouais, appartenaient aux mêmes propriétaires.

Si bien que la production de bois dans la grande vallée avait doublé en moins de trois ans pour se traduire en millions de pieds cubes de pin rouge et blanc et de chêne qui, tous, passaient par la chute des Chaudières.

Cette abondance était le résultat du Blocus continental qu'avait décrété Napoléon Bonaparte une vingtaine d'années plus tôt avec pour but de priver l'Angleterre de ses sources d'approvisionnement en bois des pays baltiques. En se tournant vers sa nouvelle colonie d'Amérique, l'Angleterre venait d'ouvrir la voie à un développement économique sans précédent d'un coin de pays jusque-là presque inhabité et couvert d'immenses forêts.

S'ensuivit une grande mouvance d'hommes qui, par leur seul courage hors du commun, arriveraient à gagner leur pain quotidien et à défendre l'honneur de leur nom et de leur race.

La nouvelle avait fait grand bruit. On cherchait des hommes par centaines. On les voulait robustes, capables de creuser la terre, de remuer des pierres énormes, prêts à toutes les éventualités, jour et nuit, pendant des années peut-être.

Ce jour-là, le comte de Dalhousie, gouverneur général de la colonie britannique de l'Amérique du Nord, était venu en personne, sur les bords de la rivière des Outaouais, retourner la première pelletée de terre de ce qui allait devenir la première écluse du canal Rideau. Le même soir, à la taverne de Philemon Wright, le plus influent des barons du bois forestier, les dignitaires se retrouvèrent tous autour d'un somptueux repas, se félicitant comme si chacun avait été à l'origine du projet ou avait convaincu personnellement les Lords de la Chambre des communes de l'importance de cette gigantesque entreprise. Ils portèrent aussi de nombreux toasts au roi d'Angleterre et au premier ministre du royaume, le duc de Wellington. Avant même que les travaux ne fussent entrepris, on vantait déjà les hauts mérites de celui qui, chuchotait-on, avait été choisi par Wellington lui-même : le lieutenant-colonel John By, du corps des Royal Engineers de l'armée britannique. Ce militaire de carrière, à l'aube de la cinquantaine, était un homme au maintien martial, au front dégarni, au visage encadré par une barbe grisonnante, aux paupières tombantes. Invité à prendre la parole, le diplômé de la Royal Military Academy de Woolwich, en Angleterre, s'exprima sobrement :

— Depuis quinze ans, l'idée de ce canal a été reportée d'une année à l'autre. Aujourd'hui, c'est à Son Excellence le duc de Wellington que nous devons la concrétisation de cette indispensable œuvre de génie. Il a lui-même dit qu'il fallait réaliser une première ligne de défense du grand fleuve Saint-Laurent pour pouvoir faire face à toutes les hostilités éventuelles en provenance du sud. Dont une s'est déjà avérée en 1812, dois-je vous rappeler…

— Je suis honoré de la confiance qu'on me manifeste. Je sais, par ailleurs, qu'on a également prétendu que de tels travaux étaient pratiquement irréalisables. Ces mots, messieurs, ne sont pas anglais ! Je vous donne l'assurance que moi, John By, et mes Royal Engineers allons creuser un canal qui reliera le lieu où nous sommes réunis aujourd'hui à Kingston, une distance de cent quarante-deux milles et quatre-vingt-huit yards ; que l'ouvrage comptera quarante-sept écluses et cinquante-deux barrages ; et que nous aurons accompli notre mission avant la fin du cinquième été à compter de ce jour.

By n'attendit pas les applaudissements d'usage pour lever son verre et porter un toast en l'honneur de Sa Majesté George IV, roi d'Angleterre.

Dans les jours qui suivirent, les travailleurs firent la queue pour s'engager. Selon les ordres stricts de l'intendance britannique, on les tria selon leur provenance. Ainsi, pour chaque Canadien français accepté, on engagea deux arrivants britanniques ou écossais. Tous ces hommes ne tardèrent pas à vivre une dure réalité. Ils n'eurent pas le moindre répit. Ils travaillèrent pieds nus, dans la boue, à arracher pierres et racines, à creuser le sol boueux à l'aide de pioches, de pelles de bois, de pics. Ils transportèrent des tonnes de déblais dans de lourdes brouettes de bois, parfois dans des sacs de toile. Devant les obstacles insurmontables à première vue, ils creusèrent une multitude de trous à coups de burin et les bourrèrent de poudre. Ces explosions tuèrent ou mutilèrent des dizaines de forçats du canal. Après des mois de travaux exténuants, tous ces hommes ressemblaient à des bêtes de somme : fourbus, dociles, traînant à pas hésitants, toussant, crachant, forçant à se rompre les jarrets pour décoller des charges trop lourdes.

Puis un mal nouveau fit son apparition. Les hommes l'appelèrent la « fièvre des marécages ». Des centaines en furent atteints. Des dizaines en moururent. Le colonel By lui-même fut terrassé par la fièvre maligne, frôlant la mort. L'air nauséabond émanant de mille endroits fangeux, dépourvus de quelque hygiène, fleurait partout, répandant une odeur de charogne. Au courant de l'hécatombe, By refusa qu'on lui annonçât le nombre exact de morts, surtout parmi les Canadiens français. Il accepta finalement que l'on suspendît les travaux pendant le mois de juillet du second été. Il en profita pour mettre son plan de secours à exécution. By obtint carte blanche pour l'embauche d'ouvriers supplémentaires et ordonna aussitôt que l'on fît venir d'Irlande deux mille ouvriers, en promettant de leur verser deux fois la solde quotidienne jusquelà consentie aux travailleurs canadiens-français.

L'arrivée de ces hommes marqua le prélude d'une véritable guerre de territoire. Davantage encore, un affrontement de chefs. Les premiers, dirigeants de la vieille garde, défendaient leur monopole de l'industrie forestière ; les seconds, membres d'une classe d'immigrants belliqueux et remplis de préjugés envers les Canadiens français, avaient choisi la violence destructrice. Les perdants allaient y laisser leur honneur, et peut-être leur vie.

Le colonel John By n'était pas encore complètement remis du terrible accès de fièvre qui lui avait presque coûté la vie. Il était faible, d'une pâleur mortelle, et n'avait toujours pas retrouvé l'appétit. Il passait une partie de la journée à somnoler, les nuits à combattre l'insomnie et les idées noires qui lui inspiraient une peur morbide de l'échec.

Il venait à peine de se lever de son lit de camp, qu'il avait fait installer dans une toute petite auberge située sur la rive sud de la rivière des Outaouais, en aval des chutes que les Britanniques nommaient Shier Falls, tel étant ce qu'il comprenait du mot français « chaudière ».

On frappa plusieurs fois à la porte avant qu'il n'ouvrît. Son visiteur était un homme dans la trentaine, élancé, au regard vif, aux cheveux bouclés avec de nombreuses mèches rebelles et d'épais favoris qui couvraient une partie des joues. Sobrement vêtu, il portait une sacoche de cuir en bandoulière.

— Colonel By, fit l'homme en claquant les talons d'une manière presque militaire, je suis Thomas Burrowes. Je suis l'envoyé du lieutenant-colonel Durnford.

By sembla hésiter quelque peu, cherchant dans sa mémoire ce nom de Burrowes.

— Euh… oui… bien sûr, monsieur Burrowes. Durnford m'avait parlé de vous, à Montréal, je crois… Euh… avions-nous rendez-vous aujourd'hui ? Euh… mais bien sûr, comme le temps passe, n'est-ce pas ? Je vous demande pardon, j'ai… j'ai été un peu souffrant ces derniers temps. Fort embarrassant tout ça…

— Vous n'avez pas à vous excuser, colonel, s'empressa de dire Burrowes. C'est bien sûr cette fièvre… terrible, en effet.

— Terrible est le mot, ajouta By. Surtout une perte de temps… Mais venons-en tout de suite à l'objet de votre visite. Euh… vous disiez donc…

By hésita une nouvelle fois, puis se souvint:

— Oui, bon! enchaîna-t-il avec fébrilité. Les plans… et ce pont, ce fameux pont…

— En effet, monsieur, enchaîna Burrowes, le pont… Votre adjoint, le lieutenant-colonel Durnford, m'avait chargé d'arpenter les terres au bout des premières écluses et de dessiner quelques cartes.

Il en profita pour tirer deux grandes cartes de la sacoche et les déplier. John By fixa des binocles sur son nez et les examina attentivement.

— On ne cesse de me harceler au sujet de ces ponts, murmura-t-il, surtout à cause de celui-ci.

Il désigna de l'index un endroit sur une carte que l'on avait cerclé de rouge.

— Commet expliquez-vous cela? demanda-t-il à Burrowes.

— Le mortier, monsieur…

— Quoi, le mortier? rétorqua By sur un ton courroucé.

— Les poutres n'étaient pas assez nombreuses, monsieur, ni assez longues, expliqua Burrowes en gardant son calme. Les éclaboussures toujours plus fortes en provenance de Little Kettle ont fait en sorte que le mortier n'a jamais réussi à sécher complètement. Dès la crue des eaux, le mortier a cédé et les poutres se sont disloquées. Heureusement, il n'y a pas eu…

— Je sais, je sais, l'interrompit By avec un geste d'impatience. Il n'y a pas eu de victimes… et après? Les Shiners, eux, n'ont pas cessé de me harceler: ils veulent ce pont, ils le veulent maintenant, tout de suite ! Vous comprenez ?

— Ils en feront quoi, de ce pont, si j'ose me permettre, monsieur ?

— Mais que voulez-vous que ça me fasse, ce qu'ils en feront ? Ils le traverseront probablement, ils construiront des maisons à proximité, ils développeront les deux rives, ils s'enrichiront… cela m'importe peu. Ma mission est ailleurs, mais j'ai besoin des Shiners, de leur pouvoir, de leur protection… Alors je vous charge de reconstruire immédiatement ce pont. C'est clair ?

— Très clair, monsieur.

— Et vous le construirez pour qu'une armée de nos soldats puisse le traverser au pas de cadence dans cinquante ans. Ça aussi, c'est clair ?

— Très clair, monsieur. Mais, si je puis me permettre, fit Burrowes, que ferons-nous pour Sappers Bridge ?

By se remit à examiner la carte. Il se redressa et retira ses binocles.

— Quoi, Sappers Bridge ? grommela-t-il. Vous n'avez qu'à construire les deux ponts en même temps ; il n'y a rien d'impossible pour les Royal Sappers and Miners, que je sache… Ou alors, vous me verriez fort déçu de l'esprit et des moyens de notre armée britannique.

Burrowes dissimula son inquiétude.

— Rien d'impossible en effet, monsieur, fit-il en acquiesçant d'un mouvement de tête. Mais j'aurai besoin de bras supplémentaires ; des bûcherons, des équarrisseurs, des forgerons… et des rations également.

— Donnez les ordres nécessaires alors.

— C'est que… monsieur… je ne suis plus un militaire…

— Et depuis quand ?

— Deux ans bientôt, monsieur.

— Ah… Et quels sont vos états de service, Burrowes ?

— École militaire de Chatham, dans le Kent.

— Je sais où est Chatham, Burrowes, fit By avec agacement. Quoi d'autre ?

— Caporal dans les Royal Sappers and Miners, monsieur ; études en matière de défense de terrain, de démolition et de construction de ponts et d'ouvrages de siège… retourné à la vie civile en 1824, monsieur !

By fit mine d'étudier encore les cartes. Puis, se redressant brusquement, il regarda Burrowes.

— Je vous nomme major dans le corps des Royal Engineers à compter de cette minute, Burrowes. Tâchez de vous servir de cette autorité à bon escient, vous m'en répondrez personnellement. Clair ?

— Oui, monsieur, mais…

By prit un air sévère.

— Je veux ce pont d'ici trois mois, pas un jour de plus, major !

Le pont fut érigé dans les délais imposés par John By. Il fut formé de plusieurs segments solidement appuyés sur des rochers en saillie, à l'endroit où la rivière des Outaouais descendait en cascades depuis les marmites dites « la Chaudière » pour s'engouffrer en tourbillonnant entre des parois verticales. Des arcs en pierres taillées furent employés pour renforcer les tabliers aux extrémités alors que le tablier principal avait une forme d'arc entièrement fait de bois. En son milieu, le pont s'élevait à vingt-cinq pieds au-dessus des rapides.

Le jour où les charpentiers fixèrent le dernier rivet, John Burrowes arpenta la structure dans les deux sens et demanda à son assistant de consigner aux livres sa longueur officielle : six cent vingt-cinq pieds.

Dans les jours suivants, des terrassiers firent d'un sentier caillouteux un chemin carrossable qui devint, peu après, une route pour voyageurs. Au bout de quelques semaines, les terres en bordure du pont furent arpentées, divisées en lots et mises en vente. Elles donnaient bien évidemment un accès indispensable à la rivière; le pont devint le lien indispensable entre les deux rives de la rivière des Outaouais.

Charles Symmes, un américain du Massachusetts, devint, de simple commis, le premier comptable de Philemon Wright, puis son partenaire à part entière dans ses entreprises de bois. Sa taverne, le *Turnpike End*, s'avéra le lieu de rassemblement des Shiners. Et tous les destins qui passaient par le *Turnpike End* aboutissaient au pont. Lord Dalhousie l'avait d'ailleurs fait baptiser l'Union Bridge.

Cela faisait un mois qu'il affrontait les grands vents, les brûlures du soleil, la voracité des moustiques. Il avait usé deux paires de bottes, trois chemises de coton et autant de pantalons. La ceinture fléchée, aux bouts échancrées, était toute tachée, surtout de graisse animale.

Durant tout ce mois, il avait exploré une nouvelle voie d'eau sur la Lièvre, depuis le Rapide-des-Chiens, au nord de Ferme-Neuve, jusqu'à Ferme-Rouge, puis, en empruntant plusieurs méandres, jusqu'au lac des Sables et, de là, en direction de Buckingham. Maniant un canot du Nord avec six autres hommes, il avait surmonté toutes les embûches, depuis les rapides jusqu'aux pierres coupantes à fleur d'eau, les troncs d'arbres à demi submergés et les marmites d'eaux mortes qui forçaient les hommes à pagayer pendant des heures pour retrouver le fil du courant. À plusieurs reprises il avait eu recours à de la gomme de conifères pour colmater des voies d'eau.

Tantôt sur l'eau, puis en portageant parmi les ronces, les abattis et une végétation sauvage, l'équipée avait finalement ouvert une route de flottaison du bois. Ils remontèrent vers le nord et, avec Joseph Montferrand comme maître-draveur, entreprirent le long voyage de la drave. Ce ne fut pas sans peine. Au bout de quelques jours, la rivière fut obstruée par un immense embâcle. Des centaines de billes formaient un bouchon inextricable, forçant Montferrand et ses hommes à donner de la gaffe et du crochet à tour de bras. Ils durent braver l'eau encore glacée tout en esquivant sans cesse les billes qui emboutissaient l'arrière de l'immense amoncellement. Au bout de plusieurs heures, l'embâcle n'avait toujours pas cédé et les hommes ne trouvaient plus la force de lutter contre le monstre. Même les crochets arrimés à des chaînes que les hommes halaient à l'aide de cabestans de fortune, entièrement faits de bois, ne suffirent pas à ouvrir la voie. Un à un, ils avaient regagné le bord, exténués.

— On y arrivera pas, Jos, fit Moïse Bastien, le compagnon de voyage et homme de confiance de Montferrand.

Joseph ne dit rien. Il gardait les yeux rivés sur l'embâcle.

— Le bonhomme Bowman va piquer sa crise, fit un des draveurs en retirant ses bottes. Y s'ra pas commode pour la paye...

— Bowman a toujours payé tes gages, Arthur, observa Bastien. Astheure, c'est pas d'sa faute si la rivière charrie pas l'bois comme elle devrait.

— C'est pas c'te rivière qui va me faire la leçon, Moïse, remarqua Joseph, entre ses dents. On va mettre nos autres bottes corquées pis on va y montrer, à la Lièvre, c'est qui qui est l'boss. On est des draveurs de large, pas des pieds-plats!

Sur ce, Joseph sortit une impressionnante paire de bottines cloutées de son sac et les chaussa sans quitter des yeux les troncs qui continuaient de s'amonceler et de se fracasser les uns contre les autres, avec une telle violence que plusieurs volaient en éclats.

— Ça va faire quelques bateaux de moins pour les *Inglish*, lança un des hommes, provoquant des éclats de rires.

— Pis une pinte de rhum de moins pour toé, ironisa un autre.

Montferrand, qui semblait n'avoir rien entendu, continuait de fixer la rivière.

— On fait quoi, Jos ? demanda Moïse.

Montferrand demeura encore immobile pendant quelques instants, puis il montra du doigt une énorme bille qui se dressait presque à la verticale et qui oscillait d'un côté et de l'autre.

— C'est elle, lança-t-il, c'est la clef d'la jam… Deux hommes avec moé avec des haches, deux autres avec des *pike poles*. Faites ben vos prières…

Joignant le geste à la parole, Montferrand fit un signe de croix, empoigna en même temps une gaffe à pic et sauta sur les premières billes. Dès qu'il sentit un mouvement sous ses pieds, il se mit à courir, passant d'un billot à l'autre à rebours du courant, jusqu'à la bille maîtresse. Jouant de la gaffe, il garda l'équilibre tout en lançant des ordres.

— Buchez-moé ça, toé, Moïse, envoye ton crochet par là !

Les six hommes déployèrent force et adresse. À plusieurs reprises, l'un ou l'autre faillit tomber, ce qui aurait eu des conséquences catastrophiques.

— Quand ça va lâcher, va falloir décamper : c'est la jam ou nos vies ! lança Montferrand en guise d'avertissement.

L'embâcle céda brutalement. Le dernier coup de hache d'un des hommes tronçonna la bille. Des centaines d'autres se soulevèrent aussitôt sous la poussée des eaux enfin libérées, forçant les troncs à se disloquer. Dans un bouillonnement liquide, la rivière reprit ses droits, emportant de nouveau le bois et ses hommes.

Il fallut deux autres semaines pour mener le train de bois à l'embouchure de la rivière des Outaouais. Jos Montferrand n'avait maintenant qu'une envie : se laver et raser la barbe et la moustache qui lui dévoraient le visage. Il s'offrirait ensuite un repas à s'en faire éclater la panse. Il en avait assez des lanières de viande sauvage qu'il partageait avec les bestioles, du riz sauvage, du maïs et des fruits séchés qui avaient le goût du suif fondu au bout de quelques jours.

Parvenu à destination, Montferrand fit l'évaluation des pertes. Il demanda à Moïse Bastien de faire un premier compte et chargea quatre hommes de récupérer le plus grand nombre de billes perdues.

— Ça va nous prendre deux jours au moins, Jos, maugréa l'un des *raftmen*. Me semble que la job a été ben faite.

— La job sera faite quand on aura flotté les cages jusqu'à Québec.

— Pis nos gages ? demanda un autre. Bowman va s'les fourrer dans sa grosse poche ?

— Bowman a jamais manqué à sa parole, le corrigea Montferrand, en ajoutant : J'vous le répète, la job sera faite quand on aura flotté les cages jusqu'à Québec. Pour ce qui est de vos gages, arrangez-vous pour les mériter.

Moïse Bastien revint après avoir fait un compte sommaire.

— Mille cinq cents pieds de bois au moins, Jos, c'est mon dire.

Montferrand réfléchit un moment.

— On va en réchapper combien ? demanda-t-il.

— Si la rivière fait pas trop de caprices, elle va nous rendre cinq cents pieds, p't'être ben. Mais y vaut mieux de pas se faire des accroires…

Il fit une mimique qui en disait long.

— Laisse faire les finesses, Moïse, le coupa Mont-ferrand, dis ce que t'as à dire.

— Même si la rivière est d'adon, ce qui se pourrait ben, les Shiners, eux autres, y guettent. Tu l'sais ben, Jos. Y sont toute une gang à se tenir au ras des rapides avec leurs *pikes*. Comme d'habitude, y vont dire que le bois qui flotte appartient à celui qui arrive à le sortir.

Montferrand se contenta d'un hochement de tête. Mais en voyant ses traits se crisper et son front se plisser, Bastien sut que la colère grondait en son for intérieur.

— Combien t'as dit que ça faisait ? murmura Joseph en fronçant les sourcils.

— Cinq cents pieds, p't'être ben.

— Ça veut dire les gages d'un mois pour cinq *raftmen* de chez nous… c'est ben ça, Moïse ?

— C'est ça que Bowman paye, Jos.

Joseph baissa les yeux. Moïse observa son profil. Quoiqu'il fût encore jeune, de petites rides marquaient le coin de ses yeux. La nature sauvage avait laissé des traces sur son visage, creusé les contours de sa mâchoire. Une allure fière, imprégnée de l'orgueil de son lignage, un relief, eût-on dit, taillé dans la pierre, avec un regard implacable. Le plus étrange cependant était que ce même regard pouvait en un instant s'adoucir, exprimer alors l'innocence et la compassion dans ses reflets bleutés.

Finalement, Joseph parut se détendre, comme si toutes les choses lui fussent apparues d'un seul coup avec une netteté parfaite. Il se leva et passa les mains dans sa ceinture fléchée, paraissant ainsi entièrement décontracté.

— Beau dommage, mes amis… Vous avez trimé dur et j'vous en remercie. C'qui est pas toujours dans mes habitudes, si vous voyez c'que j'veux dire…

Sa voix était mesurée, sereine, et il souriait à pleines dents. Il y eut des éclats de rire, chacun sentant que le

Grand Jos leur témoignait un peu de la chaleur de son amitié.

— On va laisser faire pour la chasse au bois, continua-t-il. Y aura personne icitte qui va perdre une cenne de ses gages, parole de Montferrand.

Les hommes parurent surpris, mais comme il s'agissait de Joseph Montferrand, ils finirent tous par manifester leur joie.

— Dis-nous voir, Jos, vas-tu ben finir par prendre la fille d'un bourgeois pour t'y faire chauffer les pieds ? s'amusa Victorien Durocher, le plus ancien des *raftmen* après Moïse Bastien.

Joseph le regarda d'un air faussement sévère et fit semblant de vouloir l'attraper au collet. Mais aussitôt il s'esclaffa.

— J'suis pas un de ces lièvres peureux pour sauter en pleine nuit, répliqua-t-il.

Il montra tour à tour chacun des hommes assis en cercle.

— Ça parle au diable, j'en vois justement quelques-uns qui me semblent pressés de se retrouver dans les draps d'une dame...

— Pis après, Jos ? le relança Durocher. Ça vaut ben le meilleur des lits de sapin !

Les hommes s'égayèrent ainsi jusque tard dans la nuit autour d'un feu de camp. Montferrand avait autorisé deux verres de rhum supplémentaires pour chaque *raftman*. Ils en demandèrent encore.

— Pas un verre de plus, fit-il. J'tiens pas à c'qu'on dise que les hommes de Montferrand ont fait le raffut dans l'auberge aussitôt débarqués.

— On a toujours tenu not' place chez Baptiste, rétorqua Durocher. À part quelques parties de bras de fer ou ben une p'tite sauterie... rien de mal pour sûr !

— P't'être ben qu'on débarquera pas chez Baptiste c'te fois, répondit Montferrand sur un ton énigmatique.

Les hommes échangèrent des coups d'œil interrogateurs, mais personne ne voulut contredire le maître-draveur.

Moïse Bastien montra du doigt un des hommes.

— Envoye donc, fesses plates, lança-t-il, pousse-nous-en une !

Et celui-ci d'entamer un air familier où il était question de bon feu, bonne mine, de mauvais temps, de printemps, de lard et de pois, de chants du coucou, de pieds de bois et de chigné, de maringouins qui piquent la tête, de plumes et de bouleaux blancs, de cent paires de racines, de sauvages et de grandes eaux, de rivages et de portages, avec comme refrain :

*Adieu, les Pays hauts*
*Adieu, les grandes misères...*

Les hommes reprirent le couplet en chœur, en faussant, les uns en fredonnant l'air, les autres en marmottant les paroles.

Moïse Bastien avait sorti sa blague à tabac. Il la tendit à Joseph.

— Une pipée ?

— Ce sera pas de refus, murmura Joseph. Mais juste une pincée.

Les deux hommes fumèrent en silence au pied des grands arbres. Ils écoutaient le crépitement des flammes. Les hululements d'un hibou avaient remplacé le concert discordant des *raftmen*. D'ailleurs, chacun s'était allongé sur un lit de branches de sapin, enroulé dans une bonne couverture et recouvert de son capot. Ils ne tardèrent pas à ronfler.

— Dis-moé, Jos, reprit Bastien à voix basse, tout en bourrant une nouvelle fois sa pipe, pourquoi faire qu'on descendrait pas chez Baptiste ?

Montferrand eut un haussement d'épaules.

— T'es pas un ignorant, Moïse, répondit-il sur le même ton. Ça fait combien de temps qu'on court le haut pays, toé pis moé... pis tant d'hommes de chez nous ?

— Trois ans, p't'être quatre...

— Cinq ans, Moïse, précisa Joseph, ben comptés. On a connu d'assez rudes gaillards se casser les reins ; quelques-uns sont même restés au fond d'la rivière... Même pas une croix de bois pour qu'on se rappelle qu'y ont trimé pour un boss anglais.

— Ça fait ben des jongleries, Jos...

— P't'être ben... p't'être qu'on est rendus comme des sauvages : plus de cabanes, plus de chez nous...

— C'est toé qui dis ça ? Toé, qui as vécu avec les sauvages ?

— J'en ai pas regret, s'empressa de dire Montferrand. C'est p't'être juste parce que mon sac à chagrin commence à être lourd...

Moïse Bastien pensa que c'était la première fois depuis que les deux hommes se connaissaient que Joseph Montferrand s'exprimait avec un abandon total. D'un geste machinal, il tendit sa gourde à Joseph. Celui-ci la prit et, sans la moindre hésitation, la porta à ses lèvres. Le brûlant alcool le força à grimacer. Mais il sentit presque aussitôt une douce chaleur l'envelopper. Il prit une deuxième gorgée.

— C'est la première fois, grogna-t-il d'une voix à demi étranglée.

— C'est pas un péché, fit Bastien, amusé.

Soudain, de la manière la plus inattendue, Montferrand laissa échapper un juron tout ce qu'il y avait d'incongru. Le visage de Bastien changea d'expression. Aussitôt, Montferrand se mit à tripoter le chapelet qu'il portait autour du cou.

— J'ai connu un sorcier qui m'a dit qu'un sauvage de sa tribu était devenu un grand chef parce qu'il s'était battu pour la valeur d'une peau de castor.

— C'est quoi le rapport avec l'auberge à Baptiste ? demanda Bastien.

Montferrand poussa un long soupir.

— Le sorcier avait raison, poursuivit Joseph, sans répondre directement à la question de Bastien. Sais-tu pourquoi, Moïse ? Parce qu'y vaut mieux tuer l'diable quand tu l'vois que d'attendre que l'diable te tue…

Bastien parut stupéfait.

— Samedi, on va débarquer au *Turnpike End*, conclut Montferrand tout en s'envoyant une dernière rasade de rhum.

— C'est dans quatre jours, Jos, remarqua Bastien du bout des lèvres.

— Ça va nous laisser ben juste le temps de mettre nos beaux habits, fit Montferrand. J'voudrais pas décevoir le grand patron irlandais !

Aux dires des Irlandais qui faisaient la loi dans les terres de l'Outaouais, il n'y avait plus rien pour effrayer un Irlandais. Ni Dieu ni diable, encore moins des bûcheux et des *raftmen*.

Ils avaient, comme ils le rappelaient crânement, payé le prix de la vie en faisant fi de la mort. Là-bas, en Irlande, les récoltes de pommes de terre avaient été réduites à presque rien, condamnant la population à la famine, à la misère, aux épidémies. Et cela avait duré plus de dix ans.

Aussi, à compter de 1815, des milliers d'Irlandais avaient pris d'assaut des bateaux vides qui retournaient au port de Québec après avoir déchargé les immenses cargaisons de bois dans les ports d'Angleterre. Ils s'y étaient entassés comme du bétail, vivant dans des conditions insalubres, mal nourris, durant des traversées qui pouvaient durer jusqu'à deux mois. L'Atlantique s'avéra le tombeau de milliers d'Irlandais, qui succombèrent au typhus et au choléra, dans les cales suffocantes de ces navires qu'ils surnommèrent plus tard « bateaux cercueils ». Ceux qui arrivèrent en vie, bien portants, se répandirent aux quatre vents. Beaucoup à Québec et à Montréal, mais plus encore dans la vallée de l'Outaouais, dans les cantons de Wrightstown et de Bytown, respectivement établis sur les rives nord et sud de la rivière. L'un de ces arrivants était un certain Peter Aylen. Il se disait Irlandais de souche et se présentait partout comme l'un des survivants d'une héroïque traversée de l'océan, « la plus longue et la plus tragique de mémoire d'homme », disait-il.

Cela s'était passé vers 1815. Il n'était alors âgé que de seize ans, selon le récit qu'il faisait de sa vie. Mais ici et là, on entendait des versions différentes. L'une d'elles voulait qu'il ne fût pas né en Irlande, mais plutôt à Liverpool, en Angleterre, et que son véritable nom fût Vallely. Ce même Peter Vallely avait été recherché par les autorités anglaises comme déserteur d'un navire de la flotte de Sa Majesté britannique. Il avait réussi à fuir son pays en se mêlant à des immigrants irlandais, profitant de la pénible traversée pour usurper l'identité d'une des victimes de l'épidémie de typhus qui s'était déclarée au cours de la traversée.

Mais rares furent ceux qui propagèrent davantage ce récit peu flatteur. En moins d'un an, ceux-là se retrouvèrent sans emploi, incapables par la suite de trouver du travail dans les chantiers des gros marchands de bois, qui avaient confié la protection de leurs intérêts à ce Peter Aylen.

Au bout de cinq ans, Aylen était avantageusement connu à titre de marchand de bois. Les précieux services qu'il rendait, avec le concours d'une bande de fiers-à-bras irlandais, lui avait rapporté l'octroi annuel de deux mille billes de pin rouge. Il entreprit par la suite de louer à bail des dizaines de lots de forêts, des maisons, des granges, des étables, même une forge. Peu après, il en était devenu le propriétaire. Puis il s'accapara des droits de coupe, outrepassa, avec la complaisance des barons du sciage, ses limites à bois, contrôla l'embauche des employés de la plupart des scieries jusqu'à la chute des Chats sur la rivière des Outaouais. Finalement, il devint propriétaire d'un magasin général à Bytown. Une coïncidence fit que, peu de temps après, le colonel By, par ordre de la Couronne, ordonna que les lots de la Basse-Ville ne fussent plus vendus à des Canadiens français. Ceux-là n'avaient d'autre choix que de les louer. Or, la loi stipulait que seuls les propriétaires d'un terrain sans hypothèque étaient autorisés à se présenter aux élections, à y voter ou à se présenter devant le Conseil municipal élu. Ce qui permit à Peter Aylen d'étendre son empire du mal.

En quelques mois, on ne parlait plus que de « Bytown la terrible ». Quoique, sur l'autre rive, Wrightstown se développât grâce à des centaines d'acres de champs de culture, des scieries, des arrivages de centaines de cages de bois, des plants de chanvre qui fournissaient la majorité de ce produit au Bas-Canada, c'est de la réputation de Bytown qu'il était surtout question à la grandeur de la colonie. On parlait de ses cambuses de bois et de ses tavernes malodorantes en rondins. Des rues Clarence, Murray et St. Patrick, où prostitution, bagarres, terreur étaient le fait des bandes de Shiners à la solde de Peter Aylen et de son bras droit, Andrew Leamy, un immigrant irlandais tombé dans les bonnes grâces du richissime Philemon Wright.

Et on parlait beaucoup de ce pont – Union Bridge – semblable à un dos d'âne qui s'étendait au-dessus de la rivière de toutes les convoitises, dont les eaux blanches s'engouffraient avec fracas sous le grand arc de bois. Aucun Canadien français n'avait réussi à le traverser, de Wrightstown à Bytown, sans payer le lourd tribut qu'imposaient les Shiners de Peter Aylen, en surtaxe du péage habituel. Lorsque les *raftmen* voulaient faire le détour par Sappers Bridge, les hommes du colonel By ne se montraient guère plus commodes. Ce qui poussa les plus hardis à guetter les abords de la rivière, et, à leurs risques et périls, à la traverser à la nage là où les eaux retrouvaient un flot plus calme.

# · VIII ·

De lourdes poutres soutenaient un plafond bas et assombrissaient davantage la grande pièce. Il y régnait l'odeur de la sueur mâle à laquelle se mêlaient les relents d'alcool et de tabac.

Une jeune femme aux formes généreuses se faufilait lestement entre les tables pour y déposer des pichets pleins et ramasser ceux que les hommes venaient de vider. Elle avait une chevelure abondante, d'une blondeur de blé mûr, ramassée en chignon, des yeux de biche et des lèvres charnues. Son aisance apparente attirait tous les regards et autant de compliments que d'allusions grivoises. À peine était-elle arrivée à sa hauteur, un grand rouquin saisit à pleines mains la serveuse par la taille et l'attira sur ses genoux. Elle se débattit du mieux qu'elle put, mais le rouquin avait la poigne trop solide. Encouragé par ses acolytes, il se mit à retrousser l'ample jupe de la jeune femme et commença à la peloter sans ménagement. Puis il s'attaqua au corsage. En un rien de temps, la serveuse se retrouva les cuisses et les épaules dénudées, les seins à peine voilés, elle-même renversée sur la table. L'homme s'apprêtait à ouvrir sa braguette.

Il y eut un claquement de fouet. La lanière de cuir s'enroula autour des chevilles de l'homme, l'immobilisant.

Il proféra des jurons sonores, referma sa braguette et se retourna. Son expression furibonde changea lorsqu'il reconnut celui qui le dévisageait froidement. Il portait un chapeau lustré, vert, marqué d'un trèfle à quatre feuilles, une veste de tweed bien coupée et des bottes de cuir, fraîchement cirées, qui montaient jusqu'aux genoux.

— *Having fun?*

— *Aye, Master Peter,* bredouilla le rouquin en prenant du même coup un air doucereux. *Just getting the missy excited a wee bit...*

— *The missy not done yet with her work*, répondit Peter Aylen sur le ton du maître qui n'admettait aucune réplique. *Now don't get too familiar with me either, man... You're handling private property...*

Tout en parlant, Aylen regardait autour de lui, à la manière d'un souverain toisant son minuscule royaume. Il ramena la lanière de son fouet et l'enroula d'un geste lent avant de le fixer à sa large ceinture de cuir, à laquelle pendait aussi un imposant couteau. S'approchant de la jeune femme, il lui sourit et lui effleura les lèvres de son index droit.

— *Aye, mam'zelle,* murmura-t-il, tout en lui adressant un clin d'œil, *don't you worry one bit: you will not get laid until I say so... if you know what I mean!*

Puis, en fixant le rouquin, il lança bien haut :

— *You bums better keep your pricks clad in your pants with littl' Mary here. Ya got a whole lot of wet pussies waiting on the other side of the bridge... that is if the Frogs don't beat you at the clock!*

Les hommes se contentèrent de maugréer tout en se remettant à boire. Aylen fit alors signe au rouquin de s'asseoir. Puis il se pencha vers la jeune femme. Elle avait l'air apeuré et le visage luisant de sueur. L'odeur peu ragoûtante d'Aylen la fit reculer instinctivement. Il fit mine de ne pas s'en rendre compte et passa une main hardie sur la croupe rebondie. Elle se raidit sans toutefois protester.

— *Aye, mam'zelle*, gloussa Aylen, qui sentait l'excitation le gagner. *Aye…*

L'instant d'après, il se ressaisissait.

— *My treat!* annonça-t-il, ce qui déclencha un concert approbateur.

Aylen savait y faire. Afin de garder la haute main sur la bande, qui augmentait de mois en mois, il devait sans cesse affirmer son autorité. Et entre brutes, il n'avait jamais hésité à faire usage de brutalité, au mieux d'admonestation sévère. Il agissait ainsi en mesurant bien la force de ceux qu'il éprouvait. Ainsi, dans le cas des frères Mac Donald, il devait éviter l'humiliation publique. Les sept frères étaient craints, surtout lorsqu'ils faisaient front commun, et Peter Aylen avait besoin d'eux pour renforcer son pouvoir.

— *Jack*, fit-il, en s'adressant au rouquin, *I know that missy here will be a good fuck… one day… but you see, man, she works for me in this here pub, and I don't want my men to fuck my payroll… Understand that, man?*

Le rouquin fit la grimace, dévoilant une dentition jaunie par le tabac, mais en évitant de regarder Aylen.

— *Aye, Master Peter, but she just a common bitch… not even an Irish mayden*, fit-il avec dédain.

— *But still on my payroll… for now*, précisa Aylen.

Les clients affluaient, tous des Shiners. Ils entraient deux par deux la plupart du temps. L'odeur était devenue plus forte, la fumée plus épaisse. Visiblement débordée, la jeune femme redoublait d'ardeur. Un nouvel arrivant la serra de trop près; elle dit quelque chose qui parut déplaire à l'individu. Celui-ci lui répondit grossièrement. La jeune femme le repoussa, ce qui lui valut une gifle retentissante. Elle tituba, hurlant, un filet de sang au coin de la bouche.

D'un simple mouvement de la tête, Aylen ordonna à Jack Mac Donald d'intervenir. Le rouquin se leva, franchit presque d'un bond les quatre pas qui le séparait de l'homme. Il agrippa celui-ci par le collet, le secoua brutalement à quelques reprises et lui expédia son poing droit en plein visage. On entendit un craquement et on vit aussitôt jaillir le sang. L'homme s'écroula lourdement. Sur un signe de Mac Donald, deux Shiners prirent le corps inanimé par les épaules et le traînèrent sans ménagement hors du lieu.

— *An eye for an eye, that's how it must be, my man*, fit Aylen en guise de compliment, lorsque Jack Mac Donald vint reprendre sa place.

Ce dernier avait à peine eu le temps de vider son verre d'alcool lorsqu'un homme entra en trombe, bousculant au passage des clients qui trinquaient ferme. On poussa des jurons sonores, il y eut des gestes furieux, on s'apprêta même à corriger le malappris, mais celui-ci cria :

— *The raftmen are coming!*

Il n'eut pas à répéter. Le mot provoquait déjà un remous dans la taverne. Tous les yeux se tournèrent aussitôt vers Peter Aylen. Il n'avait pas bougé, feignait l'indifférence. Il se contenta d'un regard oblique en direction du nouvel arrivant.

— *How many of them Frogs?* demanda-t-il sur un ton marqué d'une pointe d'exaspération.

L'homme sembla compter dans sa tête.

— *Half a dozen… I think*, bredouilla-t-il après un moment d'hésitation.

— *Ya don't get paid to think, you nitwit…* gronda Aylen. *How many, I say?*

— *Seven… aye… pretty sure… seven it is*, s'empressa de répondre l'homme.

— *Seven… eh… well… sounds like we should bid them welcome*, ironisa Aylen, *maybe pay them a few drinks.*

*Ask them if they mind if we scratch their backs, help them get rid of their fleas, even offer them to get a bath…*

Il éclata d'un grand rire, aussitôt imité par la horde de Shiners qui encombraient la salle.

L'homme s'était approché d'Aylen. Il ne riait pas. Il lui murmura quelque chose à l'oreille. Le rire de Peter Aylen s'arrêta brusquement et il se rembrunit. Se tournant vers Jack Mac Donald, il lui dit à mi-voix :

— *Go get your brothers…*

— *The six of them?*

Aylen se contenta de le fixer. L'autre vit dans ce regard les reflets d'une fureur homicide.

— *Right away, Master Peter!*

Une douzaine d'Irlandais, tous coiffés d'un feutre mou, d'un vert sombre, faisaient le piquet le long de la façade de la taverne *Turnpike End*. Celui qui semblait leur chef n'arrêtait pas de tirer sa montre, d'y jeter des coups d'œil aussi rapides que nerveux, et de la fourrer dans sa veste.

— *Ya see anything?* demandait-il sans cesse.

Les autres se contentaient de secouer la tête tout en continuant de fumer.

— *Charley had it all wrong,* grogna l'un d'eux. *Had too many drinks.*

— *Aye, Donegal,* acquiesça un troisième, *Charley always gets the jitters when he sees them raftmen.*

Tout à coup, le dénommé Donegal empoigna l'épaule de son voisin et désigna le chemin. L'homme ouvrit la bouche, mais aucun son n'en sortit. Il se contenta de rouler des yeux en direction de ses compagnons.

— *Ya see what I see, men?* souffla Donegal.

Tous les regards étaient maintenant rivés sur celui qui marchait en tête du petit groupe d'hommes se dirigeant droit sur l'auberge. Il dépassait les autres d'une tête, se tenait très droit, avait les épaules larges, la taille étroite et les jambes démesurément longues.

— *That him?* demanda le voisin de Donegal.

— *Never saw the bastard before*, murmura Donegal. *Sure looks like a beast to me. That him, Brennan?*

Le chef du groupe passa sa main dans sa tignasse rousse. Ses yeux glauques avaient perdu le peu d'éclat qu'ils avaient.

— *That's Mufferaw all right!*

Ce nom prononcé, il s'engouffra aussitôt dans la taverne.

D'un geste, Moïse Bastien fit signe à Joseph Montferrand de regarder derrière lui. Il vit un petit groupe d'hommes qui s'amenaient à vive allure. Ils étaient tous porteurs de gourdins.

— C'est un piège, Jos, s'alarma Bastien.

Les autres furent pris d'inquiétude. Il y eut quelques jurons étouffés.

— L'avais ben dit qu'on était mieux de descendre chez Baptiste, fit l'un des six.

— Calme-toé les sangs, lui lança un compagnon.

— Toé, fais pas ton boss, le reprit l'autre, ben assez d'savoir qu'on va s'faire sasser ! On fait quoi astheure, Jos ?

Montferrand fit mine d'ignorer les remarques de tout un chacun. Il avisa froidement la distance qui les séparait du *Turnpike End*, puis le temps que mettraient les poursuivants à atteindre eux-mêmes la taverne.

— Un piège ? fit-il alors. Un piège pour qui, Moïse ?

Voyant l'air de bravade de Joseph, Bastien avait blêmi. Il jura à son tour. Puis :

— Jos, laissa-t-il tomber, c'est un piège, cré-moé... J'les reconnais : c'est les frères Mac Donald !

Montferrand eut un sourire énigmatique.

— Les Mac Donald ? répéta-t-il. Faut croire qu'y a un boss qui fatigue un brin de nous savoir dans les parages.

— Jos, insista Bastien, tu tentes le yable, je t'le dis ! Vaudrait mieux virer d'bord pendant qu'y est encore temps. On verra tout ça une fois chez Baptiste.

Montferrand empoigna l'épaule de Bastien. Celui-ci sentit l'étau des grandes mains durcies par des années de travail à la hache, au crochet, à culbuter des troncs géants, à sortir des billes de l'impasse.

— Moïse, dit-il d'une voix étrangement apaisante, si t'as peur aujourd'hui, qu'est-ce que ça va être demain ? T'as rien qu'à penser à tous ceux-là qui sont passés par les embâcles... le ventre collé sous les pitounes... vois-tu c'que je veux te dire ? Pis vous autres, comprenez-vous qu'y a personne qui va nous mettre à genoux à part l'bon Dieu pis la Sainte Vierge ?

Il vit que les hommes suaient à grosses gouttes. Et il comprit, à leurs lèvres sèches et leur regard angoissé, qu'ils avaient véritablement peur. Il savait qu'ils n'avanceraient pas gaillardement. Peut-être même abandonneraient-ils dès la première bousculade. Mais l'important était qu'ils franchissent cette distance qui les séparait de la taverne, ces quelques pas, puis qu'ils entrent dans le lieu, qu'ils soutiennent et rendent chaque regard dédaigneux, haineux ; qu'ils ne donnent jamais l'impression de céder d'un pas.

Pendant un moment, Joseph eut l'impression que personne ne comprenait un mot de ce qu'il disait, que sa voix se perdait, qu'il parlait en vain.

— Y a ben longtemps de ça, ajouta-t-il, mon défunt père racontait cette histoire au sujet d'une auberge de Québec où un chien était couché en travers de la porte à ronger un os. Au-dessus d'la porte, y était écrit : « J'suis un chien qui ronge l'os. En le rongeant j'prends mon repos. Un temps viendra qui n'est pas venu que j'mordrai qui m'aura mordu. » L'histoire qui va avec est pas ben importante astheure. Mais moé, j'vous dit que ce temps-là est maintenant venu !

Sans plus parler, il se remit résolument en marche. Un frisson courut sur le corps des hommes. Le moment d'hésitation passé, tous emboîtèrent le pas à Montferrand. L'un d'eux, en dérision, se mit à imiter les grognements d'un chien à qui l'on venait d'arracher l'os qu'il rongeait. Les autres répondirent par de semblables imitations. Il y eut un grand rire.

— Jos, lança l'un des hommes, tu sais que les Shiners jouent du couteau… C'est-y pas vrai ?

— Toé, tu joues ben d'la hache, répondit Montferrand, assez ben pour qu'y pissent dans leurs culottes !

Sur ces derniers mots, ils arrivèrent devant la taverne. Un colosse au cou de taureau se tenait devant l'entrée. En voyant Montferrand, il se redressa le plus qu'il le put, comme s'il ne voulait rien céder en taille à son vis-à-vis. Il jouait négligemment avec un gourdin grossièrement taillé dans du pin rouge.

— *You have no business here*, dit-il d'une voix rauque. *This here place is for men who have earned their right to eat and drink for their money's worth.*

Il dévisagea Montferrand, puis couvrit les compagnons de celui-ci d'un regard clairement hostile.

— *Seems not to be your case*, ajouta-t-il sur le même ton, en levant quelque peu le gourdin.

Montferrand s'avança d'un pas jusqu'à toucher l'homme, à sentir son haleine fétide. Il le dévisagea à son tour.

— Tu parles pour rien dire, fit-il sans le quitter des yeux.

L'homme parut décontenancé. Montferrand fit un pas de plus. L'autre recula malgré lui, cédant le passage.

L'endroit était maintenant bondé. Les plus anciens parmi les Shiners s'agglutinaient au bar, épaule contre épaule, jouant du coude afin de ne pas céder le moindre espace. Quelques-uns roulaient les dés, d'autres jouaient aux cartes, avec comme enjeu un verre de whisky. Mais cela n'était que mise en scène, car tous les regards demeuraient rivés sur Montferrand et ses hommes.

On avait placé une table au milieu de la pièce toujours aussi malodorante et enfumée. Les plus costauds, en apparence du moins, s'y affrontaient en une série de joutes de bras de fer pour les paris habituels : les gages d'une journée de labeur au creusage du canal.

Montferrand se tenait seul, quelques pas devant ses hommes. Il jeta un coup d'œil relativement désintéressé aux deux Irlandais qui tiraient ferme, grimaçant, les veines du cou et du front gonflées à se rompre. Aussitôt que l'un des belligérants paraissait prendre le dessus, les spectateurs poussaient des cris sauvages.

— *Break his arm! Break it!* pouvait-on entendre.

Mais, comme par enchantement, le charivari cessa lorsque Peter Aylen s'approcha de la table. Il gratifia le vainqueur d'une bourrade et lança quelques pièces de monnaie devant lui. Tendant un index réprobateur directement sous le nez de l'autre homme, il lança d'une grosse voix :

— *You had your day, lass. I don't think you're a man enough yet to hang around here. A little shame, I say, to get broken that way in front of them raftmen out of nowhere.*

Sur ces mots, il lui montra la sortie, puis se fraya un chemin afin de se retrouver délibérément devant Montferrand. Il émit un petit sifflement admiratif, fit mine de le saluer en soulevant le rebord de son chapeau en même temps qu'il s'inclina du buste, geste qui frôlait la dérision et qui provoqua des rires.

— *Mufferaw, I presume*, déclama-t-il avec une éloquence pompeuse et voulue.

— Joseph Montferrand, le corrigea celui-ci à voix basse.

— *Can't hear you, man*, le reprit Aylen. *Why don't you speak up?*

Il mit une main à l'oreille comme pour simuler un cornet de surdité. Le geste provoqua l'hilarité dans la place.

Montferrand, imperturbable, se retourna et regarda Moïse Bastien. Il vit ce dernier crispé, les yeux bougeant rapidement de gauche à droite, comme s'il craignait quelque attaque sournoise.

Là-bas, à l'entrée, les frères Mac Donald venaient d'arriver. Tous des colosses de près de six pieds de hauteur, la tignasse flamboyante, solidement campés sur leurs jambes écartées, le gourdin posé sur l'épaule, visiblement placés en ordre de combat.

Joseph n'avait perdu aucun détail, mais sans que cela ne changeât quoi que ce soit à sa physionomie. Cette attitude n'avait d'ailleurs pas échappé à Peter Aylen.

— *Missy Mary, a drink for the lord of all raftmen*, aboya-t-il, s'adressant à la blonde serveuse.

Sur ces mots, il cracha un long jet brunâtre en direction des hommes de Montferrand, mais sans atteindre personne. Il haussa les épaules et feignit la déception.

— On est mieux de sortir d'icitte, Jos, gronda Bastien en serrant les poings, rapport qu'on n'est pas à not' place dans c'te bordel.

Aylen fronça les sourcils. Il lança un regard menaçant en direction de Moïse Bastien, constatant du même coup les faces inquiètes des compagnons de celui-ci.

— *Ya better watch your mouth, Frog*, fit-il sourdement.

Puis il se tourna vers Montferrand.

— *No native vein of wit*, continua-t-il sur le même ton. *Without any genius, too... wouldn't you agree, Mufferaw? Your man owes me an apology, right?*

Joseph ne broncha pas. Il se doutait bien que la tension monterait inexorablement et que Peter Aylen, en dépit de ses manières de gros chat jouant avec la souris, n'attendait que le moment propice pour ouvrir les hostilités. Ce serait alors sept contre cinquante, plus peut-être. Sans compter les gourdins et les couteaux que portaient tous ces Shiners. À les regarder, ils ressemblaient déjà à une horde de chiens sauvages prêts à la curée. Malgré les yeux plissés d'Aylen, Montferrand distinguait la lueur de haine que renvoyait leur limpidité de glace. Le visage glabre de l'homme portait les traces de nombreuses batailles. Il était parsemé de cicatrices, certaines profondes, probablement entaillées par quelque lame.

Lorsque la serveuse s'approcha, il n'y eut que Peter Aylen pour lancer une plaisanterie d'un goût douteux, ce qui provoqua quelques blagues de semblable nature. L'effet était voulu sans doute. La jeune fille, après avoir déposé les verres, demeura sans bouger devant les deux hommes, regardant fixement devant elle, les mâchoires crispées.

— Ça fait longtemps que vous êtes ici, mademoiselle... euh... mademoiselle? lui demanda Montferrand avec douceur.

Elle parut surprise. Sa respiration s'accéléra, soulevant sa poitrine généreuse. Elle leva la tête. Lorsqu'elle vit de près le géant qui lui avait adressé la parole en un tel moment, ses joues prirent la couleur du carmin. Le mouvement de tête fit se répandre ses cheveux ondulés sur ses épaules.

— Marie-Blanche, monsieur! Marie-Blanche Galipaut, répondit-elle d'une voix frêle.

En prononçant ces paroles, elle plongea ses yeux couleur de ciel d'été dans ceux de Montferrand. En cet instant même, il sentit naître l'effet fulgurant du désir dans ce qu'il imaginait être la perfection féminine.

— Moi, c'est Montferrand… Joseph Montferrand, fit-il.

— Je sais qui vous êtes, ajouta-t-elle timidement. Tout l'monde le sait. Vous êtes ben connu par icitte.

On entendit un grondement furieux près de l'entrée.

— *Ya bitch!*

C'était Jack Mac Donald qui se ruait à travers la pièce, bousculant tout sur son passage. Parvenu à la hauteur d'Aylen et de Montferrand, il brandit son bras noueux muni d'un gourdin en direction de la jeune femme. Immédiatement, Joseph le repoussa fermement et fit rempart de son corps.

— *What is it, Master Peter?* rugit le rouquin. *Ya gonna let that bitch make fun of us?*

— *Ya just stay put, Jack Mac Donald, until I say otherwise*, l'apostropha Aylen.

Se tournant brusquement vers Marie-Blanche, il la foudroya du regard, la désignant de son index menaçant.

— *Don't you ever forget that you're mine. Your ass is mine. You do what I tell ya to do… when I tell ya! That understood, lass?*

Un frémissement parcourut la jeune femme. Une courte angoisse l'empêcha de répondre, mais pour autant elle ne baissa pas les yeux. Certes, elle sentait toute cette bestialité mâle qui soufflait partout dans la taverne; pourtant, elle éprouvait un sentiment nouveau: quelqu'un la protégeait, défendait son honneur, lui redonnait sa dignité. Le regard attendri que Joseph Montferrand avait posé sur elle ne mentait pas. Dès lors, elle ne voyait plus l'endroit où elle était contrainte de travailler de la même façon. Juste avant l'arrivée du Grand Jos, tout n'y était que saleté, crasse, puanteur. Maintenant, c'était comme si, par un miracle, le lieu avait été nettoyé à grande eau, ou allait l'être.

— *Ya gonna answer?* répéta Peter Aylen d'une voix courroucée.

— C'est à moé que tu dois parler, intervint Montferrand, toujours calme. Elle, tu y dois respect.

Aylen retint sa colère, se contentant d'un petit rire méprisant.

— *All right, Mufferaw*, fit-il. *What's that business you have here?*

Il prit un des deux verres d'alcool apportés par Marie-Blanche, le vida d'un trait et tendit l'autre à Joseph. Ce dernier refusa d'un geste. Aylen haussa les épaules avec dédain.

— *I figured*, ironisa-t-il. *Takes a man to handle a man's drink!*

À ces mots, il enfila le second verre de la même manière que le premier, geste salué par une série de cris d'approbation.

— *I say again, what's your business here?* répéta-t-il avec une lenteur délibérée.

— Cent piastres, laissa tomber Montferrand d'une voix que tous purent entendre clairement.

Aylen, dans le saisissement causé par ces deux mots prononcés par Joseph Montferrand, resta sans bouger pendant un moment. Il parut interroger l'assistance du regard, mais en réalité ses yeux demeuraient dans le vague.

— *Did I hear ya talk money?* finit-il par dire, avant d'éclater: *Ya mean to say that I, Peter Aylen, will pay ya Frogs any money ? Is that what ya came here for, Mufferaw ?*

Et pendant que Aylen, rouge de colère, l'air abasourdi, se tenait devant lui, les bras ballants, Montferrand croisa les bras sur sa poitrine. Après avoir jeté un coup d'œil oblique à Mac Donald, il répéta sur le même ton :

— *One hundred dollars is my price.*

Les mots prononcés cette fois en anglais, en dépit d'un fort accent, provoquèrent un malaise à la grandeur de la pièce. On murmurait partout.

— *So you do speak white after all,* fit Aylen, cynique.

— *Do you speak French ?* répliqua Montferrand.

Aylen grimaça.

— *I'm no woodchopper, nor am I a beggar. That answers, Frog ?*

Le visage de Montferrand avait légèrement rougi, mais il se contint une fois encore, préférant simplement répéter :

— *One hundred dollars !*

— *And what for ?*

— Cinq cents pieds de billes, ça fait cinq *cribs* : les gages de cinq *raftmen* pour un mois. Pas une cenne de plus, pas une cenne de moins, annonça Montferrand. Tu parles p't'être pas français, mais t'es assez connaissant pour savoir de quoi j'parle.

Le regard de Peter Aylen se durcit. Le chat ne s'amusait plus avec la souris. Le temps n'était plus à la gaillardise, ni à la simple correction. C'était une déclaration de guerre. Des bûcheux du fond des bois et des *raftmen* considérés, au plus, comme des pouilleux de passage, osaient venir provoquer la race des Shiners sur leur propre territoire ; c'était l'ultime offense. Car ce territoire était leur, résultat d'une conquête par la sueur et le sang. Et cela ne pouvait se trancher autrement que par le sang versé.

— *We swipe them cribs as they flow down the river, Mufferaw.*

— C'est not' bois, insista Joseph.

— *Never saw your name on any of them cribs*, objecta Aylen sur un ton buté.

— Y a la marque de Bowman et la mienne.

— *No law says we can't swipe the river*, persista Aylen.

— La loi dit que personne vole le bois de mes *raftmen*, rétorqua Joseph sur le même ton.

— *The law?* s'exclama alors Aylen. *What law? We're the law here!*

Une clameur salua la dernière phrase de l'Irlandais.

— Pas vrai, répondit fermement Montferrand. C'est la drave qui fait not' loi, à nous autres.

— *Say that again, Frog?*

Montferrand décroisa les bras et fit un pas en avant. Il tira de sa poche la ceinture fléchée et la noua autour de la taille. Il leva le pied droit et abattit le talon avec fracas sur le plancher de bois, aussitôt imité par ses compagnons. Les bottines cloutées frappant à l'unisson ébranlèrent la pièce.

— Qui me cherche me trouve, clama Joseph. Pour l'honneur absolument… force à Montferrand !

*Trois mille hommes de Juda descendirent à la grotte d'Etam. Ils dirent à Samson : « Ne sais-tu pas que les Philistins sont nos maîtres ? » Samson répondit : « Comme ils m'ont traité, c'est ainsi que je les traite. » Ils dirent alors : « Nous sommes descendus pour te lier, afin de te livrer aux mains des Philistins… »*

À l'instant de la flambée de violence, alors que vingt bras voulaient s'en prendre à lui, Joseph Montferrand eut la vision fulgurante de ce récit biblique qu'il avait lu et relu cent fois, qu'il récitait par cœur, qui s'était déroulé devant lui en songe durant tant de nuits. L'histoire de Samson qui se dressait devant l'oppresseur, fort comme un géant et faible comme l'enfant tout à la fois. Consacré à Dieu et détourné du même Dieu. Héritier de la force divine et privé de ce don. Juge et coupable, décidé par Yahvé. Héros dans la mort sans jamais avoir délivré peuple et pays.

Joseph avait alors agi sans autre pensée, abandonné au destin et prêt à la mort.

Il avait pris Aylen à bras-le-corps, emprisonnant dans l'étreinte les deux bras de l'Irlandais, pour le projeter sur une table. Détendant son bras droit, il frappa Jack Mac Donald en plein visage. L'homme tomba mollement et demeura étendu au sol comme un sac de chiffons.

*Comme il arrivait à Lehi et que les Philistins accouraient à sa rencontre avec des cris de triomphe, l'esprit de Yahvé fondit sur Samson, les cordes qu'il avait sur les bras furent comme des fils de lin brûlés au feu et les liens se dénouèrent de ses mains.*

*Trouvant une mâchoire d'âne encore fraîche, il étendit la main, la ramassa et avec elle il abattit mille hommes.*

Montferrand tira profit de la stupeur générale. Il n'eut pas conscience de pousser un cri de ralliement pour encourager ses hommes à se mobiliser.

De là, il n'y eut rien d'autre pour l'intimider. Ni le nombre ni les hurlements de rage. Il repoussa un premier assaut. En deux tours de bras, il étendit raide quatre Irlandais. La bravoure du lot cédait déjà à l'instinct de survie devant l'attitude fulgurante de Montferrand. Sauf chez l'aîné des Mac Donald, Sean. Celui-ci se précipita au choc de deux champions. Aveuglé par un désir de vengeance, il tira le pistolet qu'il dissimulait sous sa tunique, signant un acte de lâcheté.

— *Ya bastard!* furent les deux seuls mots qu'on l'entendit aboyer.

Il n'eut pas le temps de presser la détente. Une masse énorme l'atteignit au plexus et l'arme changea de main comme par magie. Une affreuse douleur zébra le ventre du Shiner. Il sentit le canon de sa propre arme contre sa tempe alors que ses membres s'engourdissaient peu à peu.

Celui qui le traînait sans ménagement, lui encerclant le cou d'une étreinte de fer, y alla de quelques ruades encore pour se frayer un chemin. Un dernier bond et la porte fut ouverte brutalement. Mac Donald sentit aussitôt l'air chaud et la lueur aveuglante du soleil. Une insupportable angoisse le gagnait, évacuant toute haine. Car il se rendit compte brusquement que, d'une simple pression du doigt, celui qui le retenait captif pouvait le tuer instantanément. Il risquait donc de mourir comme un chien errant, sans pouvoir se réconcilier avec Dieu, sans le moindre sursaut de sa foi. Alors qu'il imaginait avec horreur le dernier acte de sa vie, il entendit Montferrand lui murmurer à l'oreille:

— Tu m'as traité de bâtard! C'est l'honneur des Montferrand que t'as insulté!

Sean Mac Donald n'entendit rien d'autre. La détonation assourdissante qui s'ensuivit le plongea dans l'anéantissement total. Il eut l'impression que le sang refluait violemment et que son âme s'en allait à la dérive pendant qu'il crevait d'un coup.

Le coup de feu avait aussitôt mis fin à la rixe à l'intérieur du *Turnpike End*. Les Shiners étaient alignés sur deux rangs et regardaient d'un air incrédule Joseph Montferrand, pistolet fumant à la main, traverser la grande pièce, fixant droit devant lui. Il s'arrêta devant Peter Aylen, encore étourdi et visiblement confus. Jack Mac Donald n'avait pas complètement repris ses sens. Souffrant comme une bête blessée, il s'était affalé sur une table voisine, son visage ensanglanté entre les mains.

Joseph déposa l'arme devant Aylen. L'Irlandais, livide, la fixa, un mélange de peur et de haine dans les yeux.

— *The devil with you, Mufferaw*, persifla-t-il. *You have killed a proud Irish!*

Quelques injures s'élevèrent alors. Joseph savait qu'il ne disposait que de peu de temps. On crierait bientôt à la vengeance. Aux coups de poing on substituerait les gourdins, les barres de fer, les couteaux même. À ce répit, cet instant de calme, succéderait une fureur sauvage.

— *One hundred dollars!* reprit Montferrand à l'endroit d'Aylen.

— *Lousy price for the death of a Shiner*, fit l'Irlandais.

Les injures redoublèrent.

— Moïse, lança Montferrand sans quitter Aylen ni l'arme des yeux, va le chercher!

Ce fut une fois encore la stupeur générale lorsque Moïse Bastien franchit le seuil de la taverne en soutenant un Sean Mac Donald titubant, les mains rivées sur ses oreilles.

— J'aurais pu le tuer, fit Montferrand, rapport que c'est ce qu'y avait dessein de m'faire. C'était mon plein droit. Pour astheure, y va être juste un peu dur de comprenure… le temps de se calmer les sangs.

Aylen sut qu'il avait perdu la face devant ses hommes, sur son propre territoire. Il se vengerait à coup sûr. Et le sang de ce *raftman* en serait le prix. Il savait que le tumultueux cours d'eau qui séparait cette terre de toutes les richesses faisait vivre ces hommes des bois. Ce serait par là qu'il les ruinerait. Déjà, sa raison mûrissait son prochain coup et tous les autres. Ce serait une guerre d'où ne sortirait qu'un seul maître, et celui-ci aurait tous les pouvoirs entre les mains.

L'Irlandais tira un gros portefeuille de cuir de sa veste et compta à voix haute jusqu'à cent. Il poussa la liasse de billets d'un geste brusque vers Montferrand.

— *One hundred dollars it is*, gronda-t-il en y allant de quelques imprécations.

Et il ajouta une autre fois :

— *The devil be with you now and forever!*

Montferrand compta l'argent. Puis il fit signe à Marie-Blanche de s'approcher et lui tendit cinq billets. Il y eut des sifflements et des cris de mépris. Elle hésita.

— C'est pas votre place icitte, lui dit Joseph.

— J'en connais pas d'autre, répondit-elle en tremblant.

— Faites-moé confiance, ajouta Montferrand en insistant pour qu'elle accepte l'argent. Moé, j'connais une place où vous serez traitée avec respect.

Les yeux de Marie-Blanche, en rencontrant ceux de Joseph, brillèrent d'une courte flamme d'espoir. C'était la première fois de sa vie que quelqu'un associait à sa personne le mot « respect ». Des larmes jaillirent. Elle avança une main tremblante et accepta l'argent.

— *Out of here, Mufferaw, and the bitch with you,* lâcha Peter Aylen. *I'll see that ya pay me back before ya burn in hell!*

Joseph sourit imperceptiblement.

— Je crains l'bon Dieu, fit-il, mais pas l'diable! La prochaine fois que j'le rencontre, si y est habillé comme toé, j'm'en va y faire son affaire!

Il leva les yeux au plafond, avisa la poutre directement au-dessus de sa tête et, d'un formidable coup de jarret, se souleva du sol et marqua de la semelle et du talon de sa botte cloutée l'imposante solive. Il retomba debout, droit comme un *i*, sans même vaciller. Il y eut un remous dans la pièce, puis une clameur d'incrédulité. La poutre portait l'empreinte très nette de dix rangées de clous.

— Mon nom est Montferrand, lança-t-il fièrement. Ça, c'est la signature d'un homme d'honneur. Tous ceux qui passeront icitte vont l'savoir, astheure !

# · IX ·

Le récit de l'affrontement entre Jos Montferrand et le chef des Shiners de l'Outaouais, Peter Aylen, alimenta toutes les conversations, depuis les buvettes de Bytown jusqu'aux chantiers du Lac-des-Sables, de Ferme-Rouge, de Ferme-Neuve, jusqu'au Rapide-des-Chiens, deux cents milles au nord.

On parla d'un charivari sans précédent, où six *raftmen* affrontèrent dix fois plus de Shiners. Pour certains, l'histoire signifiait que les hommes de Baxter Bowman, richissime baron du bois de Wrightstown, avaient donné une terrible leçon aux Irlandais du colonel By, qu'ils qualifièrent dès lors de « squatters étrangers ». D'autres prétendaient que Montferrand, depuis ce jour-là, répétait à la ronde qu'il avait chanté bien haut : « *Un Canadien n'est pas léger, sachez-en la nouvelle / Tu ne pourras pas t'en sauver, je viens quand on m'appelle / Et quand je signe, mon talon marque le plafond / Pour Montferrand comme pour Salaberry... force à superbe, mercy à faible !* »

Il n'en fallut pas davantage pour que ces paroles fussent reprises, par esprit de fraternité, par tous les *raftmen* et répandues à tout vent.

Selon un autre récit, un des frères Mac Donald, du redoutable clan familial qui semait la terreur sur les deux rives de l'Outaouais, avait provoqué Montferrand en duel au pistolet et ce dernier avait voulu abréger la distance de vingt pas à dix, ce que Jack Mac Donald, craignant alors le pire, aurait refusé net. Sur quoi Jos Montferrand avait arraché l'arme des mains de son rival pour ensuite tirer si près d'une oreille qu'il l'avait rendu sourd. Après quoi il l'avait forcé à se mettre à genoux et à s'excuser à voix haute. Mac Donald l'ayant supplié de le laisser en vie, Montferrand aurait alors tiré avec son propre pistolet près de l'autre oreille de l'Irlandais.

Les Shiners, mis au courant du mauvais rôle qu'on leur attribuait dans cette lutte sans merci, où pouvoir et prestige étaient devenus les enjeux, se mirent à répandre leurs propres histoires, toutes plus dégradantes les unes que les autres à l'égard des bûcherons et des *raftmen* de l'Outaouais. On disait des hommes de Montferrand qu'ils étaient tapageurs et scabreux, que, une fois sortis du bois au printemps, ils n'avaient aucun sens de l'humain, et que leur seule envie était de traquer les Shiners et de les attaquer avec la férocité des bulldogs afin de leur arracher les yeux, qu'ils exhibaient comme des trophées de chasse.

Dans les semaines qui suivirent le passage de Montferrand et de ses compagnons au *Turnpike End*, l'esprit irascible et entêté des Shiners se transforma en arme de combat. Il ne se passait plus une journée sans que cette animosité ne donnât lieu à des sarcasmes, des provocations, voire des passages à tabac de tous ceux qui parlaient français et qui, par inadvertance, se retrouvaient face à une bande de Shiners. « *Speak Irish* », entendait-on partout, alors qu'on répandait quolibets et blagues caustiques au sujet des moindres faits et gestes des Canadiens français.

La voix de Peter Aylen s'éleva davantage chaque jour. Il mobilisa tous les Shiners qui vivaient dans les bas-fonds de Bytown, au fond des taudis entassés le long des berges boueuses du canal qu'ils creusaient eux-mêmes, à proximité de marécages infestés d'insectes porteurs des germes d'épidémie. Aylen les haranguait dans le ghetto, leur promettant qu'un jour ils vivraient eux aussi dans des résidences cossues comme celles qu'occupaient aujourd'hui les patrons anglais et écossais. Il leur fit comprendre que nul Irlandais n'avait à endurer la pauvreté endémique qui avait été leur lot en Irlande et qu'il n'en tenait qu'à eux de sortir de Corktown, leur misérable quartier accroché à la rivière, et de s'approprier le tout Bytown.

Peter Aylen, déjà propriétaire de nombreuses concessions de terres boisées, étendit ses affaires le long des rivières Bonnechère et Madawaska, au point de devenir très rapidement une des grosses fortunes de Bytown. Outre un magasin général et un hôtel, situés tous deux dans le Upper Town, il fit l'acquisition d'un immense manoir dont la réputation ne tarda pas à se répandre jusqu'à Québec. Celui que l'on surnommait maintenant le «roi des Shiners» faisait venir des prostituées de Montréal, les offrait à ses clients les plus influents en provenance des deux côtés de la rivière des Outaouais, se plaisant à soûler ces femmes, puis à les exhiber, nues, dans les rues les plus achalandées de Bytown, en laissant courir le bruit qu'elles étaient les protégées de Jos Montferrand.

Aylen s'acharna sur tous ceux qui ambitionnaient de s'établir le long de la rivière des Outaouais avec une famille et d'y cultiver un lopin de terre. Ses hommes fondaient sur eux sans pitié comme des oiseaux de proie, allant jusqu'à incendier le moindre bâtiment construit par un colon canadien-français.

« Si on les efface de cette terre, se plaisait à répéter Peter Aylen, Mufferaw finira par se retrouver comme un chat sans griffes en enfer. » Le roi des Shiners avait des yeux et des oreilles partout. Des délateurs également. On l'avait vu en compagnie d'un prêtre de Wrightstown auquel il avait promis d'épargner l'église et de le laisser célébrer en paix tous les offices pour autant qu'il acceptât de tenir un certain discours à ses paroissiens. Le prêtre fit si bien qu'il rallia même plusieurs Canadiens français à la cause des Shiners. On les entendait répéter que ce Jos Montferrand était surtout un être orgueilleux, arrogant, qui, avec la rage d'une bête, droit sortie des enfers, frappait à tort et à travers en utilisant les coups fourrés les plus diaboliques. On disait aussi qu'il avait renié la croix du Christ depuis le jour où un chaman l'avait adopté pour en faire un sauvage au cœur plein de venin, capable de tous les subterfuges.

— Un vrai sorcier, ne cessait de répéter Séverin Berlinguet, un fort-à-bras qui faisait la tournée des chantiers. Y en a-t-y ben qui marchent la tête en bas à part un démon ? Sa trace est ben visible : les semelles et les clous étampés au plafond, j'en ai vu… d'icitte jusqu'au Bord-à-Plouffe…

— Pourquoi que tu y dis pas en pleine face ? lui avait répondu un bûcheux.

— Je l'cherche, fut la surprenante réponse que fit Berlinguet.

Peter Aylen et ses acolytes lancèrent alors une offensive majeure qui consistait à se débarrasser de tous ceux qui représentaient la moindre menace d'entrave à la prise du pouvoir total des Shiners dans l'Outaouais.

Ils multiplièrent les embuscades le long de la rivière, piégèrent des dizaines de *raftmen* et détruisirent deux fois plus de radeaux de bois. Bytown était devenu un véritable enjeu, le centre névralgique d'un désordre qui avait les allures d'un théâtre de guerre. Les draveurs répliquèrent du mieux qu'ils purent. Ils se liguèrent, firent appel aux autorités britanniques, demandèrent que soit mise sur pied une force policière et que l'on nommât un magistrat pour faire appliquer des lois supposément en vigueur. On nomma alors Daniel O'Connor et on l'assermenta au titre de juge. Des entrepreneurs en désaccord avec la conduite de Peter Aylen se regroupèrent pour former une association pour la préservation de l'ordre et de la paix. Peter Aylen fit alors appel à Martin Hennessey.

Irlandais pur et dur, craint de tous, Hennessey était un grand gaillard sans être un géant. Il avait la force de l'ours, la férocité du carcajou et le regard du loup. Il vouait une haine mortelle aux Canadiens français, et on disait de lui que pour une même somme d'argent il ne faisait aucune différence entre le pillage, l'incendie, le vol ou l'assassinat. Doté d'une intelligence pratique et d'une vive présence d'esprit doublée d'ingéniosité, Hennessey était, à l'image de Peter Aylen, le champion de la surprise et de la perfidie. D'autant qu'il comprenait bien la langue française et la parlait de surcroît, quoique avec un terrible accent et en y mêlant des expressions irlandaises lorsqu'il jugeait l'occasion propice d'injurier.

Le nom de Hennessey jeta très vite la panique parmi les colons et les travailleurs du bois du côté de Wrightstown. Les bandes armées de l'Irlandais frappaient à l'improviste, surtout de nuit. On ne voyait d'abord qu'une procession de torches défiler sur l'Union Bridge. Puis, très vite, menant un train d'enfer, les Shiners de Hennessey envahissaient de paisibles demeures, les saccageaient à coups de haches, de gourdins munis de pointes de fer, de pics et d'autres armes grossières. Hennessey se chargeait du reste. On le reconnaissait aisément. Il marchait en tête de ses troupes et jouait le porte-étendard, brandissant une bannière verte sur laquelle était cousu un trèfle à quatre feuilles. Et chaque fois que lui et ses hommes en avaient terminé avec un carnage, il déclamait avec dérision :

— Et Montferrand au pied lé aura de mes nouvelles. Il ne pourra pas s'en sauver. Je le cherche et l'appelle !

Peter Aylen faisait sa tournée habituelle des quartiers de Bytown. Suivi de ses gardes du corps, il retenait l'attention générale, distribuait de vigoureuses poignées de main, recevait, le temps de quelques pas, des confidences et, surtout, les dernières nouvelles colportées dans la grande cordonnerie de la rue Clarence, et par les maraîchers et vendeurs de chevaux des marchés By et Parkdale.

Ce jour de mois d'août, après une semaine d'averses continues, le soleil brillait de tous ses feux. Aylen avait revêtu un habit de taffetas et son haut-de-forme, duquel pendait un ruban vert. Il s'appuyait sur une canne au pommeau d'argent finement ciselé, laquelle était en réalité une arme redoutable, dissimulant une dague acérée.

Une voiture arriva à sa hauteur. La portière s'ouvrit et un homme d'un certain âge, coiffé d'un tricorne noir, lui fit signe de monter. Aylen jeta un coup d'œil méfiant alentour et remarqua quatre soldats à cheval qui l'observaient depuis la façade du *Castor Hotel and Tavern*.

— Mon escorte, fit l'homme en invitant Aylen à prendre place dans la voiture.

Les deux hommes demeurèrent silencieux le temps que la voiture traversât la rue Sussex.

— St. Patrick, ordonna l'homme en tapant sur la portière.

La voiture s'engagea dans une rue étroite parsemée de nids-de-poule et s'arrêta bientôt en bordure d'un espace vacant, envahi par les mauvaises herbes.

— Ici, dit l'homme en étendant la main pour montrer l'immense étendue de terre déserte.

— C'est beaucoup et c'est très cher, remarqua Aylen, feignant l'étonnement.

— Moins que ce que vous me demandez de faire, répondit l'homme en retirant son tricorne pour essuyer son crâne chauve, couvert de sueur.

Aylen sortit une feuille pliée de la poche de sa veste et la tendit à son vis-à-vis. Ce dernier la prit d'une main nerveuse, la déplia et la parcourut négligemment.

— C'est ce que vous me devez pour vos petits plaisirs et vos dettes de jeu, observa Aylen en reprenant aussitôt le papier.

À son tour, l'homme exhiba un document.

— C'est la raison de notre rencontre, fit-il. Un des cinq mandats que des producteurs de bois dont vous connaissez bien les noms m'ont demandé d'instruire. On vous accuse de nombreux méfaits… et on veut à tout prix vous priver de vos droits de coupe. Un désastre, quoi !

L'homme observa la réaction d'Aylen avec une expression empreinte de paternalisme. Si l'Irlandais ressentit quelque embarras, il n'en laissa rien paraître.

— Dans quel camp êtes-vous ? fit-il sourdement.

L'autre se contenta d'un haussement d'épaules. Il se racla la gorge et toussota.

— Y a-t-il véritablement une réponse ? remarqua-t-il d'un air sibyllin tout en reprenant lui aussi le document des mains d'Aylen.

— Peut-être bien, dit ce dernier, qui déchira la reconnaissance de dette.

L'homme parut satisfait. Il tendit sa main à Aylen. Le roi des Shiners la prit pour la forme, du bout des doigts. Elle était sèche et glacée. À son tour, l'homme déchira le document qu'il tenait dans ses mains.

— Vous avez ma parole, murmura-t-il, que les autres mandats seront détruits dès que vous m'aurez cédé ces terres.

— Je les brûlerai moi-même, précisa Aylen, en échange de l'acte de propriété.

— À votre guise.

— Vous voyez bien que vous avez choisi votre camp, observa Aylen avec un grand sourire.

— Vous faites erreur, mon cher, le corrigea l'autre. Les O'Connor n'ont rien à voir avec l'Irlande.

Le sourire d'Aylen se mua en un éclat de rire.

— Qui s'en souviendra, mon cher juge, quand vous serez le président du club des grands propriétaires de l'Outaouais? Nul n'est prophète en son pays, nous savons cela, vous et moi!

— Dieu vous entende.

— C'est plutôt avec le diable que j'ai un compte à régler!

Daniel O'Connor se cala dans le siège de la voiture et ordonna au cocher de rebrousser chemin.

— Ayez l'amabilité de prendre congé au prochain carrefour, fit-il à l'endroit d'Aylen. À trop nous voir ensemble, on pourrait alimenter la chronique mondaine de Bytown...

Une fois seul, O'Connor se coiffa du tricorne et s'assura que son habit noir était bien boutonné jusqu'au col. Son regard avait repris toute sa sévérité de magistrat.

Une dizaine de Shiners s'étaient amenés dans la taverne de Joseph Galipaut du côté de Wrightstown. L'endroit était réputé hors limite pour les travailleurs irlandais du colonel By. Dès qu'ils apparurent, le visage barbouillé et les vêtements souillés de boue noire, ils exhibèrent des barres de fer. La colère gagna aussitôt la cinquantaine d'habitués canadiens-français, la plupart des travailleurs du bois dans les scieries locales.

Aux plaisanteries succédèrent très vite des blagues féroces puis des injures. Quelqu'un s'élança, brandissant une barre de fer. Un homme de bonne taille, aux membres massifs, le visage encadré d'une barbe bien taillée, s'interposa, retint le bras de l'Irlandais, empêchant que le coup atteignît quelqu'un ; Joseph Galipaut lui-même. Voyant cela, un Shiner posté à l'entrée lança ce qui ressemblait à un cri de ralliement. Galipaut eut à peine le temps de repousser l'agresseur qu'une horde sauvage envahit l'endroit, frappant à l'aveuglette, vociférant, renversant les tables, répandant le contenu des fûts.

Au premier rang, Martin Hennessey, gourdin au poing, vint se planter devant Galipaut. Le tavernier s'efforça de garder son calme.

— C'est quoi qu'vous voulez ? demanda-t-il.

— Ta fille ! gronda Hennessey.

Galipaut devint soudainement très pâle.

— Est pas icitte, ma fille, répondit-il d'une voix tremblante. Ton boss est ben au courant.

— *Don't mess around with me, Frog,* fit Hennessey, menaçant.

— Ton boss, y a pas coutume d'envoyer quelqu'un faire ses commissions.

Hennessey avisa d'un regard oblique les dégâts qu'avaient fait ses Shiners. Il vit des hommes qui gisaient sur le plancher dans des postures cassées ; d'autres qui reprenaient péniblement leur souffle, les traits effarés, la bouche pleine de sang. Il partit d'un rire sardonique, puis se mit à chantonner :

— Et Mufferaw au pied lé aura de mes nouvelles. Il ne pourra pas s'en sauver… Je le cherche et l'appelle…

Il plaça son gourdin contre la poitrine de Galipaut et le repoussa d'un coup sec.

— *You hear that, Galipaut ?*

Le tavernier ne voulut pas provoquer une autre flambée de violence. Il baissa les yeux sans répondre. Hennessey l'invectiva, incitant ses complices à crier de plus en plus fort. Les hommes finirent par scander :

— Mufferaw au pied lé… Mufferaw au pied lé…!

Hennessey repoussa Galipaut une nouvelle fois. Hors de lui, le tavernier se précipita derrière le comptoir. S'emparant du pistolet qu'il y dissimulait, il le pointa en direction du colosse.

— Sale cochon! hurla-t-il. Tu penses que tu vas venir faire ta loi chez nous? Tu l'auras pas, ma fille. Ton boss, y l'aura plus… jamais plus! J'y dois plus rien, au cochon!

Hennessey fit un pas en direction de Galipaut.

— Tu sors d'icitte avec tes charognes ou ben ton boss te reconnaîtra plus quand y va t'voir la gueule!

Galipaut se fit menaçant. Hennessey laissa tomber son gourdin et leva les poings.

— *C'mon, Frog, fight like a man*, lâcha-t-il avec un regard de défi.

— Sors d'icitte, répéta Galipaut en actionnant le chien du pistolet.

Hennessey ricana.

— *Born a bitch… and now Mufferaw's whore… You hear me, Frog?* Ta fille, la p'tite chienne à Mufferaw, fit-il, en faisant un geste indécent.

Galipaut leva l'arme dans un geste lent, visa et tira. Hennessey lâcha un cri et se prit le visage à deux mains. Tout lui parut se dérouler au ralenti. Les hommes et les objets qui étaient en pleine lumière, un instant auparavant, étaient maintenant plongés dans les ténèbres. Il eut un goût de sang dans la bouche. Puis une voix cria : « Au feu! »

Le juge O'Connor avait demandé le silence à plusieurs reprises. Cette fois, ne tolérant plus le chahut, il ordonna aux sentinelles d'utiliser la manière forte si le besoin se faisait de nouveau sentir. Les six militaires de faction, l'arme au poing, avancèrent de quelques pas. L'assistance devint plus calme.

O'Connor annonça qu'il était prêt pour l'audition des témoins. Dix Irlandais défilèrent à tour de rôle. Chacun corrobora la version du précédent.

— On était tranquilles, sans la moindre intention de bagarre. On était pas nombreux, beaucoup moins que les *raftmen*...

— On pensait pouvoir partager un bon moment avec les gars de chantier.

— Franchement, croyez quand même pas qu'on avait le goût de se battre après des journées à creuser le damné canal !

— On nous a insultés, monsieur le juge. On nous a traités de « sales cochons d'Irlandais ».

— Nous, on a rien à voir avec Jos Mufferaw. C'est lui qui a commencé la guerre.

O'Connor notait sans arrêt. De temps à autre, il levait les sourcils comme pour signifier son étonnement devant les propos qu'il entendait, surtout lorsque les témoins décrivaient avec force détails les agissements de ce Joseph Montferrand. Mais il ne demandait aucune précision, ne posait aucune question, n'opposait aucune objection, du fait que ce n'était pas le procès de Montferrand qu'il instruisait. Son regard restait impénétrable, ses lèvres, minces, paraissaient scellées.

Puis ce fut le tour du dénommé Séverin Berlinguet. L'homme était dans la quarantaine, fortement charpenté, avec des mains semblables à des pattes d'ours. Il se présenta comme « boss de chantier dans le haut de la rivière ». Il parla d'une voix monocorde et débita son propos comme quelqu'un qui récitait une leçon bien apprise.

— Faut dire que c'est pas reposant, m'sieur le juge. S'y fallait qu'on suive les dires de Montferrand, on passerait not' temps à taper sur la gueule des gars du canal. Créyez-moé, chu pas le seul à l'dire. Au chantier, la chanson de Montferrand est ben connue, d'icitte jusqu'à Québec, dans toutes les auberges, les tavernes...

— Et que dit-elle, monsieur Berlinguet ? lui demanda O'Connor.

— Y dit que les Canayens doivent prendre toutes les belles terres, rapport que s'y le font pas les Anglais vont les écraser... Ou ben y dit qu'on devient des boss ou ben on sera des porteurs d'eau... C'est comme ça qu'y dit les choses, Montferrand.

— Vous l'avez entendu le dire, monsieur Berlinguet ?

Berlinguet regarda le juge et lut dans ses yeux une trace d'incrédulité sans qu'il ne quittât pour autant son expression presque indifférente.

— J'l'ai entendu, grommela-t-il.

— Et où ? insista O'Connor.

— Chez Galipaut, lâcha Berlinguet.

La réponse provoqua un remous dans l'assistance.

— Vous en êtes sûr, monsieur Berlinguet ? fit O'Connor dans un français laborieux. Car vous avez juré de dire la vérité avec la main sur la *Holy Bible*.

— J'ai jamais manqué la messe du dimanche, se défendit Berlinguet avec emphase.

Quelqu'un ricana. O'Connor le fit aussitôt expulser. Il griffonna encore quelques mots puis remercia Berlinguet de son témoignage éclairant.

— Joseph Galipaut, lança-t-il d'une voix forte.

Galipaut paru visiblement troublé. Il se tenait voûté, se dandinait d'une jambe sur l'autre, jouait nerveusement avec sa casquette. Malgré toute sa volonté, il ne parvenait pas à s'exprimer clairement. Le regard d'O'Connor, constamment fixé sur lui, l'intimidait.

— Avez-vous l'habitude de refuser des clients irlandais dans votre établissement ? lui demanda-t-il.

— Non, monsieur le juge.

— Pourquoi ces provocations, alors ?

Galipaut essaya tant bien que mal d'expliquer que les Shiners avaient, les premiers, manifesté une hostilité par des propos insultants et que lui-même avait tout fait pour éviter la rixe qui s'était ensuivie.

— Je voulais simplement…

O'Connor ne lui laissa pas le temps de s'expliquer davantage.

— Connaissez-vous Joseph Montferrand ?

— Tout le monde le connaît.

— Répondez à la question : connaissez-vous person-nellement Joseph Montferrand ?

— Non.

— Quels sont les rapports de Joseph Montferrand avec Marie-Blanche Galipaut, qui est votre fille – est-elle bien votre fille ? fit O'Connor d'un ton soupçonneux.

Galipaut se contenta d'un signe de la tête.

— Répondez par oui ou par non.

— Oui.

— Alors, quels sont leurs rapports ?

— Je ne sais pas.

— Vous avez mis la main sur la *Holy Bible*…

— Je ne sais pas, monsieur le juge. J'ai juste entendu c'qui s'est passé au *Turnpike End*.

— Et où est maintenant votre fille ?

— Je ne sais pas… peut-être à Montréal…

Il hésita avant d'ajouter :

— En tout cas, j'aime mieux la savoir là-bas que…

— Qu'au service d'un Irlandais ? fit O'Connor. C'est cela que vous voulez dire, monsieur Galipaut ?

— J'avais une grosse dette… J'devais d'l'argent à Peter Aylen, ajouta Galipaut, mal à l'aise.

— Vous me dites que vous avez racheté votre dette avec votre propre fille ? insinua O'Connor.

Galipaut demeura sans réponse, le regard perdu. O'Connor n'attendit guère plus longtemps.

— Avez-vous, monsieur Galipaut, menacé un honorable citoyen d'une arme à feu dans votre établissement ?

Le tavernier jeta un regard furtif vers l'assistance. Il vit quelques sourires sarcastiques, mais nul regard de compassion. Il hésita une fois encore à répondre. O'Connor répéta la question, une pointe d'exaspération dans la voix.

— Hennessey a insulté gravement ma fille, finit-il par dire.

Courroucé, O'Connor reformula la question.

— Oui, laissa finalement tomber Galipaut.

— Avez-vous tiré avec cette arme ?

— J'connais pas un père de famille qui l'aurait pas fait.

— Oui ou non, monsieur Galipaut ?

— Oui, fit-il, en soupirant tristement.

— Avez-vous atteint de ce coup de feu M. Martin Hennessey, un honorable travailleur irlandais ? ajouta O'Connor en montrant du doigt le colosse assis au premier rang de l'assistance, dont une partie du visage était couverte d'un épais bandage.

Galipaut resta les yeux dans le vague, l'air abasourdi.

— Je vous ordonne de regarder cette personne, monsieur Galipaut, fit O'Connor avec toute la gravité qu'il put.

Galipaut jeta un rapide coup d'œil en direction de sa victime. Il regretta que la balle n'ait pas mis fin à l'existence du redoutable chef de bande.

— Oui ou non ? répéta O'Connor.

— Oui.

Ce dernier aveu fut suivi d'un silence pénible.

— En vertu des pouvoirs qui m'ont été conférés, je rendrai mon verdict dans une heure, fit O'Connor, sentencieusement.

# · X ·

L'épaisse brume présageait la pluie. Le contremaître de chantier pestait, lui qui justement avait décidé de fermer le camp des bûcheux au terme de cette dernière grande corvée. Il avait engagé vingt hommes, les meilleurs manieurs de hache et de sciotte, pour livrer les mille derniers pieds de bois. Du conifère, mais également deux cents pieds de bouleau blanc et autant de merisier rouge et de hêtre.

Vingt jours au plus, avait-il dit aux hommes. Et voilà que la pluie se mettait de la partie. Elle tomba sans arrêt pendant une semaine entière, transformant les ruisseaux en torrents, les étangs en marécages. Il fallut dès lors compter deux semaines d'ouvrage de plus. La besogne serait harassante : des heures de plus à sciotter et autant à ébrancher. Autant dire une dizaine de nuits blanches. Sans compter que les chevaux peineraient à tirer les charges dans des chemins de portage où les voitures s'enfonceraient jusqu'aux essieux.

Au bout de six jours, les hommes commencèrent à se plaindre. Le bœuf salé vint à manquer, puis les saucissons, les têtes en fromage, le lard et, surtout, la mélasse et le sucre à la crème.

La grogne finit par s'installer. Parmi ceux qui élevaient le plus le ton, il y avait Séverin Berlinguet et son acolyte, Napoléon Bérard, surnommé Gros Bé pour son habileté à jouer du crochet lorsqu'il s'agissait de déplacer de lourds billots. Les quelques heures de sommeil de brute ne permettaient pas aux hommes de se reposer suffisamment. La chaleur était étouffante et l'humidité s'infiltrait partout, répandant une odeur de chien mouillé. En plus, les hommes ne disposaient plus d'aucun sous-vêtement de rechange.

Une nuit, les chiens enchaînés se mirent à japper sans arrêt. Ils avaient flairé les ours. Le contremaître se mit à l'affût et réussit à abattre un premier ours noir. Ce soir-là, les hommes mangèrent la viande du plantigrade. Certains, parmi lesquels Berlinguet et Bérard, se plaignirent de la cuisson. Il y eut une brève altercation. Ceux dont le langage était déjà passablement vert et d'autres, enclins aux grasses plaisanteries, s'invectivèrent. Tous finirent par jurer à qui mieux mieux.

— Icitte, on blasphème pas, fit Louis Montferrand.

— C'pas toé qui vas m'en empêcher, répliqua Gros Bé en prenant un air de boulé.

— C'pas moé qui l'dis, enchaîna Louis, c'est écrit sur la pancarte. Mais p't'être ben que t'as d'la misère à lire certains mots…

Gros Bé repoussa violemment son plat, de sorte que les restes de viande d'ours, de pommes de terre et de sauce, se répandirent sur Louis. Ce dernier n'en fit pas de cas, se contentant de s'essuyer à gestes lents.

— C'est aussi écrit que tous les gars des camps doivent se laver les mains, poursuivit-il. J'vois que les tiennes sont crottées.

Gros Bé se leva brusquement et lança un regard mauvais en direction du contremaître.

— T'es témoin qu'y me cherche, boss…

Le contremaître le regarda brièvement avant de se replonger dans son repas.

— Arrange-toé, Gros Bé, grogna-t-il, la bouche pleine. C'est ben ça qu'y est écrit.

— C'est aussi écrit qu'on doit prendre un bain par semaine, ajouta Louis, pis comme c'est pas l'eau qui manque, j'me permets la remarque, Gros Bé... tu sens pas la fleur des champs !

— Mon faux prêtre, s'insurgea Gros Bé, m'en va te sortir les tripes avec mon crochet !

Le contremaître frappa sur la table.

— J'te rappelle qu'y est le seul gars du camp qui bûche ses six cordes par jour, fit-il en fronçant les sourcils.

— Qu'y bûche six cordes ou qu'y soye possédé du diable, ça change rien : y m'insulte, torrieu !

— T'as juste à bûcher sept cordes, ajouta Louis. P't'être ben que t'auras la peau un peu moins courte après...

Gros Bé serra les poings. Il sentit un léger coup de pied complice sous la table. Il regarda l'homme à ses côtés, Sévérin Berlinguet. Ce dernier lui adressa un clin d'œil complice.

— Amène-toé dehors pour voir si j'ai la peau si courte que ça, gronda-t-il en désignant Louis Montferrand. Y a rien qui me sucrerait le bec plus que d'aplatir ta face à deux taillants...

Louis haussa les épaules et eut un geste de la main qui semblait vouloir chasser une mouche, mais qui, en réalité, envoyait l'autre au diable. Il savait intérieurement qu'il avait été trop loin. Il porta un morceau de viande à sa bouche, le mastiqua nerveusement sans toutefois parvenir à l'avaler. Il fut pris d'un tremblement involontaire et se sentit devenir faible. Il évita de lever les yeux. Puis la panique se mit à l'étreindre, prélude de la peur. Il s'imaginait maintenant face à face avec Gros Bé, rouge de colère. La brève vision lui renvoya la scène : un déchaînement de férocité et lui qui tombait sous les coups, la tête fracassée contre une pierre. Puis une autre image ; celle de son corps sanglant, transpercé par le crochet de Gros Bé. Il vit une simple croix de bois, comme celle plantée à la mémoire des *raftmen* qui avaient péri lors d'un naufrage de leur cage de drave. Il entendit résonner dans sa tête la voix de son frère Joseph :

« Rappelez-vous qu'on est des Montferrand, avait-il dit six ans auparavant, au moment de quitter Montréal. Envoye, répète : pour l'honneur toujours, force à Montferrand ! »

Et Louis, docile, profondément admiratif de son frère, avait répété ces paroles si lourdes de sens.

— Dehors, Montferrand ! tonna Gros Bé en brandissant le poing.

La bouche toujours pleine, mais l'air troublé, le contremaître craignait maintenant que l'incident ne dégénérât. Il interrogea Louis Montferrand du regard. Il n'y décela aucune lueur d'orgueil ni de sens du défi, simplement un aveu d'impuissance.

— Envoye donc, Montferrand ! fit un des bûcheux.

Louis se contenta de le regarder de ses grands yeux fixes. Gros Bé s'apprêtait à contourner la table lorsque Berlinguet, d'un geste, l'arrêta. Il lui adressa un autre clin d'œil. Et ce fut lui qui se dirigea vers Louis. Avant que le cadet des Montferrand pût se mettre en garde, une puissante gifle lui fit claquer les dents. Une seconde gifle, de même force, ajouta à l'insulte. Hébété, Louis crut que tout son sang remontait à ses joues.

— Tu diras à ton cochon de Grand Jos qu'il aura de mes nouvelles... que Berlinguet le cherche et l'appelle !

Louis entendit vaguement les cruelles paroles. Il n'avait plus la moindre force pour réagir. Non pas que les gifles de Berlinguet l'eussent blessé, car c'était autre chose d'infiniment plus pervers qui l'avait terrassé : il suait la peur.

Il avait déjà oublié la brûlure des coups, mais il se sentait envahi par la honte. Et l'idée de sa lâcheté lui rappelait qu'il avait trahi l'honneur des Montferrand.

La longue caravane flottante avait mis trois jours à descendre le fleuve Saint-Laurent. Quinze radeaux, articulés ensemble, avaient franchi sans incident fâcheux les rapides de Lachine, affronté une petite tempête au large des Trois-Rivières, puis profité de vents favorables. Joseph Montferrand avait alors fait hisser les voiles carrées installées sur les immenses cages. Ce n'est qu'à la hauteur des trois clochers de l'église de Cap-Santé qu'il mit ses hommes aux rames, afin de louvoyer à l'aise entre les bateaux de toutes sortes qui circulaient sur le fleuve aux environs de Portneuf et de la Pointe de Deschambault.

Scrutant sans cesse les berges et avisant les courants, il commença à donner ses instructions à la trentaine d'hommes qui assuraient les manœuvres.

— Va falloir prendre notre mal en patience. Je me suis fait dire que les Anglais avaient envoyé quinze goélettes de plus pour prendre les chargements. Comme la gang des Trois-Rivières avait déjà une journée d'avance, c'est eux autres qui vont profiter les premiers de la marée basse. Ça fait qu'une fois rendus à l'Anse-au-Foulon on va se grouiller. Y aura une prime de cinq jours si on rattrape le retard.

Personne ne posa la moindre question. Chacun savait ce qu'il avait à faire : nettoyer les câbles, les chaînes ; préparer les ancres et les harts ; vérifier les traverses, les chevilles de bois, de sorte qu'au moment de l'arrimage les plançons ne se disloquassent pas.

Deux heures plus tard, Moïse Bastien rapporta à Joseph que tout était en ordre.

— On est parés, Jos.

— Astheure, on mange, fut la réponse.

Les hommes se précipitèrent dans les trois cambuses, cabanes de planches solidement charpentées, montées sur des plateformes de traverses à joints serrés et recouvertes d'un toit fait d'écorces pour offrir un abri en cas d'intempéries. On entendit un concert de chaudrons et des poêles. Puis on servit à la ronde de généreuses portions de soupe aux pois, de fèves, de pommes de terre et de crêpes.

— N'empêche qu'on a perdu une journée, remarqua Montferrand.

— Mais on n'a pas perdu d'homme, fit Bastien.

— Ben vrai…

— La gang à Booth en a perdu cinq.

Montferrand se signa, imité par ses compagnons. Tous les cageux avaient entendu parler de la tragédie. Cela s'était passé la semaine précédente, à l'embouchure de la rivière Saint-Maurice. Une des équipes avait perdu le contrôle d'une cage. Éventrées, des centaines de billes s'étaient emmêlées, formant l'embâcle. Un volontaire, attaché à une corde, retenu par ses compagnons depuis la berge, avait tenté de dégager le billot qui faisait obstruction. Il avait demandé l'aide de deux autres compagnons. La masse céda brutalement, emportant les trois hommes, en écrasant deux autres.

— Moïse, tu feras la collecte pour les familles des morts, dit Montferrand d'une voix étranglée. Chaque homme va donner une journée de gages – moé, j'en donne cinq –, pis tout le monde à la messe dès que la job sera finie.

— Moé itou, ce sera cinq jours, ajouta Bastien.

— T'es d'adon !

Les hommes se consultaient du regard, mais personne ne trouva à redire. Ils savaient tous que Jos Montferrand n'avait qu'une parole et qu'il en attendait autant de la part de ses hommes.

— J'vais faire une inspection.

Il revint au bout d'une demi-heure.

— On a ben dix mille billots, Moïse, fit-il. Va falloir trouver les meilleurs hommes pour le chargement : ça va prendre la nuit au complet.

— Y voudront pas travailler de nuit, Jos, remarqua un des hommes.

— Y vont charger de nuit, s'obstina Montferrand. C'est la seule manière de reprendre not' retard.

— La gang à Murdock, dit alors Bastien. C'est eux autres les meilleurs. Mais y sont sûrement pris…

— Tu diras à Murdock que c'est Jos Montferrand qui le fait demander.

— Tu penses que l'Écossais va venir manger dans ta main juste parce que t'es le Grand Jos ? objecta Bastien. Tu sais ben qu'y a la réputation d'être ben affilé quand on l'accote un peu…

Montferrand haussa les épaules tout en se servant un second plat de fèves.

— Y était pas si affilé quand je l'ai sorti du charivari à l'hôtel de Québec au printemps de l'an passé, précisa-t-il.

— C'est pas lui, Murdock, qui a pogné une épinette de trente pieds de long prise dans la gelée pis qui l'a déplacée tout seul en sacrant après ses hommes ? demanda un des cageux.

— Y a fait mieux que ça, répondit Montferrand en souriant. Pis après ? J'ai connu un bûcheux deux fois gros comme Moïse qui accrochait sa *sleigh* double à la première branche d'un arbre pour la faire sécher. Pis un jeune morveux, raide maigre mais dur comme le pin blanc, l'a couché au bras de fer trois fois de suite. Mon gars, à trop se fier à l'allure, on peut se faire amancher. Me crois-tu quand je te l'dis ?

— Toé, Jos, t'a ben retenu une cage à toé tout seul, lança le voisin du cageux. Tu veux-tu dire que tu pourrais te faire amancher par un pic qui aurait du casque pis de l'audace ?

Montferrand partit d'un grand rire. La remarque quelque peu ironique l'avait pris par surprise.

— Sûr que si tu l'dis, c'est parce que c'est toé qui as du front tout le tour d'la tête ! rétorqua-t-il d'un ton badin.

L'éclat de rire fut général, chacun y allant d'une bourrade à l'endroit de ce cageux à la silhouette étriquée, aux épaules tombantes, mais qui n'en fanfaronnait pas moins, surtout lorsqu'il s'agissait d'épiloguer avec emphase au sujet des prouesses du Grand Jos.

Le ciel se voila de quelques nuages et, dans l'heure qui suivit, une brume floue descendit sur le fleuve. Montferrand se tenait à l'avant du radeau de tête, seul, plongé dans quelque rêverie. Immobile, les bras croisés sur la poitrine, il méditait. Cela faisait des mois qu'il n'avait pas lu un passage de la Bible, qu'il n'avait pas pris la plume pour tracer quelques lignes, ne fût-ce que pour copier un texte, histoire de ne pas oublier complètement les bases de l'orthographe. Les derniers mots qu'il avait griffonnés étaient une recommandation en faveur de son jeune frère Louis à l'endroit d'un chef de chantier qui lui devait un service.

Il scruta la pénombre. Il ne voyait plus les berges. Le fleuve était lisse comme un miroir et les sons, amplifiés par l'écho. Ici et là, s'élevait la plainte d'une corne de brume. Puis le silence se fit. Les hommes se blottissaient sous les peaux qui leur servaient de couvertures. Ce serait la dernière nuit de repos avant les pénibles tâches des prochains jours.

Montferrand tira sa pipe, la bourra et la porta à sa bouche d'un geste machinal. Il ne réalisa même pas qu'il n'avait pas de feu. Pendant un moment, les yeux fermés, il se sentit totalement libre au milieu de l'immensité.

Québec grouillait de débardeurs, de marins, de soldats et de cageux. Les rues, les tavernes et les auberges étaient encombrées.

Comme il faisait anormalement chaud en ce début de mai, des essaims de mouches tournoyaient autour des hommes et des chevaux, attirées par les fortes odeurs de sueurs mêlées. Les bêtes, dont la plupart n'avaient pas été dessellées, piaffaient et renâclaient de plus belle.

Montferrand ne s'était pas trompé, sinon qu'il y avait encore plus de goélettes anglaises en rade que la quinzaine prévue. Jour et nuit, deux cents hommes s'activaient au chargement de gigantesques billes de pin équarries. Patiemment, Montferrand et ses cageux attendaient leur tour. Les cages étaient amarrées à l'endroit assigné et tout le bois flottant avait été libéré de ses entraves.

— Murdock demande le double de gages pour ses hommes, Jos, annonça Moïse Bastien. Il dit qu'y veut ben te rendre service, mais qu'y peut pas baisser plus… Y a déjà eu quatre blessés…

Montferrand resta sans mot dire. Il se contenta de regarder le ciel. Le soleil était ardent, à peine oblique. Partout, des hommes peinaient, laissant échapper quelques sacres. Des treuils grinçaient sur leurs gonds, des fouets claquaient en effleurant l'échine des forts chevaux qui tiraient d'impressionnants fardeaux. On voyait s'élever des troncs lisses, hissés à force de bras, puis entassés à fond de cale.

— Tu sais c'que nos bras donnent au roi d'Angleterre, Moïse ? fit-il.

— J'comprends pas, Jos…

Montferrand montra les navires britanniques.

— Deux cents… p't'être ben trois cents navires de guerre, expliqua-t-il. On a ben bûché trois mille acres de terre à bois pour Bowman ; on a chargé une bonne centaine de bateaux avec nos billots, autant pour Wright, McLaren, Sharple, Price… Ça fait ben de l'argent, quelque chose comme une tonne de livres sterling dans les poches du roi et de ses valets.

— J'avais jamais vu ça d'même, laissa tomber Bastien.

— Moé, j'viens juste de m'en rendre compte, fit Montferrand, en ajoutant : Combien ?

Bastien l'interrogea du regard.

— Pour Murdock.

— Cinquante hommes… trois jours, p't'être quatre, évalua Bastien.

— Plus nous autres, précisa Montferrand.

— Murdock aimera pas ça.

Montferrand mit sa main sur l'épaule de Bastien.

— C'que Murdock aimera pas, c'est de se faire traiter de serre-le-grain.

— Y a autre chose, Jos, fit Bastien. Murdock a dit que demain tous ses Écossais travailleraient pas, rapport à la fête des carillons.

— C'est quoi ces accroires ?

— C'est comme j'te dis… Apparence que le roi d'Angleterre aurait fait un cadeau de plusieurs cloches aux protestants pour déranger les carillons d'la cathédrale de la côte de la Fabrique.

— Pis ?

— Pis c'est demain que ça va sonner !

— Ouais, murmura Montferrand.

— Maudits Anglais ! s'indigna Bastien.

Brusquement, Montferrand sembla retrouver sa bonne humeur.

— Nous autres, on ira à la cathédrale, pis si y faut, on donnera du carillon en grand. Ça fera qu'on va aussi réciter le chapelet en gang. C'est-y pas le mois de Marie qui commence ?

Moïse Bastien se contenta d'émettre un grognement.

— Ça veut dire quoi, Moïse? T'as quelque chose contre la dévotion? le taquina Montferrand.

Bastien regarda autour de lui tout en se frottant nerveusement les mains. Montferrand se douta que quelque chose n'allait pas. Il était habitué aux moindres réactions de son compagnon, au point de deviner s'il lui cachait quelque chose. Et en ce moment même, Moïse Bastien serrait les dents comme s'il luttait contre l'envie de dire le fond de sa pensée.

— Moïse, fit-il gravement, qu'est-ce que t'as à me dire que t'oses pas sortir du gosier?

Bastien hésita encore. À deux ou trois reprises, il enfourna ses mains dans les poches de son pantalon pour les sortir aussitôt.

— Tu l'sais, Jos, que j't'ai jamais rien caché, commença-t-il, en plissant fortement les yeux, ce qui accentua les rides du coin de l'œil.

— J'suis d'adon à tout entendre, le rassura Montferrand. T'as jamais été un cachottier… encore moins un délateur…

— Ça va te retourner les sangs, Jos…

— Envoye, Moïse, insista Montferrand. J'viens de te dire que j'étais d'adon à tout entendre.

Du coup, Bastien se décida. Il parla rapidement comme s'il craignait de ne pas pouvoir se rendre au bout des mots. Il précisa que c'était Murdock qui l'avait mis au courant, disant que l'Écossais avait éprouvé de la peine pour son ami le Grand Jos, qu'il qualifiait sans hésitation de « *best man on the river* ».

Les nouvelles avaient emprunté le courant du fleuve. L'Outaouais était sens dessus dessous depuis le procès de Joseph Galipaut. Le seul magistrat de Bytown avait condamné sans appel le tavernier pour un malheureux coup de pistolet alors qu'il défendait l'honneur de sa fille.

Sa taverne avait été incendiée sans qu'on en trouve les coupables. Galipaut et sa famille avaient été expulsés, ruinés. Jos Montferrand était désormais vu comme un indésirable, un homme qui avait dû faire un pacte avec le diable. Il était l'ennemi de tous, mais surtout celui des Shiners. Peter Aylen avait juré sa perte, laissant entendre bien haut que justice serait faite le jour où Montferrand se balancerait au bout d'une corde sous l'Union Bridge.

— À ce qu'il paraît, Jos, les Shiners ont condamné le pont depuis un mois, ajouta Bastien. Le dernier homme de chez nous qui a essayé de le traverser a été passé par-dessus bord...

Montferrand l'avait écouté sans broncher.

— J'doute pas de Murdock, dit-il, y parle pas pour rien dire. C'est tout?

— Non...

— Envoye...

— C'est rapport à Ti-Louis, murmura Bastien.

Au fil du récit, la couleur des yeux de Montferrand tourna à l'orage.

Il s'en trouva pour dire qu'en cette chaude journée de mai, mois consacré à la Vierge Marie, Jos Montferrand avait révélé la face cachée de la brute qui sommeillait en lui. Qu'il avait renié le serment qui, disait-il depuis la mort de sa mère, le liait à l'honneur de son nom et à l'intégrité de ses actes. Qu'il avait menti au sujet de ses intentions. Qu'il avait toujours agi par orgueil et par vengeance. Et que, s'il avait eu une fidélité, elle avait été envers une réputation édifiée sur la force de ses poings et la redoutable puissance de sa ruade. Alors qu'en ce jour de mai les carillons des églises rivales couvraient tous les autres bruits de Québec, Montferrand était comme ce guerrier d'antan abrité derrière son bouclier, invisible, en attendant de frapper au plus près le cœur d'un adversaire déjà choisi.

En réalité, la nuit précédente, pensionnaire de l'hôtel de fort modeste condition de Beaulieu, dans une chambre minuscule dont l'unique fenêtre donnait sur la rade, Joseph Montferrand avait passé deux bonnes heures à fixer le fleuve plongé dans la nuit. Cela lui parut une éternité. Il avait vu les ombres mouvantes d'hommes qui faisaient la fête et entendu leurs voix avinées hurler un lot d'insanités. Ce ne fut que lorsqu'il sentit une brise fraîche se lever et dissiper les poches de chaleur qui fleuraient encore qu'il alla s'étendre sur le lit trop court pour sa taille. La scène lui apparut une fois encore, comme toutes les fois où, torturé par de sombres pensées, elle se manifestait. Il revoyait son père, Joseph-François, le gifler deux fois, alors que lui, Joseph, âgé de quatorze ans, s'était interposé entre ses parents, pour protéger Marie-Louise, sa mère. « Tu vas te tasser, mon jeune. T'es pas encore c'que tu penses, même si t'en as long de décousu. » La main de son père s'était abattue sur lui, en plein visage. Le sang avait coulé. Et il n'avait rien fait pour éviter la seconde gifle, encaissant sans broncher le débordement de colère de son père. Il y avait, au bas de l'escalier, le petit Louis qui n'avait pas encore ses dix ans et qui tremblait de tous ses membres, pleurant à chaudes larmes. « Aie pas peur, Louis, lui avait-il dit, faut jamais avoir peur… »

Puis, comme cela arrivait chaque fois, il s'endormit brusquement, la conscience quelque peu soulagée. Mais il rêva plusieurs fois. Dans chaque rêve, il affrontait une horde sauvage. Et chaque fois il faillit mourir assassiné, tantôt pendu, tantôt noyé. Dans un dernier rêve, il entendit distinctement une voix de l'au-delà qui ne cessait de l'appeler « Wiskedjak ». Il se réveilla en sursaut, le corps couvert de sueur. Pendant un instant, il se crut plongé dans un autre monde. Il retourna à la fenêtre, espérant apercevoir la barre du jour, à l'est, du côté de l'île d'Orléans. Mais il ne vit aucune lueur. Seul le cri des goélands évoquait la présence du grand fleuve.

Wiskedjak! Celui qui poursuivait l'ombre démesurée devenue son destin. Le géant qui traversait les lacs immenses à la nage à la poursuite d'un castor, lui aussi devenu géant, qui rompait les barrages pour assécher les lacs. Wiskedjak qui franchissait les rapides les plus dangereux, ouvrait les sentiers de portage et toutes les voies menant à des terres inexplorées. Wiskedjak qui n'avait jamais attrapé la bête mythique, mais qui avait laissé les empreintes de son erre imprimées dans les pierres du continent.

Cette voix, il la reconnaissait entre toutes. Celle de Anishinabe, tantôt renard, tortue, castor; tantôt grand oiseau des marécages, messager survolant les grands lacs d'eau douce. Celui qui habitait la mémoire du peuple des origines. Il reconnut aussi le visage au regard d'aigle qui émergea d'un passé englouti. Les traits se fondirent à l'instant, devinrent ceux de Maturin Salvail, altérés par cent rides profondes, la chevelure toute blanche. Et, aussitôt venu, le spectre se dissipa. L'aube commençait à poindre. « Pousse sur la charrue pour que tout le monde voit bien ton sillon », crut-il entendre. Ou alors Joseph avait-il prononcé ces mots lui-même, sans le vouloir…

Il s'en trouva d'autres pour dire que Jos Montferrand avait, ce matin-là, lancé le chant du coq à trois reprises sur le parvis de la cathédrale de Québec. Qu'il avait décrié le scandale de la cathédrale anglicane, construite sur les mines du monastère des Récollets avec les deniers du roi George III, dit le fou. Qu'il avait raillé l'évêque anglican qui, disait-on, se vantait presque chaque jour que le clocher de « sa » cathédrale dépassait en hauteur celui de « l'église des catholiques », tout en faisant grand cas des trésors en argent massif qui s'y trouvaient par faveur royale.

Et d'autres dirent que le Grand Jos avait parcouru le marché de la côte de la Fabrique, harangué les marchands à même leurs étals, affronté les épiciers écossais Campbell et McCreath et lancé bien haut, sur le ton du défi : « Je viens quand on m'appelle ! Pour Montferrand… force à superbe, mercy à faible ! »

Les hommes de Montferrand racontèrent une histoire bien différente. Quelques officiers et marins anglais s'étaient amenés en trombe dans l'auberge du *Chien d'Or*, raillant les propriétaires, chahutant, cherchant à se mesurer contre les plus vaillants cageux, si tant est qu'il y en eût, menaçant de tout saccager.

Quelqu'un s'en fut quérir Jos Montferrand. Lorsqu'il tenta de faire entendre raison aux militaires, ceux-ci l'encerclèrent, le bousculèrent, ironisèrent au sujet de son nom. Ne voulant pas se battre, Montferrand se contenta d'abord d'esquiver les coups les plus directs. Sa négligence faillit lui coûter cher. Un coup de couteau porté sournoisement lui entailla l'épaule. La réplique fut terrible : une dizaine de coups de masse et autant de coups de pied envoyés comme des coups de fouet. Huit hommes furent laissés aux mains du chirurgien de bord.

Dans l'heure qui suivit, la marine anglaise demanda réparation. Un officier se présenta en compagnie d'un témoin, somma Montferrand d'agir en gentleman du royaume en affrontant à poings nus le champion de la marine anglaise. L'émissaire n'avait pas fini de débiter son propos que Montferrand avait déjà lancé un retentissant : « J'accepte ! »

Le rendez-vous avait été fixé au lendemain, vers l'heure du thé, sur le Quai de la Reine, propriété de John William Woolsey, un marchand à commission qui louait l'emplacement pour le débarquement et l'entreposage des marchandises en provenance de l'Angleterre.

L'affaire fit grand bruit. On arriva de partout : des côtes de la Canoterie, de la Potasse ; des rues de la Place, du Porche, des Pains-Bénits, du Magasin-du-Roi, de la Traverse, du Sault-au-Matelot, de la Barricade, Sous-le-Fort ; par le raccourci du Casse-Cou, vieil escalier brinquebalant qui portait bien son nom ; de la garnison, des navires en rade.

Ils étaient deux mille, tapissiers, bouchers, cordonniers, tonneliers, forgerons, artisans en provenance des ateliers et des échoppes qui avaient pignon sur rue au bas de la falaise escarpée que surplombait la résidence du gouverneur général. Le clergé y était, ainsi que les bourgeois. À croire que c'était l'événement mondain le plus couru de l'année. La Haute-Ville était déserte, même sa respectabilité avait disparu. La Basse-Ville, en contrebas, offrait le paysage bruyant et turbulent d'une immense arène.

Ce ne fut pas un simple combat, plutôt une bataille homérique entre deux géants. Le pugiliste, réputé champion de la marine anglaise, fut présenté comme le « champion des cinq parties du monde », le capitaine de la goélette ajoutant que nulle personne sur les terres de l'empire colonial britannique n'avait réussi à vaincre cet homme. Il avait au moins la taille de Montferrand, mais il était plus massif, avait l'œil rusé, les bras et le torse couvert de tatouages.

— Pas de ruades des pieds, avait-on averti les belligérants.

Dès le premier assaut, il était visible que l'Anglais était entraîné, à l'attaque comme à l'esquive. Il toucha Montferrand à trois reprises, affectant un air narquois. À la cinquième reprise, Montferrand, atteint durement à la tempe, vacilla. Pendant quelques instants, sa vision se troubla. Son adversaire lui parut tout déformé, énorme.

Devant lui, l'Anglais roulait orgueilleusement des épaules et des poings, certain d'ajouter une autre victime à son palmarès. Cette marque de mépris galvanisa Montferrand. Il se tint hors de portée, retrouva ses sens, entendit les cris d'encouragement de ses compatriotes. Il savait qu'il avait intérêt à faire durer le combat, car l'Anglais suait abondamment et respirait maintenant la bouche ouverte.

Trois reprises plus tard, les cent coups échangés avaient laissé des traces visibles. Montferrand avait un œil amoché et une écume sanglante à la bouche. L'Anglais saignait du nez et du front et avait une lèvre fendue. Pour encourager leur champion, les marins de la goélette se mirent à scander son nom, et un officier de la garnison fit donner de la cornemuse. En guise de réplique, la foule entonna un chant patriotique. On en était à la quinzième reprise. Montferrand comprit qu'il devait maintenant franchir le seuil du risque. Ses membres lui semblaient de plomb. Il savait qu'il ne se battait plus pour défendre sa seule réputation ; il était en lutte pour l'honneur de sa race.

On annonça la dix-septième reprise. Montferrand ne redoutait plus la science de son adversaire, mais ce dernier, qui cherchait son air comme un poisson hors de l'eau, craignait maintenant l'indomptable détermination de cet homme des bois. Il se lança dans une charge désespérée que Montferrand para des deux bras, frappant presque aussitôt, et de toutes ses forces, aux côtes. Le colosse anglais grimaça douloureusement et mit un genou au sol. Il y eut un mélange de cris, autant de surprise que de désappointement, dans la foule. Les soldats de la garnison formèrent la chaîne pour contenir un débordement.

L'Anglais s'était relevé, pantelant, l'œil hagard, à bout de souffle. Montferrand feignit un coup à la tête, forçant son adversaire à lever les bras. En réalité, il décocha un direct au plexus ; le coup du forgeron, avec la force du marteau qui heurte l'enclume. L'Anglais émit un faible grognement et tomba à genoux, les yeux révulsés. Puis il roula sur le dos, inconscient.

Montferrand ne se souvint pas d'avoir levé les bras en signe de victoire, ni d'avoir proféré la moindre parole, encore moins d'avoir lancé tout haut sa devise. Mais lorsque le capitaine et nombre de notables lui imposèrent de force poignées de main et accolades, il se défendit bien de vouloir porter le titre de « champion des cinq parties du monde ».

Le capitaine le prit alors à part afin de lui remettre les revenus des paris qui devaient, selon la coutume, constituer le bénéfice du vainqueur.

— Je ne me bats ni pour or ni pour argent, monsieur, fut la réponse de Montferrand.

— Alors venez à mon bord, Mufferaw, nous allons trinquer à votre victoire.

— C'est Montferrand, monsieur, mon nom est Joseph Montferrand.

L'officier anglais sourit.

— Ah… bien sûr, cette façon bien française de prononcer les noms, fit-il aimablement. Alors vous acceptez mon invitation, *master* Joseph Montferrand ?

— Pour un seul verre, monsieur.

Le verre pris, l'officier insista :

— Je vous ferai voyager autour du monde, votre nom sera connu dans toutes les parties de l'empire de Sa Majesté, et surtout, Joseph Montferrand, je ferai de vous un homme riche, très, très riche…

— Merci, monsieur, répondit Montferrand, mais mon pays est ici, et il a besoin des meilleurs bras !

L'Anglais leva son verre.

— Alors je me souviendrai de vous comme… Joseph Montferrand, l'homme au cœur de lion !

# · XI ·

Les cageux avaient attendu Montferrand toute la journée.
En vain. Il s'inquiétèrent de sa disparition. Ce fut Moïse
Bastien qui s'occupa des travaux de chargement, une fois
le marché conclu avec Murdock et ses hommes.

— Jos est magané, fut le seul commentaire qu'il fit en
rapport avec l'absence de Montferrand.

En réalité, Bastien n'en savait guère plus. Seulement
que Montferrand lui avait dit qu'il voulait être seul, qu'il
ne ferait pas de manières et qu'il resterait au lit pendant
deux jours. Bastien l'avait rassuré en lui disant qu'il s'oc-
cuperait de tout, sachant bien qu'il n'était pas dans les
habitudes de Jos Montferrand de tirer sa révérence à
l'heure des grosses corvées.

Montferrand passa bien deux journées au lit, mais sans
presque dormir. Elle s'appelait Roseline. En la voyant,
Joseph avait senti une folle envie sourdre en lui. Il suc-
comba instantanément à ses charmes, l'aima pour les
formes de son corps et la blancheur de sa peau, la délicatesse de ses traits presque juvéniles et, luxe suprême,
pour son odeur, qui lui rappelait celle des sous-bois aux
matins du printemps. Il l'aima parce qu'elle lui avait timidement révélé qu'elle devait se marier bientôt avec un

homme qu'elle n'aimait pas du tout, mais qui possédait maison et bétail, et qui était le créancier de son père. Il l'aima parce qu'elle traita son grand corps meurtri avec une douceur qu'il n'avait encore jamais connue. Peu à peu, sa rage froide s'était dissipée. Tout son être s'était apaisé. Il en oublia ses plaies, ses jointures douloureuses, les regards fourbes, les paroles haineuses. Au dernier moment, lorsqu'elle lui essuya le corps avant qu'il ne se rhabillât, il éprouva la folle envie de ne plus jamais se battre ; une envie vite réprimée. Car Jos Montferrand savait que son destin était scellé et que son honneur lui commandait un combat impératif, sous d'autres cieux, sans règles pour épargner le vaincu. Un combat qui ne serait pas à forces égales.

Une lumière tamisée passait au travers des carreaux de la petite fenêtre. Montferrand regarda Roseline comme pour s'imprégner du souvenir de ses lignes sensuelles. Il effleura sa main, puis son bras, passa un doigt sur les lèvres pulpeuses. Elle eut un timide sourire, garda les yeux baissés. Il vit perler une larme.

— J'suis heureux, laissa-t-il tomber.

Roseline leva la tête, le regarda résolument. Ces mots ainsi prononcés lui parurent étrangers, surtout venant du grand Jos Montferrand.

— Moi aussi... j'suis heureuse, fit-elle.

— P't'être ben qu'un jour...

Elle lui mit la main sur sa bouche. Il l'attira contre sa poitrine et lui caressa longuement la chevelure.

Bastien vit la surprise se peindre sur le visage de Montferrand, chose qu'il avait rarement vue. L'homme avait entendu le Grand Jos pendant une bonne heure, en compagnie de trois autres bourgeois, tous affublés d'un col rigide, d'une cravate, d'un haut-de-forme et chaussés de guêtres. Il était le plus grand du groupe, se tenait très droit, avec cette allure de seigneur qui empruntait un peu au chef militaire. Seigneur, il l'était d'ailleurs, puisque sa famille régnait sur la seigneurie de la Petite-Nation et partageait, avec les grands entrepreneurs de bois de l'Outaouais, des droits sur tout ce que produisaient les colons et les forestiers pour chaque mille carré de ces terres ouvertes sous le Régime français en 1674.

— Louis-Joseph Papineau, se présenta-t-il. Heureux de vous rencontrer, monsieur Montferrand. Il faut dire que nous avons beaucoup entendu parler de vous…

Sur ces derniers mots, prononcés avec emphase, il tendit la main et serra fermement celle de Joseph.

— Vous avez une bonne pogne, remarqua Montferrand.

Papineau lui adressa un grand sourire.

— Venant de vous, cela m'honore !

Les deux hommes échangèrent un long regard. Montferrand constata que Papineau ressemblait trait pour trait à cette illustration qu'il avait vue de lui dans le journal *La Minerve* : une chevelure abondante surmontée d'une houppe singulière qui semblait lui couronner le front, d'abondants favoris lui encadrant une partie du visage et, surtout, un regard d'une intelligence rare.

— Ben honoré moé aussi, poursuivit Montferrand. En quoi donc, moé, un cageux des grands cours d'eau, j'peux vous être utile ?

— En acceptant, maintenant, tout de suite, et sans cérémonie, de partager un repas frugal avec mes collègues et moi, lui répondit Papineau.

Montferrand, qui ne s'attendait pas à une telle proposition, lança un regard interrogateur à Bastien, puis dévisagea un à un les compagnons de Papineau. Chacun affichait le même air sérieux, presque sombre.

— La gang à Murdock a bossé dur, Jos, fit Bastien. Y reste quelque chose comme cinq cents billes, p't'être un peu moins, à charger. Même que Murdock va mettre un *foreman* avec cinq hommes de plus pour amener les billes jusqu'à l'Anse-à-Wolfe.

— Tout s'arrange par conséquent, hasarda Papineau en regardant Montferrand d'un air entendu.

Joseph fit un sourire contraint et secoua la tête.

— Si Moïse le dit…

Mais aussitôt, il prit un air perplexe.

— Le linge que j'ai sur le dos, c'est pas vargeux, fit-il en grimaçant. Quand on est sur la job, on a pas l'habitude de s'habiller en dimanche.

— L'habit ne fait pas le moine, monsieur Montferrand, le rassura Papineau. Je ne m'y entends pas beaucoup en mode moi-même. Et, bien franchement, je préfère celui qui sait se tenir debout devant les princes et les nobles en tenue de travail à celui qui a le tour de reins à force de courbettes.

— Beau dommage, monsieur Papineau, approuva Montferrand.

Les cinq hommes avaient emprunté la porte de derrière pour entrer dans l'auberge de la rue du Sault-au-Matelot. La salle à manger était petite, quoique abondamment éclairée par quatre fenêtres. L'endroit était presque vide. À l'arrivée du petit groupe, surtout à la vue de Jos Montferrand, les quelques clients s'empressèrent de finir leur repas et de quitter les lieux. Montferrand soupçonna Papineau d'avoir payé l'aubergiste pour jouir de l'intimité, afin que les murs seuls soient les témoins muets des conversations.

Papineau n'eut pas à s'occuper du menu. On servit à chacun une chope de bière suivie d'un généreux plat de viande brune arrosée d'une sauce relevée aux herbes et garnie de saucisses et de pommes de terre.

— Laissez-moi aller droit au but, monsieur Montferrand, commença Papineau, en priant les autres de commencer à manger.

— C'est ma façon de faire les choses, fit Montferrand.

— Mes collègues ici, Bérion, Guérin et Perrot, ainsi que moi-même, sommes membres du Parti patriote… en fait, j'en suis le président. Ce parti n'est pas une nouveauté mais une continuité. Cela fait plus de vingt ans qu'il existe; il portait le nom de Parti canadien, il était dirigé à l'époque par Pierre-Stanislas Bédard, fondateur du journal *Le Canadien*. D'ailleurs, Bédard fut arrêté et emprisonné sans procès… et on lui a refusé l'*habeas corpus*, simplement parce qu'il avait eu le courage d'exprimer la vérité ! Aujourd'hui, c'est nous qui portons le flambeau. Et nous, monsieur Montferrand, c'est le peuple, un peuple de plus en plus mécontent, fatigué d'être exploité.

Montferrand but une petite gorgée de bière et fixa Papineau avec un étonnement manifeste.

— J'vois pas ben ce que vous attendez de moé, monsieur Papineau, j'suis pas du genre…

Papineau, qui avait prévu cette réaction de Montferrand, lui fit signe de le laisser poursuivre.

— J'y arrive, monsieur Montferrand. Voilà à peine un an et demi, nous avons obtenu une pétition signée par quatre-vingt-huit mille personnes pour dénoncer les abus de la « clique du château »… enfin, de ces gens qui entourent le gouverneur, sèment la corruption, dilapident les subsides que l'Assemblée législative accorde au gouverneur et à son Conseil. Nous avons découvert que Caldwell, l'administrateur des fonds publics, a détourné cent mille livres sterling à des fins personnelles, et… nous avons remporté les élections de 1827, ainsi que vous le savez certainement, mais avec la conséquence que le gouverneur Dalhousie a refusé toute collaboration avec les élus. Il a refusé de reconnaître mon élection comme président de la nouvelle Assemblée. L'année dernière, James Kempt a remplacé Dalhousie : même résultat… et un autre remplacera bientôt Kempt. Et durant ce temps, nous continuons d'être traités comme des porteurs d'eau, des serviteurs nés pour un petit pain, des reclus. Or nous sommes des survivants et nous voulons être un peuple fier de son histoire, une nation qui n'aura pas à choisir entre la soumission et la rébellion.

Ce fut au tour de Montferrand d'interrompre Papineau d'un geste.

— Monsieur Papineau, fit-il, j'doute pas de vos dires : vous êtes un homme de discours dépareillé, vous savez toutes ces choses que quelqu'un doit savoir pour faire de la politique. Mais moé, Jos Montferrand, j'suis juste un homme de bois et de cours d'eau ; les affaires du Parlement sont ben loin des affaires d'la drave…

Papineau le fixa intensément.

— Vous-même, Jos Montferrand, êtes la victime d'une haine implacable de la part des Anglais. Vous êtes un insoumis, une menace. Chaque jour, ils volent l'argent du peuple, les votes du peuple ! Comment croyez-vous qu'un gouverneur entouré de tant de canailles puisse être juste ? Comment accepter un régime qui favorise toutes ces canailles ? Et comment devrions-nous nous comporter face à cette monstrueuse injustice ? Si nous ne nous respectons pas, demain, dans un an, dans une génération, nous n'existerons plus… C'est aujourd'hui qu'il faut prendre les moyens de nous débarrasser de ces malhonnêtes !

Montferrand laissa discourir Papineau. Avec un grand effort d'attention, il écouta également, et sans la moindre manifestation d'impatience, les trois compagnons du député orateur. Les propos de chacun faisaient écho à ceux de Papineau. Chacun concluait en disant que la colonie était un échec et une menace dont il fallait s'affranchir.

— Peut-être que vous ne vous en rendez pas compte, monsieur Montferrand, lui dit alors Justin Perrot, mais on se moque de nous chaque jour dans notre propre Parlement. On fait fi de nos revendications pourtant légitimes, on bafoue notre courage.

À ces derniers mots, Montferrand, qui avait observé jusque-là un silence attentif, lança un regard sévère à Perrot. Ce dernier se tut aussitôt.

— J'vous ai ben écouté, fit alors Montferrand, en regardant chacun des hommes à tour de rôle. Comme de raison, j'connais pas grand-chose aux affaires du Parlement. J'doute pas que l'diable en mène aussi large que l'bon Dieu. J'doute pas plus que les Anglais veulent ben gros nous faire fendre toutes nos terres en deux pour en prendre la meilleure moitié... Mais ma comprenure s'arrête là, et comme j'suis pas du genre à faire le connaissant, j'vois toujours pas en quoi j'peux vous être utile.

Papineau tira sa montre et y jeta un coup d'œil. Il la remit en place, but une gorgée de bière et se passa une main sur le front.

— Devenez un membre du Parti patriote, monsieur Montferrand, laissa-t-il tomber.

Et avant que Joseph eût le temps de réagir, il ajouta d'un ton enflammé :

— Un membre actif, engagé, prêt à monter aux barricades. Devenez notre bras armé, le symbole du courage pour notre peuple... votre peuple !

Tout en prononçant ces mots avec la plus grande conviction, il fixait intensément Joseph, qui, de son côté, ne s'attendait nullement à pareille proposition.

— Le bras armé ? répéta-t-il.

— Oui, monsieur Montferrand, insista Papineau. Serait-ce pour vous une chose impossible ? Serait-ce au-delà de votre réputation ? De votre sens de l'honneur ?

Ces paroles accablèrent Joseph. Elles évoquaient les abominations d'une cellule, les traits hâves de son père à l'agonie, les sanglots de sa mère emplie d'une insupportable angoisse, les scènes brutales d'affrontements, les bouffées d'orgueil après une victoire, la mélancolie des solitudes crépusculaires. Défilèrent ces mots écrits de la main de son grand-père, François Favre dit Montferrand : « Personne n'est dupe lorsqu'il s'agit d'éloigner consciemment le danger de l'honneur, car ils sont frères… » Il les avait lus et relus, appris par cœur, récités tant de fois pour chasser le doute, échapper à la peur, s'entêter à toutes les résistances, aux misères. Mais jamais n'avait-il imaginé qu'il prendrait la tête d'un peuple vaincu, luttant le ventre vide pour sa liberté.

— Y a personne pour me dire de quoi l'honneur est fait, monsieur Papineau, fit-il sourdement. Mon grand-père, mon père après lui, ont défendu l'honneur des Montferrand avec leur sang. Y en a été de même pour moé, pis j'suis fier de vous dire que j'ai jamais eu besoin de personne pour le faire à ma place !

— Vous avez eu besoin du colonel Charles-Michel de Salaberry, répondit paisiblement Papineau. Dieu ait son âme !

Montferrand le regarda avec effarement.

— Vous voulez dire…

— Que nous avons perdu un grand soldat, un allié précieux, un héros, monsieur Montferrand, précisa Papineau. Le colonel est en effet décédé en février de cette année. Je suis désolé de vous l'apprendre, croyez bien.

Joseph murmura une phrase vague que personne ne comprit. Il était consterné, très ému même. Puis, se ressaisissant, il dit d'une voix rauque :

— C'est ben lui qui m'a sorti de prison. J'lui en serai toujours reconnaissant.

— En effet, poursuivit Papineau, et c'est moi qui l'en avais convaincu.

— Vous, monsieur Papineau ? s'étonna Montferrand.

Il approuva d'un hochement de la tête.

— J'avais été mis au courant de votre emprisonnement par Lord Sherbrooke, qui était alors très malade. C'est lui qui m'avait suggéré d'en appeler au colonel de Sala-berry. Ce jour-là, depuis son lit de grand malade, Lord Sherbrooke m'avait dit de ne jamais essayer de faire d'un peuple écrasé un peuple de conquérants... Je n'ai jamais oublié le ton suppliant avec lequel il m'a dit ces mots ! Je lui avais répondu que je marcherais avec tout Anglais qui consentirait à écouter la voix de notre peuple et à com-prendre ses aspirations... non pas à exiger par le fusil et le canon l'exécution de ses ordres et l'assimilation. Cela vous suffit-il, monsieur Montferrand ?

Joseph prit une grande inspiration.

— Oui, finit-il par dire.

Papineau y alla d'un grand sourire, exprimant sa satisfaction.

— J'ai comme une dette d'honneur envers vous, continua Montferrand.

— Pas envers moi, répondit Papineau, envers votre peuple, Jos Montferrand !

Moïse Bastien entendit que l'on montait l'escalier en essayant de faire le moins de bruit possible. À peine y eut-il un léger craquement de la dernière marche. Puis l'inconnu s'arrêta sur le palier, en face de la porte de la chambre qu'il occupait. Aux aguets, Bastien attendit quelque peu, puis, au moment où l'on s'apprêtait à frapper, il ouvrit brusque-ment. Il se trouva nez à nez avec Joseph Montferrand. Il le trouva pâle, les mâchoires serrées, le regard sombre.

— Toé, t'es pas d'équerre, lui dit-il. On dirait que t'as perdu ton erre d'aller. Ce seraient-y les bourgeois qui t'ont reviré les sangs ?

— Tu parles à travers ton chapeau, Moïse, dit Montferrand.

Il entra dans la chambre. Bastien lui montra la blague de tabac qui traînait sur la commode.

— T'as ben en belle de charger. P't'être qu'une bonne pipée va te faire du bien.

— Merci ben, Moïse, fit Montferrand, mais c'qui va me faire du bien, c'est que tu m'écoutes.

— T'as rien qu'à dire, Jos.

— C'que j'ai à te dire a rapport avec mes volontés, et si c'est à toé que j'le dis, c'est parce qu'on a pris amitié ensemble. Es-tu d'adon pour m'entendre ?

Pour toute réponse, Moïse Bastien alla s'asseoir sur le lit. Il fit passer sa pipe d'un côté à l'autre de sa bouche, la retirant de temps à autre pour la bourrer puis la rallumer. Au fur et à mesure que Montferrand parlait, sa physionomie changea, passant de la surprise à un étonnement manifeste. Mais il se garda bien d'interrompre Joseph. Lorsque ce dernier eut terminé, il remit d'abord une liasse de billets à Bastien.

— Parts égales pour nos hommes... pis toé comme de raison, précisa-t-il.

Puis il sortit la ceinture fléchée du sac qu'il portait en bandoulière.

— Tu la remettras à mon père Antoine. Tu lui diras que je l'ai portée avec honneur, et que c'est à un homme d'honneur qu'elle revient !

Sa voix s'était mise à trembler. Il n'ajouta rien d'autre, se contentant d'échanger une longue et franche poignée de main avec Moïse. Celui-ci, le visage bouleversé, ne trouva la force de rien dire.

Calme en apparence, Joseph sentit cependant son cœur battre violemment. Il partit comme il était venu, en descendant silencieusement l'étroit escalier.

Une fois dehors, il leva les yeux vers le ciel. Le soleil brillait. Il se rappela le temps où il avait tellement souhaité voir un simple coin de ciel bleu à travers les barreaux de sa prison. Or, son cachot n'offrait rien d'autre qu'une éternelle obscurité. Il éprouva un frémissement d'impatience. Il se dirigea vers l'escalier Casse-Cou et descendit lourdement les marches. Il crut entendre des grondements plaintifs, des cris douloureux, puis un rugissement lointain. Il se doutait bien que ce n'était que le fruit de son imagination. Mais il savait aussi qu'il avait librement choisi d'aller affronter le monstre qui l'attendait depuis si longtemps. Car tel était son destin.

Le *Lady of the River* avançait laborieusement, lancé à la fois contre le courant du fleuve et les grandes marées. Les immenses roues à aubes battaient furieusement les flots, soulevant des gerbes d'embruns. Au rythme de huit milles à l'heure, le bateau avait mis une journée et une nuit à rallier Montréal.

Montferrand n'avait pas quitté la vaste cabine aménagée sur le pont principal. Il était resté étendu sur une des couchettes disposées en double rangée de chaque côté de la pièce. Afin de se soustraire à la vue des autres passagers, il avait tiré la draperie en damas rouge qui permettait à chacun une part d'intimité.

Il avait ouvert sa bible au livre des Juges et, sans cesse, au fil des heures, avait relu le même passage: « *L'édifice était rempli d'hommes et de femmes. Il y avait là tous les princes des Philistins et, sur la terrasse, environ trois mille hommes et femmes qui regardaient les jeux de Samson. Samson invoqua Yahvé et il s'écria: "Seigneur Yahvé, je t'en prie, souviens-toi de moi, donne-moi des forces encore cette fois, ô Dieu, et que, d'un seul coup, je me venge des Philistins pour mes yeux." Et Samson tâta les deux colonnes du milieu sur lesquelles reposait l'édifice, il s'arc-bouta contre elles… il poussa de toutes ses forces et l'édifice s'écroula sur les princes et sur tout le peuple qui se trouvait là…* »

Chaque fois, cette fin de récit lui avait dit la même chose : que s'accomplisse le destin ! Et la fureur impuissante, la haine, le désespoir s'estompèrent. La colère fondit.

Montferrand déplia alors la lettre toute jaunie qu'il avait insérée dans les pages de la bible qu'il venait de lire. Les mots lui avaient été adressés par le père Valentin Loubier voilà bien des années. Il lui avait semblé que l'encre n'avait pas encore séché, que le sulpicien venait tout juste de la cacheter, qu'il la relisait par-dessus son épaule.

*Tu le sais, et je te le redis, tu appartiens à la race des élus. Tu es donc un être d'exception, en dépit des revers que t'infligera la vie. De la sorte, tu ne saurais te confiner à un même endroit, car il te faut rêver, défendre de justes causes, nourrir ton imaginaire sans cesse affamé. Ta quête sera souvent douloureuse, te paraîtra parfois sans issue…*

En cet instant précis, Montferrand sentit une indéfinissable légèreté s'emparer de son être. Il avait cessé de réfléchir, de se préoccuper de l'avenir ; ni du sien ni de celui de quiconque. Aucune raison n'allait orienter ses actes. Dieu se manifesterait ou le diable l'emporterait. Il n'était pas sûr de vaincre, mais il savait maintenant qu'il ne connaîtrait jamais l'échec.

Montferrand contempla pendant quelques instants la barrière en bois massif qui bloquait l'accès à l'Union Bridge du côté de Bytown. Il inspira et sentit l'odeur familière du bois équarri lui emplir les poumons.

— C'est combien ? demanda-t-il à la vieille femme qui percevait les droits de passage.

Elle le regarda de ses yeux mornes, branlant la tête. Elle portait une robe rapiécée de partout qui la faisait paraître encore plus maigre qu'elle ne l'était en réalité.

— *Three pennies*, grasseya-t-elle en tendant une main décharnée.

Montferrand tira quelques pièces de la poche de son pantalon et les donna toutes à la vieille. Elle compta et recompta fébrilement.

— *Ya gave me twice too much!* s'étonna-t-elle.

Elle voulut remettre les pièces données en trop à Montferrand. Il lui fit signe de les garder.

— *God bless ya*, murmura-t-elle.

Aussitôt que Montferrand se fut éloigné de quelques pas, elle jargonna :

— *Or the devil... ya fool!*

Montferrand l'ignora. Il regardait droit devant lui. La travée du pont, en grosses planches, s'élevait en pente douce sur environ deux cents pieds. Dix hommes, se tenant épaule contre épaule, eussent pu en occuper la pleine largeur. La rambarde, de chaque côté, montait à hauteur de la ceinture d'un homme de taille moyenne. Trente pieds plus bas, la crue de la rivière était telle que ses eaux déferlaient aux allures d'un torrent.

À sa gauche, la masse blanche cascadait en étages sur d'énormes pierres, puis s'abattait avant de s'engouffrer entre les escarpements qui, à l'approche du pont, s'élevaient au-dessus des berges. Puis une apparition soudaine. Était-ce l'ardeur du soleil, son imagination exacerbée ou alors Anishinabe qui avait décidé de lui montrer une fois encore la voie ? Il vit les contours du visage devenu familier se révéler dans le tumulte des eaux bondissantes. « Pousse sur la charrue pour que tout le monde voie ton sillon », fit la voix qui domina le rugissement des flots. Puis rien. Sinon l'éblouissement du soleil irradiant les eaux de la rivière des Outaouais.

Un bruit sourd le ramena brusquement à la réalité. Derrière lui, la vieille avait fermé la barrière. *Comme un piège qui se referme sur moi*, pensa-t-il. Il sourit en se rappelant les paroles de Drouot, alors que le Français lui enseignait les rudiments du corps à corps : « Quand l'ennemi est partout, tu te contentes d'avancer, mais alors sans la moindre hésitation, car s'il est partout, il est assurément devant toi aussi. Et lorsque tu vois celui d'en face, tu l'attaques comme si c'était toi qui étais partout ! »

Montferrand se mit à avancer résolument. Il avait maintenant franchi une bonne centaine de pieds. Bientôt, il verrait l'autre versant du pont. Son esprit se déporta. Il revit la ravissante veuve, coiffée de deuil, qu'il avait rencontrée voilà deux jours à peine dans cette auberge située à trois heures de route de Wrightstown. « Diable de taverne ! » s'était écrié un dénommé Roussel, qui, après avoir offert ronde après ronde et dépensé son dernier écu, s'était retrouvé sans argent pour payer son dû. La belle veuve était demeurée souriante. Et lui, Jos Montferrand, incapable de résister au velours de ses yeux et aux plus belles dents du monde, s'était avancé en pleine lumière, demandant que l'on fît cercle autour de lui. Tous les paris iraient à la veuve, fut-il entendu. S'élançant, il avait frappé du pied le plafond de la jambe droite. L'empreinte fut nette. Il avait répété l'exploit de la jambe gauche. « Voilà ma carte de visite, madame ! avait-il lancé avec la force d'un cocorico. Dites à tous ceux qui passeront à l'avenir qu'ici Jos Montferrand a laissé sa trace pour l'honneur. Qui me cherche me trouve... »

Il entendit des sons saccadés, semblables à cent cognées qui entament autant de troncs d'arbres.

— Mufferaw ! lança quelqu'un.

L'appel venait de derrière. Joseph l'ignora, continua d'avancer.

— Mufferaw au pied lé aura de mes nouvelles! Je le cherche... je l'appelle, entendit-il cette fois, crié dans un français marqué d'un fort accent irlandais.

Il avançait toujours.

— *Frog! Beggar! Today ya pay me back... Today ya hang... Today ya go burn in hell!*

Montferrand reconnut la voix. C'était celle de Peter Aylen. Il continua d'avancer. Il avait laissé tomber sa veste, avait mis le chapelet de sa mère autour de son cou, invoqué la Vierge Marie et retroussé les manches de sa chemise. Il était arrivé au centre du pont.

C'est alors qu'il les vit. Devant lui, telle une bande de chiens sauvages, sauf qu'il s'agissait de Shiners armés de gourdins pour la plupart. Quelques-uns de la première rangée brandissaient des barres de fer. D'un coup d'œil, Montferrand évalua leur nombre à une bonne trentaine. Il repéra le plus robuste d'allure et ne le quitta plus des yeux. Il continua d'avancer. Les Shiners s'élancèrent alors en bloc, proférant des insultes. Montferrand n'entendit aucune parole, que des abois féroces. Il n'y avait plus que quelques pas maintenant qui séparaient l'homme de la meute lorsqu'une clameur venant de l'autre côté du pont retentit.

Montferrand oublia tout.

— Ton nom! cria-t-il à l'homme qu'il n'avait cessé de surveiller.

L'Irlandais le regarda d'un air mauvais.

— *Shamrock*, gronda-t-il en découvrant des dents de carnassier. *And ya going to hell, Mufferaw!*

La jambe droite de Montferrand le foudroya en plein élan. Shamrock fut projeté vers l'arrière, avec la force d'un obus, entraînant trois Shiners dans sa chute. Un coup de gourdin atteignit Montferrand à la tête. Il ne sentit rien. Son agresseur tomba sous le coup de l'enclume, magistral coup de poing porté par le bras du forgeron qu'avait été Montferrand. La vision de celui-ci se troubla pendant un moment, puis revint. Par réflexe, il porta sa main à la tête et la retira couverte de sang. Il n'avait rien senti, pas la moindre douleur.

C'est alors qu'il fit le signe de la croix. Il saisit le Shiner le plus proche, s'en servit comme d'un bouclier et fonça. L'impact fut tel qu'il renversa cinq hommes, les piétinant dans l'élan. Il recommença le manège. Déchaîné, il lança le suivant par-dessus la rambarde. Au même moment, une pierre l'atteignit. À la tête une fois encore.

— Qui me cherche me trouve, lança-t-il à pleins poumons. Pour l'honneur absolument... force à Montferrand !

Tout se passait maintenant comme dans ce rêve qu'il avait fait au soir de sa courte enfance, le jour de ses douze ans. Il s'était transformé en géant, franchissant monts et vaux par bonds prodigieux, fauchait d'un revers de la main une bonne centaine de fiers-à-bras...

# TROISIÈME PARTIE

## MONTRÉAL, 1864-1867

# · XII ·

En cette fin d'octobre 1864, Wilfrid Laurier se rendait à pied, comme il le faisait chaque jour, au cabinet d'avocats qu'il avait ouvert avec son ami de longue date, Oscar Archambault. Les deux nouveaux associés étaient convaincus qu'ils feraient fortune puisque, dans tous les salons et sur toutes les tribunes, on parlait de l'imminence d'un nouveau pays, une sorte de Confédération des colonies d'Amérique du Nord britannique. De l'autre côté des frontières, aux États-Unis, la guerre de Sécession tirait à sa fin, depuis la victoire des armées nordistes à Gettysburg. Ce serait au profit des grandes familles industrielles et de nouveaux arrangements commerciaux avec l'Angleterre et les autres puissances du vieux continent.

Laurier passait rarement inaperçu. Il était de grande taille, mais affreusement maigre. Il avait un front bien dégagé, une abondante chevelure, ondulée à souhait, une ligne de sourcils bien marquée, des yeux très expressifs quoique enfoncés dans leurs orbites et profondément cernés. L'extrême pâleur de sa peau dénotait une santé précaire. D'ailleurs, dès qu'il se mettait à tousser, une toux sèche, douloureuse, souvent suivie de crachements intermittents de sang, il pensait aussitôt à sa mère,

Marcelle, emportée par la terrible tuberculose. Lui-même ne se faisait plus d'illusion sur son propre sort, convaincu qu'il ne dépasserait pas la trentaine. Cette idée l'habitait à un point tel qu'il la tournait volontiers en dérision chaque fois qu'un goût de sang se répandait dans sa bouche.

Il pensait justement à une échéance prochaine de son parcours terrestre lorsqu'un modeste cortège funèbre attira son attention. Deux chevaux de bonne taille, drapés de noir, tiraient lentement un corbillard, que plusieurs appelaient familièrement le « chariot du dernier repos ». S'y trouvait un cercueil d'une taille impressionnante, bien charpenté à l'aide de planches taillées dans un bois au grain serré, probablement du merisier.

Quelques bourgeois seulement suivaient le corbillard, mais des dizaines de badauds s'étaient arrêtés en bordure de la route pour saluer la dépouille. On eût dit qu'ils l'avaient attendue depuis des jours. La plupart des hommes étaient cravatés, tuyau de poêle sur la tête.

Du coup, Wilfrid Laurier sentit l'émotion l'étreindre. Il retira son chapeau et inclina la tête. Lorsqu'il se tourna vers son voisin de droite pour lui demander le nom du défunt, il eut droit à un long regard de reproche. Finalement, l'homme lui lança assez sèchement : « Le Grand Jos ! » C'était comme si ces trois mots venaient résumer l'œuvre de toute une vie. Laurier sentit une petite rougeur lui monter aux joues. Il allait répondre quelque chose sur le même ton, mais il se ravisa. Ce manque de tact lui rappela les dictats de son directeur spirituel, alors qu'il était un jeune pensionnaire au Collège l'Assomption, et son expulsion pour avoir contesté le fanatisme religieux que l'on y faisait régner. Depuis, rien ne choquait davantage Wilfrid Laurier que les répliques cinglantes. Cela lui donnait chaque fois l'impression désagréable qu'on lui ravissait sa liberté.

Il quitta le lieu après avoir salué une dernière fois le cortège. Il songea d'abord à faire une longue promenade, à pas perdus, histoire de se détendre en prenant l'air et de calmer les douleurs qui lui tenaillaient sans cesse la poitrine. Il monta plutôt dans le premier tramway, tiré par des chevaux, qui passait à proximité. L'envie lui vint de se rendre à l'Institut canadien, dont il était membre, et de s'immerger dans cette bibliothèque qui lui avait permis de s'ouvrir au monde mais qui, depuis quelques années, était vivement contestée par l'évêque de Montréal.

En cours de trajet, il remarqua à peine les maisons rangées, les innombrables escaliers en colimaçon, les grandes résidences qui s'élevaient au fond de certaines rues bordées de grands arbres. En passant devant le Molson Hall, site de l'Université McGill, dont il était sorti diplômé en droit voilà à peine cinq mois, il se souvint brièvement qu'il y avait prononcé ce qu'il avait toujours considéré comme son discours d'adieu. Il avait longuement jonglé avec les mots, pour finalement proclamer que « rien sur terre n'est plus précieux que la justice ». Puis en ajoutant sur un ton enflammé : « Il n'y a plus ici d'autre famille que la famille humaine, qu'importe la langue que l'on parle, les autels où l'on s'agenouille. »

Wilfrid Laurier détourna les yeux. Il avait déjà tout oublié de l'Université McGill. Et il n'en éprouvait aucun regret puisque, en quittant cette institution, il avait pris la ferme résolution de n'y plus jamais remettre les pieds. Il fut pris d'une soudaine faiblesse. Craignant de s'effondrer à la vue de tous, il descendit du véhicule, fit quelques pas et s'appuya contre un lampadaire. La crise se manifesta aussitôt ; une toux violente, douloureuse. Il connaissait bien ce goût amer qui lui emplissait la bouche. Lui et sa mère l'avaient éprouvé tant de fois. Il toussa une fois encore. Il sentit le sang couler sur ses lèvres. Tirant un mouchoir, il les essuya prestement comme pour empêcher le secret de son mal de se répandre. En franchissant le seuil de l'Institut canadien, il croisa un petit homme aux cheveux clairs et à la barbe longue.

— Salut bien, l'avocat, lui lança ce dernier.

Laurier souleva son chapeau.

— Monsieur Lanctôt, fit-il respectueusement.

Le Lanctôt en question, Médéric de son prénom, était connu de tous, mais particulièrement des entreprises intellectuelles. Il était l'homme des débats, de la contestation. Il était le fils d'Hippolyte, l'un des plus ardents patriotes de la rébellion, déporté en Australie pour y subir un cruel exil. Médéric Lanctôt avait de qui tenir. Très tôt, il s'avéra un élève insoumis, opposé à toute forme d'autorité, se lançant tête baissée dans des luttes perdues à l'avance. Il avait mis le feu au collège de Saint-Hyacinthe, jeté des pierres dans les vitres d'un cabinet de lecture paroissial, tenu tête à Mgr Ignace Bourget en personne, visité l'Europe, monté son propre cabinet de droit, fondé le journal *La Presse*.

Médéric Lanctôt se dressa imperceptiblement sur la pointe des pieds comme pour se grandir et fit signe à Laurier de s'approcher. Le jeune homme se pencha légèrement, l'air surpris.

— Vous n'avez pas bonne mine, cher collègue, fit Lanctôt à voix basse. Serait-ce l'air de notre bonne ville qui vous convient mal ?

Wilfrid Laurier parut embarrassé. Il en savait assez sur la force d'esprit et la vivacité de réplique de Lanctôt pour ne pas mettre le cynisme de celui-ci à l'épreuve.

— Des petits ennuis de santé, répondit-il, comme à tous les changements de saison…

— L'occasion fait le larron, répliqua aussitôt Lanctôt. Un bon petit remontant n'a jamais tué personne… si j'ose dire !

Il partit d'un rire aussi nerveux que sonore.

— Les Écossais nous ont au moins laissé ça de bon, ajouta-t-il en prenant Laurier par le bras pour l'entraîner à sa suite.

Les deux hommes s'étaient rendus dans un de ces salons montréalais que fréquentaient les avocats de renom, quelques membres de direction d'universités et la plupart des collecteurs de fonds du parti des « rouges », les libéraux. Le salon arborait des boiseries d'un brun foncé, et de hautes fenêtres accentuaient l'espace déjà impressionnant. Au-dessus du foyer orné d'un manteau de marbre se trouvait un grand miroir qui reflétait, en cette heure du jour, la luminosité du dehors.

Médéric Lanctôt avait déjà commandé un troisième whisky alors que Laurier, timidement assis sur le bord d'un fauteuil de cuir, avait à peine trempé ses lèvres dans le verre qu'il tenait dans sa main droite et qu'il n'osait déposer sur la table basse qui séparait les deux fauteuils.

— J'ai entendu parler de vous, fit Lanctôt, tout en avalant une autre gorgée du brûlant alcool. En bien, cela va de soi.

Laurier ne répondit rien.

— Vous êtes ce qu'on appelle par chez nous un homme d'avenir, poursuivit l'autre. Mais il vous faudra faire preuve de plus de… comment dire… de mordant, vous voyez?

Laurier n'était pas certain de comprendre ce que cet homme essayait de lui dire véritablement. En fait, il était davantage préoccupé par sa pratique du droit qui marchait à peine, par ses dettes qui s'accumulaient, par cet amour qu'il portait à Zoé Lafontaine et qui lui semblait de plus en plus impossible, et, surtout, par ce mal qui le rongeait et lui faisait, jour après jour, cracher le sang.

— Pour l'instant, monsieur Lanctôt, je n'ai guère le temps de songer à mon avenir, murmura-t-il.

Lanctôt le regarda et prit un air moqueur.

— Mais dites donc, ironisa-t-il, vous parlez avec une trace d'accent anglais, vous ! Bon Dieu de bon sang ! Un Canadien qui a préféré Shakespeare à Corneille pour impressionner ses patrons de McGill ! Dites-moi que vous avez tout de même lu le rapport de l'infâme comte de Durham et que vous avez pissé dessus !

Laurier se raidit et regarda Lanctôt droit dans les yeux.

— J'ai lu ce rapport et je l'ai dénoncé chaque jour, répondit-il d'une voix ferme. Et je m'oppose chaque jour à toute intention d'anglicisation de ce pays.

Lanctôt éclata d'un autre rire bruyant.

— C'est bien ce que je disais : vous êtes un homme d'avenir. J'ai retenu cette citation de quelqu'un qui a vu des choses... quelqu'un qui a peut-être même découvert le secret de l'avenir d'un certain peuple. Il a dit : « Il y a de la gloire dans cette fraternité dont le Canada ne saura jamais être trop fier. Bien de puissantes nations pourraient ici venir chercher une leçon de justice et d'humanité. » Vous n'auriez pas entendu... ou lu ces paroles quelque part ?

Laurier était bouche bée. Cet homme lui renvoyait des phrases de l'adresse des finissants en droit qu'il avait prononcée en français lors de la cérémonie de remise des diplômes à McGill, l'après-midi du 4 mai.

La surprise était telle qu'il porta machinalement le verre à ses lèvres et finit par le vider. Une douce chaleur l'envahit. Il reposa le verre sur la table, s'enfonça dans le fauteuil et croisa ses longues jambes.

— Monsieur Lanctôt, finit-il par dire, vous avez déjà entendu parler de quelqu'un qui se faisait appeler « le Grand Jos » ?

La question eut l'effet d'un coup de fouet. Lanctôt s'enflamma aussitôt.

— Le Grand Jos ? Bon Dieu, Laurier, vous ne connaissez pas ce bonhomme ? Le Grand Jos... c'était le vent et la tempête... C'était un géant qui avait dans le sang plus de caractère qu'on en trouvera jamais dans tout ce qu'il y a d'hommes dans cette ville ! C'était ça, le Grand Jos !

— Vous l'avez connu ?

Lanctôt parut soudain désemparé.

— Ben... non... j'ai pas eu cet honneur, avoua-t-il. Mais j'en ai ben entendu parler. J'aurais pu le rencontrer une fois peut-être ; quelqu'un me l'avait montré du doigt, mais il était un peu loin. Mais j'ai rencontré Papineau... le grand Papineau. J'ai parlé avec lui... enfin, c'est plutôt lui qui a parlé avec moi. Il m'a dit tout ce qu'il fallait savoir sur le patriotisme ; il m'a parlé de survivance, d'affranchissement, de revanche de la nationalité. Pour tout dire, il m'a rempli de ses discours et de citations d'autres grands hommes. Et maintenant que vous me parlez du Grand Jos, je me demande bien qui de Papineau ou de lui était le plus grand patriote. Mais j'y pense... pourquoi me posez-vous cette question ?

— Parce qu'on l'enterrait aujourd'hui, répondit simplement Laurier. Du moins, c'est ce que j'ai cru comprendre.

— Le Grand Jos serait mort ! reprit Lanctôt, visiblement ébranlé par l'annonce de Laurier. Mais comment se fait-il que je n'en aie rien su ? J'espère au moins qu'on l'a monté dans un carrosse de riche tiré par quatre chevaux. Il méritait ça, le Grand Jos... pour tout ce qu'il a fait !

Laurier ne dit rien. Les derniers mots de Lanctôt lui donnaient le vertige. L'envie soudaine de tousser le prit. Il voulut la réprimer mais, comme il se retenait, la douleur de plus en plus vive lui serra la poitrine.

— Ça ne va pas, Laurier ?

Il entendit à peine les paroles de Lanctôt. Il prit le verre entre ses mains tremblantes et avala deux rasades. Un feu intérieur courut le long de sa gorge, se propagea jusqu'aux extrémités de ses membres. Comme par enchantement, le mal s'estompa, puis disparut. Il était trempé de sueur.

— Une faiblesse passagère, répondit-il, le souffle court.

Lanctôt eut un haussement d'épaules. Il vida son verre et enchaîna :

— Dites-moi, Laurier, ça vous dirait de venir travailler chez moi, dans mon cabinet ? J'ai besoin d'un adjoint... un vrai. D'un homme d'avenir... comme vous, par exemple.

Laurier marqua une fois de plus la surprise.

— Je dois y penser, monsieur... Vous n'ignorez pas que j'ai moi-même un associé.

Le petit homme se leva et se dirigea de son pas alerte vers la sortie.

— Monsieur Lanctôt ?

Ce dernier se retourna, un sourire en coin, se lissant la barbe d'un geste machinal.

— Dites-moi que vous avez une idée qui nous apportera gloire et fortune, lança-t-il avec ironie, tout en éclatant de son rire sonore. Dites-moi que vous acceptez.

Laurier hocha la tête.

— Je n'ai pas votre hardiesse, monsieur, fit-il avec modestie. Je voulais tout juste savoir son nom... Comment s'appelait ce Grand Jos ?

Lanctôt parut contrarié. Il s'attendait à toute autre chose de ce Laurier. Il l'eût cru plus engagé, plus passionné, certainement plus fougueux dans ses propos. Il trouvait un être plutôt chétif, en mauvaise santé. Il le voyait mal plaider au tribunal, où l'énergie et les talents oratoires devenaient les fondements d'une réputation. Mais il avait tout de même remarqué cette étrange lueur au fond des yeux du jeune homme ; celle d'un penseur, d'un visionnaire. Peut-être que les tourments intérieurs lui ouvriraient le chemin, lui rendraient une force encore insoupçonnée...

— Montferrand, répondit-il sur un ton neutre. Il s'appelait Joseph Montferrand !

Ce soir-là, Wilfrid Laurier ne trouva pas le sommeil. Il erra dans sa petite chambre, passant de son lit à la fenêtre, manège qu'il recommença une dizaine de fois. Regardant dehors, il ne vit que la nuit, même si la fenêtre donnait sur une ruelle où s'accumulaient, durant une semaine entière, les ordures ménagères dont les effluves empuantissaient chaque jour davantage tout le quartier. De guerre lasse, il finit par allumer la lampe qu'il avait disposée sur le meuble mal équarri qui lui servait de table autant de chevet que de travail. Ce fut à la lueur blafarde de cette unique lampe que Laurier se mit au travail.

Il fit d'abord le tri des nombreux volumes empilés, puis rassembla les documents qui s'y trouvaient pêle-mêle. De cet amoncellement, il retint un seul livre et trois manuscrits. Les ayant parcourus attentivement, il finit par prendre une plume. Sur une feuille vierge, il écrivit fébrilement le nom de Louis-Joseph Papineau et nota quelques remarques.

Les premières lueurs de l'aube infiltrèrent la pièce. Laurier parut surpris. Il déposa la plume et souffla la flamme. Il s'étendit ensuite tout habillé sur le lit, ne défaisant que le col de sa chemise. Il ferma les yeux et revit le corbillard, puis des visages qui défilèrent un à un. Les mots du poète lui vinrent alors à l'esprit ; des mots qu'il avait lus et relus, appris par cœur, récités chaque fois qu'il en avait eu l'occasion, lors de joutes oratoires. Ces mots du célèbre Byron, gisant pour toujours à quelques pas de Shakespeare, dans l'abbaye de Westminster.

> *What is this Death? A quiet of the heart?*
> *The whole of that of which we are a part?*
> *For life is but a vision*

Un voile tomba. Il crut voir un visage, mais les traits étaient trop confus pour qu'il le reconnût. Il s'endormit.

Ce furent les éclats de voix de déménageurs qui réveillèrent Laurier. Ceux-là peinaient dans l'étroit escalier qui menait du rez-de-chaussée au premier étage. En réalité, les Gauthier, chez qui Laurier était locataire depuis son arrivée à Montréal, déménageaient pratiquement tous les deux ans ; qui plus est, d'un quartier bruyant de la ville à un autre. Et chaque fois, s'il fallait en croire Phœbé Gauthier, la propriétaire, c'était pour éviter que, le printemps venu, le Saint-Laurent inondât le sous-sol. Un peu plus tard, une ballade de Chopin s'éleva. Comme par enchantement, les bruits du déménagement s'estompèrent. Cet air, ces notes voulaient tout dire pour Laurier. C'était le chemin de l'espoir et, pour autant, le premier acte des vivants. Dès lors, la musique respirait, incarnant toute vie. Et lorsque les derniers accents cédèrent à une nouvelle gradation sonore, Laurier sentit une vive émotion l'étreindre. Cette magie harmonique, pleine de hardiesse et de grâce, lui rappelait tout l'amour qu'il portait à Zoé, cette femme remarquable, musicienne accomplie, avec laquelle il souhaitait passer le reste de sa vie, mais avec qui tout projet de mariage semblait compromis par ce mal poitrinaire qu'il tenait pour incurable. Zoé Lafontaine demeurait son rêve insensé, inaccessible ; son obsession. Chaque soir, il lui écrivait un poème pour le déchirer à l'aube.

Laurier versa de l'eau dans la bassinette et s'y baigna longuement le visage. Puis il se rasa. Le miroir lui renvoya un visage d'une extrême pâleur, les traits d'un malade chronique marqués par le manque de sommeil et les affres d'une toux aggravée par les hémorragies. Laurier ne s'en tourmentait plus, s'étant pleinement résigné à son sort. Justement, il sentait poindre les urgences, pressé surtout de tirer au clair le mystère d'une vie et de la révéler. Étrange sentiment que celui qui l'étreignait depuis qu'il avait croisé ce corbillard et qu'il avait entendu prononcer ces mots : « le Grand Jos ! »

Fébrile, il reprit la plume.

*Le Grand Jos, qu'il s'appelait. En réalité, c'était Montferrand. On peut en deviner l'origine. Mais j'ignorais tout de lui jusqu'à ce moment fugace où j'ai croisé son corbillard. Rien à dire sur deux chevaux qui tirent une dépouille placée entre une douzaine de bonnes planches. Pourtant, il fallait voir tous ces gens saluer le corps au passage, comme s'il avait été celui d'un grand parmi les grands.*

*Le badaud à qui je demandai le nom du défunt n'a prononcé que deux mots : « Grand Jos », mais il l'a fait comme s'il m'annonçait le départ du roi d'un peuple dont il avait incarné toutes les valeurs. Ou alors d'un sauveur seul capable d'arracher les faibles, les démunis à leur malheur.*

*On avait repris alentour ce nom de « Grand Jos » avec la ferveur d'une litanie, avec cette fidélité généralement propre au sentiment d'appartenance. Cette émotion provoqua chez moi beaucoup plus que de la curiosité ; quelque chose comme l'éveil du patriote fervent en moi.*

*Je ne sais toujours pas qui était en réalité ce Montferrand dit le Grand Jos. Mais il semble qu'il soit de la lignée rare des personnages intemporels, ceux-là mêmes qu'un fou grandiose façonne dans le granit pour en révéler un mélange de qualités et de défauts à ce point démesuré que l'on est persuadé d'avoir affaire à un géant parmi les hommes.*

*Cette tâche, c'est-à-dire de faire resurgir la vie de cet homme, de révéler ce qui ne saurait demeurer enfoui, afin d'en tirer l'essentiel, serait alors mienne. Dans cet essentiel réside peut-être l'âme de tout un peuple, autant grandeur que petitesse, chutes, repentirs et contradictions; un modèle certainement inachevé, mais révélateur de la véritable liberté.*

Laurier s'arrêta net. Il resta pensif pendant un long moment. Puis il trempa la plume dans l'encrier mais sans rien écrire. Il refit le geste à plusieurs reprises, traça enfin quelques mots mais pour les biffer aussitôt. Il se résigna, concluant qu'il n'y avait rien d'autre à dire pour le moment. Cela le frustra. Pas un mot, rien pour l'inspirer davantage que les quelques lignes qu'il avait commises presque d'un jet. Lui qui pourtant se nourrissait des grands textes lyriques de Burns, de Tennyson, de Shakespeare, et qui ne cessait de lire et de relire les discours d'Abraham Lincoln ne trouvait aucune formule pour définir l'énigme d'une vie, le poids d'un mythe. D'un geste rageur, il tordit la plume. L'instant d'après, il fut accablé par une violente quinte de toux. Stoïque, il endura le mal comme le marin qui se laisse submerger par la vague, se surprenant même à imaginer comment ce Grand Jos entrerait dans sa vie alors qu'il venait de la quitter à jamais.

La taverne que Médéric Lanctôt lui avait décrite se trouvait à l'extrémité sud du boulevard Saint-Laurent, non loin des berges du fleuve. Laurier s'y était rendu à pied, une longue marche en passant par le Champ-de-Mars. Il n'eut aucune difficulté à repérer l'endroit. La plupart des caléchiers de Montréal s'y donnaient rendez-vous. Quiconque cherchait la taverne n'avait qu'à suivre le bruit des hennissements des chevaux. Il allait trouver ceux-là au détour, moussant encore de l'écume, suçant leurs mors en attendant qu'on les fasse boire.

L'odeur forte du tabac, mêlée aux relents de cuisson, prit Laurier à la gorge dès qu'il pénétra dans la taverne. Le va-et-vient de tous ces hommes soulevait sans cesse la poussière du plancher, ce qui ajoutait à son inconfort. Le bourdonnement des conversations ponctuées de soudains éclats de voix lui rappelait ces caquètements de basse-cour qu'il avait connus dans sa jeunesse, alors qu'il demeurait à Saint-Lin. Sentant sa gorge se serrer et craignant l'étouffement, il songea à rebrousser chemin. Il finit par se dominer, par réprimer son envie de tousser, et se fraya un chemin à travers ces hommes, debout en rangs serrés, engagés pour la plupart dans des conversations animées, alors que quelques autres, ayant déjà trop bu, s'engueulaient à qui mieux mieux, jusqu'à se bousculer ou même s'empoigner.

Ici et là, Laurier sentit des regards glisser sur lui. Certains le fixaient longuement, avec insistance. Il y en eut qui le dévisagèrent d'un air franchement moqueur, comme pour lui rappeler qu'ainsi vêtu, collet empesé, cravate, veste de tweed, chapeau melon, gants et badine, il n'avait pas sa place au milieu des travailleurs et des gagne-petit.

Tout au fond, assis à une table, un homme de bonne taille et aux mains épaisses le regardait fixement, en mordant sa moustache grise d'un geste machinal. Laurier le rejoignit.

— Monsieur Benjamin Desroches ? demanda-t-il.

L'homme ne répondit pas tout de suite, se contentant de toiser Laurier en battant des paupières. Autrement, son visage était un masque immobile.

— Lui-même, grommela-t-il enfin.

— Je m'appelle Wilfrid Laurier. M. Médéric Lanctôt, une de vos connaissances, m'a fortement recommandé de m'adresser à vous.

Desroches poussa un grognement tout en invitant d'un geste Laurier à s'asseoir.

— Laurier, vous avez dit ? C'est quoi, vot' métier ?

— Avocat.

— Vous itou ? s'exclama Desroches avec une moue dédaigneuse. V'là ben que l'diable se mêle encore de mes affaires !

Branlant sa grosse tête, il regarda brusquement Laurier dans les yeux.

— Moé, monsieur, je me méfie ben gros des avocats, fit-il en se lissant la moustache. On sait jamais c'qui nous attend avec des futés comme vous autres… rapport que quand tu roules ta bosse un brin, par icitte pis par-là, ça finit par te jouer des tours. J'en ai déjà trop fait pour Lanctôt… J'y dois plus rien…

— Ce n'est pas en tant qu'avocat que je viens vous voir, précisa Laurier.

Desroches fronça ses épais sourcils et leva la main.

— Patron, lança-t-il, pour deux !

Il fit mine de trinquer.

— Je ne bois pas, annonça Laurier, presque timidement.

Desroches eut un rire nerveux.

— C'est pas mes affaires, fit-il avec ironie. Moé, j'm'en va boire pour deux, pis toé… oh ! s'cusez… et vous, ben vous allez payer pour deux !

Laurier sentit l'impatience le gagner alors que Desroches se mit à siroter un verre après l'autre sans même se préoccuper de lui. Mais il se garda bien de montrer son humeur, se rappelant les paroles que lui avait répétées bien souvent son père, Carolus, qui les tenait, disait-il, de son propre père : « Fais toujours appel à l'esprit de sagesse, fais-en la mère de toutes les vertus. » Laurier se contenta de détailler Benjamin Desroches, dont les manières laissaient visiblement à désirer et qui semblait ne pas pouvoir se passer d'alcool, quel que fût le moment de la journée. C'était pourtant vers cet homme que Médéric Lanctôt l'avait envoyé en lui disant : « Ce Desroches a bien connu le Grand Jos. Il semble qu'il l'ait même vu lire et écrire ; assez incroyable, pour quelqu'un qui, à ce qu'il paraît, a fait trembler les Pays-d'en-Haut. Après tout, ce n'est peut-être qu'une légende… dans ce pays on n'en est pas à une légende près ! »

Desroches éructa grossièrement et, au lieu de s'excuser, il partit d'un gros rire.

— Y a pas à dire, les Écossais savent faire du whisky, fit-il en s'essuyant la bouche de la manche de sa veste. J'cré ben que vous êtes le seul avocat abstinent de Montréal.

Sous la sèche vigueur du visage de Laurier, les muscles de ses mâchoires se contractèrent durement.

— Une affaire de goût tout simplement, répondit-il en se gardant bien d'émettre tout commentaire.

Desroches haussa les épaules, avala une dernière gorgée et murmura des mots inintelligibles.

— Je vous demande pardon ? fit Laurier.

L'homme releva brusquement la tête et eut un geste rageur, comme pour chasser de mauvais souvenirs. L'instant d'après, il parut désemparé. Il s'essuya les yeux puis fixa Laurier.

— Vous êtes là pour me parler de lui, c'est ben ça ? murmura-t-il.

Laurier se contenta de hocher la tête. Desroches sourit faiblement. Toute marque d'antipathie avait maintenant disparu de son visage. Il se gratta la barbe de plusieurs jours qui lui dévorait le visage, sortit sa pipe de sa poche et la bourra lentement.

— Vous avez du feu ?

Laurier sortit une allumette et la tendit à Desroches. La main de ce dernier était agitée d'un tremblement nerveux alors qu'il tentait d'allumer sa pipe. Il finit par aspirer longuement la fumée, puis la rejeta en suivant du regard les volutes qui, en montant, se mêlaient à l'épais nuage bleu qui recouvrait le plafond de la taverne.

— Ça me fait de l'effet d'avoir à parler de lui, fit-il d'une voix monocorde après avoir retiré la pipe de sa bouche.

— Vous étiez un de ses proches ? demanda Laurier.

— Un proche, vous dites ? s'exclama Desroches. Y a pas une journée du bon Dieu où je ne me rendais pas chez lui : on était collés, ben collés ! Deuxième voisin sur la rue Sanguinet... vous voyez où ça se trouve ?

Laurier fit signe qu'il le savait.

— Une maison ben à lui comme qu'y disait, rapport que, des années avant, le Grand Jos avait ben essayé de garder la maison du paternel, mais ça... ça, monsieur l'avocat, y a que l'bon Dieu qui sait pis l'diable qui s'en doute... ça restera un mystère. D'la chicane avec les curés, avec les Anglais, jusqu'au grand feu... Ce jour-là, tout y a passé ! Là, j'vous parle de la maison des Montferrand, sur la rue des Allemands. C'est celle-là qui a flambé en même temps que tout le coin du faubourg Saint-Laurent... un ben gros feu ! C'te jour-là, le Grand Jos a braillé comme un enfant...

— Vous étiez là, monsieur Desroches ? s'enquit Laurier.

L'autre ne répondit pas. Il fit plutôt signe à Laurier qu'il avait envie d'un autre verre. Le temps qu'il se soit fait servir, ait bu d'un trait et bourré sa pipe une nouvelle fois permit à Laurier d'observer les traits maintenant crispés de son interlocuteur. Alors que ce dernier tirait de grosses bouffées de sa pipe, il gardait les paupières plissées, ce qui empêchait de voir ses yeux. Il finit par secouer la tête en signe de négation.

— Non, j'y étais pas... mais Trépanier y était. Le frère de sa première femme, la Marie-Anne, émit Desroches en se signant rapidement. Un solide, le Trépanier... pas comme le Grand Jos, mais pas manchot. C'est lui qui l'a vu des larmes plein la face... Faut dire que l'année du feu, c'était l'année du mariage du Grand Jos avec la Marie-Anne Trépanier ; tout un adon, vous pensez pas ?

— Des enfants ?

— Non... pas avec elle, ajouta Desroches après une hésitation, l'air franchement contrarié.

— Vous voulez dire qu'il en aurait eu avec... une autre femme ? risqua Laurier, en s'avançant sur le bout de la chaise pour ne pas perdre le moindre mot de l'autre.

Desroches commença par se lisser vigoureusement la moustache. Puis il aspira longuement, rejetant l'épaisse fumée qu'il dissipa aussitôt d'un revers de main.

Il parut embarrassé.

— Alors, monsieur Desroches ? insista Laurier.

— Y est parti sans connaître son enfant, fit Desroches gravement.

Laurier ne comprenait plus rien. Il avait perdu toute notion du lieu dans lequel il se trouvait. Il n'entendait plus les discussions bruyantes, ne voyait plus tous ces hommes autour qui gesticulaient, ne sentait plus rien, ni l'odeur de l'alcool ni celle, plus âcre, du tabac qui empestait la salle. Il était venu entendre parler d'une vie hors du commun, voilà que s'effaçait presque sa part de légende et que se découvrait celle d'un quotidien plus banal, sans véritable mystère, et que la mort avait tout simplement crevée.

— Et... vous savez où se trouvent la mère et l'enfant ? demanda Laurier, les narines frémissantes après avoir inspiré profondément.

Desroches commença par grommeler quelque chose que Laurier n'entendit pas avant de retirer sa pipe et de regarder ce dernier avec des yeux démesurément agrandis.

— La femme est drette dans la maison du Grand Jos, fit-il sèchement, et l'enfant est encore dans le ventre de sa mère.

Laurier demeura interloqué. Il voulut dire quelque chose mais se retint. Il se gratta la tête alors que les choses s'embrouillaient davantage.

— Vous voulez dire que… balbutia-t-il, que le Grand Jos… euh… M. Montferrand laisse une femme enceinte de lui, et qu'il n'en savait rien ?

— Sa veuve, monsieur l'avocat, le corrigea Desroches en se redressant vivement, je vous parle de sa veuve. Le Grand Jos s'était remarié au mois de mars avec une dame Esther Bertrand.

Laurier regarda Desroches d'un air incrédule. Il fit un rapide calcul mental. Des questions se bousculaient dans sa tête, trop de questions. Il avait l'impression que son cerveau était devenu une grosse éponge gonflée d'eau. Quel était donc cet homme dont il cherchait à percer les secrets et dont la mémoire venait le hanter ? Un homme qu'il n'avait jamais vu, dont la chair, les aventures, les amours peut-être, les désirs, en avaient marqué plus d'un, mais dont il igno-rait l'existence jusqu'à tout récemment. On avait salué sa dépouille comme d'autres s'agenouillent devant une vieille icône. Et on prononçait son nom avec vénération. Était-ce le même homme qui avait passé une vie sans faire d'en-fant et qui s'était découvert la hardiesse et le pouvoir de procréer alors qu'il était à l'article de la mort ?

— Quel âge avait M. Montferrand ? finit-il par demander.

Un instant, Desroches parut troublé.

— Ben… j'sais pas… P't'être ben soixante, p't'être plus, opina-t-il d'une voix assourdie. Y en a qui diront que le

Grand Jos avait pas vraiment d'âge. Y a roulé sa bosse tellement longtemps aux quatre coins du pays! Un matin, y était d'un bord à mener des hommes à la grosse ouvrage à travers les bois; un autre tantôt, le v'là à des lieues, à flotter des cages vers le fleuve. Quasiment comme si y avait vécu deux vies en même temps! C'est p't'être ça qui l'a tué: y en avait tellement fait, y a tellement vu du pays qu'y a fini par se faire étouffer par l'ennui... Un peu comme le vieux bœuf que tu dételles quand le champ est labouré: il lui reste juste à crever! Le jour où le Grand Jos a compris que son champ était labouré, y est devenu propriétaire de sa maison. Là, y s'est assis dans sa berçante, pis y s'est croisé les mains... Ç'a pas été long que ses dix doigts voulaient plus se séparer. Y s'est laissé pousser la barbe et les cheveux et y est devenu blanc comme un patriarche au bout de six mois... C'est drette comme j'vous l'dis!

— Pourtant, il a trouvé le moyen de faire un enfant, remarqua Laurier.

Desroches fronça les sourcils. Il retira la pipe de sa bouche et, sans même la récurer, la fit disparaître dans la poche de sa veste. Brusquement, il afficha l'air de quelqu'un qui en avait assez.

— Ça, monsieur l'avocat, c'est des affaires du bon Dieu, ça vous regarde pas... ça regarde personne. Si le Grand Jos a retrouvé son entrain, c'est rapport qu'y avait réglé ça avec sa créature pis l'bon Dieu. Mais dites-moé donc, c'est quoi que vous mijotez, vous pis le futé à Lanctôt? Des fois que vous auriez des envies d'écrire une histoire pour sa gazette... parce que si c'est ça que vous avez derrière la tête, faudrait ben que ça me rapporte un brin. L'histoire du Grand Jos, c'est un peu comme si on allait tous les deux à la banque et que j'vous donnais gratis la clef pour ouvrir un coffre...

Laurier n'entendait déjà plus la voix grasseyante de cet homme qui se disait un proche de Montferrand et qui s'apprêtait à conclure un marché afin d'exhumer son corps… Toute noblesse fuyait et des considérations de lucre prenaient toute la place, façonnant sur mesure une mémoire dont on fixerait commodément le prix d'avance. *Je ne paierai pas un écu pour regarder au fond de tes yeux, Grand Jos*, s'était alors dit Laurier en son for intérieur. Pour autant, des questions déchirantes le tourmentaient.

Laurier quitta la taverne sans prononcer un autre mot, sinon pour commander deux autres verres qu'il fit servir à son interlocuteur. Tout en avalant avec avidité les mesures d'alcool, Desroches regarda s'éloigner Laurier d'un pas tranquille, élégant, en se demandant s'il ne laissait pas filer une bonne occasion. Renversant la tête vers l'arrière, il vida le deuxième verre. *Que l'diable l'emporte… lui pis tous les verreux d'avocats!* pensa-t-il en faisant la grimace.

Cette nuit-là, Laurier n'eut pas à chercher le sommeil et aucune quinte de toux ne vint le tourmenter. Mais il eut la nette impression qu'une ombre immense le recouvrit. Au petit matin, en ouvrant les yeux, il sut qu'un géant avait pénétré dans sa chambre et veillé sur lui. Était-ce un rêve ou alors le géant lui avait-il soufflé à l'oreille: « Si tu entres dans ma vie par la bonne porte, tu trouveras des réponses merveilleusement simples » ?

# · XIII ·

Laurier avait entendu parler du notaire Xavier Malard, l'homme qui savait tout au sujet de Montréal : les plans, les rues, les emplacements des grands marchés, les incendies, les démolitions, les nouvelles constructions, les réglementations, les entrepôts, les pratiques commerciales, les regroupements de particuliers et d'entreprises, les lotissements, les activités des grandes sociétés, des petites boutiques, les disputes entre artisans, les règlements de comptes dans les arrière-cours...

Le vieux notaire demeurait au dernier étage d'une grande maison en pierre calcaire, aux murs épais comme des fortifications, avec des tirants de fer rivés dans d'énormes poutres. De son logement, il pouvait accéder aux combles par un étroit escalier de fer construit en colimaçon. C'est sous un toit à très forte pente que l'homme de loi conservait une quantité impressionnante d'archives, minutieusement classées et rangées par année et par ordre alphabétique. Les premières dataient de 1764, année où avaient été construits deux bâtiments, une maison résidentielle et un entrepôt, au bénéfice d'Edward William Gray, shérif de Montréal.

Le notaire Malard était un octogénaire, chauve mis à part quelques touffes blanches parsemées sur son crâne, au visage ridé et à la vue basse, mais qui se tenait encore bien droit. Il avait fallu quelques jours à Laurier avant d'obtenir un rendez-vous avec Me Malard.

Cela faisait une bonne heure que Laurier lui expliquait le but de sa visite : reconstituer, à des fins d'études, le Montréal du début du siècle. Le vieil homme l'écoutait sans bouger et sans afficher, du moins en apparence, la moindre émotion. Assis dans un fauteuil d'une autre époque, il gardait ses mains posées sur ses genoux. De temps à autre, il tapotait des doigts, signe manifeste qu'il éprouvait de la satisfaction à entendre ce jeune avocat lui dire toute l'importance que l'on accordait à son érudition dans les cercles influents de la ville. À la fin, les lèvres minces de Malard s'entrouvrirent, le temps d'esquisser un semblant de sourire, laissant voir une bouche presque édentée.

— Si je vous comprends bien, mon jeune ami, finit-il par dire d'une voix traînante, ce ne sont pas les plans qui vous intéressent vraiment... encore moins l'architecture ou même les grandes transactions... Vous ne me semblez pas être ce genre d'avocat...

Le vieil homme ricana tout en passant sa langue sur ses lèvres pour les humecter, et Laurier parut surpris de ses propos.

— Oh ! c'est l'expression de votre regard, poursuivit Malard. Tout est là : les vérités comme les mensonges... les silences aussi. Ce que vous cherchez, si j'ose dire, c'est de sortir quelqu'un de l'ombre afin de le remettre en pleine lumière. Je me trompe ?

Laurier baissa les yeux.

— Je ne me trompe pas, conclut Malard. Vous voulez vous fourrer le nez dans le passé de quelqu'un et savoir si ça sent le parfum de rose ou la pourriture...

Cette fois, Laurier sentit une vive rougeur enflammer son visage. Il parut gêné.

— Il y a un peu de ça, avoua-t-il du bout des lèvres.

— Il n'y a pas de mal à vouloir redonner un semblant de vie à ce qui est éteint, vous savez, continua Malard en empruntant le ton du philosophe. Regardez autour de vous : rien que des archives à première vue… Mais sur ces milliers de bouts de papier, il y a des histoires d'amour, d'amitié, de trahison… des batailles féroces, voire assassines, pour des lopins de terre, des bouts de clôture… des prises de pouvoir entraînant des ruines, des vengeances… Qui sait quels reflets les miroirs ont renvoyés à toutes les personnes nommées dans ces documents ? Alors, votre histoire d'études…

Laurier était visiblement décontenancé par la perspicacité du vieux notaire.

— Ça se voit tant que ça ?

— L'enfance de l'art, dit Malard avec une pointe de malice dans la voix. Ce n'est pas la pierre qui mène le monde, c'est la chair ! Peu importe ce que devient une ville… quelques cabanes de bois d'abord, des forêts, des champs ; puis des fortifications, des clochers, des manoirs, des châteaux peut-être… il suffit d'un grand feu pour tout balayer. Mais il restera toujours des hommes pour faire renaître une ville de ses cendres, pour rebâtir à force de frousse et de courage ; et ceux-là, il faut les regarder en face, saluer leur mémoire. Et c'est ce que vous essayez de faire, à ce qu'il semble. Dites-moi si je me trompe, mais ce n'est pas l'avocat qui est venu me voir, hein ?

Au moment précis où Laurier allait répondre, il fut pris d'une quinte de toux, celle-là plus sèche et encore plus douloureuse que d'habitude. Il voulut s'excuser mais n'arriva pas à prononcer le moindre mot. Le vieux notaire trouva sa canne et, s'y appuyant, fouilla dans un cabinet et revint porteur d'un flacon et d'un verre. Il le remplit à moitié d'un liquide incolore.

— Buvez, dit-il.

Laurier leva vers lui des yeux rougis. En même temps, Malard constata que les lèvres du jeune avocat étaient légèrement violacées.

— Allez, c'est un remède infaillible !

— Quoi ? fit Laurier, le souffle court et spasmodique.

— De l'eau-de-vie, répondit Malard. C'est tout ce qu'il y a de plus naturel. Allez, vous avez l'âge de faire cul sec ! Lorsque vous aurez atteint le mien, il vous faudra plutôt des frictions, peut-être même un peu de laudanum et d'éther avec ça... Mais vous avez encore bien du temps devant vous. Allez !

Laurier ne se fit pas prier davantage. Il vida le verre d'un trait. Et une fois encore, il s'étonna de l'effet presque instantané du puissant alcool. Son souffle revint, la cyanose s'effaça de ses lèvres, la tiédeur gagna ses membres glacés, son visage se détendit.

— Ce n'est pas très joli à voir, n'est-ce pas ? fit alors Laurier en guise d'excuses. Ni très courtois à votre endroit...

— Que me dites-vous là ? répondit Malard en se voulant rassurant. J'ai vu plus jeune que vous passer au travers de la dysenterie et du choléra... en commençant par moi. Bon, vous vous sentez mieux ?

— Ça va, répondit faiblement Laurier. Ça va déjà bien mieux, mais peut-être devrais-je revenir une autre fois, quand je serai débarrassé de cette vilaine toux...

Le vieux notaire remua lentement la tête et émit un petit ricanement ironique.

— J'ai le crâne dur et une bonne couenne pour mon âge, fit-il, mais je vous suggère de ne pas abuser de la chance : cette autre fois ne viendra peut-être jamais. À mon âge, mon bien jeune collègue, quand minuit arrive, il faut y aller... et l'horloge ne tardera pas à sonner. En attendant, dites-moi, quelle mémoire voulez-vous ressusciter ?

— Montferrand, laissa tomber Laurier. Celui qu'on appelle le Grand Jos.

Le visage ridé de Malard s'assombrit.

— Montferrand… mort? s'écria presque le vieil homme, ne cherchant pas à cacher son étonnement. J'aurais juré que cet homme-là était indestructible, qu'il nous enterrerait tous. Dire qu'on le croyait plus fort que la mort! C'est arrivé quand?

— La semaine dernière.

— Rien entendu à ce sujet, murmura le notaire. Eh! bien… le grand Montferrand!

— Vous l'avez donc connu? demanda Laurier, avec une certaine fébrilité dans la voix.

Malard pinça ses lèvres comme pour s'empêcher de répondre. Il pensa qu'il serait peut-être sage de sa part de dire simplement qu'il ne connaissait pas du tout Jos Montferrand, dans la mesure où il ne l'avait jamais vu, ni de près ni de loin. Mais ce serait alors faire bien peu de cas du personnage. Il en avait tellement entendu parler, et pendant tant d'années. Car le Jos Montferrand en question avait été le rêve de tous les hommes de son temps. Et pourquoi? Parce qu'il n'avait ressemblé à rien ni à personne de l'époque. Le peuple était petit, soumis, sans avenir, encaissant chaque jour les coups les plus vicieux. Montferrand était grand, prêchait pour la conquête de nouvelles terres, redressait les torts, punissait les méchants. Il rendait tous les coups, œil pour œil, avec panache par-dessus le marché, pour le droit et la justice. C'était ce qu'on disait de lui…

— Ah! Montferrand! fit le vieux notaire en mettant beaucoup d'emphase en prononçant ce nom. Qui n'a pas connu cet homme! Il y a trente ans, quarante peut-être, il ne se passait pas une journée sans qu'on ne parlât d'un exploit de ce Montferrand… tout un fort-à-bras, comme on disait alors. C'était comme si son destin avait été tracé: faire la leçon aux Anglais… enfin, aux militaires de la garnison, s'entend. Alors vous comprenez bien que, chaque

fois que notre Montferrand rossait un Anglais, la nouvelle se répandait dans les faubourgs et tout Montréal en
tirait sa bouffée d'orgueil... Il faut dire qu'en ces temps-là
c'était encore une bien modeste ville : vingt mille habitants
peut-être... bien qu'à peine cinq mille de ces braves aient
eu pignon sur rue dans le centre. Tous les autres étaient
dans les faubourgs. Pour bien dire, c'est dans ces faubourgs que bat le cœur d'une ville, et c'est là qu'on pié-
tine toutes les fiertés. N'y cherchez pas de belles maisons
en pierres de taille, ni de jardins : rien que des cabanes
en bois de façade trop froides l'hiver, trop chaudes l'été.
Je peux d'ailleurs vous montrer les plans de tout ça, c'est
public ; une église, une prison, des entrepôts, des moulins, des redoutes, un pont, même des champs peuvent
lier plusieurs générations de personnes...

Malard s'était égaré bien malgré lui. Sa voix se faisait aiguë alors que son regard se perdait dans une sorte
de brouillard. Il s'était pris à son propre jeu et, sans
inventer un Joseph Montferrand qu'il n'avait pourtant
jamais rencontré, il se faisait un devoir d'afficher toute
cette connaissance et de la dépeindre avec vivacité d'esprit. Après tout, il connaissait au détail près tous les
chantiers qui, depuis un siècle au moins, avaient fait
de Montréal la ville de commerce et de culture qu'elle
était devenue. Il avait consulté nombre de rapports et de
plans tracés de la main même de Gaspard-Joseph Chaus-
segros de Léry, chargé de la construction des remparts
autour de Montréal dès 1717. Et il connaissait l'histoire
du moindre entrepôt locatif jusqu'à l'aménagement du
Champ-de-Mars.

— Quelle allure avait donc ce Montferrand ? demanda
Laurier.

— Oh ! Ça fait maintenant bien des années, répondit
Malard comme pour s'excuser de ne pas répondre plus
directement à la question.

Puis, la main du vieil homme, toute couverte de taches brunes, s'éleva et traça une ligne imaginaire.

— Grand... très grand, fit-il alors en regardant Laurier de biais. Même que tous ceux qui se sont retrouvés en face de lui vous diraient que c'était un géant. En tout cas, personne ne pouvait le regarder droit dans les yeux tellement il était haut sur pattes.

Malard s'arrêta un instant, avala sa salive et sembla attendre une réaction de Laurier. Il éprouva un sentiment bizarre : celui de se croire lui-même. Peut-être qu'une parcelle d'un passé lointain refaisait véritablement surface. Après tout, une rencontre avec Montferrand n'eût pas été impossible. Il en avait croisé tant d'autres. Alors pourquoi ne pas en faire un géant sympathique, aux mouvements lents, au port noble ? Ou, à l'inverse, un être terrible, rusé, toujours en quête de bataille, que le moindre propos offensait, mettait en colère, déchaînant la bête captive en lui ! C'était ça, le passé : une chose vulnérable que l'on pouvait faire gober d'un trait une fois arrangé au goût du jour.

Au moment où le vieil homme allait continuer de réinventer le personnage, il se souvint soudain d'un fait précis et revit, de manière fugace, le visage d'un homme qui, à l'époque, avait suscité crainte et admiration à la fois. C'était un événement réel qui avait connu un sort curieux et qui avait été oublié par la suite. Mais il en restait une part d'archives permettant de le tirer de l'ombre. Cet homme-là, d'impressionnante stature, Malard l'avait connu quelque peu et, en une circonstance au moins, avait consigné un acte notarié le concernant.

— Le nom de Voyer vous dit-il quelque chose ? demanda-t-il à Laurier à brûle-pourpoint.

Ce dernier répéta le nom à mi-voix à deux ou trois reprises avant de secouer la tête.

— Non, je ne vois pas. Quel rapport ce Voyer a-t-il avec Montferrand ?

— Il en a un, fit le vieux notaire en clignant des yeux avec un brin de malice. Il était comme son père. Il s'appelait Antoine Voyer… et c'était tout un homme, vous pouvez me croire. Tous ceux qui ont fréquenté son auberge en savent quelque chose. On lui portait respect des deux bords… je veux dire autant chez les Anglais que chez les religieux; même que notre grand Salaberry, vous savez bien, l'orgueil de Châteauguay, fort comme un hercule lui-même, disait à la ronde que, même s'il en avait lui-même aplati un et un autre comme des punaises, il y penserait à deux fois avant de passer par les mains de Voyer!

Laurier s'impatientait. Il eût souhaité que Malard ne perdît pas de vue l'objet véritable de l'entrevue. Et jusqu'à présent, le vieil homme n'avait qu'effleuré le sujet. Un géant, avait-il dit en parlant de Montferrand, mais encore… C'était comme s'il avait évoqué l'ombre sans en faire apparaître les traits, l'expression du regard, et sans en décrire le timbre de la voix. Il avait fait état d'une certaine hauteur physique, mais sans parler du moindre exploit qui eût contribué à lui rendre de la grandeur.

— Pourquoi dites-vous que ce Voyer était comme le père de Montferrand? demanda Laurier en insistant sur ce dernier patronyme.

— Justement, j'allais y venir, répondit Malard en souriant. On a toujours dit que Montferrand appelait Voyer « son père » et qu'il le faisait avec déférence…

— Il était orphelin?

— En tant que notaire, je ne peux pas répondre avant d'avoir consulté les registres de décès et comparé les dates, annonça Malard gravement. Autrement, j'irais avec les rumeurs de l'époque… on a d'ailleurs fait grand mystère avec ça et on a inventé tout ce qu'on pu sous le couvercle du chaudron. Si cela vous intéresse, je peux faire cette recherche, cela prendra le temps qu'il faudra… et vous connaissez les honoraires pour ce genre de travail. À vous de voir.

Laurier fit mine de réfléchir, mais, pour l'heure, cela importait peu.

— Qu'avait-il de particulier, cet Antoine Voyer ? demanda-t-il brusquement.

— C'était un patron, répondit Malard sans la moindre hésitation. Vous savez, il y a cinquante ans, ce que cela voulait dire ? Eh ! bien, le patron, c'était le plus grand, le plus fort, le plus futé... un peu comme cette statue que vous connaissez bien, avec le glaive dans une main, la balance dans l'autre, et la grosse voix entre les deux pour donner des ordres...

Il eut un petit rire. Laurier l'imita. Et lorsque Malard s'arrêta pour souffler, Laurier continua de sourire.

— Saviez-vous que la curiosité est un remède ? lança le vieux notaire en tapotant ses cuisses de ses mains tout en essayant de raffermir sa voix.

— J'apprends de vous, monsieur, répondit Laurier avec douceur.

— C'est parce que la curiosité provoque l'étonnement, continua le notaire, chose que nous perdons généralement beaucoup trop tôt dans la vie. Malheureusement, après, tout nous indiffère... d'où le goût amer de la vieillesse, à cause de tous les oublis. Notre mémoire cède devant les cendres du passé.

Laurier se sentit quelque peu rassuré. Il avait cette conviction dont parlait Malard. Celle de croire que l'horizon de la vie resterait à jamais ouvert, que le rêve et l'espoir ouvraient aux grands idéaux. Lui qui passait souvent des nuits entières à lire ne sacrifierait jamais les satisfactions de l'intelligence. Il ne laisserait pas sa curiosité en plan, ni ses questions sans réponses. Il avait ce rendez-vous avec le passé. Car s'y trouvait, quelque part entre les berges du fleuve et le Champ-de-Mars, la mémoire d'un homme dont la silhouette paraissait grandir sans cesse.

— Inséparables, entendit alors Laurier de la bouche du vieil homme, ils étaient inséparables…

Le notaire avait laissé tomber les derniers mots avec gravité, un tremblement léger dans la voix, comme s'il eût voulu en tirer un effet convaincant, accompagnant la réplique d'un mouvement continu de la tête en fixant son visiteur d'un regard de furet.

— Dites-moi, mon jeune collègue, avez-vous déjà entendu parler de la rue du Sang? poursuivit le notaire tout en continuant à regarder fixement Laurier.

— Non, fit Laurier, alors que le son grêle de la sonnerie d'une horloge de chevet lui fit réaliser qu'il avait été assis, sans pratiquement bouger, depuis plus de trois heures, à écouter un vieil homme le mener, par bribes, à hue et à dia.

— C'est comme ça qu'on a appelé la rue Saint-Jacques après les événements de mai 1832, expliqua Malard. En fait, cela s'est passé le 21 mai de cette année-là. Et ce nom… enfin… cette expression est attribuée à feu Mgr Lartigue, alors évêque du diocèse de Montréal.

Laurier allait l'interrompre, mais le vieux notaire, devinant toute l'impatience de l'autre, l'enjoignit de le laisser parler d'un geste de la main.

— J'y arrive, fit-il en émettant un petit ricanement.

Reprenant le flacon, Malard en versa un peu dans chaque verre, puis, sans attendre, cala le sien d'un seul trait. Il émit un grognement de satisfaction.

— Un aux trois heures, laissa-t-il tomber à mi-voix, ça vous empêche de vous conter des peurs… bon! Où en étions-nous? Ah! oui: la rue du Sang! C'est parce que le sang a coulé ce jour-là à Montréal. C'était l'avant-dernière journée d'une élection partielle qui désignerait le représentant du quartier Ouest de Montréal, qui allait siéger à la Chambre d'Assemblée. Moi, j'étais alors le clerc d'office dans le bureau de vote situé près de la Place d'Armes. Cela faisait vingt-huit jours que les citoyens votaient et, en ce 21 mai, il n'y avait plus que trois votes qui séparaient le docteur Daniel Tracey, le candidat des Canadiens français et des Irlandais catholiques, un patriote à tous crins, propriétaire du journal *Vindicator*, de son adversaire, l'homme d'affaires Stanley Bagg, marchand d'origine américaine qui comptait à la tête de son comité de soutien le surintendant de la police de Montréal. Trois votes seulement, vous imaginez? Croyez-moi, Laurier, la table était mise pour un massacre! Il fallait à tout prix empêcher le bon peuple de voter pour celui qui était l'ami de Duvernay et de Papineau! Alors arriva ce qui devait arriver: conseillers législatifs, fonctionnaires de l'État, grand connétable, greffier de la paix et commandant de la garnison de Montréal ont passé une nuit à comploter. Il fallait un motif, et ce motif était la provocation d'une émeute. On allait fermer les yeux alors que les fiers-à-bras rangés du côté du candidat Stanley Bagg lanceraient les hostilités. Ils étaient des dizaines... en fait, on n'a jamais su combien ils étaient, mais tous avaient des chaînes et des gourdins dans les mains, et ils s'étaient répandus de la rue Craig jusqu'au fleuve, de la Place d'Armes jusqu'à la Place des Commissaires... et jusqu'aux portes de l'église Notre-Dame, avec la permission des Sulpiciens (ça, on l'apprendra plus tard)! Ils frappaient, ils assommaient, ils estropiaient tous ces patriotes assez braves pour se présenter aux portes des *polls* et assez naïfs pour croire au libre exercice de leurs droits.

Malard cessa de parler, les lèvres agitées de petits spasmes nerveux, certainement provoqués par l'évocation de ces tristes souvenirs.

— Tous les étudiants de droit ont entendu parler de cette élection, remarqua alors Laurier, et de la très courte victoire du docteur Tracey; peut-être pas de la rue du Sang, mais qu'importe... Ce fut une élection qui n'aura guère marqué notre histoire, avons-nous appris.

Le vieil homme sursauta et jeta à Laurier un regard qui en disait long.

— Appris de qui ? continua le notaire d'une voix tremblante. Et que vous a-t-on donc enseigné dans cette très réputée Université McGill ? Que les partisans de Tracey, des patriotes bien sûr, ont été les initiateurs de tous les désordres ! Écrit d'ailleurs en toutes lettres dans *La Gazette de Montréal*, dont l'éditeur était un allié connu du candidat Bagg... et écrit de surcroît en toutes lettres dans *L'Ami du peuple*, car les Sulpiciens, les « Messieurs de Saint-Sulpice » diront d'autres, grands patrons de ce journal de propagande, soutenaient le gouverneur Aylmer et ne portaient certainement pas Papineau dans leur cœur. Alors, dites-moi, qui donc, à McGill, se donne la peine de lire les textes de *La Minerve* ? J'en ai conservé presque toutes les parutions ! Voilà qui permettrait à nos brillants étudiants de droit, tels que vous, de mieux évaluer les sources de l'intolérance et les causes de toutes ces violences et injustices !

Laurier regardait le vieil homme discourir en se demandant si un héros allait enfin naître de ce récit par trop verbeux. Encore qu'il ne doutât nullement que, en ce jour de mai 1832, tous ces coups de bâton, ces poings tendus et ces souffrances endurées avaient en commun une volonté de justice.

Soudain, le notaire cessa de parler. Surpris, Laurier resta sans bouger, alors qu'un tressaillement agitait le corps malingre du notaire.

— Vous n'avez pris aucune note, observa Malard. Serait-ce que toutes mes remarques vous semblent totalement anecdotiques ?

Laurier s'empressa de secouer vivement la tête pour nier. En réalité, la réaction du notaire l'avait totalement pris par surprise.

— Bien au contraire, s'empressa-t-il de répondre. Votre témoignage est celui d'un mémorialiste qui éclaire une époque révolue, et il en est si peu pour le faire. Et votre propos a... comment dire... l'immense mérite de redonner une valeur historique à des aspects... euh... tenus jusque-là pour... déconcertants, fantaisistes même. En réalité – et je vous prie d'ailleurs de ne pas trop m'en tenir rigueur –, c'est ma trop grande hâte, mon impatience qui me pousse...

Malard s'amusa de la réaction de Laurier et y alla de son petit rire moqueur.

— Ce qui est embêtant, mon cher Laurier, fit-il en redevenant brusquement très sérieux, c'est que les meilleures années, tout comme les pires, s'enfuient rapidement et que, si nous acceptons que se rompe le fil de l'histoire, il n'en restera que des incertitudes et un effroyable sentiment de l'éphémère.

Les paroles de Malard eurent sur Laurier un effet immédiat, inattendu. Ce dernier imagina un incessant défilé d'ombres silencieuses. Tout était obscur. Et quoiqu'il ne distinguât aucun visage, une de ces ombres s'éleva au-dessus de cette foule et, d'un seul élan impétueux, l'emporta vers une destination lointaine. Ce ne fut qu'à ce moment que des rumeurs de voix s'élevèrent de partout, toutes chuchotant le même nom.

— Vous évoquiez le 21 mai 1832, reprit posément Laurier. N'était-ce pas aussi l'année du choléra ?

— En effet, fit aussitôt le notaire, avec un air de satisfaction. Vous retenez vite la leçon. Disons une parmi plusieurs années, le choléra étant un monstre à multiples têtes, mais il s'agit là d'une autre histoire, même si la terrible épidémie de 1832 n'épargnera pas un de nos héros. Or donc, ce 21 mai 1832 aurait pu entraîner une guerre civile. On avait tout prévu pour que cela arrivât : un magistrat pour donner lecture de la Loi sur les émeutes, l'état d'alerte puis l'intervention au moment opportun des soldats anglais du 15$^e$ régiment d'infanterie, la mise en batterie de plusieurs canons que l'on fit braquer sur des bureaux de scrutin de la rue Saint-Jacques… et, bien sûr, des fiers-à-bras déjà soudoyés par les Tories pour assommer à coups de poing et de triques les patriotes résolus à affirmer leurs droits. On avait même acheté la servilité et la complicité des Sulpiciens en leur garantissant la pleine jouissance de leurs biens du Séminaire au moment où ils croyaient en être privés. En fait, les deux grandes vérités étaient servies : le goupillon et l'épée.

Le notaire s'arrêta un instant pour reprendre son souffle. Mais l'instant d'après, il haussa le ton et, prenant de nouveau appui sur sa canne, déplia ses jambes raides et se leva.

— Personne n'aime les injustices, n'est-ce pas ? fit-il en agitant la main en direction de Laurier. Et ce jour-là, il fallait qu'un champion se dresse et exprime la colère de tous ! Et vous savez quoi ? Il n'y en eut pas un, mais deux. Antoine Voyer est arrivé et a demandé qu'on lui livrât le passage jusqu'au *poll*… je me rappelle l'avoir entendu parler d'une voix calme quoique enrouée. On lui a répondu par des insultes. Tous ont alors perdu la tête, tous criaient, chacun était pris de la fureur des autres, sauf Voyer lui-même. Sa voix était demeurée calme et continuait de couvrir toutes les autres. Je l'ai vu se placer dans le cadre de la porte du bureau, les bras croisés ; c'était un colosse, je n'avais jamais vu quelqu'un d'aussi grand. Et je me souviens encore de son regard, un vrai ciel d'orage ; j'en avais eu le frisson ! C'est là qu'il y a eu la tempête… Comprenez que ça venait de partout, sans ordre ; on frappait sur tout ce qui bougeait comme des sauvages ! Voyer, lui, ne voulait pas reculer et ne pouvait plus avancer… Puis il y a eu un grand cri : « Le Grand Jos ! » Ça venait de dehors… c'était comme si une charrue géante ouvrait un sillon. À travers les grands gestes furieux, le cri avait repris : « C'est le Grand Jos ! » J'ai vu un émeutier se faire empoigner au milieu du tumulte, puis deux autres finir cassés, la figure en sang. J'en ai vu quelques autres se faire culbuter comme des poupées de chiffon. Puis il est venu se placer à côté de Voyer, épaule contre épaule, les poings levés ; il était encore plus grand que l'autre, du moins pour autant que je m'en souvienne… Vous comprendrez que dans la tourmente du moment je n'avais pu voir son visage, seulement des cheveux clairs, assez longs, qui dépassaient d'un drôle de chapeau mou. C'était lui à n'en pas douter, c'était Jos Montferrand !

La fougue du notaire s'arrêta dès qu'il eut prononcé ce dernier nom. Il s'était rassis. Après un moment de silence, il regarda Laurier d'un air résigné et eut un hochement de tête.

— Autant vous dire que c'est là tout ce que je sais de ce Jos Montferrand, avoua-t-il. Autrement, je serais coupable de répéter toutes les sornettes que vous pouvez acheter dans les tavernes de la ville pour quelques écrits. Ne m'en voulez pas trop de rechercher les dernières excitations coupables de ma mémoire…

Laurier ne fut pas autrement surpris de cet aveu. Certes, il n'avait toujours pas devant les yeux le portrait fidèle du Jos Montferrand qu'il cherchait, mais le notaire Malard avait tiré de l'oubli une ombre colossale et l'avait placée dans un décor où s'était exprimée, trente ans plus tôt, la volonté du peuple.

— Je vous en prie, cher collègue, fit Laurier d'une voix empreinte de douceur, vous m'avez surtout rendu un précieux service… vous m'avez avoué la vérité. Or, c'est bien de cela que j'avais besoin, beaucoup plus que d'un récit homérique. Toutefois, j'avoue ma curiosité… cette journée du 21 mai, il a bien fallu en souffler la chandelle…

Malard, rassuré par les propos et le ton de Laurier, n'eut besoin que d'une courte réflexion.

— A-t-elle vraiment été soufflée, cette chandelle ? fit-il en soupirant. Peut-être qu'un jour, à force de remuer le passé comme vous le faites, en recollant les morceaux patiemment, le saurons-nous. Toujours est-il que le sang a coulé à profusion. La troupe anglaise a d'abord repoussé les patriotes vers la Place d'Armes sous la menace des baïonnettes, puis lecture fut donnée du Riot Act, ainsi qu'on nommait alors la Loi sur les émeutes, par un juge… et pendant cette parodie de justice, les hommes de Bagg redoublaient leurs actes de violence. Les patriotes répliquèrent alors à coups de pieux et arriva l'inévitable : des magistrats, visages couverts et placés en retrait, donnèrent l'ordre de tirer sur la foule. Trois morts, une quinzaine de blessés en fut le résultat. Le jour même, il y eut des funérailles sous haute surveillance en l'église Notre-Dame, et je ne me souviens même plus si les cloches ont sonné… On a raconté que des partisans du candidat Bagg et des militaires s'étaient réjouis devant les trois cadavres des Canadiens français ! Vous parliez d'une chandelle soufflée ? Un an plus tard, alors qu'il avait été question d'organiser une cérémonie en mémoire des martyrs de la rue du Sang, le supérieur du séminaire des Sulpiciens, un père Quiblier, voulut imposer un simple service de deux cloches, histoire de ne pas contrarier la royauté à Londres, et, quelque temps après, le roi lui-même, Guillaume IV, ou William pour nos amis anglais, décora de la croix de l'honneur celui qui avait donné l'ordre d'ouvrir le feu…

Ce récit d'événements sanglants exaspéra Laurier. Il était venu chercher une histoire noble, il entendait une histoire de brutes, de traîtres. Il n'avait qu'une envie : s'évader dans ce rêve où l'enfant qu'il avait été gambadait en plein champ en éprouvant la sensation qu'il pouvait, d'un seul souffle, aller jusqu'au bout de son immensité. Mais cette galopade n'eut pas lieu. À la place, il vit la haute silhouette d'un homme contre lequel on se jetait à plus de vingt contre un.

— Vous me semblez troublé, observa le notaire, je vous comprends. Vous n'y trouvez pas votre compte. Pourtant il y a une suite…

— Je sais, fit Laurier, presque indifférent, le choléra…

— Non, rétorqua Malard, je parle de votre Montferrand… et de Voyer.

Laurier regarda l'autre avec intérêt. Il réprima l'envie de dire : « Pas trop tôt ! » Il avala sa salive pendant que Malard se servit un doigt d'eau-de-vie.

— Il y eu un procès, dit-il d'une voix sourde. Cela aurait eu lieu dans les mois suivants l'affaire de mai 1832. J'avais quitté Montréal pour les Trois-Rivières, aussi ne suis-je pas en mesure de vous en donner tous les détails… mais procès il y a eu. Y eut-il un ou deux accusés ? Tantôt on parle de Voyer, tantôt de Montferrand… mais cela s'est passé à la Cour du Banc de la Reine, pour grave assaut et batterie ; vous êtes avocat, vous savez donc de quoi il en retourne. On parle d'un seul coup de poing qui aurait fait passer l'autre, un fier-à-bras de grande réputation, de vie à trépas. On a rapporté que, chacun voulant éviter à l'autre une condamnation, Voyer et Montferrand auraient tous deux revendiqué l'acte, en invoquant que ç'avait été au corps défendant. Pour en avoir le cœur net, il faudrait déterrer les archives, si tant est qu'elles n'ont pas été détruites par l'incendie de 1852… ou alors retrouver un témoin du temps qui ait toute la mémoire de la chose. J'ajoute toutefois que personne n'a fait une quelconque mention publique de ce procès… étrange quand même que *La Gazette*, *La Minerve* ou encore *Le Canadien* n'aient rien rapporté. Toujours est-il que, pour enfin souffler la chandelle comme vous le suggériez, deux mois jour pour jour après cette sanglante journée, on pouvait lire une notice en neuf mots dans l'organe des Sulpiciens : « Décédé en cette ville, mercredi dernier, Daniel Tracey, écuyer. » On apprendra qu'il était mort en combattant l'épidémie de choléra qui ravageait Montréal. En apparence, le calme était revenu dans la ville, mais au prix de mouvements de troupes à travers tout le Bas-Canada et d'incessantes manœuvres et défilés de tuniques rouges dans les rues. Cinq ans plus tard, il y aurait la rébellion qui secouerait le pays tout entier. Où étaient alors Voyer et Joseph Montferrand ? Lui, on entendait dire qu'il guidait des cages de bois sur le haut de la rivière Outaouais et qu'il passait de chantiers en tavernes afin de défier la loi du plus fort. Il s'en est dit beaucoup le long des routes entre Bytown et Québec, vous savez. À les entendre, Montferrand commençait en boulé dans l'Outaouais et finissait en héros à Montréal...

Malard ne trouva rien d'autre à raconter ou même à commenter. C'était maintenant à Laurier à faire la part des choses, à décider de ce qu'il fallait prendre au pied de la lettre ou encore recevoir comme de simples racontars. Tel était le paradoxe.

Le vieil homme se contenta de fixer son invité d'un regard compatissant, complice même. En y pensant bien, il trouva même ce nom de Montferrand fort poétique. Il vit dans les yeux de Laurier le goût de rêver du passé et la tentation de façonner un géant capable d'exploits sans limites. Il sourit en sachant que les intentions du jeune homme étaient résolument pures.

Sur le chemin du retour, Laurier ne put s'empêcher de remarquer murets, maçonnerie, maisons de pierres aux pavillons d'angle, chemin de descente en pente douce, ruisseau canalisé, nouvelles rues prolongées vers les faubourgs, grande voie publique bordée d'arbres, autant de points de repère d'une ville rasée par des feux, libérée de ses fortifications, reconstruite pour entretenir de nouvelles ambitions.

Comme il passait devant la façade d'un vaste entrepôt à la pointe à Callières, face au fleuve, il croisa une demi-douzaine de cavaliers vêtus d'uniformes rouges. Il entendit des passants maugréer dédaigneusement. Lui-même lança un regard hostile aux militaires. L'un des cavaliers tira sur les rênes et dirigea sa monture vers ces personnes qu'il soupçonnait d'injures à son endroit. Dès qu'il fit mine de tirer son sabre, les badauds se dispersèrent au pas de course tout en proférant cette fois une bordée d'insultes senties. Le militaire allait piquer des deux lorsque son supérieur le rappela :

— *Let them run*, ironisa-t-il, *pigs cannot hide very long from their own smell...*

En l'entendant, Laurier se dit que jamais la chandelle ne serait véritablement soufflée. Et que l'absence de mémoire était une épidémie plus terrible encore que celle de la peste. Car elle effaçait toutes les injustices en innocentant les coupables.

# · XIV ·

Laurier n'allait pas bien. Il ne dormait presque plus et ses quintes de toux rendaient sa respiration de plus en plus pénible. Il crachait continuellement le sang. Mais ce qui le déprimait encore davantage, c'était l'accumulation de ses dettes personnelles. Car la pratique de droit qu'il partageait avec son ami Oscar Archambault allait à la dérive faute d'une clientèle suffisante et, surtout, rentable. À ce rythme, dans un an, il allait se retrouver sans le sou. Il n'avait même plus les moyens de louer une calèche pour couvrir la distance qui séparait le bas de la ville de l'autre versant du mont Royal. Il lui fallait patienter des heures avant qu'une des quatre voitures que comptait le réseau de transport public de Montréal ne passât à proximité de la rue Craig.

Un soir, en rentrant, il avait trouvé une enveloppe sur le pas de la porte de son logis. Elle était adressée à son nom et solidement cachetée. Elle contenait un court message signé de la main de Médéric Lanctôt : *Venez me rencontrer à mon bureau de la rue Saint-Gabriel, demain, après cinq heures. Il en va peut-être de votre avenir.*

Laurier resta éveillé toute la nuit, passant et repassant dans sa tête tout ce qu'il avait entendu au sujet de Jos

Montferrand et qu'il avait noté avec soin, chaque soir, dès son retour à domicile. Puis il pensa à Zoé. Elle voulait se marier à tout prix, lui ne le pouvait. Il n'y avait aucun bonheur à espérer d'un tel mariage. La maladie le condamnait à une mort à brève échéance, il en avait la certitude. Et le manque d'argent conduirait Zoé à toutes les difficultés, bien au-delà d'un deuil prématuré. Pourtant il l'aimait follement, et Zoé, devant son refus, croyait le contraire. Puis Laurier imagina l'offre que pourrait lui faire Lanctôt. « Vous êtes un homme d'avenir », lui avait dit le bouillant avocat.

Mais l'image du petit homme à longue barbe, tourmenté par un certain projet confédératif qu'il considérait comme le moyen le plus sûr d'angliciser les Canadiens français, se dissipa. Une fois de plus, son esprit s'accrochait à cette quête d'un Jos Montferrand à la force et à la bravoure indomptées.

Laurier laissa gambader son imagination au sujet de Montferrand. Avait-on observé des présages à l'heure de sa naissance ou pendant la cérémonie du baptême ? Était-il né avec beaucoup de cheveux ? L'avait-on promis à une quelconque vocation religieuse ? Avait-il été un enfant pleurnichard ? L'avait-on bercé à souhait ? Avait-il eu la crainte de Dieu, de l'enfer ? Lorsque, épuisé, il ferma enfin les yeux, quelques minutes avant l'aurore, il vit en rêve un couple sortir d'une église. L'homme était très grand, d'un certain âge, avec une chevelure abondante, bouclée, parsemée de mèches grises. Il souleva la mariée avec une remarquable aisance et la déposa sur le siège d'une voiture à laquelle étaient attelés deux magnifiques chevaux à la robe de jais et dont la crinière avait été décorée de pompons de laine et de fleurs. Il y avait eu des cris de réjouissance ainsi que quelques coups de fusil. Puis un murmure de femme qui disait : « Celui des deux qui monte dans le lit en premier mourra le premier… » La femme était mince, avec des hanches étroites et de belles jambes. L'homme lui souffla à l'oreille ce qui ressemblait à des mots d'amour. Elle retira gauchement ses vêtements confectionnés avec des étoffes de bourgeois alors que l'homme en fit autant de sa chemise.

Brusquement, le visage de la femme apparut en pleine lumière : les traits paisibles, des yeux aux longs cils veloutés, une bouche généreuse, une grande noblesse dans l'expression… une ressemblance frappante avec Zoé !

Laurier s'éveilla en proie à une véritable panique. Il entendit le croassement lugubre de corbeaux qui prenaient leur envol. Se levant aussitôt, il fit sa toilette à la hâte. Il n'avait dormi que deux heures, croyait-il, mais il ne sentait pas la moindre fatigue. Il respirait mieux et avait les idées étonnamment claires. Aussi se mit-il résolument au travail. Il mit d'abord de l'ordre dans ses notes puis les recopia de façon lisible. Il dressa ensuite un portrait de la ville de Montréal à partir du corpus documentaire que lui avait confié le notaire Malard. Il insista sur la grille des rues des différents faubourgs, principalement celui de Saint-Laurent, qu'il tint pour le cœur de cette ville depuis le temps où on la connaissait comme Ville-Marie, époque où elle n'était encore qu'un territoire réduit, ceinturé de fortifications, avec quelques maisons, des boutiques et une place du marché. Une ville pour une société en pleine transformation. Des fortifications qui cèdent à des aménagements plus vastes, de grandes avenues, des faubourgs, des halles de bois, tout autant que de profonds clivages sociaux.

De toutes ces notes, il rédigea un premier texte :

*Montréal n'était pas alors cette ville avide de progrès, déjà rivale des capitales d'Europe et d'Amérique, coquette impitoyable qui se mutile pour cacher ses défauts et ajouter à ses grâces… C'était un petit bourg renfermé dans des limites assez étroites…*

Au bout de deux heures, Laurier déposa sa plume et relut ce qu'il avait écrit d'un jet. Il en ratura la moitié à traits rageurs, s'en voulant de faire tant de digressions. Il se leva, bâilla longuement et finit par regarder dehors. Le ciel était gris et annonçait de la pluie. Il consulta sa montre : encore trois heures avant son rendez-vous avec Lanctôt. Il se remit au travail.

*De ce point de la ville un chemin se dirigeait vers l'église Bonsecours, longeant le fleuve jusqu'où s'élève l'Assurance royale. Ici un maigre ruisseau venait déboucher dans le fleuve, s'élargissant de manière à former comme une petite baie. C'est là que venaient mouiller, tous les étés, les flottilles de canots d'écorce chargées des fourrures du Nord-Ouest et de la baie d'Hudson. Du moment que le fleuve était libre jusqu'aux premières neiges, la pointe à Callières était couverte d'une forêt de tentes abritant une population sauvage de tous âges et de tous sexes. Ces éternels enfants de la paresse prenaient la saison entière pour trafiquer le produit de leurs chasses d'hiver.*

*Le couvent des Sœurs Grises, aujourd'hui resserré de tous côtés par la fiévreuse activité du commerce, était alors aux extrémités du monde. Nul n'aurait osé s'aventurer par-delà ses murs de crainte de laisser sa chevelure aux mains de quelque vieux Iroquois…*

Une autre heure d'écriture ; des phrases jetées à la hâte, quelques relectures, des ratures. Encore des feuilles froissées, des grincements de dents, quelques jurons réprimés. Dehors la pluie tombait dru.

*Montréal qui a vu naître Louis-Joseph Papineau, Denis-Benjamin Viger, Joseph-Octave Plessis, Jean-Jacques Lartigue, peut aussi se vanter d'avoir donné le jour à l'illustre Jos Montferrand.*

Laurier déposa sa plume. Son visage devint grave alors qu'il relisait les derniers mots qu'il avait écrits. Illustre ? Qu'en savait-il vraiment ? Il embellissait le rêve comme quelqu'un qui succombe à la splendeur d'un mirage.

Laurier arriva trempé au bureau de Médéric Lanctôt. Il avait fait tout le trajet à pied, en passant par le Champ-de-Mars, le palais de justice et l'église Notre-Dame. À maintes reprises, les bourrasques de vent avaient failli lui arracher son parapluie des mains.

Il trouva Lanctôt sur le pas de la porte de son bureau. Il avait l'air sévère et était vêtu d'une redingote noire. Il jeta un coup d'œil en direction de l'horloge et eut un hochement de tête.

— Vous êtes ponctuel, remarqua-t-il d'une voix un peu enrouée, en ajoutant : et vous avez maigri…

— Je ne dors pas beaucoup, répondit Laurier.

Cela fit rire le petit homme.

— Moi non plus, rétorqua-t-il, mais je m'en fiche ; la nuit me porte conseil et j'en profite pour prendre de l'avance sur mes adversaires. J'aurai tout le temps à l'heure du repos éternel, et vous aussi !

L'instant d'après, comme par enchantement, il avait un verre à la main et le tendit à Laurier.

— Vous grelottez… Ça, c'est pour vous réchauffer. Craignez pas, ajouta-t-il en étouffant un autre rire, c'est pas un pot-de-vin ; vous ne m'avez pas rendu le moindre service !

Laurier le remercia et accepta le verre. Lanctôt prit le sien qui l'attendait sur sa table de travail et le vida presque d'un trait. Par politesse Laurier fit mine de l'imiter, mais se contenta d'une petite gorgée.

— Comme ça, on est sur un pied d'égalité, lança Lanctôt, les lèvres formant un mince sourire.

Redevenant sérieux, il montra les innombrables dossiers empilés sur la table.

— Ça, Laurier, c'est l'avenir, enchaîna-t-il. Si vous voulez réussir dans la profession, je vous offre la chance unique d'y parvenir... et celle de régler toutes vos factures ! Vous prenez connaissance de ces dossiers, vous y mettez bon ordre et, d'ici six mois, je fais de vous mon associé adjoint. Je m'y engage sous signature. Croyez-moi, vous ne trouverez nulle part ailleurs une offre semblable. En mots clairs, je vous confie le sort de mon étude.

Puis il éleva le ton, parlant avec la fougue du polémiste qu'il était.

— Je vous veux avec moi dans le Club Saint-Jean-Baptiste... et je vous veux à mes côtés dans la lutte contre les tenants de cette Confédération de tous les malheurs.

Laurier sembla gêné devant une telle manifestation de confiance de la part de cet homme avantageusement connu et craint dans les cercles du pouvoir politique, orateur redoutable, patriote avoué et tenant de la philosophie libérale. Le voyant hésiter, Lanctôt enchaîna :

— Cela ne vous suffit pas ?

— Au contraire, balbutia Laurier, cela me dépasse...

— Vous devrez apprendre à ne pas vous laisser surprendre par rien ni quiconque.

— C'est que... il y a le temps...

— Le temps ? reprit Lanctôt, en mettant son doigt presque sous le nez de Laurier. C'est maintenant, Laurier, tout de suite. Notre peuple a attendu depuis trop longtemps.

Laurier sentit sa gorge se serrer. Et, se raidissant, il fut pris de l'envie de tousser.

— C'est malheureusement de temps que j'ai aujourd'hui le plus besoin, fit-il à mi-voix, sentant que ses paroles s'étranglaient.

— Du temps pour quoi... ou pour qui au juste ? le relança Lanctôt, aussi tenace qu'un molosse rognant son os.

Laurier le regarda sans répondre. Lanctôt lui rendit son regard, les bras croisés, se dressant presque sur la pointe des pieds. Laurier prit alors un air engagé.

— Pour Montferrand, lâcha-t-il résolument, c'est pour le Grand Jos que j'ai besoin de temps.

Lanctôt fronça les sourcils. Il n'était pas dans les meilleures dispositions et se sentait particulièrement impatient. Il proposait à ce jeune avocat sans expérience un siège confortable, un avenir assuré, et ce dernier lui parlait de réveiller un mort. Certes, ce personnage n'était pas quelqu'un de banal, il en convenait. De ce Montferrand, il avait vanté les mérites à Laurier et l'avait même mis en rapport avec Benjamin Desroches, croyant bien que ce dernier satisferait la curiosité de l'autre.

— N'avez-vous pas rencontré Desroches ?

— Oui, répondit Laurier, et le notaire Xavier Malard, entre autres...

Lanctôt eut un haussement d'épaules.

— Vous me surprenez, avoua-t-il. On ne dirait pas... vraiment pas... enfin, à vous voir, comme ça...

Il n'acheva pas sa phrase et Laurier ne réagit pas.

— Combien de temps ? demanda alors Lanctôt.

— Très franchement, monsieur, je n'en sais rien, répondit Laurier avec une grande assurance. Le temps de faire le tour de sa vie...

— Je vous donne un mois, répondit Lanctôt du tac au tac, à la condition que vous acceptiez mon offre.

— Je... commença Laurier.

— Que vous acceptiez cette offre ici et maintenant, poursuivit Lanctôt. Et je vous paie d'avance ce mois entier. Alors ?

Laurier demeura saisi. L'offre était généreuse, l'envie de dire qu'il acceptait lui brûlait les lèvres. Mais il eut la voix coupée par un trop-plein d'émotion. Quoiqu'il éprouvât, en cet instant même, une inquiétude au sujet de ce qu'attendait véritablement de lui Lanctôt, il se sentit tout autant gonflé de vanité. De peur de bégayer des mots insignifiants, Laurier se contenta de tendre la main en guise d'accord. Lanctôt la serra vigoureusement en poussant un « bon ! ».

— Mon cher Laurier, s'exclama-t-il, les Anglais, les curés, Georges-Étienne Cartier, tous les suppôts de Durham et leurs thuriféraires, n'ont plus qu'à bien se tenir… peut-être bien à coucher tout habillés. Ils ne vendront pas notre peuple contre un plat de lentilles !

Il refit le plein des verres, même si Laurier avait à peine bu dans le sien.

— Et où donc le Grand Jos vous a-t-il donné rendez-vous ? lança-t-il d'un ton goguenard.

— Aux Trois-Rivières, répondit Laurier.

Lanctôt parut quelque peu surpris. Il se gratta le front, lissa sa barbe à quelques reprises, puis laissa entendre son petit rire nerveux.

— Quoi ? Vous vous intéressez aussi au charbonnage ? fit-il. Je croyais que vous auriez pris la route tout à l'opposé… celle des cageux, des coureurs de bois…

— Eh bien, non ! enchaîna Laurier. Je n'ai pas encore la santé pour me retrouver au milieu des rapides ou encore au fin fond des bois.

Lanctôt devint grave. Il jeta un regard oblique à Laurier, une pointe d'envie au fond de ses yeux bleus. Il se disait que, malgré sa faiblesse généralisée, ce grand efflanqué dont il venait de faire son associé allait réaliser une sorte de rêve insensé. C'était le genre de satisfaction d'amour-propre qu'il ne vivrait jamais. Il but coup sur coup des gorgées de whisky, puis, se balançant d'une jambe sur l'autre, demanda à brûle-pourpoint :

— Vous avez déjà entendu parler du fameux Cadieux ?

Six heures sonnèrent à l'horloge. Laurier tira machinalement sa montre.

— Vous récitez l'angélus ? ricana Lanctôt.

— C'est que j'ai encore un long trajet à faire pour retourner chez moi…

— Allons donc ! Vous pouvez maintenant vous permettre un cocher, lança Lanctôt. Vous ne m'avez pas répondu au sujet de ce Cadieux…

— Jamais entendu parler, avoua Laurier.

Lanctôt lui adressa un clin d'œil et l'invita à trinquer. Il y eut le tintement sonore des deux verres. Cette fois, Laurier vida presque le sien. Sans faire de manières, Lanctôt essuya du revers de main le filet d'eau-de-vie qui lui coulait au coin de la bouche.

— Un noir corbeau, volant à l'aventure, vint se percher tout près de ma toiture, je lui ai dit : « Mangeur de chair humaine, va-t'en chercher autre viande que la mienne… » déclama-t-il alors sur un ton théâtral. Ça ne vous dit rien ?

Laurier fit non de la tête.

— La complainte de notre Cadieux, précisa Lanctôt. Ça m'étonne que vous n'en ayez jamais entendu parler…

Laurier se contenta de hocher la tête, sans ajouter un mot. Il était vrai qu'il ignorait presque tout des coutumes, des croyances et des superstitions en usage dans le pays. Quoique son grand-père eût été assez fidèle aux traditions de la vieille France, son père ne les lui avait pas transmises. Il avait bien entendu ici et là des récits au sujet de tel forgeron qui guérissait le mal de dents ou de tel cordonnier d'un village qui avait des dons de sorcier, mais son père avait vite fait d'attribuer ces histoires à des sornettes de tavernes.

— Ça doit bien remonter à cent cinquante ans, peut-être davantage, poursuivit Lanctôt. Ce même Cadieux, Jean de son prénom, était le roi des canotiers ; les rapides les plus impétueux n'avaient aucun secret pour lui. Il passait au milieu des grandes eaux et entre les rochers là où tous les autres s'avouaient vaincus. Toujours est-il que notre Cadieux et ses compagnons sont tombés un jour dans une embuscade tendue par des Iroquois. Cadieux réussit l'impossible et, avec l'aide d'un seul jeune Algonquin, prit les Iroquois à revers et permit ainsi à tous ses compagnons de trouver refuge à Grand-Calumet. Lorsqu'on décida enfin de partir à sa recherche, plusieurs jours plus tard, on ne découvrit qu'une croix de bois et un corps à demi enterré… Jean Cadieux tenait encore entre ses mains une écorce de bouleau sur laquelle il avait tracé, avec son propre sang, sa complainte. Depuis ce temps, tous les coureurs de bois qui passent par le Petit-Rocher de la Haute-Montagne, dans le coin des Sept-Chutes de l'île du Grand-Calumet, sur l'Outaouais, s'arrêtent pour prier à l'endroit où se trouve toujours une croix et rapportent un petit morceau d'une écorce de bouleau.

Laurier parut surpris du sérieux avec lequel Lanctôt avait raconté ce qui ressemblait davantage à une légende qu'à un récit véridique.

— D'où tenez-vous donc cette histoire ? demanda-t-il, sceptique.

— De mon père Hippolyte. Il l'a entendu raconter sur le navire qui le menait en exil en Australie, en septembre 1839, par un autre exilé, qui lui la tenait d'un Jean-Charles Taché, qui avait transcrit la complainte telle que la récitait un prêtre du nom de Cadieux, qui lui la tenait, mot pour mot, de son grand-père, qui était le petit-fils de Jean Cadieux lui-même… Et il y a fort à parier que le Grand Jos la connaissait bien, cette histoire, et qu'il s'est probablement agenouillé devant la croix de Jean Cadieux…

Lanctôt avait débité son explication sur un ton voisin de la solennité. Il marqua un temps, le regard fixé sur Laurier. Quoiqu'il y lût une certaine incrédulité, il n'en fit aucune mention. L'histoire ne saurait être sans embellissement et les historiens ne sauraient l'écrire sans imagination.

Puis le petit homme reprit place derrière son bureau. Il trempa sa plume dans l'encrier de bronze et rédigea à la hâte un texte qu'il tendit à Laurier.

— C'est… très généreux de votre part, dit Laurier, visiblement ravi de ce qu'il venait de lire.

— Oh! Je ne fais que prêcher pour ma paroisse, s'empressa de dire Lanctôt, en souriant avec ironie.

Zoé Lafontaine avait dit à Laurier qu'elle supportait de plus en plus mal la douleur de le voir s'éloigner d'elle sous prétexte qu'il était malade. Lorsqu'il lui apprit qu'il allait se rendre aux Trois-Rivières pour y poursuivre sa quête, elle fondit en larmes. Puis, ne ménageant pas ses mots, elle lui lança assez brutalement qu'il fallait qu'il eût du toupet pour préférer la mémoire d'un mort, parfait inconnu de surcroît, à leur amour, pour vacillant qu'il fût. Ce jour-là, elle lui claqua la porte au nez. Elle se réfugia dans la musique, et Laurier entendit résonner les notes graves d'un air de Wagner jusque tard dans la nuit. Comme il était en proie à une migraine, il ne ferma pas l'œil. Il en profita pour faire sa malle de voyage et relire une fois encore ses notes. À la pointe de l'aube, il s'aspergea le visage d'eau et frotta longuement ses yeux rougis par le manque de sommeil.

Alors que les premières lueurs du matin se répandaient par la fenêtre, sa migraine disparut comme par enchantement. Il eut alors l'idée que tout mal pouvait guérir à condition de vouloir mourir d'autre chose. Il reprit possession de son rêve en même temps que la plume, et se mit à écrire.

*La rue Sherbrooke, le Beaver Hall, le quartier Saint-Jacques étaient des noms parfaitement ignorés... Le boulevard Saint-Laurent n'était qu'un faubourg de ce côté, la ville proprement dite commençait au sommet de la côte Saint-Lambert. Du temps des Français, il y avait eu des portes à cet endroit, et les anciens disaient : « Le notaire Labadie demeura aux portes de la cité. »*

*Ce qu'il y avait de plus remarquable en fait d'édifices, c'était la cathédrale anglaise et la vieille église de la paroisse. La cathédrale anglaise a subsisté jusqu'en 1856, quand elle a été consumée par un incendie. Elle a été remplacée par ce pâté de maisons qui, en souvenir d'elle, a reçu le nom de Cathedral Block.*

*La vieille église de la paroisse faisant face au fleuve occupait une partie de la Place d'Armes et toute la rue Notre-Dame, qu'elle coupait en deux.*

*Tout autour étaient rangés les comptoirs des puissantes compagnies du Nord-Ouest et de la Baie d'Hudson. Dieu sait ce qu'il s'est brassé là de millions !*

Avisant l'heure, Laurier se leva brusquement, enfila un long manteau, un foulard de laine, se coiffa de son chapeau rond, mit des gants et prit sa malle. Dehors, l'air était humide et un vent glacé, annonciateur des rigueurs automnales, lui piqua les narines. Quelques minutes plus tard, il entendit le pas des chevaux, bien réglés, de la Montreal City Passenger Railway. Il préféra ce mode de transport public à la calèche, malgré ce que lui avait suggéré

Médéric Lanctôt. Il en eut pour une bonne heure avant d'arriver au point de départ des diligences qui empruntaient le chemin du Roy, direction des Trois-Rivières.

Prévue pour faire le trajet en un peu moins de douze heures, sauf en cas de déluge, la voiture fermée s'ébranla à l'heure dite, tirée par trois chevaux de race canadienne, la plus forte des bêtes placées devant la paire. Elles semblaient très bien dressées, répondaient instantanément à leur nom et exécutaient toutes les manœuvres, comme celle de se faufiler sans heurt dans les rues étroites et encombrées de Montréal, pour accéder le plus rapidement possible au chemin du Roy. Dès lors, le voyage devint assez paisible, excepté le brassage occasionnel aux endroits où la route était creusée de nids-de-poule que l'attelage ne parvenait pas à éviter.

Les six voyageurs s'étaient tous plongés dans leur lecture et, au fil du trajet, avaient fini par s'endormir, sauf Laurier, qui ne parvint qu'à somnoler à brefs intervalles. Il se prit à contempler le long fleuve tranquille bordé de grèves désertes. Çà et là, un îlot, des hameaux, des pâturages, des boisés de conifères mêlés d'érables, une douzaine de moulins seigneuriaux.

Chaque heure ou presque, le conducteur donnait du cor, quelques petits coups brefs pour annoncer l'approche d'une auberge qui tenait également lieu de relais. Le temps de faire boire les chevaux, d'apporter les plus récentes nouvelles de Montréal, de permettre aux voyageurs de se délier les jambes, d'avaler un breuvage chaud et de faire un brin de conversation avec les passagers d'une autre diligence, en provenance, celle-là, de Québec.

On traversa ainsi le ruisseau Saint-Charles, la rivière aux Sables, la pointe du Lac, la presqu'île Saint-Eugène avec vue sur les Îles aux Sternes, la Baie Jolie, le ruisseau Sainte-Marguerite à la hauteur de la pointe aux Ormes, pour enfin déboucher à l'endroit où les trois chenaux se jetaient dans la tumultueuse rivière Saint-Maurice, juste avant que cette dernière dégorgeât ses eaux dans le Saint-Laurent. C'était la première visite de Laurier aux Trois-Rivières, mais il connaissait bien l'histoire de cette ville, reconnue comme l'une des plus anciennes de toute l'Amérique. Elle avait sa cathédrale, son manoir des Jésuites, celui des Ursulines et, surtout, l'une des plus importantes entreprises d'exploitation du minerai de fer : les Forges du Saint-Maurice, sur les terres de la seigneurie du même nom. Depuis plus d'un siècle, elle produisait, pour le compte de l'Amérique entière, des socs de charrue, des enclumes, des chaudrons, des poêles, des couteaux, des barres de fer, des cloches d'église. Du temps de Montferrand, se rappela Laurier, les Forges du Saint-Maurice comptaient plus de trois cents ouvrières qui s'occupaient du moulage et du martelage du fer. Et trois fois plus d'hommes pour la coupe du bois, l'extraction du minerai et la production du charbon. Cela, il l'avait appris durant ses études à McGill.

Au loin se profilait la silhouette du haut fourneau des forges. Un halo rouge indiquait que des ouvriers enfournaient le charbon pour entretenir les feux.

La diligence arriva à l'hôtel *Bernard*, situé au cœur des Trois-Rivières, à la tombée de la nuit. L'endroit était bondé et le conducteur, un homme d'expérience, avait glissé un pourboire à l'aubergiste afin que celui-ci acceptât de servir des repas sur-le-champ à ses six passagers. Laurier fit de même pour obtenir la dernière chambre disponible, selon ce qui était griffonné sur une ardoise placée à la vue, sur le comptoir.

— Ce sera-t-y pour la nuit ou une couple de jours ? lui demanda familièrement l'aubergiste tout en continuant de remplir des verres et en épongeant fréquemment son front trempé de sueur.

— Je vous paie d'avance pour une semaine entière, et pour votre meilleure chambre, répondit Laurier.

L'homme interrompit son service et devint tout à coup très attentif.

— D'avance, vous me dites ? Vous savez qu'y a pas de remboursement en cas de…

— J'ai dit d'avance, monsieur, confirma Laurier. Et j'ajouterai toute rétribution en espèces sonnantes si je puis recourir à vos bons services.

L'aubergiste sembla confus.

— J'comprends pas…

— Je cherche un certain Hubert Trépanier, précisa Laurier.

Du coup, le visage de l'homme s'éclaira.

— Fallait le dire, mon brave monsieur, fit-il avec un franc sourire.

Puis, baissant le ton, il se pencha vers Laurier.

— C'est juste que, par icitte, les gens parlent pas facilement aux étranges… Vous comprenez, les histoires de famille, ça doit rester en famille…

Laurier ébaucha un pâle sourire et glissa quelque chose dans la main moite de l'aubergiste.

— Une autre semaine d'avance, annonça-t-il à voix basse.

— Ça se pourrait ben que Trépanier soit paré à vous jaser un brin, répondit l'aubergiste aimablement.

⁂

La taverne était enclavée dans un ensemble de constructions aux toitures basses. Toutes ces maisons à pignons, percées de quelques fenêtres, charpentées à la hâte, avaient poussé en plein champ non loin de l'immense haut fourneau qui soufflait, jour et nuit, son épaisse fumée dans le ciel trifluvien. *Aux Forges*, pouvait-on lire sur une pancarte clouée au-dessus de la porte.

À l'intérieur, quelques bûches se consumaient doucement dans une vaste cheminée de fonte. Le plafond, fait de grosses poutres, était bas. L'endroit était presque désert, excepté quelques charbonniers aux visages barbouillés qui buvaient en silence, l'air absent. De temps à autre, l'un toussait, un autre se raclait la gorge, s'empressant aussitôt de vider d'un trait sa chope pour la remplir l'instant d'après.

Trépanier fit signe à Laurier de l'attendre sur le pas de la porte. Il se dirigea vers le tavernier, un homme replet à la face ronde et luisante, et échangea quelques mots à voix basse avec lui. Ce dernier continua à rincer et à essuyer des chopes qu'il alignait ensuite avec soin sur le comptoir. Puis, d'un coup, il détourna le regard et se mit à dévisager Laurier.

— Pas sûr que ça fasse l'affaire de Baptiste, murmura-t-il sans quitter l'étranger des yeux. C'est d'la vieille histoire qu'y faudrait p't'être ben garder là où c'est rendu : six pieds sous terre !

Trépanier grimaça. Il fit signe au tavernier de lui servir une chope et en profita pour lui glisser un billet dans la main. L'homme ne laissa rien paraître et fit disparaître prestement l'argent sous son tablier. Sans ajouter un mot, il contourna le comptoir et se rendit à une table où se tenait un homme aux larges épaules, au nez écrasé, à la casquette enfoncée jusqu'aux yeux. Se penchant vers lui, le tavernier lui parla à l'oreille. D'un geste impatient, l'homme lui fit signe de changer de côté. Cette fois, il écouta tout en continuant de boire à petits coups. Finalement, il hocha la tête, signe que l'affaire était conclue.

D'un geste, le tavernier invita les deux hommes à s'approcher.

— Baptiste Dubois, fit-il tout bonnement en guise de présentation, se retirant aussitôt.

L'homme jeta à peine un coup d'œil à Trépanier, mais il examina assez longuement Laurier. Aucune sympathie ne parut sur son visage.

— Je m'appelle Wilfrid Laurier, fit l'avocat en tendant la main.

Dubois se contenta de renâcler bruyamment et fit mine de s'essuyer les mains sur son épaisse chemise tachée en maints endroits.

— Faites excuse, monsieur, mais j'voudrais pas que vous salissiez vos belles mains, fit-il avec une pointe d'ironie.

Laurier se contenta de sourire.

— Je l'ai connu, le Montferrand, lança alors Trépanier, de la défiance dans la voix. C'est quoi que vous voulez savoir ?

— Je peux m'asseoir ? demanda poliment Laurier.

— Ça va vous coûter au moins le même prix que pour lui, fut la réponse de Dubois.

Il regarda Trépanier.

— T'as ben juste été l'beau-frère, fit-il en affichant un air méprisant.

— Encore jaloux ? répliqua Trépanier.

Dubois durcit son regard.

— J'peux t'arranger ça pour te couper la parlote d'icitte à un bon boutte, menaça-t-il.

Trépanier avait blêmi. Il voulut répondre, mais Laurier l'interrompit.

— Si vous nous laissiez seuls, monsieur Trépanier ? suggéra-t-il d'un ton conciliant. Vous avez vos affaires et M. Dubois a les siennes. Il serait bien plus profitable pour chacun de vous de tirer profit de la situation, plutôt que de savoir qui pourrait écraser l'autre.

Pendant un moment, les deux hommes se regardèrent en chiens de fusil. Finalement, Dubois fit signe à Laurier de prendre place. Trépanier s'éloigna en claudiquant et alla s'accouder au comptoir.

— C'est quoi que vous voulez savoir rapport au cris-seux d'coups d'poing? demanda de nouveau Dubois en dévisageant Laurier.

Hubert Trépanier avait des allures de vieillard quoiqu'il fût plus jeune que Jos Montferrand; il venait à peine d'avoir soixante ans. Mais il tenait à peine sur ses jambes, ce qui le forçait à marcher du pas traînard de quelqu'un souf-frant de rhumatismes.

Il avait une grosse tête, de rares cheveux et un regard éteint. Il parlait de manière saccadée, le souffle coupé par un mal permanent des poumons, ainsi qu'il l'expliquait. Des années à respirer les poussières de charbon lui avaient irrité les voies respiratoires et provoquaient d'incessants raclements de gorge. Et il y avait ce tassement du corps causé par un dos qui le faisait souffrir à force d'avoir tra-vaillé presque toujours courbé en deux.

L'homme était veuf depuis quelques années déjà et ne s'était jamais remarié. Il vivait dans une petite maison qui ressemblait davantage à une baraque, avec ses murs gros-sièrement crépis et dénudés. Une vieille porte de grange, faite de larges planches mal équarries, posée sur deux tréteaux sommairement assemblés, servait de table. Le plafond était bas, sali par la suie qui, depuis des années, s'échappait d'un foyer qui n'avait jamais été nettoyé.

— D'une semaine à l'autre, on savait jamais si on allait pas nous sacrer à la porte, raconta-t-il à Laurier, rapport que les *boss* engageaient des charbonniers qui arrivaient de l'aut' bord… Eux autres, y rentraient sans misère, nous autres, on sortait dans la misère! Les Américains charbon-naient le bois à deux ou trois piastres la charge de cent boisseaux. Y étaient jeunes et fringants, pas trop regar-dants sur les gages; nous autres, on pouvait plus suivre.

Ça faisait un boutte déjà qu'on avait attrapé la morfondure… pis on a fini gros cul !

Laurier se garda bien de l'interrompre. À l'occasion, sur le ton le plus naturel qu'il pouvait, il s'enquérait d'un détail de pure forme. Et Trépanier d'expliquer la chose sur le ton de la confidence, comme s'il avait gardé précieusement depuis toutes ces années des histoires au sujet du Grand Jos qu'il pouvait enfin partager avec un homme venu l'entendre.

Puis Trépanier commença à radoter, répétant trois ou quatre fois une anecdote jusqu'à se contredire. Au bout du compte, la mine confuse, il finit par bredouiller :

— Ah ! vous devez ben penser que c'est moé qui a inventé le bonhomme Sept-Heures… Non ! non ! C'est juste que ça fait un boutte que j'ai pas babiné… toujours tout seul, tu finis par être vaseux !

— Rien de tout cela, s'empressa de dire Laurier, je me doutais un peu que ce coin de pays était plein de surprises… et, grâce à vous, j'en ai pour mon argent, si je peux me permettre l'allusion…

Trépanier sourit, ce qui accentua davantage les rides autour de ses yeux et de sa bouche.

— Continuez de même, osa-t-il plaisanter, et j'va avoir la face plus rouge qu'une grosse pivoine !

Laurier profita de ce trait d'humour pour entrer dans le vif du sujet.

— Du peu que j'en sais, c'est ici, aux Trois-Rivières que Joseph Montferrand a rencontré votre sœur Marie-Anne…

— Drette ça, répondit vivement Trépanier. Au magasin général… vous savez ben, presquement en face de l'hôtel du bonhomme Bernard, là où vous logez astheure. J'ai jamais trop su pourquoi le Grand Jos s'était trouvé là, toujours en est qu'y s'préparait du raffut dans l'coin… rapport aux charbonniers des États qui finassaient toujours

par vouloir jouer aux boulés! Ma sœur Marie-Ange...
ah! j'l'ai toujours appelée Marie-Ange même si elle a été
baptisée Marie-Anne... Dieu ait son âme... ma sœur était
là, à travers c'te gang qui en avait déjà dans l'nez avant
même le premier son de cloche de l'angélus, quand, d'un
coup, le fier-à-bras du lot a voulu faire son mal à main.
Ma sœur a pu rien faire, figée qu'elle était! Elle est restée
plantée comme un piquet pendant que l'aut' sale commençait à la taponner. Pis là, comme un éclair, *gueling gue-
lang*, le Grand Jos est apparu, pis y est tombé dans l'tas.
La raclée, monsieur! L'autre a eu beau se démener que
l'diable, le Grand Jos l'a démanché vite fait! Ça gueulait
*left, right*, pis ça revolait aussi vite! Cinq coups de poing
et avec ça autant de ruades de cheval, pis notre gars avait
fait maison nette! Comme de raison, toutes les corneilles
d'la place se sont fait aller. Le soir même, le Grand Jos
était connu comme Barabbas!

— Et pour votre sœur? l'interrompit Laurier.

— Apparence que l'Grand Jos a pas eu besoin d'la
beurrer; faut croire qu'elle attendait son homme depuis
un boutte pis qu'elle venait d'le trouver. Pour dire vrai,
y faisaient une saprée belle paire!

Laurier parut un peu embarrassé.

— Les deux avaient quand même... comment dire...
ils n'étaient plus...

— Vous voulez dire qu'y étaient plus des jeunesses?
fit Trépanier. Ben sûr, y avaient un peu d'âge, pas mal,
même, pour le Grand Jos...

— Enfin, ce n'est pas tout à fait ce que j'voulais
dire...

— Mais c'est vrai, enchaîna Trépanier. Si ma sœur était
restée à l'ancre jusque-là, c'tait à cause qu'elle soignait
mes parents en plus qu'elle travaillait aux forges. Des pré-
tendants, y en a eu un pis un autre, mais la Marie-Ange
voulait un as de pique! Elle a fini par en trouver un à son

goût ; en plus, bâti comme une armoire à glace ! Ça, j'vous prie de m'croire, monsieur, sur la tombe de ma sœur !

Il prononça ces derniers mots avec de l'émotion dans la voix et se signa. Tout le reste passa dans son regard. Le voyant ainsi, Laurier éprouva de la sympathie pour lui, et il se signa à son tour par respect.

— J'vous remercie ben, murmura Trépanier.

— On aime une personne pour le bien qu'elle a répandu autour d'elle durant sa vie, fit Laurier doucement.

Sans attendre, il enchaîna :

— Savez-vous ce qui a amené Jos Montferrand aux Trois-Rivières ?

Trépanier parut réfléchir un moment puis eut un haussement d'épaules.

— Y en a jamais parlé, pis moé, j'y ai jamais demandé, fut sa réponse. Par icitte, t'es le bienvenu seulement si t'es pour planter ta tente en arrivant. Faut que tu restes pis que tu finisses par bâtir ta cabane. Ça, c'était pas dans les coutumes du Grand Jos ! Sa vie, c'était les grands chemins… pis l'honneur de son nom, comme qu'y disait. Ça fait que son passage aux Trois-Rivières a fait ben jaser ! Y en a eu pour dire qu'y était venu pour régler des vieux comptes. Le vieux Blaise Saint-Cyr disait que Jos voulait blanchir sa réputation, rapport que des années auparavant y aurait refusé un défi que des cageux d'la Saint-Maurice lui auraient lancé…

Il se tut et sembla plongé dans une réflexion silencieuse. Puis, au bout de ce silence, il dit avec une certaine précipitation dans la voix :

— Ça l'énervait ben gros d'entendre l'histoire d'un Grenon qui supposément l'aurait viré boutte pour boutte du temps où les deux hommes voyageaient dans les Pays-d'en-Haut. Le gars en question a été bûcheux pour les forges, c'est vrai, mais y était retourné chez eux, du côté de l'Isle-aux-Coudres, quand Jos s'est pointé. Mais j'en sais rien de plus. Jos a toujours été un gars qui gardait des secrets…

À ces mots, Laurier nota que l'autre paraissait mal à l'aise. Mais cette simple remarque valait bien des récits. Montferrand avait donc été un homme de toutes les audaces, mais également un être fragile, plein de faiblesses. Un homme brisé par trop de batailles, mais qui, sans gémir sur son sort et ne trouvant plus rien à défendre, était devenu solitaire et désolé. Le courage et l'honneur avaient nourri sa passion, mais il semblait que l'orgueil l'avait poussé, plus souvent qu'autrement, à commettre des actes qu'il avait peut-être regrettés jusqu'au bout de sa vie, pour les avoir payés du prix le plus fort.

— Il ne s'est donc jamais établi aux Trois-Rivières, fit Laurier, en affirmant presque ce qui aurait pu être une question.

— Pas plus qu'un oiseau de passage, enchaîna Trépanier, une teinte d'amertume dans la voix. Y s'est marié avec ma sœur, a ben juste fêté ses noces, pis y a pris le bord de Montréal à l'heure de la débâcle des glaces. Ah ! Y a pas d'soin, j'ai toujours été le bienvenu chez eux. J'ai toujours été reçu comme la mélasse en carême et ma sœur a toujours fait les p'tits plats avant les grands. Mais j'voyais ben que le Grand Jos avait des impatiences : y tournait en rond, y avait l'air déboussolé… tout lui paraissait long comme d'icitte à demain.

— Pas eu d'enfant, si je vous lis entre les lignes, risqua Laurier.

Trépanier s'assombrit.

— C'était pas par manque de vouloir de ma sœur, lâcha-t-il à voix basse, mais elle était pas pour forcer le Grand Jos à accepter sa volonté.

Il regarda Laurier avec insistance.

— Vous comprenez ? J'suis pas à vous dire qu'y manquait à ses devoirs… mais… mais… faut croire qu'y était plus dans ses bonnes années, ajouta-t-il timidement.

Ce fut Laurier qui parut mal à l'aise. Il savait pertinemment qu'une dizaine d'années plus tard, peu avant sa mort, Jos Montferrand avait soulevé les jupes de sa seconde épouse et l'avait engrossée.

— Peut-être n'aimait-il tout simplement pas les enfants, opina Laurier, en ajoutant avec une indifférence feinte : mais ça, on ne le saura jamais...

— Pas de soin, rétorqua Trépanier sur un ton décidé, Jos aimait les enfants. J'l'ai vu en personne s'amuser ben gros quand y faisait semblant de tirer au poignet avec un jeune... toutes les simagrées qu'y faisait...

— Étrange quand même, fit Laurier presque en chuchotant.

Trépanier secoua la tête. Il inspira profondément puis, d'un seul souffle, en quittant sa prudente réserve, se confia :

— Vous voulez savoir c'qui empêchait le Grand Jos d'avoir des enfants ? lâcha-t-il. La peur ! Ouais, Jos supportait pas l'idée qu'un enfant pouvait mourir avant même d'être une jeunesse... rapport que ça arrivait tout l'temps, surtout dans la ville... vous savez ben, la mauvaise eau, pis... s'cusez-moé de l'dire comme ça vient... toute la marde pis les cochonneries dans les rues. Des enfants, y en mourrait quasiment plus qu'y en vivait ; à part que Jos s'était jamais remis d'la mort de quelqu'un qu'y avait aimé ben gros. Ça, y a jamais voulu l'pardonner au bon Dieu...

— De qui parlez-vous ? l'interrompit Laurier.

— Y m'en voudrait si j'vous l'disais.

— Dites-le afin qu'il repose en paix, fit Laurier.

— Justement, monsieur, c'est pour qu'y repose en paix que j'vais garder mon bec cloué. Jos disait tout l'temps que, chaque fois qu'on prononçait son nom, c'était comme si l'odeur d'la mort se mettait à rôder… pis là y venait avec des sueurs froides.

— Dites-moi au moins ce qui s'est passé, insista Laurier.

Un frisson parcourut Trépanier. Il se traça un semblant de croix à l'emplacement du cœur.

— C'était ben avant que j'le connaisse, murmura-t-il. Dans ce temps-là, j'devais avoir une quinzaine d'années pis j'commençais aux forges comme apprenti. Tout l'monde s'est mis à en parler… chez nous, à tous les soirs, on passait une bonne heure à genoux, à dire des chapelets. C'était d'abord le choléra, pis y a eu la variole, pis les grandes fièvres ! Dans la ville, ça mourait comme des mouches ! C'est là que ça s'est passé… rapport à la mauvaise eau et à toute la marde qui coulait dans les rues ! Le Grand Jos a jamais voulu en parler après, mais je l'ai su de ma sœur. Le Grand Jos avait dit qu'y avait une peur bleue que ça revienne et que ça lui prenne un enfant. J'cré ben que vous savez tout astheure… pis c'est tout c'que j'avais à dire !

Laurier attendit patiemment, se disant que dans la longue mémoire de Trépanier, qui avait connu Jos Montferrand jusque dans son intimité, il restait bien une ou deux confidences qu'il parviendrait à lui arracher.

Pendant un long moment, Trépanier s'entêta à fixer la lampe accrochée à un clou du mur, se contentant de proférer des grognements de contrariété.

— C'est c'que j'avais à dire ! répétait-il en haletant.

Laurier le regardait, mais sans le questionner. Trépanier ne cessait de branler la tête, tout en jetant des regards furtifs en direction de son visiteur. Finalement, Laurier se leva. Puis, retirant une enveloppe de la poche intérieure de sa veste, il la glissa à portée de Trépanier. Ce dernier fronça les sourcils, l'air méfiant.

— Pour votre générosité, expliqua Laurier, tout en invitant l'autre à prendre l'enveloppe.

Trépanier la palpa d'abord, puis la décacheta. Du coup, il ne put dissimuler l'ahurissement.

— Ben… voyons, monsieur !

— Une bonne histoire a son prix, fit Laurier, feignant l'indifférence.

Trépanier échappa un juron presque malgré lui, s'en excusa et se mit à compter l'argent, en faisant passer les billets, un à un, d'une main à l'autre. N'étant pas certain du compte, il recommença le manège. À la fin, ses doigts tremblaient et il parut essoufflé.

— J'ai pas vu de l'argent de papier, murmura-t-il, depuis… depuis… Oh ! pis j'me souviens pas d'avoir eu ça entre les mains !

Embarrassé, il regarda dehors et vit que le jour baissait rapidement. Il se leva, vacilla quelque peu, puis s'affaira à allumer la lampe. Ramassant sa pipe, il se mit à la bourrer.

— J'ai des restants de tabac, fit-il. Ça vous dirait de charger ?

— Sans façon, le remercia Laurier. Mes poumons me font des misères par les temps qui courent, faut que je les ménage.

— Moé itou, plaisanta Trépanier, mais tant qu'à être à la démence, aussi ben tenter l'diable.

Il regarda une fois encore les billets de banque et ressentit une exaltation. Il se mit à rire doucement ; cela ressemblait aux gloussements d'une volaille. Puis, sa pipe allumée, il revint et s'affala sur sa chaise.

— Vous seriez mal avisé de traîner sur les routes de par icitte à la brunante, dit-il sourdement. Asseyez-vous donc encore un brin… ça va mieux pour faire la jasette.

Baptiste Dubois parla pendant une bonne heure, ne s'arrêtant que pour boire de petites gorgées entrecoupées de bruits de gorge.

À quelques reprises, il serra les poings tout en secouant la tête. Et chaque fois, son visage exprima autant l'amertume que la tristesse. Ce que Laurier prit pour les regrets d'un homme affaibli, qui eût volontiers pris sa revanche sur la vie, n'eût été le poids des ans et les ravages des rhumatismes.

Dubois raconta à Laurier comment le travail aux forges venait à bout des hommes les plus solides. Les bruits, la chaleur, l'humidité, la poussière du charbon qui infiltrait sournoisement la peau. Les poumons qui s'encrassaient petit à petit jusqu'à cracher de la suie. Le manque d'air qui provoquait des vertiges. Le besoin furieux de revoir la lumière du jour durant les longues nuits d'hiver. Puis l'envie de boire pour combattre le froid, rompre l'ennui, taire la colère engendrée par toutes les impuissances.

Durant cette heure, il fit le récit d'une vie de misère et celui de brutes qui, souffrant de ne savoir ni lire ni écrire, s'échinaient à des tâches inhumaines pour ne pas crever de faim. Des hommes qui, de peur de se montrer indignes de leur virilité, s'affrontaient à coups de poing afin de retrouver une part d'orgueil mâle, et qui cherchaient dans des actes de violence le respect qu'on leur avait toujours refusé.

— Le soir où y est rentré icitte, enchaîna-t-il en désignant la porte d'entrée, on avait tous nos douze heures dans l'corps. Y a pas à dire, y était impressionnant. Y faisait ben quatre à cinq pouces au-dessus des six pieds, avec son espèce de feutre qui frôlait les travers du plafond! J'le vois encore avec ses yeux plissés qui cherchaient. Dans l'fond, là-bas, se tenaient quelques Américains, pis trois ou quatre Irlandais qui traînaient toujours leurs marteaux ou ben des barres de fer. En tout cas, y avait l'œil, le Montferrand! Y a vu la douzaine de cageux qui, eux autres, avaient bu plus que de raison. Là, d'un coup sec, plus un souffle. Dans la gang, une couple ont blêmi comme si y avaient vu un revenant. Lui, y s'est planté au milieu d'la place, les poings sur la ceinture fléchée qu'y avait autour d'la taille, pis y a lancé, comme si y était le seigneur des lieux: «Vous savez qui j'suis… pour les ignorants, mon nom c'est Montferrand.»

Dubois avait prononcé le nom d'une voix haut perchée, empreinte de colère, en agitant son bras droit, le poing fermé. Puis il saisit sa chope et la vida d'un trait. En même temps qu'il la déposa, il frappa sur la table avec le plat de son autre main. Laurier sursauta malgré lui.

— Ça doit ben faire quinze ans de ça, mais j'suis encore en beau verrat, grinça-t-il en regardant Laurier d'un air mauvais.

— Vous parlez comme s'il s'en était pris à vous personnellement, s'étonna Laurier. Il me semble que ce n'est pas le cas…

— Ben vrai, reconnut Dubois, toujours agressif. Y me cherchait pas en personne, mais c'était ben clair qu'y était venu pour faire du trouble; venant d'un étrange, ça se prend pas.

Il se retint un moment comme pour remettre ses idées en place, puis il poursuivit:

— Toujours est-il qu'y a pointé un des cageux du doigt et l'a appelé par son nom… j'm'en souviens plus ben… p't'être qu'il l'a juste appelé «garçon», mais j'me rappelle qu'y a dit: «C'est toé qui racontes des Pays-d'en-Haut jusqu'à Québec que tu m'as donné une mornifle pis que j'ai pas été assez homme pour tenir mon boutte?» L'autre y a dit: «Voyons, Jos, ça fait ben dix ans que j't'ai pas vu…» Et le Montferrand d'y répondre: «C'est ben toé: ça fait dix ans que j'te cherche!»

D'une voix saccadée, il fit le récit de ce qui s'ensuivit. Une vision de tumulte, un homme robuste saisi de peur, deux poings qui s'étaient abattus avec la force de coups de massue. Montferrand qui avait revendiqué le droit de réparer les torts faits à sa réputation. Ou alors Montferrand qui avait agi par vanité, surexcité par sa popularité, la légende répandue autour de son nom. Ce n'était plus une explication musclée entre deux hommes forts, mais plutôt un massacre qui avait laissé l'endroit sens dessus dessous et plusieurs clients sérieusement amochés.

— Ça tournait comme les ailes d'un moulin, fit-il en mimant avec ses bras. Y a passé quelques cageux pis y a retroussé l'nez de trois Irlandais. Avec ça, y arrêtait pas de dire : « Qui me cherche me trouve ! » C'est là que j'y ai adressé la parole en homme. J'y ai dit qu'y en avait assez fait. Y m'a regardé de haut et m'a demandé si j'voulais faire le coup d'poing avec lui selon les principes.

Il hésita, hocha la tête comme pour exprimer des regrets.

— J'avais l'ardeur, murmura-t-il. J'étais le boulé d'la place. J'étais sur mes terres et, tout Montferrand qu'il était, y fallait qu'y sache que c'était pas un étrange qui allait venir faire la loi par chez nous.

Dubois ouvrit et ferma ses poings tout en faisant mine de se mettre en garde.

— J'y en ai descendu un drette icitte, fit-il en se touchant le plexus. J'y avais mis tout l'bœuf que j'avais. Ben vous m'crérez p't'être pas, mais c'est comme si j'avais frappé une roche. C'est là qui m'a demandé mon nom pis qu'y m'a dit : « Tu m'as cherché, Baptiste, tu m'as trouvé ! » J'ai jamais vu venir ce qui m'a frappé. J'pourrais même pas vous l'dire astheure. Tout c'que j'sais, c'est que, depuis c'te fameux soir, j'ai jamais rien entendu d'ce côté d'la tête.

— Et vous lui en voulez encore, c'est bien ça ? demanda Laurier presque malgré lui.

Dubois se retint pour ne pas lâcher quelques jurons.

— Y a pas juste bouché mon oreille, fit-il en changeant de voix. Y m'a aussi piqué la belle Marie-Ange !

Laurier avait compris que la vérité n'était pas immuable. Elle tenait d'un lieu, d'une époque, d'un témoin, d'une perception, d'une intention. Le vrai de l'instant présent allait peut-être s'avérer complètement erroné demain et oublié dans un an. La vérité était, au plus, cette bougie dans le noir qui envoyait des ombres danser sur un mur. Elle s'exprimait alors par une illusion du réel, par la démesure, par le paraître qui dépasse l'être mais sans nier sa réalité.

Il se rappelait cette histoire qu'il avait retenue, entre mille lectures nocturnes oubliées, de ce peintre qui voulait faire le portrait d'un animal qu'il avait observé pendant une heure. Pendant une année entière, il parut ne rien faire, donnant l'impression qu'il avait abandonné le projet. Puis, un matin, il rendit son sujet à la perfection en quelques minutes à peine. Tout n'avait été qu'apparence. Car quelqu'un trouva, caché dans les tiroirs d'une vieille armoire, des dizaines d'esquisses et de dessins de l'animal, représenté dans toutes les positions et en une multitude de couleurs ; autant de croquis inachevés qui renvoyaient, chacun, une part de vérité.

Laurier avait ouvert une grande porte, laquelle, croyait-il, allait le mener tout droit à Jos Montferrand. En réalité, ce ne fut pas cet homme qu'il trouva en premier lieu, mais plusieurs petites portes qui s'ouvraient sur autant de vies possibles du Grand Jos. Et autant de témoins qui, à leur façon, comblaient des vides, expliquaient des événements en s'abusant parfois par l'exagération. Mais de l'un à l'autre, les cent visages de Jos Montferrand finissaient presque par se confondre pour n'en faire qu'un. S'y trouvaient la force guerrière, l'honneur chevaleresque, le don de soi, l'orgueil, la tentation de l'épreuve, l'expression du respect et de la déférence, la peur de la défaite, l'angoisse de la solitude. L'image d'un homme toujours prêt à franchir le passage le plus dangereux, à répondre au défi du combat sinon à le provoquer ; d'un homme poussé par l'obsession d'une quête qu'il garderait sans véritable but.

Laurier s'était pris à rêver lui aussi. Il eût été facile d'imaginer Montferrand en chevalier, semblable à celui qui parvint à tirer l'épée magique de l'enclume où elle était fichée jusqu'à la garde depuis la nuit des temps. Le libérateur de son peuple. Mais cela eût été invraisemblable. Pareil héros ne saurait avoir sa place parmi ce peuple qui vénérait encore les boîtes de petites images saintes et se divertissait aux sons des reels et des complaintes. Ce peuple ne souhaitait aucune libération. D'ailleurs, quel géant eût été capable d'ouvrir des terres à la force de ses seuls bras, de détourner des cours d'eau, de tenir tête à une armée ? Cela n'empruntait même pas à quelque mythe ou légende narrée par les aïeux.

En fin de compte, Laurier avait décidé de rendre un Montferrand à travers l'exaltation de certaines vertus propres aux héros, en insistant sur la temporalité du récit. Dans sa quête, écrirait-il, Jos Montferrand s'était presque toujours rangé du côté des bonnes causes, du moins à ce qu'il semblait au fil des témoignages, que cela ait été à son honneur ou à son malheur. Et justement, cette quête avait eu comme ultime destination l'aventure en soi. Un peu comme pour les preux chevaliers des temps anciens, il y avait eu abondance de trajets périlleux, d'épreuves, d'affrontements, d'exploits, dont plusieurs parmi ceux-là avaient été nourris par un idéal inventé, alors que d'autres avaient semblé aux limites de l'irréel ; mais, d'une étape de sa vie à une autre, son parcours avait été essentiellement initiatique, sans partage et sans la moindre modération. Sa hardiesse avait été de se montrer, sinon de paraître, valeureux en toute circonstance, en dépit du pire. Sa légende avait couru tôt. À peine la nouvelle de sa mort s'était-elle répandue, que déjà on assistait à un foisonnement de récits dont on avait peine à suivre les traces.

Une chose dont Laurier était toutefois certain : la vie de Jos Montferrand avait profondément marqué l'imaginaire de toute une société, l'imprégnant d'un enchantement identique à celui que provoquait jadis la chevalerie errante ou la littérature biblique.

Montferrand n'était pas le Samson moderne, quoiqu'il eût probablement eu l'esprit vengeur du dernier des juges d'Israël, celui qui avait fait fondre Samson sur mille Philistins pour les abattre avec la dernière fureur grâce à une mâchoire d'âne. Plutôt, Montferrand avait eu un destin comparable au David de la Bible, celui qui d'obscur gardien de troupeau devint le héros de son peuple après avoir d'une seule pierre abattu Goliath, le Philistin géant que nul n'avait vaincu en combat singulier. L'humble berger qui jusque-là n'avait conduit que quelques chèvres avait fini par conduire le peuple de Dieu. On l'avait jalousé d'abord, exilé, menacé de mort afin de le punir pour avoir porté ombrage aux rois et aux princes de son temps. De chef de bande il était devenu roi de Juda, puis, par la force des armes, celui d'Israël. Il avait foulé des armées aux pieds et mis ses ennemis en chaînes. Il en épargna plusieurs, mais en extermina mille fois autant. Mais, parce qu'il soumit les Philistins, prit Jérusalem et fit monter l'Arche d'Alliance dans le temple de la Ville Sainte, on oublia le sang qu'il avait fait couler, les meurtres qu'il avait ordonnés, les femmes qu'il avait séduites. De toutes les villes d'Israël, on sortait en liesse pour chanter ses louanges. On avait fini par le vénérer comme le plus sage d'entre tous, celui qui sous l'œil bienveillant de Yahvé avait fait droit et justice à tout son peuple.

Le retour vers Montréal fut assez pénible. Une pluie incessante avait inondé la route par endroits et, à maintes occasions, le cheval de tête, épuisé et parfois désorienté, avait mêlé les rênes. La voiture, alourdie par ses douze passagers alors qu'elle devait n'en transporter que dix, s'était enlisée à trois reprises. Ce fut donc avec plusieurs heures de retard et après avoir été ballottés tout au long du trajet que les voyageurs, transis, étaient enfin arrivés à Montréal.

Laurier, exténué et toujours en proie à sa toux, soupira néanmoins d'aise en constatant que sa malle n'avait pas trop souffert des ondées, contrairement aux bagages de la plupart des autres passagers.

De retour à son logis, il se mit aussitôt au travail de peur d'oublier tout ce qu'il avait essayé de retenir dans sa mémoire, au-delà des notes déjà consignées chaque soir aux Trois-Rivières. En relisant tout ce qu'il avait écrit et, parfois, griffonné à la hâte, il prit conscience de la somme qu'il avait réunie au sujet de Jos Montferrand. Toutes ces phrases reconstituaient un monde de signes et d'actions, d'intrigues humaines nouées par des êtres dont la proximité avait fréquemment été incompatible. Il y avait, au gré de tous ces mots, l'histoire d'un homme que tous ses contemporains avaient vu comme un grand chêne dressé et qui n'avait jamais possédé le moindre lopin de terre. Un homme qui pourtant s'était élevé au-dessus de son état de naissance et dont le bien le plus précieux était devenu le nom qu'il portait.

Cette nuit-là, une grosse lune blanche éclaira la ville comme la lumière du jour. Laurier ne put s'endormir. Il tint compagnie aux ombres et entendit l'interminable écoulement des secondes. Il médita, jongla avec les mots, tâcha d'inscrire dans sa mémoire ce qu'il cherchait à saisir et à définir : l'essentiel d'une vie. Les idées venaient en crescendo, poussées par l'inspiration nocturne. Le tourbillon passé, Laurier sentit le moment propice pour une écriture qui ne souffrirait d'aucune entrave. « Ce sera lui, s'était-il dit. Il sera ainsi que je le décrirai. Aussi vrai qu'il fut à chaque instant de sa vie, aussi grand que tous ceux qui l'on imaginé tel, et parfois aussi démesuré que tout ce que l'on voulut qu'il fût. » L'aube arrivant, Laurier écrivait déjà. Il oublia de manger. De temps à autre, il déposait la plume pour détendre sa main et, sans même se lever, s'étirait quelque peu, en profitant pour se tamponner le visage à l'aide d'un mouchoir qu'il gardait à portée de main sur sa table de travail.

*Ce n'était, il est vrai, cet homme, qu'un voyageur et pourtant, aucun nom, après celui du grand Papineau, n'a été plus popularisé, partout où, sur la terre d'Amérique, se parle la langue de France.*

*Cette réputation n'a pas été une réputation éphémère, née et morte en un jour ; elle est encore intacte et vivace ; elle s'est conservée pour se transmettre de père en fils... On parlera de sa gloire sous le chaume bien longtemps.*

*Le secret de cette popularité, c'est que Jos Montferrand réunit dans sa personne tous les traits du caractère national, et tous aussi complètement développés que le puisse comporter la nature humaine.*

*Chez lui, la bravoure indomptée, la force musculaire, la soif des dangers, la résistance aux fatigues – ces qualités distinctives du peuple d'il y a cinquante ans – furent poussées à un degré presque prestigieux.*

*En un mot, Jos Montferrand a été le Canadien le plus véritablement canadien qui se soit vu, et ne fût-ce qu'à ce titre, sa vie, aussi bien que son nom, mériterait de fixer notre attention.*

*D'ailleurs, ce voyageur fut un homme généreux, dévoué, fidèle à ses amis et aimant son pays.*

*Dans sa vie de plus de soixante ans, il ne laissa jamais en sa présence insulter le nom canadien. Combien en est-il, de ceux qu'on offre tous les jours à notre admiration, dont on en puisse dire autant?*

# · XV ·

Presque trois ans s'étaient écoulés depuis cette rencontre aux Trois-Rivières. Il faisait encore nuit lorsque Wilfrid Laurier quitta la grande maison de brique rouge, propriété du docteur Médéric Poisson, dont il avait loué un salon et où il se sentait à l'aise pour travailler durant de longues heures, avec en fond l'incessant concert des nombreux oiseaux rassemblés en une volière qui faisait l'orgueil de la famille. L'endroit lui avait permis de se remettre d'une grave rechute due au surmenage. Quelque temps auparavant, il s'était effondré sur son bureau, crachant le sang, résultat d'une lésion pulmonaire. Son aventure comme éditeur du journal *Le Défricheur* s'était terminée de façon abrupte, attaqué qu'il était et de toutes parts par les autorités de l'Église, qui lui reprochaient une idéologie contraire aux enseignements religieux catholiques. C'est ainsi qu'il était déménagé de Victoriaville à Arthabaska. Il aima l'endroit : sa tranquillité, son emplacement niché au creux des Appalaches, ses rivières, ses arbres. Il aima surtout ses retrouvailles avec le temps perdu, car cela lui permit de renouer avec le grand Jos Montferrand.

La route vers Montréal était longue. Laurier devait d'abord se rendre à la gare, un trajet d'une dizaine de milles une fois passé le petit pont de bois, franchie la grande plaine pour emprunter le chemin Saint-Christophe, puis attendre le train. Autant d'étapes qui lui permirent cependant de relire les notes accumulées depuis trois ans, ainsi que le précieux manuscrit, qui comptait une cinquantaine de pages.

Mais cette fois, la rencontre qu'il s'apprêtait à faire allait être déterminante. L'homme qui l'attendait à Montréal était une bénédiction : un compagnon de route de Montferrand pendant une quinzaine d'années, son confident. Selon Médéric Lanctôt, cet homme n'avait rien d'un ivrogne, d'un faiseur de contes ou d'un mythomane. Un peu soupçonneux, mais absolument crédible.

— Ce sera à vous, mon cher Laurier, de lui accrocher l'hameçon en bouche, lui avait précisé Lanctôt. J'espère qu'après avoir obtenu les confessions de cet homme vous reviendrez enfin à nos affaires. N'oubliez pas que nous avons un rendez-vous important avec un drôle de pays !

— Vous m'assurez que c'est bien du fameux Jos Montferrand que vous me parlez ? demanda Laurier, sous le coup de la surprise.

— C'est ben lui, monsieur, le rassura Moïse Bastien, tout en mâchouillant le tuyau de sa vieille pipe.

Laurier demeura bouche bée en contemplant le portrait encadré que Bastien avait déposé sur la table. Il représentait un vieillard portant une longue barbe blanche. À première vue, il ressemblait à un personnage biblique, à Abraham ou à Moïse, peut-être à Mathusalem. Certainement à un patriarche. Un regard qui embrassait un monde dont il ne voulait plus, qui ne voyait plus que les ombres courant la terre.

— C'est le portrait d'un homme qui a vécu au moins cent ans, murmura Laurier, toujours étonné.

— Y a vécu plus de ça, opina Bastien.

— Et quel âge avait-il, là, sur ce portrait ?

— Deux ans avant qu'y décède… soixante, p't'être ben, estima Bastien en se signant. C'est à peu près ça : l'âge que j'ai aujourd'hui… rapport que j'étais son cadet de quatre ou cinq ans, comme Ti-Louis, son frère, ajouta-t-il en se signant une seconde fois.

— C'est franchement incroyable, monsieur Bastien, fit Laurier sans quitter le portrait des yeux.

— C'est tout c'qui reste du Grand Jos : le portrait, son chapeau mou, pis… ajouta-t-il avec une moue comique, une lettre…

— Une lettre ?

— Oh ! Une faveur qu'y faisait à quelqu'un… Vous savez que c'était pas facile pour un gars d'icitte de trouver une bonne job dans les Pays-d'en-Haut. Le Grand Jos y voyait… rapport qu'y savait écrire…

Bastien se toucha le front.

— Y en avait pas juste dans les poings, le Grand Jos… là itou !

Laurier n'arrivait pas à s'arracher à la contemplation du portrait. Il resta planté là, sans réagir aux dernières paroles de Bastien. Ce dernier ralluma tranquillement sa pipe puis alla s'asseoir dans sa chaise berçante.

— J'sais à quoi vous pensez, monsieur Laurier, poursuivit-il. Vous vous demandez si c'est ben vrai tout c'qu'on vous a dit rapport à l'allure du Grand Jos : aussi vrai qu'y a un bon Dieu dans le ciel ! affirma-t-il en ricanant. C'était un homme dépareillé… au goût de toutes les créatures… planté comme un chêne, fort comme une paire de percherons, et qui craignait ni Dieu ni l'diable !

Laurier se tourna alors vers lui. Le regard de Bastien était franc et, malgré le poids de l'âge et du dur labeur

visible sur son visage, il se dégageait encore une allure
de force. Les épaules étaient certes courbées, mais pour
autant, elles témoignaient de cette époque héroïque où,
en compagnie de Montferrand et de sa bande de cageux,
il avait marqué l'histoire de son rythme entêté et de son
courage.

— Vous y étiez ? demanda Laurier à brûle-pourpoint.

Il n'eut pas à en dire davantage.

— Oui, monsieur, j'y étais ! répondit Bastien sans
hésitation.

Laurier remarqua que les yeux de Bastien étaient
humides.

— Sur le pont ?

— Non, monsieur Laurier, fit Bastien. Impossible de
monter sur le pont… Jos était pris entre deux feux : une
trentaine du côté de Bytown, autant, p't'être ben plus, du
côté de Wrightstown. On était une dizaine, nous autres,
sur le bord d'la rivière. Y avait des soldats qui nous empê-
chaient de monter à la rescousse de Jos. J'vous l'dis, c'était
un piège. Mais… Jos le savait. Y a fait à son idée… pis
quand Jos décidait…

— Racontez, monsieur Bastien, insista Laurier.

Bastien ferma les yeux, rejeta la tête vers l'arrière et se
mit à se bercer avec une frénésie manifeste.

— Ça fait ben des années, fit-il, tout en tirant sur sa
pipe et en rejetant aussitôt d'épaisses volutes.

— C'était en 1829, précisa Laurier.

— On est en quelle année ?

— 1867.

— C'est c'que j'disais : ben des années ! renchérit Bastien. Mais ça s'oublie pas… ça s'oublie pas ! Me semble de
les entendre, les Shiners… Eux autres avaient des signaux.
Y sifflaient drôle. Y s'appelaient un par un… on disait
le *call* des Irlandais. J'm'en rappelle encore : Brennan,
Doherty, Clontarf, Westmeat, Haggarty… une litanie de

tous les diables ! Ouais, c'était comme ça… Ce jour-là, le Grand Jos est descendu aux enfers… aux enfers, monsieur Laurier !

— Je vous écoute…

Brusquement, Bastien s'immobilisa.

— Vous dites que vous allez écrire tout ce que j'vais vous dire, mais vous avez même pas de papier, pas de plume non plus !

Laurier le rassura.

— Comme ça, je ne perdrai pas un mot de ce que vous me direz. Dès ce soir, peut-être même cette nuit, je transcrirai vos propos en entier ; n'ayez crainte. Donc, Jos Montferrand est descendu aux enfers me disiez-vous…

— Aux enfers, répéta Bastien, qui avait recommencé à se bercer au même rythme. Rapport que c'était pas une bataille ordinaire : c'était un piège pour faire mourir un homme ! Jos y était pas sur le pont pour laver une insulte faite à un Canadien ; c'était pas battu ou battant, pis après on se serre la main et on prend un coup, non, monsieur ! C'était une guerre qui avait commencé et qui allait finir sur le pont, une guerre où y allait avoir des morts… foi du Grand Jos !

— C'est lui qui vous l'a dit ?

— Jamais, monsieur ! s'exclama Bastien. Jos en a pas parlé avant, et jamais un mot après. Avec c'que j'ai vu sur ce pont, pas besoin que Jos parle, créyez-moé !

— Et il y a eu des morts ?

Ce dernier mot avait une sonorité étrange. Bastien émit un grognement, fit passer la pipe d'un côté à l'autre de sa bouche.

— D'où j'étais, j'ai pas tout vu, finit-il par dire, mais ben assez pour savoir que ce jour-là personne a respecté les convenances. Les Shiners étaient là pour souffler la chandelle du Grand Jos… pis Jos, lui, y a fessé dans l'tas pour casser les mâchoires de ceux qui lui mettaient la patte dessus. Ça faisait pas cinq minutes que c'était pogné qu'y avait du sang partout... on aurait dit un abattoir... Ça hurlait, monsieur... vous savez ben, comme des chiens enragés. Pis d'un coup, ça se ramassait par terre et ça hurlait de peur. Jos y frappait sans arrêt... jamais un homme avait frappé de même. Y en avait les poings rouges de sang...

Bastien s'arrêta, à bout de souffle. Du revers de la manche, il essuya son front, sur lequel perlaient des gouttes de sueur. Il évita de regarder Laurier, hocha la tête et tripota nerveusement sa pipe.

— J'pensais pas que ça viendrait me brasser les sangs de même, murmura-t-il.

Puis, se ressaisissant :

— J'en étais où, donc ?

— Des morts, fit Laurier.

— J'ai compté six hommes qui ont été passés par-dessus les bords du pont... ça faisait trente pieds... dans des eaux qui pardonnaient pas... Aucun a fait surface. Vous savez qu'à ce temps-là de l'année c'est comme de la glace, sans compter les tourbillons. Oui, y en a eu, des morts... p't'être ben une dizaine, p't'être ben plus ! Mais c'est certain que les Shiners ont perdu la guerre, monsieur !

— Que voulez-vous dire ?

— Jos avait le crâne fendu. Y était couvert de sang et il continuait de frapper, mais avec ses pieds. Vous savez ce que c'est, une ruade de cheval ? Ça vous tue un homme net, monsieur ! Ben, c'est ça qui est arrivé. Au risque d'être lui-même tué, Jos a fauché tout ce qui avait de poings en l'air. Y a écrasé des mâchoires, cassé des côtes, massacré tout ce qui se tenait devant lui, comme si sa dernière idée avait été de tout balayer... comme une tempête du bon Dieu, des grêlons gros comme des œufs de pigeon, un vent qui arrache des toitures... Jos les a mis en sang, les a mis à terre, les a fait râler... Pis y a le vent de panique ; ça se poussait du côté d'Aylmer... du côté de la taverne à Peter Aylen...

— Et après ?

— C'était comme si une guerre venait de finir : du sang partout... des morts... Jos qui était tombé à genoux, les yeux pleins de larmes... Nous autres, on a voulu l'aider, mais Jos s'est pas laissé faire. Y a poussé un grand cri. Y a fini par se relever, pis y est tombé sur le dos, comme si y avait été frappé par une balle en plein cœur...

Puis, sur le ton de l'émotion, Bastien décrivit l'allure de Jos Montferrand après ce combat digne de la légende. Les chairs meurtries, le visage affreusement enflé, une oreille à moitié arrachée, des doigts broyés, une épaule démise, autant de séquelles des dizaines de coups de gourdin subis et d'une rafale de pierres.

— Ça s'est parlé pendant des années, continua Moïse Bastien. On en a dit... ben... qu'y aurait eu des prières, des signes de croix, que Jos prenait les Shiners un à un, par les pieds, comme une massue, pour coucher les autres comme quelqu'un qui fauche les blés... Y s'en est dit ben ! Qu'y a passé le pont comme y passait partout : en chantant le cocorico !

Il ricana.

— Des vieux qui ont conté c'que d'autres vieux avaient radoté avant eux... mais y étaient où pour avoir inventé tous ces dires sur le Grand Jos ? Rapport qu'on était pas grand monde à part les soldats pis nous autres ! Chose étrange, monsieur, à neuf heures sonnant ce matin-là, ça lambinait pas dans les rues des deux bords de la rivière, pis ça sautait pas plus sur les toits... à part les matous d'la place.

Bastien prit le temps de bourrer sa pipe, tout en jetant un rapide coup d'œil en direction de Laurier, comme pour s'assurer que celui-ci ne doutait pas de son récit.

— Qu'est-ce que vous en dites ?

— Que c'était un diable d'homme ! ne put s'empêcher de dire Laurier, ne se rendant compte que trop tard que le terme n'était peut-être pas d'à-propos.

— C'était quasiment un homme à l'agonie qu'on a ramené, poursuivit Bastien. Mais, pour dire ma pensée, Jos pouvait pas mourir cette journée-là. Un autre… n'importe qui d'autre serait mort drette là, mais pas le Grand Jos ! Lui, y avait ou ben le bon Dieu ou ben l'diable de son bord, même si y en a jamais parlé ! Pas un mot… comme si tout ça avait été un mauvais rêve. Pour moé, Jos, c'était Jos ! Son vouloir, c'était comme la loi… c'était sacré !

Bastien retira la pipe de sa bouche. Sa main tremblait. Laurier aperçut une lueur d'admiration dans le regard de l'homme qui avait été le fidèle compagnon de Jos Montferrand. Songeur, Bastien voyait défiler à toute allure un flot de souvenirs. Il revoyait l'homme à la poigne de géant. Ses yeux couleur d'azur qui plongeaient au plus profond de tous ceux qu'il fixait. Il l'entendait encore relever les défis au cri de « force à Montferrand ». Il se souvenait de ses efforts pour dissimuler ses fureurs de désir. De tous les silences par lesquels il exprimait ses souffrances. Et de leur dernière rencontre, alors que son corps, perclus de maux, lui refusait jusqu'au moindre mouvement. Cela avait été la plus dure bataille du Grand Jos. Il l'avait menée en dehors de sa volonté. Et lui, Moïse Bastien, avait eu l'impression qu'aux yeux de Jos Montferrand la mort semblait trop lente à venir.

— Et les Shiners ? demanda Laurier. Partis ? Dispersés ?

— On en a eu pour des années, répondit Bastien avec un air résigné. Mais le pont a plus jamais été le même. Ceux qui le passaient se rappelaient que c'était le pont à Montferrand. On le passait comme on entre dans une église… On m'a même dit que certains faisaient le signe de la croix quand y passaient sur le pont. Pis quand le pont a été remplacé par le pont de fer… j'cré ben quinze ans après… on disait encore que c'était le pont à Montferrand.

Puis Bastien partit d'un rire joyeux. Devant l'étonnement de Laurier, il lança avec humour :

— Vous savez pas pour Aylen… le roi des Shiners ? Y a fait le tour de toutes les tavernes où Jos avait laissé les marques de sa bottine au plafond et payait pour qu'on arrache les poutres et les planches. C'est-y assez fort ! Jos l'a ben cherché… mais faut dire qu'il a retrouvé Berlinguet… Y a fait quarante lieues pour l'avoir en face de lui, il lui a remis les deux claques sur la gueule qu'y avait données à Ti-Louis… rapport qu'une dette d'honneur, ça se payait, surtout quand c'était un Montferrand…

— Et Louis ?

Bastien se signa une fois encore.

— Le choléra, monsieur. Parti comme un oiseau du matin. Deux jours d'agonie, mort le lendemain… Jos a pleuré toutes les larmes de son corps, pis y a juré qu'y aurait jamais d'enfant… rapport que la mort d'un enfant était une injustice impardonnable.

— Mais Louis était son frère, remarqua Laurier.

— Pendant le choléra, les enfants tombaient comme des mouches, ajouta Bastien. Jos a vu les corps dans la fosse commune, et c'est là qu'y a juré qu'y accepterait jamais la douleur de perdre un enfant.

Laurier jugea qu'il en était au terme de l'entretien. Il remercia chaleureusement Moïse Bastien et le rassura en insistant sur le fait qu'il avait méticuleusement enregistré toutes ses paroles.

— Et ça va se trouver où ? lui demanda Bastien avec naïveté.

— Dans une gazette, répondit Laurier avec conviction. Puis dans un livre… pour la postérité !

Bastien eut un instant d'hésitation.

— Y a p't'être une chose que je pourrais encore vous dire, fit-il lentement.

— À quel sujet ? demanda Laurier.

— La prison…

Laurier parut surpris.

— Vous voulez dire que Montferrand est retourné en prison ?

— J'vous parle de la prison du Pied-du-Courant.

— Qu'avait-il à voir avec cette prison ?

— Quand les douze ont été pendus, au Pied-du-Courant, Jos était là, raconta Bastien, des trémolos dans la voix. Y m'avait dit qu'il voulait regarder les bourreaux des patriotes dans le blanc des yeux. Deux jours après, Jos s'est présenté tout seul à la barrière. Y a dit qu'y viendrait porter à manger à tous ceux qui étaient enfermés rapport à la rébellion. Y en avait huit cents dans la place ! Quand le boss d'la prison lui a dit qu'y viendrait à ses risques et périls, Jos lui a répondu que, si on lui faisait du trouble, il leur rappellerait le sort fait à Narbonne le manchot… rapport qu'on l'avait mal pendu ! Le Grand Jos a quêté de maison en maison ; personne a jamais osé lui refuser la pitance des patriotes. Y se présentait aux deux jours avec une charrette pleine. Ben créyez-moé, monsieur Laurier, ça se tassait devant lui avec respect… Et vous savez c'qu'on disait à la barrière du Pied-du-Courant ? « *Mufferaw is coming… the king of the bridge is here !* »

Sur le pas de la porte, Laurier serra la main de Moïse Bastien. La poigne du compagnon de Jos Montferrand était encore rude. L'émotion étreignait les deux hommes. Ils échangèrent un long regard.

— Antoine Voyer ? fit Laurier.

Bastien hocha la tête.

— Parti une couple d'années avant Jos, un soir de Noël. Jos l'a jamais su. Faut croire que son père Antoine l'attendait l'aut' bord !

— Il savait au sujet du pont ?

— Beau dommage, qu'il le savait, monsieur Laurier !
s'exclama Bastien. Quand y racontait l'histoire, y commençait par dire : « Un jour, y avait un géant sur le pont...
y s'appelait le Grand Jos... »

***

*Nous avons la satisfaction de pouvoir offrir à nos lec-
teurs la vie de Jos Montferrand, dont le nom seul suffit
au Canada à faire dresser toutes les oreilles, et dont les
hauts faits commandent toujours l'attention, même parmi
les classes privilégiées, mais surtout au milieu des classes
populaires.*

*Comme type légendaire, Jos Montferrand n'a pas son
égal en ce pays, car il a été la personnalité la plus mar-
quante de la classe la plus pittoresque, la plus bruyante, la
plus hardie et la plus tapageuse du Canada : nous n'avons
pas besoin de nommer les « voyageurs ».*

*Comme carrière historique, si nous pouvons nous
exprimer ainsi, Jos Montferrand ouvre de larges horizons
à l'écrivain, car il a traversé les mémorables époques de
1837-1838, et de 1841-1844 et 1848, prenant aux événements la part que pouvait lui attribuer son poing, pour
ne pas parler de son pied.*

*Notre distingué collaborateur, M. Wilfrid Laurier, a
su tirer parti, avec un rare talent, dans un style correct,
sobre et facile, des développements dont son sujet était
susceptible.*

*Son œuvre n'est pas, comme on pourrait être porté à
le croire au seul énoncé de son titre, un récit de scènes
tapageuses ou d'aventures de fort-à-bras. C'est tout à la
fois une étude sociale, historique, politique et, en quelque
sorte, nationale ; et si l'auteur n'a rien laissé perdre des
exploits de Jos Montferrand, il n'a pas négligé non plus*

*de faire sur les époques, les hommes et les choses les réflexions d'un esprit patriotique et sérieux. Nous avons la certitude intime que le feuilleton de Jos Montferrand sera goûté de tous, et il n'y aura pas jusqu'à nos lectrices qui, quoique la chose puisse paraître paradoxale, en feront leurs délices.*

*Au reste, pour varier, et pour tenir le lecteur plus longtemps en haleine, nous publierons alternativement deux feuilletons : aujourd'hui la vie de Jos Montferrand, demain un autre feuilleton, et ainsi de suite.*

*Nous ne devons pas omettre de dire, en terminant cette notice, que* La Vie de l'illustre Jos Montferrand *sera mise en brochure et offerte en vente après chaque quinzaine, et formera, à la fin de la publication, un volume de quelques centaines de pages. La publication de cette œuvre, qui se continuera sans interruption, devra durer au-delà de trois et même quatre mois.*

*Médéric Lanctôt*
*L'Indépendance canadienne*
*22 avril 1868*

Laurier remit le texte à Lanctôt, qui, tout souriant, le déposa sur son bureau, encombré de nombreux documents et livres.

— Alors, mon cher Laurier, satisfait ?

Laurier avait pris un mouchoir dans sa poche, se tamponna le front et s'essuya les lèvres. Ses joues s'étaient empourprées.

— Ainsi, votre Jos Montferrand passera à la postérité, ajouta Lanctôt, tout en se versant un verre d'alcool pour ensuite le vider d'un trait.

Laurier leva les yeux.

— Vous l'avez si bien dit : l'illustre Jos Montferrand passera à la postérité... Mais qui pourra nous dire comment il a fait pour devenir un géant ?

10 - 10 - 2010

# · Remerciements ·

J'adresse mes sincères remerciements à Jacques Lacoursière, historien, et à Michel Prévost, archiviste en chef de
l'Université d'Ottawa et président de la Société d'histoire
de l'Outaouais pour leur aide indispensable.

Je souligne les ouvrages suivants qui m'ont servi à plus
d'un titre et m'ont particulièrement éclairé :

Archives publiques de l'Ontario (pour John By et
Thomas Burrowes).

Marius Barbeau, *Chansons populaires du vieux Québec*,
Ottawa, Musée national du Canada (extraits de « La
plainte du coureur des bois »).

Marcel Bellavance (dir.), *La Grande Mouvance*, Québec,
Éditions du Septentrion, 1990.

George Gordon Byron, *Poetical Works of Lord Byron*,
New York, George Virtue, 1812.

Gérard Filteau, *Histoire des Patriotes*, Montréal, Éditions du Septentrion, 2003.

Martin Frigon, *Contes, légendes et récits de l'Outaouais*,
Trois-Pistoles, Éditions Trois-Pistoles, 2007.

Chad Gaffield (dir.), *Histoire de l'Outaouais*, Québec,
Institut québécois de recherche sur la culture (INRS Culture
et Société), 1994.

Sylvain Gingras, *Les Pionniers de la Forêt*, s.l., Publications Triton, 2004.

Jean et Marcel Hamelin, *Les Mœurs électorales dans le Québec de 1791 à nos jours*, Montréal, Les Éditions du Jour, 1962 (gracieuseté de Jacques Lacoursière).

Wilfrid Laurier, *La Vie de l'illustre Jos Montferrand* (feuilleton de *L'Indépendance canadienne*, 22 et 25 avril 1868).

Maurice Lemire, *Le Mythe de l'Amérique dans l'imaginaire « canadien »*, Québec, Éditions Nota Bene, 2003.

Jeanne Pomerleau, *Les Coureurs de bois. La traite des fourrures avec les Amérindiens*, Québec, Éditions Jean-Claude Dupont, 1994.

Michel Prévost, « Jos Montferrand, de la légende à la réalité », *Histoire du Québec*, juin 2005.

Joseph-Charles Taché, *Forestiers et voyageurs*, Montréal, Éditions du Boréal, 2002.

Merci également à celles et ceux de Libre Expression, pour leur aide précieuse, leurs conseils, leur compréhension, leur soutien, leur amitié. Et à Lise, pour son appui.

À Hélène, qui m'a guidé, aidé à me remettre en selle, permis de garder le cap, assuré de cet appui indéfectible qui nourrit tout auteur. Je lui dois cette œuvre ; absolument.

À Brigitte, qui me fait l'honneur d'attendre impatiemment ce récit.

À Ariane, le cadeau de ma vie, qui me permet de traverser chaque jour le pont entre hier et demain.